환국의 루 桓國之流

한국의 루 2

초판 1쇄 찍은 날 | 2013년 3월 15일
초판 1쇄 펴낸 날 | 2013년 3월 22일

지은이 | 하루가
펴낸이 | 서경석

편집장 | 권태완
편집 | 장미연
디자인 | 이혜정

펴낸곳 | 도서출판 청어람
등록번호 | 제1081-1-89호
등록일자 | 1999. 5. 31
어람번호 | 제5-0331호

주소 | 경기도 부천시 원미구 심곡2동 163-2 서경B/D 3F (우) 420-822
전화 | 032-656-4452 팩스 | 032-656-4453
http://www.chungeoram.com
E-mail | chungeorambook@daum.net

ⓒ 하루가, 2013

ISBN 978-89-251-3209-9 04810
ISBN 978-89-251-3207-5 (SET)

※ 파본은 구입하신 서점에서 교환하여 드립니다.
※ 저자와 협의하여 인지를 붙이지 않습니다.
※ 이 책은 도서출판 청어람과 저작자의 계약에 의해 출판된 것이므로,
   무단 전재 및 유포·공유를 금합니다.

하루가 장편 소설

환국의 루 2

桓國之流

마지막이라 하여 두려워하거나 노여워 말기를.
끝이 있어 시작도 있으니 끝은 끝이 아니라 새로운 시작이어라.

Chungeoram romance novel

10장 죽음의 땅 · 7

11장 샤자라둔 · 55

12장 사해 · 117

13장 지소의 나라 · 172

14장 단 하나의 태양 · 224

15장 환란의 시작 · 277

16장 파멸 · 325

17장 새로운 시작 · 380

작가 후기 · 410

10장
죽음의 땅

 뜨거운 해가 지고 시린 달이 떴다. 사막의 밤은 낮보다 잔인하다. 짙은 어둠 속에 손을 뻗으면 닿을 듯 반짝이는 별을 바라볼 만큼 죽음의 땅은 여유롭지 않다. 끝없이 펼쳐진 무극(無極)의 모래벌판에서 마주하는 것은 적막하여 막막하기만 한 극한의 고독이었다.

 달을 바라보는 붉은 눈동자가 더욱 짙어지니 달마저 붉게 물드는 듯하다.

 해 뜨는 동방에서 붉은 깃발이 오르면 땅은 피로 물들고 두려움에 싸인 이방인들은 붉은 눈동자의 발밑에 머리를 떨군다.

 5년 전 나타난 붉은 눈동자의 사내는 대륙을 붉게 물들이며 거친 야인들을 폭풍처럼 쓸어버렸다. 사람들은 피로 물든 땅을 적토(赤

土)라 부르고, 그 길을 걷는 붉은 눈동자를 적왕이라 칭했으며, 적토의 적왕은 곧 두려움과 공포의 상징이 되어버렸다.

사막의 고요는 소리 없이 흐르는 바람 속에 모래산의 형태를 바꾸어놓았다.

삐이~!

사막수리가 머리 위로 원형을 그리며 날자 적왕이 낙타의 고삐를 잡았다.

'돌아왔나 보군.'

사막에서는 낮보다 밤에 사냥하는 것이 유리하다. 죽음의 땅에서 살아가는 독기 뿜은 생명체들이 밤에 움직이는 탓이다.

마치 길 안내라도 하듯 사막수리가 커다란 날개를 펴며 앞으로 날아갔다. 적왕은 느릿하게 움직이는 낙타를 타고 그의 자리로 돌아가기 위해 걷기 시작했다.

불빛들이 보이고 얼마 가지 않아 곳곳에 피워진 모닥불 주위로 모여 있던 붉은전사들이 조용히 일어나 적왕을 향해 몸을 숙였다.

삼십여 명의 전사들을 지나 한참이나 떨어진 곳에 작은 호수가 나타났다. 듬성듬성 대여섯 그루의 나무가 늘어선 오아에 이르니 사막수리가 커다란 날개를 퍼덕이며 천으로 둘러진 그의 막사 꼭대기에 내려앉았다.

나무로 기둥을 세워 천으로 둘러싼 막사는 문 대신에 두툼한 천이 입구를 가리고 있었다.

보이는 거라곤 두 눈밖에 없는 거구의 사내가 적왕에게 다가섰다. 검은 거인이이란 뜻을 가진 하자베는 구 척의 장신으로 피부색은 검고 눈동자는 황색이며, 낮은 코 아래 입술이 불룩 튀어나와 있었다.

"야간 사냥을 나갔던 이들이 돌아왔습니다."

하자베는 나무에 고삐를 매고는 서둘러 주인을 따라 막사 안으로 들어섰다. 곱슬머리를 전부 밀어내고 남은 머리카락을 양쪽으로 소의 뿔처럼 땋아 엮은 하자베의 머리 끝으로 막사의 휘장이 흔들린다.

"흑소 씨의 현족(玄族) 일파로군."

적왕을 처음 만났을 때 그가 하자베에게 했던 말이다. 오르족의 족장이자 주술사의 아들이었던 하자베는 카쟈족의 습격으로 부족민과 함께 노예가 되었다. 그러던 중 적왕의 무리가 사납기로 유명했던 전투 부족인 카쟈족을 정벌하면서 하자베는 잡혀왔던 다른 부족들과 함께 풀려났다.

"앞길을 막은 것이 너희들이었다면 죽은 것은 카쟈가 아니라 너희였겠지."

뜻하지 않은 해방에 하자베는 족장의 아들로서 은혜를 갚고자 하였건만, 적왕은 아무런 표정 없는 얼굴로 그의 목에 날카로운 창을 들이댔다.

죽음의 땅

"나를 따르면 죽게 될 거다."

 피로 물든 적왕이 그에게 약속한 것은 금은보화도, 권력도 아닌 죽음. 그러나 하자베는 무표정한 적왕의 붉은 눈동자 속에서 짙은 슬픔과 고뇌를 보았다. 그래서일까, 하자베는 적왕의 그림자가 되었다.
 몸에 둘렀던 붉은 천을 거두어내는 적왕의 옷시중을 들며 하자베가 그의 표정을 살폈다.
 "사냥을 나갔던 두마가 계집을 잡아왔습니다."
 적왕은 하자베가 따르는 과일주를 한 잔 들이켜고 겹겹이 짐승의 가죽을 깔아놓은 잠자리로 향했다. 특별히 지시하지 않아도 공포의 대상인 적왕의 붉은 군대 안에서 소란을 일으키는 자는 없었다. 그러나 한 달 만에 찾아든 오아에서 갈증을 식힌 전사들은 분명 다른 놀잇거리를 찾을 것이다. 무언가 본능적인.
 '운도 없는 계집이군.'
 사나운 야인들로 이루어진 수컷 무리에서 암컷이란 아무리 죽은 척 엎드려 있다 해도 배고픈 사자 앞에 주저앉은 토끼와 다를 바 없었다.
 "주인님, 보셔야 할 물건이 있습니다."
 잠자리에 앉은 적왕을 향해 하자베가 천으로 감싸인 길쭉한 물건을 들어 보인다.
 "계집이 가지고 있던 물건이데, 칼입니다."

환국이라면 놀랄 만도 하겠지만, 야인들 사이에 칼을 든 계집은 부계보다는 모계 중심의 무리가 더 많은 이곳에선 새삼스러울 것이 없다.

"주인님의 설창(雪槍)만큼 단단한 뼈칼입니다."

정말 좋은 것을 발견한 듯 두 눈을 반짝이는 하자베의 모습에도 적왕은 무표정하게 자리에 누워버렸다. 돌검이나 골각검(骨角) 따위, 관심 없다.

"나가."

그 높낮이 없이 조용한 소리 하나로 적왕을 따르는 붉은전사들은 불나방처럼 죽음을 향해 달려든다. 어떠한 반문도 필요치 않다. 붉은 눈동자를 마주치지 않는 것, 단 하나의 소리에 의해 모든 것이 이루어지는 것, 그것이 곧 적왕의 그늘 아래 적토에서 살아남는 유일한 생존 법칙이었다.

뼈칼을 감쌌던 천을 거두어낸 하자베는 조심스레 적왕의 곁으로 다가가 조용히 칼을 내려놓았다. 아침이 되어 눈을 뜨면 발견하리라.

밖으로 나오니 오아 밖에 진을 치고 있는 붉은전사들이 잡아온 도마뱀을 불에 굽는 모습이 보였다. 삼십여 명이 조금 넘는 인원이다. 사막의 시작에서 적왕은 그를 따르는 천여 명의 전사 중 삼십여 명을 뽑아 선발대를 조직했다. 그들은 지금 적왕을 따라 죽음의 땅을 건너고 있었다.

하자베는 야간 사냥을 나섰던 두마가 잡아온 계집이 있는 곳으로 향했다. 곧 죽을지도 모르겠다는 두마의 말에 신경이 쓰이기도

했지만, 전사들이 휘두르기도 무거운 뼈칼을 가진 계집이 궁금했다.

키 작은 나무 아래 계집이 누워 있었다. 천으로 머리까지 덮어 놓은 것을 보니 상태가 심각한 듯 보여 하자베가 천을 들췄다.

'불?'

사막의 밤을 위해 짜인 두툼한 천은 빛이 통과하지 못한다. 그런데도 별을 품어 안은 듯 계집의 가슴 부위로 불빛이 새어 나오고 있었다. 신기하여 천을 들추어내니 빛의 밝기가 줄어들며 동그랗게 모여든다. 빛의 근원은 계집의 목걸이였다.

"신기한 물건이로군."

계집의 가슴 사이에 자리한 돌조각을 만지작거리던 하자베가 옅은 신음 소리에 고개를 돌렸다.

"무우우······."

무슨 소린지 알아들을 수 없지만, 죽음의 땅에서 처음 마주치는 이는 늘 같은 말을 한다.

하자베가 계집의 조그마한 머리통을 세우고 허리춤에 찼던 가죽 물통을 꺼내어 갈라진 입술 사이로 조금씩 흘려주었다.

"이름이 뭐지?"

"루······."

물도 간신히 삼키던 계집은 힘에 겨운지 입을 닫아버렸다. 무거운 뼈칼을 휘두를 만큼 크지도 단단해 보이지도 않는다. 계집의 머리를 바닥에 눕힌 하자베가 더러워진 손을 털어냈다. 짧은 머리카락을 가진 계집에게서 악취가 진동했지만 자세히 보니 오밀조

밀한 얼굴이 씻겨놓으면 예쁠 것도 같다. 그것도 살았을 경우의 이야기지만.

'한 달 가까이 마주친 부족이 없었는데, 어디서 도망 나온 노예일까?'

상태를 보니 묶어놓지 않아도 될 것 같아 하자베는 천만 덮어주고는 자리에서 일어섰다.

새까만 하늘에서 유난히 밝은 별들이 쏟아져 내린다.

이른 아침 눈을 뜬 적왕은 바닥에 놓인 검을 발견하고는 그대로 굳어버렸다. 털코끼리의 이빨로 만든 검이 그의 눈앞에 하얗게 날을 세우고 있었다.

'상.아.검!'

손잡이에 붉은 천이 감겨 있으나 분명 그의 것이다. 상아검으로 향하는 적왕의 손끝이 미세하게 떨려왔다. 검을 쥔 손에서 느껴지는 익숙한 무게가 잠들었던 감각을 일깨웠다. 검을 뉘어 검신을 훑는 그의 촉각이 상아검의 기억을 쫓고 있었다. 눈에는 보이지 않으나 긴 시간 함께했던 전투 속에 그의 몸에 새겨진 것과 같은 무수한 상흔들.

자리에서 일어나 조심스럽게 검을 휘둘러보았으나 물을 만난 물고기처럼 적왕의 손안에서 자유로이 회전하는 것은 분명 그의 상아검이었다.

"어떻게……."

불에 덴 듯한 충격으로 그의 손안에서 놀던 상아검이 바닥으로 떨어져 내렸다. 적왕은 선 채로 망연하게 바닥에 놓인 상아검을 바라보았다. 시선은 곧 붉은 천으로 감겨진 손잡이로 옮겨갔다.

검을 움켜쥔 적왕이 단단하게 매어진 천을 풀어내기 시작했다. 붉은 천이 주는 느낌마저도 너무나 아련하고 애틋하다. 숨을 멈춘 채 풀어진 붉은 띠를 따라 훑어 내려가는 그의 손끝으로 띠의 뒷면에 수놓아진 무언가가 만져졌다.

'설마……'

적왕은 눈을 감았다. 눈이 보기 전에 손이 먼저 읽어버린 글자들. 천천히 머리띠를 뒤집은 적왕의 감은 눈이 파르르 떨리며 열렸다.

―환국 삼왕자 자윤.

가슴속으로 피맺힌 파도가 인다.

"사냥을 나갔던 두마가 계집을 잡아왔습니다."

적왕이 머리띠를 움켜쥐며 소리쳤다.
"하자베!!"
격한 외침에 막사에 드리워진 두꺼운 천을 거두며 하자베가 그의 앞에 무릎 꿇었다.
"하자베 여기 있습니다!"
"계집을 데려와."

음산하리만큼 가라앉은 주인의 모습에 당황한 하자베가 막사를 나가자 적왕은 붉은 띠를 움켜쥔 손을 입술에 가져다 댔다. 가슴 시리게 사무친 애틋함이 밀려왔다.

"환국 삼왕자 자윤……."

아름다운 정인에게 주었던 붉은 띠가 왜 상아검에 감겨 있는지, 고향으로 돌려보낸 상아검이 오 년이 지난 지금 그의 손에 있다는 것이 믿어지지 않았다.

'누구인가, 저주받은 왕자의 이름을 기억하는 이가!'

막사 입구를 가린 천을 들어 올리며 하자베가 모습을 드러냈다.

"주인님, 계집이 도망친 것 같습니다. 밤을 넘길지도 알 수 없을 만큼 상태가 좋지 않았는데 감쪽같이 사라졌습니다."

허허벌판인 사막에서 어디로 도망친단 말인가.

"찾아."

한 달 동안 죽음의 땅을 건너며 개미 한 마리 보지 못했다. 어디서 어떻게 나타난 계집인지 알 수 없으나 상아검이 나타난 실마리를 가진 열쇠이기에 찾아야 했다. 사막을 전부 뒤져서라도 찾아낸다. 적왕이 자리에서 일어섰다.

막사를 나서니 여기저기 계집을 찾아 뛰어다니는 전사들의 모습이 보였다.

"주인님, 아무리 찾아봐도 없습니다. 진영을 벗어난 듯합니다."

하자베의 말에 적왕이 그의 낙타에 올라탔다.

"없어진 낙타는?"

"없습니다. 걸어서 빠져나간 듯합니다."

긴 다리를 펴며 일어선 낙타의 고삐를 잡은 적왕이 하자베를 내려다봤다. 잠시의 순간에도 불어오는 바람이 흔적을 지우는 사막인지라 발자국은 남아 있지 않을 것이다. 무슨 일이 있어도 반드시.

"찾아야 한다."

돌아선 하자베가 그의 명을 전달하자 말이 떨어지기가 무섭게 우르르 달려 나간 전사들이 낙타에 올라탔다. 긴 다리를 펴며 일사불란하게 일어서는 낙타들이 삼삼오오 전사들을 태우고 뽀얗게 먼지를 일으키며 사방으로 흩어졌다.

적왕이 휘파람을 부니 대답이라도 하듯 삐이 하는 소리와 함께 날개를 편 사막수리가 그의 머리 위로 날아올랐다.

'찾아라.'

적왕은 가장 높은 모래언덕을 향해 질주했다. 걸어서 나갔다면 밤새 걸었다 해도 그리 멀리 가지 못했을 것이다. 높은 언덕에 섰지만 곳곳에 그의 전사들이 일으키는 모래먼지만 뽀얗게 올라올 뿐 다른 그림자는 보이지 않는다.

'어디로 갔을까.'

망망대해처럼 끝없이 펼쳐진 사막은 달아날 곳도 숨어들 곳도 없다. 모래언덕을 넘는 전사들의 흙먼지조차 이내 꼬리를 감췄다.

이글거리는 태양이 떠올랐으나 밤을 넘길지조차 알 수 없다던 계집의 모습은 보이지 않았다. 어디 있는 것이냐! 적왕은 꼼짝없이 돌처럼 자리를 지키며 사방을 훑어보았다. 뜨거운 태양 아래 멀리까지 날아갔던 그의 사막수리가 지친 날개를 접어 적왕의 어깨 위로 내려앉았다.

'성치 않은 몸이라면 어떻게 이곳을 빠져나갔을까. 나라면 어찌했을까.'

적왕의 시선이 멀리 오아로 향했다. 그는 오아를 향해 달리기 시작했다.

오아에 도착하자 물가의 나뭇가지에 내려앉으리라 생각했던 사막수리가 계속 물가를 선회하며 날갯짓한다. 계집을 찾아 나간 이들은 명을 수행하기 전까지 돌아오지 않을 것이다. 적왕의 시선이 바람에 흔들리는 물풀들 사이로 향했다.

'영악하군.'

기나긴 밤을 예고하듯 바람이 서늘해졌다. 자리에서 일어선 적왕은 몸을 돌려 그의 막사로 향했다. 설창을 침상 옆에 세워두고 자리에 앉아 상아검을 바라보던 적왕이 허리춤에 넣어두었던 붉은 띠를 손에 들었다.

'누구냐.'

죽은 형제들과 함께 묻어버린 이름을 바라보는 적왕의 두 눈이 모든 것이 핏빛으로 붉게 물들었던 어둠의 기억으로 일렁였다.

태자가 보낸 사냥꾼들이 야인으로 분하여 그를 습격했던 날, 죽어가는 그를 살려준 예티의 동굴에서 생활했다. 예티의 보살핌으로 예전의 몸으로 돌아온 자윤은 형제들의 무덤을 만들었다. 빠른 발과 괴력을 가진 예티들과의 생활에서 자윤은 맨손으로 곰도 때려잡을 만큼 강인해졌으니 떠나야 할 시기가 왔다. 청동검을 찾아야 했다. 어미처럼 자윤을 보살폈던 예티가 그를 따라나섰다. 자윤은 그녀의 등에 올라 세상의 끝을 향해 서쪽으로 달렸다. 그에게 주어진 단 하나의 명분을 위해.

설원이 끝나는 자리에서도 예티는 돌아가지 않고 자윤과 함께했다. 환국의 땅에서 이방인은 손님이었으나 야인의 땅에서 이방인은 적일 뿐이다. 끝도 없이 달려드는 야인 부족들과의 전투가 이어지면서 눈처럼 하얀 예티의 털도 붉게 물들어갔다.

가는 곳마다 피바람이 일어 그가 밟은 땅은 붉은 피로 물든 적토가 되었고, 두려움 또는 잔혹함에 대한 선망으로 하나둘씩 따르는 무리가 생겨났다. 점점 늘어나는 무리 속에서 붉은 눈동자의 사내에게 적왕이라는 이름이 부여되었다. 함께했던 예티의 존재가 어느새 붉은 깃발로 바뀌어 전해진 것은 서쪽으로 향하는 이들의 여정에 붉게 물들어 휘날리는 예티의 털이 가장 먼저 눈에 띄었기 때문이리라.

그러던 어느 날, 야인들의 덫에 빠진 예티가 죽었다. 어머니와 같이 보살펴 주던 예티의 죽음은 또 다른 절망으로 빠져나올 수 없는 늪이 되어 그의 심장을 삼켜 버렸다.

형제들의 죽음 앞에 이름을 버리고 예티의 죽음으로 심장마저 잃어버린 자윤은 예티의 이빨로 신장의 두 배에 달하는 창을 만들어 손에 쥐었다. 더 이상 그의 앞에 장애물이란 존재하지 않았다. 귀환의 명분이었던 청동검은 주체할 수 없는 분노 속에서 유일하게 그를 일으켜 세우는 집착이 되었다.

환국이라는 문명의 테두리 밖에 거주하는 야인들은 거친 짐승들과 같아 서로를 침략하고 노략질을 멈추지 않으니 이들을 가르는 적왕의 설창은 잠드는 날이 없었다. 죽은 예티의 이빨로 번득이는 설창에 자비는 없었다.

길을 막아서는 자는 가차 없이 도륙했고, 길을 트는 이들은 적왕의 무리가 지나가는 동안 죽은 듯이 숨을 멈췄으며, 아이들조차 울음을 그쳤다.

전쟁을 벌일 때마다 많은 이들이 죽고 그보다 더 많은 노예들이 풀려났다. 잔혹한 살인자로, 때로는 구원의 해방자로 죽어가는 야인들의 숫자만큼이나 적왕의 행적은 빠른 속도로 퍼져 나갔다. 사람들은 그를 노래하기 시작했다.

해 뜨는 동방에서 붉은 깃발이 오르면 땅은 피로 물들고 두려움에 싸인 이방인들은 붉은 눈동자의 발밑에 머리를 떨군다.

늦은 밤이 되어도 전사들은 돌아오지 않았다. 계집을 발견 못했으리라. 저 드넓은 모래의 바다에서는 계집을 발견할 수 없었을 것이다. 하자베가 준비해 놓은 과일주를 벌컥거렸지만 갈증은 사그라지지 않았다. 잘 보이는 곳에 상아검을 세워둔 적왕이 붉은 띠를 베개 밑에 밀어 넣고 자리에 누웠다. 잠은 오지 않았으나 눈을 감았다.

적막하게 찾아든 어둠 속에서 술기운이 도는지 몸이 달아올랐다. 얼마나 되었을까. 사막수리가 사냥을 나가는 듯 긴 날갯짓하는 소리가 들려왔다.

그리고 또다시 찾아든 고요함은 시간마저 멈춘 듯한 착각을 불러 일으켰다. 몽롱하게 오르는 술기운에 취해 눈을 감았다. 그도 잠시, 손끝으로 감겨드는 서늘한 느낌에 이어 싱그러운 오아의 물 냄새가 막사 안으로 스며들었다.

'왔구나.'

어둠 속에서 조용히 움직이는 작은 그림자가 계집임을 확신했다. 흠뻑 젖은 것을 보니 역시나 그의 생각대로 물속에서 숨어 상황을 살피고 있었던 것이 분명하다. 영악하기 짝이 없는 계집이다. 찾아드는 한기로 눈에 띄게 몸을 떨면서도 민첩하게 움직이고 있었다.

무언가를 찾는 듯 연신 두리번거리던 계집이 상아검을 손에 들었다. 가만히 옆으로 기대어 누워 계집의 하는 짓을 지켜보았다.

'벗어날 수 있으리라 생각하는가.'

상아검을 찾아내어 문으로 향하는 계집의 숨소리가 거칠다. 밖으로 나가봤자 도망갈 곳은 없다는 것을 알고 있을까. 사냥감을 쫓듯 계집을 바라보는 적왕의 입술이 살며시 말려 올라갔다.

검을 찾았으니 바로 내뺄 것이란 예상과 달리 비틀거리며 문가로 향하던 계집이 멈춰 섰다. 잠시 거친 숨을 다스리는 듯 보인 계집은 상아검을 거꾸로 들어 손잡이를 살피고 있었다. 손잡이를 문지르는 움직임에 적왕은 그녀가 찾고 있는 것이 무엇인지 깨달았다. 밤을 넘길지도 알 수 없을 만큼 상태가 좋지 않다 하더니, 성치도 않은 몸으로 잠입을 감행한 계집의 대범함이 새삼 감탄스럽다.

'겁이 없는 계집이로구나.'

비틀거리며 돌아선 계집의 눈동자가 적왕에게로 향했다. 그가 지켜보고 있음을 눈치챘다는 것을 적왕은 본능적으로 알 수 있었다. 살을 맞은 승냥이의 것처럼 계집의 숨소리가 너무나 거칠게 느껴졌다.

"하아, 하아하아."

낯선 계집의 숨소리가 죽어버린 그의 심장을 깨운다. 부서진 채로 가루가 되어 사라져 버렸으리라 생각했던 적왕의 심장이 점점 더 거세게 뛰기 시작했다. 주체할 수 없을 정도로 강하게 존재감을 드러내며 적왕을 두드려 댔다.

"이걸 찾는 건가?"

몸을 일으킨 적왕이 베개 밑에 넣어두었던 붉은 띠를 꺼내 들었다. 그의 손에 뭉쳐 있던 띠가 사르륵 아래로 흐르며 길게 퍼졌다.

"누.구.냐?"

다가서지도 물러서지도 않는 계집에게서 망설임이 느껴졌다.

"누구인지 물었다."

"하아, 하아, 인사를 나누기에는 밤이 너무 늦었습니다."

거친 숨결과 달리 빗방울만큼이나 맑은 목소리였다.

"돌려주세요. 하아! 제게는…… 목숨만큼이나 소중한 것입니다."

소중한 것이라……. 그의 이름이 새겨진 붉은 머리띠는 적왕이 환국에 두고 와야 했던 단 하나뿐인 정인에게 준 것이다. 적왕은 계집의 얼굴이 궁금했다. 길게 늘어진 띠를 잡은 손을 앞으로 내밀었다.

"가져가."

정말 그가 내어줄 것이라 생각했는지, 아니면 선택의 여지가 없었던 것인지 조심스레 다가선 계집이 붉은 띠의 끝자락을 잡았다. 눈에 띄게 흔들리는 다리로 용케 버티고 서 있다 했더니 천천히 띠를 잡아당기는 움직임이 느껴졌다.

띠를 놓을 생각이 없는 적왕과 한 걸음 물러선 계집 사이로 연결된 띠가 팽팽하게 당겨졌다. 숨을 들이켜는 작은 소리에 적왕은 낭패한 표정을 짓고 있을 계집의 얼굴을 보지 않아도 알 수 있었다.

"제발……."

계집의 뜨거운 숨결이 적왕의 코끝으로 달큼하게 부딪친다.

"돌려주세요."

애절한 계집의 목소리가 매일 밤 끝도 없이 밀려들던 그리움과 섞여들며 암흑보다 더욱 짙은 고통으로 가슴을 후벼 팠다. 적왕이 손에 쥔 띠를 잡아당겼다. 포기할 수 없었던지 계집은 달뜬 숨을 토해내면서도 손을 놓지 않았다. 띠를 움켜쥔 계집이 줄에 걸린 물고기처럼 천천히 딸려온다. 실랑이는 그로 족하다.

사막수리가 먹이를 낚아채듯 손목을 당기니 계집이 적왕의 품 안으로 떨어져 내렸다. 상아검조차 놓쳐 버린 계집이 버둥거리기 시작했다. 계집을 품에 안은 적왕이 그녀의 팔을 붙잡아 침상으로 돌아누워 내리눌렀다.

"으으으, 이이이……."

같은 소리, 같은 향기에 취해 적왕은 계집의 목에 얼굴을 묻었다. 그랬구나.

'루…… 아.'

적왕이 미처 알아차리기도 전에 심장이 먼저 알아버렸다. 그래서 그렇게도 미쳐 날뛰었는가 보다. 어두운 밤이라 하여 사무치게 그리웠던 그녀를 모를 리 없다. 두 눈이 없어도 알아볼 수 있다. 온몸으로 느낄 수 있는 것이다.

"루아!"

오 년의 시간이 지난 지금, 죽음의 땅에서 그녀를 마주하리라고는 상상조차 하지 못했다. 환국에 있어야 할 루아가 그의 앞에 나타난 것에 의문을 품을 새도 없이 버둥거리던 그녀의 몸이 축 늘어져 버렸다.

"루아!!"

불에 덴 듯 몸을 일으킨 적왕이 루아를 내려다보니 정신을 잃은 듯 뜨거운 숨만 토해내고 있었다. 뜨겁게 달아오른 체온이 그의 손을 통해 여과 없이 전해진다.

'열병!'

사막에서는 흔한 병이었으나 강인한 전사가 아닌 여인이나 어린아이에게는 치명적이다.

화염처럼 타오르는 루아의 몸을 안아 들고 막사를 나왔다. 루아의 옷을 벗겨 차가운 물속에 넣으며 적왕은 그녀의 체온이 떨어지기를 기도했다. 정신을 잃은 상태에서조차 생명줄인 양 붉은 띠를 움켜쥐고 놓지 않는 모습에 가슴이 뭉클하다.

비목어처럼 살자 하였거늘 천 년 연리지처럼 잘려져 헤어진 시간이 오 년이다. 얼마나 고달프게 몸을 틀어야 그녀를 다시 만나 초록빛 잎사귀를 피우게 될지 알 수 없는 막막함은 헤어 나올 수 없는 늪과도 같았다.

천지에서처럼 그녀를 가슴에 누이고 그녀의 이름을 끊임없이 속삭였다. 크고 높은 달을 바라보며 열기가 조금이라도 잦아들기를 기도했다.

조금이나마 열기가 식자 그녀를 안아 들고 막사로 돌아와 침상에 마른 천을 깔고 눕혔다.

"하아, 하아, 하아."

달뜬 숨을 토해내는 그녀의 짧아진 머리카락을 쓰다듬으니 물의 기운으로 잠시나마 소강상태로 접어들었던 열기가 다시 치솟기 시작했다.

여장에 꾸려두었던 우시라 기름을 꺼냈다. 자주색 꽃을 피우는 우시라의 뿌리는 열병을 치료하는 데 효과적이다. 비 온 뒤의 젖은 땅 내음을 풍기는 우시라 기름을 루아의 몸에 골고루 펴 바르면서도 그의 기도는 끝나지 않았다.

"야위었구나."

고열과 오한으로 고통스러운 신음을 뱉어내는 루아의 몸에 얇은 천을 덮어주고는 막사 안에 불을 피웠다. 빛이 퍼져 나간 막사 안으로 루아의 얼굴이 또렷이 보인다. 야윈 얼굴 위로 깊이 파인 눈 밑이 그늘져 있다. 심장이 조여왔다.

"밤을 넘길지도 알 수 없을 만큼 상태가 좋지 않습니다."

하자베의 말을 떠올리니 이미 이곳에 도착할 때부터 상태가 좋지 않았으리라. 그런 루아를 그대로 방치했으니……. 하자베가 상아검을 보라 할 때 돌아볼 것을……. 뒤늦은 회한이 모래폭풍처럼 적왕의 전신을 휘감았다.

우시라 가루를 탄 물을 입으로 부어 넣어주었지만 루아는 삼키지 못했다. 머리를 조금 더 높게 들어 약물을 흘려주어도 마찬가지. 애타는 마음에 약물을 머금은 적왕이 그녀의 입으로 물을 흘려 넣으며 강압적으로 공기를 주입했다. 그의 숨결에 밀려 약물이 넘어가는 듯 컥컥거리며 그녀의 목이 움직였다.

약물을 게워내는 루아의 입을 그의 입술로 덮어 약물을 밀어 넣기를 반복하며 틈틈이 땀으로 젖어든 그녀의 몸을 젖은 천으로 닦아냈다.

"하아, 해일님……."

달뜬 신음 소리를 흘리며 루아가 누군가를 부른다. 그의 이름이 아니었으나 중요하지 않았다. 눈을 감은 채로 꿈을 꾸듯 허공으로 뻗는 루아의 손을 잡아 가슴으로 끌어당겼다.

✼

'그녀가 부른다!'

해일이 벌떡 몸을 일으켰다. 누워 있던 정자에서 벗어난 해일이 일궁의 정원 해마루의 작은 연못 위로 내려서며 물을 가르듯 손을 저어 반원을 그렸다.

"루아……."

해마루의 연못 위에 열병을 앓는 루아의 모습이 가득이 들어찼다. 다시 연못 뒤로 해일의 긴 소매가 스쳐 지나가니 루아가 있는 곳의 주위를 비친다.

"죽음의 땅에 있구나."

가벼운 손짓 하나에 연못은 다시 루아의 모습을 보여주었다. 해일을 향해 손을 뻗는 루아의 모습에 해일은 저도 모르게 연못으로 손을 뻗었다. 닿을 것만 같다.

백치와 같이 마음을 읽을 수 없던 그녀이다. 무슨 꿈을 꾸는지 알 수 없으나 팔을 저으며 그의 이름을 부르는 것을 보아 해의 기운을 봉하느라 불길 속에 있던 해일의 마지막 모습을 기억하는 듯했다.

"아픈 것이냐……."

인계에서 물의를 일으킨 탓에 천궁의 지하에 갇혀 있다 하루 반나절 만에 풀려난 해일이다. 일궁으로 돌아와 수경을 아무리 들여다보아도 보이는 것은 온통 모래뿐이었다. 달의 기운을 품고 있던 월령조차 느껴지지 않았는데, 지금 생각해 보니 아마도 그 속에 묻혀 있었나 보다.

"후후후, 나는 괜찮으니 걱정 말고 편히 쉬어라."

해일의 손이 연못에 비친 루아의 얼굴로 부드럽게 닿으니 한결 편안해진 모습이다. 그런 루아의 얼굴을 쓰다듬는 손이 보였다.

거친 사내의 손이 루아의 얼굴을 쓰다듬고 있었다. 방금 전 해일이 그러했던 것처럼.

"그리도 애를 태우던 이를 만났나 보구나."

순간 예리한 검에 찔린 것처럼 가슴이 욱신거려 해일은 저도 모르게 가슴을 움켜쥐었다. 뜻하지 않게 천기가 흩어지니 연못에 비쳤던 루아의 모습도 사라져 버렸다.

고통으로 웅크렸던 몸을 펴고 다시 연못으로 손을 뻗었다. 그러나 이내 그녀의 얼굴을 쓰다듬던 사내를 생각하며 손을 거두었다.

'보고 싶지 않다.'

너를 쓰다듬는 낯선 손이 보고 싶지 않아. 돌아선 해일이 다시 정자에 몸을 뉘었다. 운사가 뿌려놓은 오색구름으로 가득한 천계의 하늘을 바라보던 해일이 조용히 눈을 감았다. 눈을 감아도 떠오르는 것은 그를 향해 웃고 있는 루아의 모습이다.

해일은 쥐어짜듯 오그라드는 가슴을 움켜쥐었다. 팔을 베고 옆으로 누우니 조금 나은 것 같다. 생각은 또다시 루아에게로 흘러갔다. 마치 위에서 아래로 흐르는 물과 같이 자연스럽다.

"루아······."

처음 그녀를 본 것은 그가 빌려갔던 활을 돌려주기 위해 백궁의 대천녀 소희를 찾았을 때였다. 그녀는 수경을 통해 인계의 아이를 내려다보고 있었다. 천자들과 달리 여성성을 띠는 천녀들은 인계의 크고 작은 일들에 관심이 많은지라 해일은 그저 아무 생각 없이 아이를 바라보았다. 백치같이 마음이 읽히지 않던 아이다.

"비를 맞고 있습니다."

환국의 태자전에서 비를 맞고 있던 루아가 불쌍하여 구름을 물리고 해를 내어주었는데.

대천녀 소희와의 작은 거래에서 무언가 놓친 것이 있는 것 같은데 해일은 알 수가 없었다.

꼬리에 꼬리를 무는 생각들로 해일은 소희와의 대화를 하나하나 되새기기 시작했다.

"화룡은 아직 못 잡으셨나 봅니다."

소희의 물음에 해일이 너털웃음을 지었다.

북극의 얼음성이 녹기 시작했다 하여 해일이 자리를 비운 틈에 그의 화룡 누렁이가 일궁의 창고에서 헌것도 아니고 새 해를 두 개나 훔쳐 먹었다. 배가 부르니 일천자의 노여움이 두려웠던지 누렁이는 도망가 버렸다.

"아무래도 인계로 내려간 듯합니다."

천언을 읊어 소환령(召喚令)을 내렸으나 누렁이는 나타나지 않았다. 천계나 선계라면 천언에 묶여 그의 앞으로 떨어져 내렸을 터, 지계로 들었다면 염왕인 지소에게 벌써 기별이 왔을 것이다. 해일은 누렁이가 인계로 숨어든 것이라 확신했다.

"벌서 삼십 일이 넘지 않았습니까."

"찾기 시작한 지는 열흘 되었지요."

해일이 고개를 끄덕이며 천의 소매에서 금빛 구슬을 꺼내었다. 손 위에 놓인 금빛 구슬이 길쭉하게 늘어나더니 이내 활의 형태를 갖췄다.

"빌려갔던 마고궁(弓)을 돌려드리러 왔습니다."

마고궁은 천계의 활로 목표물을 향해 보이지 않는 시위를 당기면 절로 화살이 생겨나 과녁을 향해 백발백중으로 꽂히는 천궁이었다. 백소와 흑소를 낳기 전 사냥을 즐겼던 소희에게 어머니 마고가 선물한 것이었으나, 지금은 자손들 돌아보느라 그마저도 시큰둥하니 천계의 보물이라고는 하나 그녀에게는 별 소용없는 물건이다.

"어차피 제게는 장식품에 불과하니 사냥을 즐기시는 일천자께 더 필요한 물건이 아닌가 싶습니다."

"아닙니다. 어머니 마고의 천궁을 대가도 없이 어찌 그냥 받겠습니까."

"굳이 대가라 하신다면 다른 것으로 치르시면 되지요."

"다른 것이라……. 하하하! 소희님께 필요한 것이 무엇이 있어 제가 값을 치를 수 있단 말입니까. 하하하!"

호탕하게 웃고 있었으나 해일은 은근하게 소희를 주시했다. 무엇을 달라 하려고 저러나. 행여 대천녀의 신경전에 휘말리게 되는 것은 아닌지. 천계에서 어머니 마고의 두 딸 궁희와 소희의 신경전을 모르는 이가 없었다. 대부분의 천인들은 두 갈래로 나뉘어버렸고, 그중 일부가 궁희와 소희의 사이에서 중립을 지키고 있었다.

일천자 해일도 중립을 지키는 천인 중 하나였으나, 철없는 그의 누이 월천녀 항아는 궁희의 황궁을 문턱이 닳도록 드나들며 친분을 과시하고 있으니 행여나 소희의 노여움을 사게 되는 것은 아닐지 걱정되던 참이다.

"그런데 차림새가 어디 나들이라도 가시나 봅니다?"

"예, 수경으로는 누렁이의 기운이 느껴지지 않아 오랜만에 인계도 둘러볼 겸 내려가 볼까 합니다."

"그래요? 그깟 용 하나 잡으러 일천자께서 인계로 걸음하신단 말입니까."

말은 그리 하고 있으나 소희의 두 눈은 북극성만큼이나 반짝였다.

"다시 데려와서 어찌하시려 합니까?"

"하하하! 그래도 새끼 때부터 기른 누렁인데, 잘못하면 벌을 주고 가르쳐서 데리고 살아야 하지 않겠습니까."

잘생긴 얼굴만큼이나 눈치 또한 빠른 해일이 해맑게 웃으며 해태를 불러들였다.

"말 안 듣는다 하여 쉬이 버려 버린다면 어머니의 아들인 천자라 어찌 불릴 수 있겠습니까."

소조 꽁지에 불꽃을 쏘아 붙이느라 정신없던 해태가 냉큼 달려와 뿔이 솟아오른 머리를 해일의 손에 들이댔다.

"게다가 저의 누렁이는 해를 훔쳐 먹은 것이지 어여쁜 소조를 잡아먹은 것이 아니지 않습니까."

어여쁜 소조를 특히나 강조하는 해일의 목소리에 소희가 저도 모르게 피식 웃었다. 천계와 선계 여인들이 몸살을 앓게 하는 일천자 해일은 정말 미워할 수 없는 사내라.

"그렇기야 하지만 굳이 인계까지 찾으러 내려가신다니 저로서는 이해가 되지 않는군요."

"뭐, 따분한 천계를 떠나 복작복작한 인계 구경 다녀오는 것도 나쁘지 않을 듯하여 그리 마음을 정했습니다."

누렁이가 사라진 지 벌써 한 달, 천계의 하루가 인계의 천 일에 해당하니 인계에 있을 누렁이는 팔십여 년의 시간을 보낸 것이다. 지는 해도 아니고 뜨는 해를 두 개나 삼켰으니 인계에서는 이백 년은 족히 잠이 들 것이다. 그중 절반에 가까운 시간이 지나갔고, 인계에는 드물게 천기를 읽는 이들이 있으니 어느 누가 누렁이를 깨울지 알 수 없다.

행여나 깨어난 누렁이가 해를 삼킨 화기를 뿜어 땅을 가르고 용암을 터뜨리며 난동을 부리기 전에 천계로 소환해야 한다. 누렁이가 인계에 있는 것이 확실한 지금 해일의 인계행은 피할 수 없는 여행길이었다.

"굳이 인계에 다니러 가신다 하니 가시는 길에 작은 부탁 하나 드려도 될까요?"

"그리 하시지요."

선뜻 대답하는 해일의 모습에 소희가 환하게 웃었다.

"활은 저의 부탁을 들어주는 답례로 드리지요."

"무슨 부탁입니까?"

"아까 그 백치 같은 아이가 천의를 가지고 있습니다. 돌려받아야 하는데 방법이 마땅치 않네요."

양운국의 화전마을에서 소희가 원하던 대로 루아의 천의를 빼앗아 그녀에게 올려 보냈다. 불의를 참지 못하는, 정 많고 마음

여린 루아에게 아기를 품에 안은 맹인 여인을 만들어 천의를 얻어내는 것은 아이 손에서 당과를 빼앗는 것보다 더 쉬운 일이었다.

'천의라…….'
 소희의 말과 행동을 하나하나 되새기던 해일이 눈을 떴다. 역시나 놓친 것이 있었다. 루아가 어떻게 하여 천의를 얻었는지, 또 그 천의가 소희의 것인지 확인하지 않았다. 소희에게 얻은 천궁에 비하면 너무나 가볍기 그지없는 답례인 것 또한 이상하다.
 "얻고자 하셨던 것이 진정 천의뿐인가?"
 해일은 찜찜한 기분을 털어낼 수가 없었다. 어느새 다가선 해태가 붉은 구슬을 문 주둥이를 들이댄다. 구슬을 받아 든 해일이 생각에 잠겨 한참이나 손안에 놀리던 구슬을 다시 정원으로 던졌다. 요란하게 불꽃을 일으키며 달려간 해태가 냉큼 물어 그의 손에 착 소리가 나게 내려놓았다.
 "흐음, 햇살이 시들하기에 와봤더니, 오라버니, 내내 이러고 계신 거예요?"
 고개를 드니 그의 누이 월천녀 항아의 모습이 보였다. 해일은 인사도 없이 심드렁한 표정으로 정자에 드러누워 버렸다. 알 수 없는 천녀들의 속내를 생각하니 머리가 바글거렸다. 한 오백 년쯤 잠이나 자버릴까.
 "저리 갓! 머리만 커가지고."
 반갑다고 달려드는 해태에게 항아가 손사래를 쳤다. 선악을 구분하는 해태는 화재나 재앙을 다스리는 능력을 가진 영수지만 아름다운 것을 좋아하는 항아는 못생긴 머리를 자꾸만 들이대는 것이 영 못마땅했다.

"옥토(玉兎)!"

항아의 부름에 옥토끼 두 마리가 해태의 앞으로 폴짝 뛰어들어 이빨을 드러냈다.

크르릉.

끼이, 끼이.

해를 먹고 사는 해태보다 덩치는 작으나 역시나 달을 먹고 사는 옥토끼인지라 지지 않고 한기를 뿜어냈다.

"옥토와 해태를 싸움 붙이러 온 게냐?"

"그럴 리가요. 천궁에서 풀려나신 뒤로는 두문불출하고 계시다기에. 호호호."

손안으로 두 개의 붉은 구슬을 놀리며 긴 한숨을 내쉬는 해일의 곁으로 항아가 살며시 다가앉았다.

"어째서 그러셔요? 누렁이 때문에 그러세요?"

항아의 물음에도 해일은 대꾸가 없다. 아끼던 화룡 누렁이를 찾아 인계로 내려갔던 해일은 누렁이가 다섯 개의 나라에 걸쳐 누워 나무 모양으로 비늘을 세우고 산의 모습을 하고 있는 것에 기함을 토했다. 게다가 하나는 이미 소화되어 소멸했어야 할 해를 사람들을 삼켜 그 기운으로 유지하고 있는 것에 화가 나 누렁이의 여의주를 빼앗아 구렁이로 바꾸어놓았다.

"누렁이가 반성하며 천 년을 보내면 용서하시고 불러들이면 될 것을 뭘 그리 상심하세요. 두 개의 해도 봉인하여 오셨으니 됐잖아요."

"그로 인해 해일은 수많은 인간의 생사에 관여하였으며, 누렁이를 벌하는 과정에서 산이 무너지고 지진이 나는 바람에 양운국 주변의 지형이 틀어져 버렸다."

해일의 말처럼 곳곳에 있던 산들이 내려앉아 초원의 지형으로 바뀌어 버렸다. 많은 이들이 수렵 대신 목축을 해야 할 터이니 그들의 역사 또한 다르게 이어질 것이다.

사실 간단하게 처리할 수도 있는 문제였다.

'마음이 흐트러졌던 거야.'

루아가 누렁이의 뱃속에 나타나는 바람에 조용히 해를 봉인해 나오는 데 차질이 생겼다. 그녀를 발견한 순간 빗나간 화살은 누렁이의 내장에 박혀들었고, 깨어난 누렁이가 요동을 치기 시작했다.

'왜 그랬을까?'

루아 때문에 누렁이의 입 밖으로 활을 쏘아 길을 내느라 천기가 뻗어 나가지 못하도록 밖으로 쳐놓았던 결계는 파괴해야 했다. 또 소멸되어야 할 사람들을 전부 데리고 나가려는 그녀로 인해 해를 봉인하는 과정에서 해일의 천기가 사방으로 퍼져 나갔다.

'왜 그랬을까?'

그뿐이 아니었다. 누렁이의 항문으로 빠져나가 버린 루아를 살리느라 시공의 문까지 열어버린 해일이다. 아무래도 인계의 탁한 공기가 그의 판단력을 흐린 것이 분명했다.

'도대체 왜……'

다시 생각해도 한숨이 절로 나온다. 다행히 시공의 문이 열린 것까지는 알지 못하는 천계회의에서 대다수의 천인들이 해일의 손을 들어준 탓에 중벌을 피할 수 있었다. 인계로의 출입이 금지되고 천궁에서 나흘간 구금되는 것으로 사건은 일단락 지어졌다.

사실 천인들보다는 대천녀 궁희와 소희가 입을 모아 그의 구명을 청했기에 가능했던 일이다. 해일의 사건으로 두 대천녀가 손을 잡으니 그간 눈치 보기 바빴던 천계가 한동안 무지갯빛이었던 것도 사실이나 이것조차 영 찜찜한 해일이었다.

"오라버니, 이것 좀 들어보세요."

햇살같이 웃음 짓던 오라버니의 얼굴이 더더욱 어두워지니 항아가 그에게 복숭아를 내밀었다.

"선도라는 것입니다."

"향이 좋구나."

"맛도 좋답니다. 우리에게야 소용없지만 인간이 먹게 되면 영생을 누린다지요?"

"그래?"

"선계의 중심에 있는 삼신산에서 가져왔어요."

선도를 한입 베어 물자 입안 가득 향긋한 내음이 들어차며 단맛이 혀를 녹인다.

"오라버니도 한번 가보셔요. 누렁이보다 훨씬 영리하고 신통한 영수들이 가득하답니다."

"그래?"

용이나 봉 같은 영수들을 좋아하는지라 근심 가득했던 해일의 얼굴에 화색이 돈다.

"한번 가보셔요. 선인들을 다스리는 원희라는 이는 또 어찌나 아름답고 고운지 모른답니다."

항아의 말에 해일이 선도를 씹으며 생각에 잠겼다.

'삼신산이라……. 가서 기린이나 잡아올까.'

*

어김없이 찾아오는 사막의 밤, 적왕은 가라앉지 않는 불길을 다스리지 못해 뜨거운 숨을 토해냈다. 강인한 정신력만큼이나 빠른 속도로 회복하고 있는 루아를 보며 가슴으로 차오르는 수많은 감정의 파도에 휩쓸려 지새운 날이 사흘이다.

'누구…… 세요?'

어제 처음으로 눈을 뜬 루아는 그를 알아보지 못했다. 처음에는 열병으로 기억을 잃은 것이라 생각하였으나 아니었다. 잠시 잠깐이지만 루아는 분명하게 그를 바라보며 누구인지, 그녀가 누운 곳이 어디인지를 물었다. 붉은 눈동자를 마주하기가 불편했던지 고개를 돌려 버린 루아는 다시 잠들어 버렸다. 흔들리던 그녀의 눈동자를 잊을 수가 없다. 자신을 알아보지 못하는 정인에 대한 원망이 아니었다. 오히려 그녀가 알아볼까 두려웠다.

"너는 하나도 변함이 없구나."

짧아진 머리카락을 빼고는 세월이 비켜간 듯 전혀 달라진 것이 없는 모습으로 그의 앞에 나타난 루아로 인해 적왕은 혼란스러웠다.

"나는……."

온몸을 피로 물들이며 거침없이 달려온 오 년의 세월 속에 그가 지나온 길은 야인들의 시체가 산을 이루고 그 피가 강이 되어 흘렀다. 적토의 적왕으로 쌓아온 피의 역사를 알게 되어도 그녀가 여전히 변함없는 눈으로 그를 바라봐 줄지 알 수 없어 두려웠다.

'남아 있던 그리움마저 잃게 되겠지.'

잠든 그녀의 곁을 지키던 적왕이 일어나 막사를 나섰다. 달빛 아래 오아는 적막하다. 루아가 오아의 물속에 숨은 것을 알지 못하고 그녀를 찾으라고 보냈던 부하들은 돌아오지 않았다. 그가 사막수리를 띄워 돌아오라 하기 전까지 붉은전사들은 계속하여 루아를 찾고 있을 것이다.

물가를 찾아 세수를 했다. 차가운 밤공기에도 아랑곳없이 적왕은 얼굴에 물을 끼얹었다. 얼굴을 타고 흐른 물방울이 그의 모습을 비추고 있는 물 언저리로 똑똑 떨어져 내린다. 눈동자가 붉게 변한 뒤로는 단 한 번도 스스로의 모습을 비춰보지 않았다. 일렁이는 물 위로 낯선 사내의 모습이 보인다.

'누구인가.'

보기에도 섬뜩한 붉은 눈동자, 얼굴을 가로지르는 흉한 상처는 움푹 파인 볼과 함께 어두워진 피부에 더욱 도드라졌다. 그는 너무나 많이 변해 있었다.

같은 시각, 잠에선 깬 루아는 화들짝 놀라 몸을 일으켰다. 꿈에 불길 속에 서 있는 해일을 본 것 같은데 기억이 나지 않았다. 주위를 둘러보니 아무도 없다.

"어디지?"

혼자라는 사실을 깨달은 루아는 안도의 숨을 내쉬었다. 죽을 만큼 앓고 일어났던 예전처럼 몸에 기운이 하나도 없었다. 태자전에서 쓰러져서 집에서 깨어났던 일을 떠올리며 중얼거렸다.

"내 방에서 눈을 떴으면 좋으련만."

오랜 시간 누워 있었는데 머리도 뽀송뽀송한 것이 천지에서 목욕이라도 한 듯 상쾌하다. 입고 있는 것도 낯설지만 새 옷 같다. 검은색의 얇은 천으로 된 낯선 옷을 잡아당겨 보니 겹겹이 겹쳐진 옷은 바람이 잘 통하는 듯 땀 냄새조차 나지 않았다.

'월령!'

없다! 허리춤을 뒤적이던 루아가 다시금 찬찬히 낯선 막사를 둘러보며 월령도를 찾았다. 제일 먼저 눈에 들어온 것은 막사 꼭대기까지 치솟아 있는 창이었다. 언젠가 우서한이 대나무로 만든 죽창을 들고 연마하는 것을 본 적이 있지만 지금 저 물건에 비하면 아이들 장난감같이 느껴진다. 무게를 가늠할 수 없는 것이 아무래도 사람이 쓰는 물건은 아닌 것 같았다.

"어디서 잃어버렸지?"

분명 물속에 들어가 풀잎을 물고 있을 때까지 있었는데. 기운은 하나도 없었지만 루아는 지난 시간을 또렷이 기억했다. 동굴에서 빠져나왔다 싶었는데도 긴가민가할 정도로 바깥공기는 뜨거웠고, 아무것도 없는 모래 바닥을 기어 다니다 밤이 되었다.

자윤의 검을 끌어안고 죽기 일보 직전에 다행히 사냥꾼 무리를 만난 루아는 제천행사 사신단의 행렬에서 보았던 낙타라는 짐승의 등에 짐짝처럼 실려 그들의 마을로 왔다. 오는 길에 어찌나 흔들려 대는지 루아는 얼마 남지도 않았던 양분을 모두 게워내야 했다.

마을에 도착해서야 그녀를 구해준 이들이 평범한 사냥꾼이 아니라는 것을 알았다. 무장을 한 사내들은 집이랄 것도 없이 바닥에 불을 피워 앉았고, 루아는 짐짝처럼 물가 근처에 던져졌다. 기운도 없고 추웠다 더웠다 하는 것이 상태가 좋지 않아 죽은 척 누워 있었다.

월령은 동굴을 탈출한 이후 불러도 대답도 없고 웬 괴물같이 시커먼 사내가 물 한 모금 주고 간 것이 전부였다.

아무리 머리를 굴려봐도 도적떼 같은 무리 속에서 벗어날 길을 찾을 수 없던 루아는 그녀의 가까이에서 달빛에 빛나는 물을 보았다. 호수라고 하기에는 조금 작지만 그녀의 키 높이는 족히 넘을 것 같은 물속에 숨어 꼬박 하루를 보냈다.

"아! 물속에서 잃어버렸나 보다."

월령이 있는 곳을 찾아낸 루아가 한숨을 늘어지게 내쉬었다.

"물속으로 또 기어들어 가야 하나."

성치 않은 몸으로 물속에서 장시간 있었던 탓에 더더욱 상태가 안 좋아진 몸이다. 물 밖으로 고개를 내밀어 망을 보다가 무리가 사라진 틈을 타 없어진 상아검을 찾아 천막에 숨어든 것이 탈이었다.

그녀가 마지막으로 기억하는 것은 자윤의 머리띠를 손에 쥐고 실랑이하던 사내다. 루아는 오른손을 들어보았다. 분명 꼭 쥐고 있던 머리띠도 없다. 결국 사내의 손에서 빼앗지 못한 걸까. 기억이 가물가물하다.

"어디 갔을까."

씻겨서 곱게 눕혀놓은 것을 보니 그리 나쁜 사람 같지는 않은데, 처음 봤던 그 무리는 아무리 좋게 보려 해도 너무나 험악해 보이는 것이 도적떼 같았다.

'사내의 눈동자가 붉은색이었던 것 같은데, 착각인가?'

구해준 것인지 잡혀온 것인지 분간이 가지 않아 머리가 아파올 즈음 막사가 흔들리며 사내가 들어섰다. 멀쩡하게 앉아 있는 그녀의 모습이 조금 의외였던지 사내가 걸음을 멈춰 선다.

아, 사내를 바라보는 루아의 두 눈에서 희망이 사그라진다. 온통 검은 천으로 얼굴을 가린 것을 보니 도적이 분명하다. 보이는 거라곤 두 눈동자밖에 없는데 그마저도 사람의 것이 아닌 듯 시뻘거니 존재 자체가 위협적이다. 얼핏 잠에서 깨었을 때 그녀를 내려다보는 두 개의 붉은 눈동자를 본 것 같았던 그 느낌이 꿈이 아니라 사실이었던 것이다.

'요괴인가? 도적인가? 어휴.'

둘 중 어느 하나도 좋게 들리지 않는다. 처음 그녀를 발견한 사내들만큼이나 거칠고 사나워 보인다.

"살아났군."

설마 죽기를 바란 것은 아니었겠지. 혹 식인 부족인가? 오만가지 생각이 루아의 머릿속을 떠다녔다. 그도 그럴 것이, 환국을 벗어난 이후로 그녀가 겪은 모든 일이 상식을 벗어나 있었기에 그사이 상상력만 무럭무럭 자라난 루아였다. 무슨 말을 해야 할까 루아는 고민스럽다.

"말이 없군."

말없이 멀뚱거리며 그를 올려다보는 루아의 모습에 적왕은 당황했다. 열병을 앓고 난 후 드물게 기억을 잃거나 목소리를 잃는 이들이 있기 때문이다.

한 걸음 다가서니 놀란 듯 루아가 움찔 이불을 움켜쥐고 물러앉았다. 크지 않은 움직임이었으나 더 이상 다가설 수 없을 만큼 충분하게 상처가 되었다. 겁에 질린 듯 핏기 없는 루아의 얼굴이 더욱 하얘졌다.

"저……."

갑작스레 움직였더니 루아는 어질한 것이 기운이 쪽 빠졌다. 서자부의 금랑까지 지낸 그녀가 아무리 약해졌다고 한들 이리 움찔거리며 물러나다니 부끄러워 고개를 들 수가 없다. 사내가 한 걸음 물러서는 것을 보니 더더욱 얼굴이 달아올랐다.

"저……."

무례한 행동에 미안하다고 말을 해야 하는데, 살려주어 고맙다고도 해야 하거늘 입이 떨어지지 않았다. 솔직히 사내의 붉은 눈동자 때문에 놀란 것도 사실이다. 하지만 제천행사 사신단 속의 많은 이방인을 보아왔고 해일 또한 푸른색의 눈동자를 갖고 있지 않던가.

죽음의 땅 41

"저……."

애쓰는 모습을 보고 싶지 않아 돌아서는 적왕의 뒤로 그녀의 목소리가 또렷하게 들려왔다.

"저는…… 환국 마가의 차녀 루아입니다."

적왕은 이상하게도 웃음이 나왔다. 낯선 곳에 붙잡혀 온 상황에서 예를 지키는 모습이라니, 참으로 변함없이 어여쁜 정인이 아닌가.

"살려주셔서 감사합니다."

적왕은 돌아설 수가 없었다. 그의 붉은 눈동자에 기겁하며 물러서는 그녀의 모습을 보고 싶지 않았다. 멈췄던 걸음을 떼며 적왕은 그대로 막사를 나와 버렸다.

"화가 났나?"

하긴 화가 날 만도 할 것이다. 기껏 목숨 구해놨더니 토끼처럼 눈이 빨갛다 하여 움찔거리며 그리도 무례하게 굴었으니 어느 사내가 웃으며 넘겨줄까.

"겉모습만 보고 그 안에 든 것이 무엇인지 알아가는 기회조차 놓친다면, 껍데기가 쓰다 하여 열매까지 버리는 멍청한 짓이다."

아버지의 말을 떠올리니 또다시 한심해지는 스스로를 주체할 수가 없었다. 월령의 말처럼 그녀는 정말 멍청이가 맞는 것 같다.

'아버지, 멍청한 소녀 몸이 좋지 않으니 자고 일어나서 그자에

게 꼭 사과하도록 하겠습니다.'

 루아는 이불을 뒤집어쓰고 누워버렸다. 환국에서는 누구나가 다 배움을 청하는 서자부의 금랑이었건만 우물 안의 개구리라 고향을 벗어나니 갈수록 멍청해지는 것 같았다. 한숨이 나왔.

 뒤척뒤척 두 눈을 꼭 감았지만 잠이 오지 않았다. 며칠을 누워 있었는지 알 수 없지만 잠이 안 오는 것으로 보아 잠은 충분히 잔 것 같다. 일어나 밖으로 나가자니 붉은 눈의 사내와 마주칠 것 같아 가슴이 콩닥거리고 그대로 있자니 답답하기 짝이 없다.

 꼬르르.

 행여 밖에까지 들릴까 싶어 배를 움켜쥐었다. 하지만 배가 고프다. 막사 안은 크기에 비해 짐이라 할 것도 없어 무시무시한 창만 눈에 들어올 뿐 먹을거리라곤 없다.

 슬며시 일어나 살금살금 막사 문으로 다가가 두꺼운 천을 여니 모닥불 앞에 앉아 있는 사내의 등이 보였다. 사내가 몸을 틀어 옆으로 돌아앉는가 싶더니 사내의 손에 잡혀 버둥거리는 것이 보인다. 사내의 팔뚝만 한 도마뱀이 긴 꼬리를 흔들고 있다. 번뜩이는 빛을 올려다보니 사내가 치켜든 상아검에 반사된 달빛이다.

 "안 돼요!"

 어디서 그런 힘이 났는지 루아가 사내의 손에 잡힌 갈색의 도마뱀을 품어 안으며 뒤로 주저앉았다. 놀란 사내와 눈이 마주칠 새도 없이 오른손으로 타는 듯한 통증이 일었다. 내려다보니 녹색과 주홍색 반점이 촘촘히 박힌 도마뱀이 그녀의 손을 입안 가득 물고 루아를 올려다본다.

'미안해요. 나도 모르게' 라고 말하는 듯 노란 눈을 깜박이던 도마뱀이 잽싸게 꼬리를 치고 올라 도망가 버렸다.

'역시 너였구나.'

루아는 도마뱀을 기억했다. 사막을 헤매다 지쳐 잠든 그녀의 손가락을 물었던 그 도마뱀이다. 도마뱀이야 그녀의 손가락을 먹으려 한 것이었겠지만, 도마뱀 덕분에 깨어난 루아는 불행인지 다행인지 붉은전사 두마의 일행을 만났다.

'설마 날 쫓아온 것은 아니겠지?'

루아가 고개를 드니 도망친 도마뱀은 사내에게 꼬리가 붙들려 불가로 돌아오고 있었다. 사내는 도마뱀이 도망가지 못하도록 상아검으로 꼬리를 관통하여 바닥에 꽂아버렸다. 고통스럽게 허리를 틀며 팔다리로 주변의 모래들을 밀어내는 도마뱀을 보며 루아가 말했다.

"놔줘요."

사내는 대꾸도 없이 부여안은 루아의 오른손을 잡아당기더니 도마뱀의 이빨 자국이 선명한 엄지와 검지 사이를 단도로 그어버렸다.

"아얏!"

비명에도 아랑곳없이 사내는 주룩 피가 흐르는 그녀의 손을 입에 물었다. 뭐 하는 거지?

"뭐, 뭐 하는 거예요? 놔요!"

얼마나 누워 있었는지조차 모르는 루아의 버둥거림은 미약하기만 하고 사내는 주저 없이 그녀의 손에서 피를 빨아내기 시작했다.

"뒈!"

피를 빨아 뱉어내기를 반복하는 사내를 바라보자니 지금의 이 상황이 납득가기 시작했다. 사내의 행동은 독사에 물렸을 때의 처치와 다름이 없었다. 지난번 물렸을 때에도 별일 없었는데.

"독이 있는 건가요?"

"두고 봐야지."

사내의 말에 루아가 고개를 갸웃거렸다. 환국에서는 저렇게 큰 도마뱀을 보지도 못할뿐더러 오는 길은 내내 설원이었던지라 뱀조차 구경하지 못했다.

사내가 허리춤에서 낯익은 끈을 꺼내어 그녀의 손을 묶고 있다.

"안 돼요!"

"안 되는 것도 많군."

"제게 소중한 거라고요. 피로 더럽힐 수 없어요."

적왕은 풀어내려는 그녀의 손을 밀어내고 단단하게 매듭까지 맸다. 잘라내지 않는 한 풀어내려면 이빨로 한참이나 물어뜯어야 할 것이다.

사막에는 그 모진 환경에서 살아가기 위해 풀이나 동물이나 독을 가진 것들이 많았으나 저녁거리로 잡아온 도마뱀은 독성이 없었다. 그럼에도 열병에서 깨어난 지 얼마 되지 않은 루아였기에 저항력이 약해 작은 상처조차 조심해야 했다.

망할 도마뱀의 목을 치려 상아검을 치켜드니 루아가 온몸을 던져 그의 팔을 가슴에 안았다.

"그냥 살려줘요."

왜 그래야 하는지 모르겠다. 나흘 가까이 물만 마시고 누워 있던 그녀인지라 체력 보충을 위해 육포 대신 잡아왔는데 도마뱀이라 싫은 건가? 하긴, 채식을 주로 하는 환국인이니 살생이 익숙지 않을 것이다.

"사막에는 먹을거리가 흔치 않아."

"그래도 살려주세요. 부탁해요."

점점 작아지는 목소리에 적왕이 왼손에서 힘을 빼니 그의 손에서 벗어난 도마뱀이 빛의 속도와 같이 빠르게 어둠 속으로 사라져 버렸다.

하염없이 도마뱀이 사라진 곳을 바라보는 루아에게 손바닥만 한 육포를 건넸다. 서자부에서도 장거리를 이동할 경우 종종 취하는 것이니 굳이 거부하지 않을 것이다.

"감사합니다."

육포를 받아 든 루아가 조심스레 뜯어 먹기 시작했지만 기운이 빠진데다가 질긴지 쉽게 먹지를 못한다.

"도마뱀으로 만든 건가요?"

"낙타."

짧은 대답과 함께 적왕이 그의 손에 들려 있던 것을 가까이에 있는 돌 위에 얹어 단도로 두들겼다. 충분히 연해졌지만 적왕은 얇게 칼집까지 내어 루아에게 내밀었다.

망설이던 그녀가 적왕이 내민 육포를 받았으나 먹지 못하고 그를 쳐다봤다.

"저…… 이거라도 괜찮으면……."

한번 입에 넣었던 것이라 그녀의 침이 묻어 반짝이는 육포를 내미는 루아를 보니 피식 웃음이 나왔다. 먹을 것이 없다 생각한 것이리라. 육포라면 충분히 있지만 적왕은 그녀에게서 육포를 받아 입에 넣었다.

얼굴을 가리고 먹는 것이 불편해 보였던지 물끄러미 바라보던 루아가 그의 얼굴을 가린 검은 천으로 손을 뻗었다. 적왕이 그녀의 손을 잡았다.

"아까는 너무 무례하게 쳐다봐서 미안해요."

말은 그리 했지만 사내에게 잡힌 손이 아파 루아는 손가락 끝에 걸린 천을 당겨야 할지 망설여졌다.

그녀의 손을 밀어낸 사내가 얼굴을 가렸던 천을 스스로 거둬냈다. 오른쪽 눈썹 위에서 콧등을 지나 왼쪽 볼까지 이어진 사내의 흉터를 보며 루아가 숨을 들이켰다.

유심히 루아의 모습을 지켜보던 사내의 낮은 한숨 소리를 들은 것 같다. 착각이었을까. 자리에서 일어난 사내는 아무 일 없다는 듯 걸어가더니 이내 낙타에 올라 어디론가 사라져 버렸다.

다음날, 그녀가 눈을 떴을 때에는 이미 해가 중천에 뜬 뒤였다. 후덥지근한 막사를 벗어나 나무 그늘에 앉으니 건조해서인지 시원하게 느껴진다.

찰박이는 물소리에 몸을 일으킨 루아는 그 자리에 멈춰 섰다. 혼자가 아님에도 어쩌면 그렇게 주위를 살피지 않고 움직였는지 긴 머리를 늘어뜨리고 물속에서 선 사내의 뒷모습이 보였다. 허리까지 물에 담근 사내가 돌아서면 난감한 상황에서 아침 인사를 해야 할 것이다.

'그러지 않는 게 좋을 것 같아.'

월령이 곁에 있었다면 분명 그리 말했을 것이다. 어제의 헤어짐도 분위기상 그리 좋지 않았던 탓에 루아는 언제 그녀를 향해 돌아설지 알 수 없는 사내의 등에 시선을 둔 채로 천천히 뒷걸음질쳤다.

사내의 뒷모습이 어딘지 모르게 낯이 익다. 사내가 등을 덮고 있던 긴 머리카락을 잡아 앞으로 훑어 내리니 갈라진 근육들이 자리한 그의 등이 훤하게 드러났다. 왼쪽 어깨를 가로지른 상처나 허리 오른쪽으로 보이는 자상은 당시의 심각한 출혈을 예상할 수 있을 정도로 흔치 않은 상처다.

'자윤?'

익숙하지 않은 느낌에 돌아선 적왕은 오는 길인지 가는 길인지가 분간되지 않는 자세로 서 있는 루아를 발견했다. 아마도 해가 뜨고 달궈진 막사 안 공기가 답답하여 나온 것이리라.

'밤사이 평안하셨습니까?' 라고 예의 바른 인사를 하겠거니 기다렸으나 루아는 그가 아닌 무언가 다른 것을 보는 양 한참이나 말없이 멈춰 서 있었다. 루아의 시선이 그의 벗은 상반신을 거침없이 훑어 내렸다.

'언제부터 저리 대담해졌을까.'

남녀의 정을 나눈 뒤에도 무에가 그리 부끄러운지 그의 가슴에 얼굴을 묻기 바쁜 루아였는데. 문득 기분이 나빠졌다. 다른 사내가 있었던 것인가. 그의 얼굴이 점점 더 험악해졌다.

붉은 눈동자로 쏘아보는 사내의 모습에 섬뜩 놀란 루아는 뒷걸음질치기 시작했다. 벗은 사내를 그리도 유심히 바라보다니 미친 것이 아닌가. 달아오르는 얼굴을 가리고 돌아선 루아는 달리기 시작했다. 등 뒤로 사내의 시선이 화살처럼 내리꽂혀 등짝이 따끔거렸다.

루아가 막사로 달려가 버리자 적왕은 물에서 나왔다. 물기를 털어내며 보니 호랑이 무늬만큼이나 겹겹이 자리한 상처들이 보였다. 상처 하나하나에 지난 시간이 기록처럼 새겨져 있었다. 그중에도 가장 선명하게 자리한 것은 역시나 순행 중 희생제를 치르는 부족장과의 싸움에서 얻은 상처였다. 순간 돌아선 적왕이 막사를 바라보았다.

'상처를…… 기억하는 것인가?'

적왕은 고개를 저으며 옷을 챙겨 입었다. 그는 모른다. 은월제의 밤 천 년 연리지 앞에서 다시 만난 루아가 그의 상처들을 쓰다듬으며 얼마나 많이 울었는지 그는 알지 못했다.

막사를 지나친 적왕은 낙타에 올라 모래언덕을 향해 고삐를 당겼다. 그를 알아보지 못하는 그녀를 보는 것이 괴롭다. 너무나 변해 버린 자신을 알아볼까 두려워 그 또한 괴롭다.

타닥타닥 빠르게 멀어져 가는 소리에 막사 안을 서성이던 루아가 밖으로 뛰어나왔다. 이미 모래먼지 속에 멀어져 버린 사내의 뒷모습을 바라보니 가슴이 울컥거린다. 어찌 저리 닮았을까.

"그 사람일 리가 없는데, 그럴 리가 없는데……."

중얼거리는 루아의 눈으로 눈물이 차올랐다. 차마 돌아서지 못하고 그가 사라진 곳을 바라보던 루아는 결국 먹먹해 오는 가슴을 내려치며 자리에 주저앉고 말았다.

"흑! 어디 계십니까. 너무나…… 흐흐흑…… 너무나 보고 싶습니다. 보고 싶어…… 어엉, 엉엉엉, 가슴이 너무 아파요."

메마른 모래를 움켜쥐며 그간 참았던 그리움이 터져 버렸다. 루아는 아이처럼 울기 시작했다.

그런 루아를 뒤로하고 어디로 가는지도 알 수 없는 사막을 내달리는 적왕 또한 날아드는 모래를 삼킨 것처럼 숨을 쉴 때마다 저릿하게 가슴이 아파왔다. 몸이 나았으니 루아를 보내야 하는데 그리 할 수 없어 답답하다. 전처럼 평안과 안식을 줄 수도 없는데, 환하게 웃는 그녀의 모습도 볼 수 없을 텐데 보낼 수가 없다.

'서윤처럼 그녀를 죽일 참인가.'

소중한 이들이 모두 그의 곁에서 죽어갔다. 마치 지계 명왕의 저주라도 받은 것처럼. 순행에서 돌아와서도 영영 돌아오지 못할 길들을 떠나는 이들을 꼼짝없이 지켜봐야 했다. 두려웠다. 그녀를 잃게 될까 두려워 바라보는 것조차 힘겹다.

어제 사막수리를 날려 흩어진 전사들을 불러들였어야 했다. 전사들에게 그녀를 한국까지 데려다 주라 일렀어야 했다. 미루지 말았어야 하는데 너무 긴 시간 짙은 외로움에 한줄기 빛처럼 다시 만난 그녀가 너무나 애틋하고 어여뻐서 놓아줄 수가 없었다. 잠시라는 이기를 부리며 그를 알아보지도 못하는 루아를 곁에 붙잡아 두려 하는 스스로가 너무나도 답답하다.

얼마나 달리고 또 달렸던지 오아로 다시 돌아왔을 때에는 해가 누그러져 있었다. 불을 피우고 불가에 앉아 있으려니 그가 돌아오는 소리를 들었는지 루아가 빠끔히 고개를 내민다. 말없이 불가로 다가앉는 그녀에게 아무런 말도 하지 않았다.

"저……."

애써 용기를 내었지만 루아는 다시 입술을 깨물어 버렸다. 조용히 불만 바라보던 사내가 그녀의 손을 잡아 훑어보더니 한숨을 내쉬었다. 그러고 보니 조금 부어오른 것 같기도 하고.

"멀리 다녀오셨나 봐요."

기다렸던 걸까. 이렇게 곁에 있는데도 그녀의 예쁜 눈동자를 피해야 한다는 사실이 슬퍼졌다. 적왕이 어제와 같이 육포를 두들겨 루아에게 건넸다.

"고마워요."

루아는 그가 건네는 육포를 받아 우물우물 씹었다. 어제는 분명 맛이 좋았는데 지금은 모래를 씹는 것처럼 서걱거린다.

"여기가 어딜까요?"

침묵이 너무나 서먹하여 루아가 말문을 열었지만 사내는 대답이 없다. 말 많은 해일과 여행을 하다 보니 우서한 뺨치게 무뚝뚝한 사내가 적응이 되지 않았다. 이름조차 가르쳐 주지 않는 사내를 뭐라 불러야 할까.

"대답하기 힘든 질문을 하였나 봅니다. 미안해요."

미안해요. 고마워요. 평안하셨습니까. 그녀가 즐겨 사용하는 말들이다. 적왕의 조용한 시선이 모닥불에서 루아에게로 옮겨갔다.

"죽음의 땅 사막."

아! 루아가 고개를 끄덕였다. 하지만 받아들이기에는 너무나 먼 거리다. 양운국의 동굴이 우루국을 지나 사막까지 연결되어 있단 말인가!

"그럼 근처에 사해도 있겠네요?"

"사해?"

"죽음의 바다라는 염호가 있다던데."

빠르게 반응을 보이는 사내를 올려다보며 루아가 물었다.

"가보셨어요?"

사해는 적왕이 통과해야 할 관문 중의 하나다. 지금 그가 있는 죽음의 땅, 사막은 지계로 가는 첫 번째 관문으로 토(土)의 결계였다. 그간 수집해 온 자료에 의하면 살아 있는 몸으로 세상의 끝이라 알려진 지계에 가려면 다섯 개의 관문을 통과해야 했다. 화(火), 목(木), 금(金), 수(水), 토(土)로 이루어진 오계(五界)는 그 시작으로 알려진 토의 결계와 수의 결계인 죽음의 바다 외에는 뚜렷하게 알려진 것이 없어 어디서 어떠한 형태의 결계지(結界地)로 나타나게 될지 예측할 수 없었다.

사막에 들기 전 선발대를 꾸린 것 또한 무모한 희생을 막고자 함이었는데, 루아의 입에서 사해를 듣게 될 줄은 꿈에도 생각지 못한 적왕이다.

"왜 묻는 거지?"

"그리로 가는 중이었어요."

대화라는 것을 응해준 것이 고마워 루아가 미소를 지었다.

"소중한 사람이 그리로 향하고 있거든요. 꼭 찾아야 해요."

루아는 그녀답지 않게 미주알고주알 그간 지나온 이야기들을 했다. 사내는 아무런 말도 없었으나 루아는 그가 귀 기울여 듣고 있다는 것을 느낄 수 있었다. 눈으로 보여줄 월령도 물속 어딘지 모를 곳에 있고, 다른 사람들은 해일의 화살을 따라 그녀와는 반대편으로 나갔을 테니 증명할 방법은 없었지만 사내는 조용히 이야기를 듣는다.

"동굴에 들어갈 때는 겨울의 끝 무렵이었는데, 여기는 완전히 여름이네요. 시간이 얼마나 지났는지 몰라."

"누리달(6월) 스무하루 쇠날(금요일)."

환국의 역법(曆法)을 어찌 아나 놀라서 휘둥그레진 루아의 두 눈이 붉은 눈동자를 마주하니 사납게만 보였던 눈이 연하게 웃고 있는 것 같다.

"환기 3078년."

역시나 역법이 어렵긴 한가 보다. 사내가 실수를 했다. 루아가 동굴에 들어간 것이 3072년 겨울이니 아무리 시간이 많이 지났다 해도 3073년이 맞다.

5년이라는 시공을 뛰어넘었다는 사실을 알지 못하는 루아로서는 당연한 계산법이었다.

"환기는 3073년이 맞을 듯합니다."

"3078년."

이제 사내는 드러내 놓고 눈꼬리를 휘며 웃고 있다. 그 모습에 루아는 입을 다물어 버렸다. 한결 부드러워진 이 상황에 굳이 실랑이를 할 필요가 없는 것이 이유였다.

"뭐라고 불러야 할지 모르겠습니다."

환기를 다시 읊는 대신 내내 마음에 담아두었던 말을 조심스레 꺼내니 사내의 눈에서 웃음기가 사라졌다.

"적왕이라 부른다."

웃으면 안 되는데 주책없이 웃음이 새어 나왔다. 이 사내, 말수가 적다 싶었는데 근본적으로 해일과 같은 부류가 아닐까. 자기애가 하늘의 태양만큼이나 빛나는 해일조차도 왕이라 불러달라 하지 않았는데. 입으로 소리 내려니 낯간지럽다. 설마 삼십여 명의 도적떼 가지고 왕이라 하는 건 아니겠지?

"아…… 예."

무어라 대꾸해야 할지 알 수 없어 루아는 뒤늦은 대답과 함께 고개를 숙여 버렸다. 아무리 환국 밖이라지만.

'정말 이상한 사람들 너무 많다.'

11장
샤자라툰

 뜨겁게 내리쬐는 태양 아래 물속에서 나오지 않는 루아를 바라보는 적왕의 눈이 웃고 있다. 오아의 나무 그늘 아래 앉아 그녀를 지켜보는 적왕과 눈이 마주친 루아가 휙 고개를 돌리곤 이내 물속으로 잠수해 버렸다.
 '아직도군.'
 화내는 루아의 모습을 본 적이 없는지라 적왕은 어찌해야 할지 막막하기만 했다.
 짧은 머리카락을 손가락으로 꼬며 지나온 이야기를 하던 루아는 잠이 들어버렸다. 그녀를 안아 막사에 눕히고 손에 감긴 붉은 띠를 잘라낸 적왕은 약을 발라 하얀 천으로 마무리했다. 그때까지만 해도 붉은 띠가 문제가 되리라고는 생각지 않았다. 사내의 무심함이란.

눈을 뜨자마자 불같이 화를 내며 달려든 루아의 씨름 기술에 걸려 쓰러져 버렸다. 적왕의 허리춤에서 번개같이 단검을 빼어 들고 그의 목을 내리누른 탓에 아직도 목 언저리가 쓰렸다. 힘으로 단번에 뒤집어 버리려 하였으나 정작 그는 손 하나 까딱할 수 없었다. 그녀가 울고 있었다.

"당신이 잘라낸 것은 단순한 천 조각이 아니라 그리움입니다."

부어오른 손을 치료하느라 어쩔 수 없었노라 설명을 해도 차라리 손을 잘라내지 그랬냐는 듯 노려보는 루아의 모습에 당황했다. 그리도 거북해하던 적왕의 붉은 눈동자를 서슴없이 쏘아봤다.

"베어내지 못할 검이라면 애초에 들지 않는 것이 좋아."

모진 면이라고는 찾아볼 수 없는 그의 정인은 눈물을 훔치며 그를 놓아주었다.
분기를 가라앉히지 못하고 물가에서 잘려진 붉은 띠를 씻어내는 루아의 눈에 그렁그렁한 눈물이 야자열매처럼 매달렸다. 미안하다 말하려 해도 어찌나 성마르게 노려보는지 한 발짝도 다가설 수가 없었다.
'눈앞의 나는 알아보지 못하고 어째서 머리띠만 움켜쥐고 있

는지.'

　천하의 땅을 붉게 물들이는 적토의 적왕이 작은 여인의 노여움을 피해 나무 아래 앉아 있는 꼴이라니. 루아가 그를 알아보리란 두려움이 옅어지자 헛헛한 웃음만이 먼지처럼 피어오른다.

　'무얼 하는 걸까?'

　열기를 식히는 것도 정도가 있는 법인데 물속에 들어간 루아는 나올 생각이 없는지 수면 위로 머리를 내미는가 싶으면 한껏 숨을 머금고 다시 물속으로 사라졌다.

　삐이이이이!

　쉴 새 없이 같은 행동을 반복하는 루아의 모습을 지켜보는 적왕의 곁으로 사막수리가 커다란 날개를 접으며 나뭇가지에 내려앉았다.

　어젯밤 적왕은 사막으로 수리를 날려 보냈다. 돌아온 사막수리를 보니 머지않아 루아를 찾으라고 보냈던 붉은전사들이 돌아올 것이다. 하자베라면 목숨을 걸고 루아를 환국으로 데려다 놓을 것이다. 한숨이 새어 나왔다.

　시선이 다시 물가로 향한 순간 적왕은 벌떡 일어나 달리기 시작했다.

　"루아!"

　물속으로 뛰어들어 루아의 이름을 불렀으나 대답이 없다. 고개를 내밀 시간이 지났는데도 그녀의 자그마한 머리는 떠오르지 않았다.

　"루아!"

물풀처럼 몸으로 감겨드는 옷가지를 벗어 던지고 주저 없이 머리를 박아 물속으로 헤엄쳐 들어갔다.

'월령!'

루아는 물풀 사이에 박혀 빠지지 않는 월령도를 부여잡고 몸부림쳤다. 반나절 가까이 그녀가 숨었던 물풀 사이를 헤집고 다닌 덕에 월령을 발견했다. 반가움도 잠시, 단단하지도 않은 땅에 박힌 월령도가 빠질 생각을 않았다.

'월령!'

'나 좀 내버려 둬.'

'여기서 뭐 해! 빨리 나와!'

아무리 잡고 흔들어도 꿈쩍도 않는다. 입에서 공기가 새어 나가며 보글보글 물방울이 올라왔다.

'정말 귀찮아 죽겠어.'

'빨리 나와.'

'웃겨! 누구 때문에 내가 이러고 있는데.'

월령이 몸을 부르르 떨었다. 멍청이 루아가 화룡의 몸에 자신을 박아 넣은 탓에 온몸에 화상을 입고 간신히 키워온 기운이 반이나 날아가 버렸다. 물론 루아가 황룡의 정체를 모르고 있었다고는 해도 초주검 상태에서 이제야 겨우 본체에서 벗어날 정도의 기운을 모았는데 벌써 나오라 성화이니 월령은 심통이 있는 대로 치솟아 올랐다.

'가버려. 귀찮아 죽겠어.'

욕을 해도 고집쟁이 주인은 그녀의 발목을 잡고 놓지 않았다.

물고기도 아닌 것이 물속에 오래도 있는다 싶다.

'멍청이.'

숨이 막혀오는 루아의 발목을 무언가 감겨들었다. 이내 그 손길은 허리로 올라와 억세게 움켜쥐었다. 고개를 돌리니 적왕이 그녀를 잡아당겼다.

꼬르르르.

입에서 물방울이 더욱 거세게 새어 나오니 적왕이 루아를 잡아당기며 긴 팔다리를 움직이며 위로 올라가기 시작했다. 잡아당기는 힘이 너무 센 탓에 월령을 놓쳐 버린 루아는 순식간에 수면 위로 떠올랐다.

"어푸! 어푸! 콜록콜록!"

"헉헉……! 하악! 하아하아…… 루아!"

물 위로 고개를 내민 적왕과 루아가 동시에 거친 숨을 터뜨렸다. 루아의 몸을 뒤집어 안은 적왕은 물가를 향해 헤엄쳐 갔다. 물가에 루아를 내려놓기가 무섭게 다시 물속으로 기어들어 가려 하자 적왕의 단단한 팔이 그녀의 어깨를 내리눌렀다.

"헉헉! 지금…… 하아…… 뭐 하는 짓이지?"

"물속에…… 하아! 하아!"

들썩이는 가슴이 서로를 향해 거칠게 뛰고 있다.

"물속에 놓고 온 것이 있어요."

고집스러운 루아의 눈빛에 적왕이 거친 숨을 토해냈다. 조금만 틈을 보여도 다시 물속으로 뛰어들 기세다.

"기.다.려."

그녀에게서 천천히 몸을 떼어낸 적왕이 물속으로 뛰어들었다. 크게 숨을 머금고 잠수해 루아가 있던 곳으로 힘차게 팔다리를 내저었다. 머리카락처럼 엉켜드는 물풀을 헤치니 그 속으로 머리를 박고 있는 단도의 모습이 보였다.

'이건 또 뭐야?'

서서히 다가오는 붉은 눈동자를 바라보던 월령은 사내가 자신의 몸을 휘감는 순간 두려움에 휩싸여 버렸다.

'우아아아앗! 놔! 뜨거! 뜨거!'

황룡의 몸에 박힐 때같이 비명이 터져 나왔다.

끼이이이이이!!

손쉽게 빠지는 단도를 손에 든 적왕은 수면을 향해 헤엄쳤다. 손안에서 단도가 부르르 떨리는 것 같은 느낌이 들었지만 신경 쓰지 않고 물 밖으로 고개를 내밀었다.

저벅저벅 물 밖으로 걸어 나온 적왕이 망연하게 그를 올려다보는 루아의 손에 단도를 쥐어주었다.

다정하게 그녀와 눈을 맞추던 적왕이 몸을 일으켜 돌아섰다. 알몸으로 막사를 향해 걸어가는 적왕에게서 루아는 눈을 뗄 수가 없었다. 아무리 봐도 자윤의 뒷모습이다.

'뭐야! 뭐냐구! 나한테 왜 이래!'

앙칼진 목소리에 고개를 돌리니 화가 난 월령이 허리춤에 양손을 걸치고 루아를 내려다보고 있었다. 예쁜 보라색 눈동자에 물에 젖은 은빛 머리카락이 얼굴에 달라붙어 도톰한 입술이 더욱 뾰로통하게 튀어나왔다.

"월령!"

허허벌판에 혼자라 생각했는데 막상 월령을 보니 눈물이 왈칵 솟아 그녀를 와락 끌어안았다. 화전마을에서 보았을 때보다 더 크고 예뻐졌다.

'짜증 나…….'

화가 난 듯 보였지만 월령도 루아의 등으로 손을 두른다. 서늘하게 감겨오는 월령의 느낌이 좋다. 루아는 오랜만에 월령을 만나 좋아서 그런 것인지, 자꾸만 자윤의 모습과 겹쳐지는 적왕 때문에 그런지 모른 채 한참을 울었다.

"그만 좀 할래?"
"흑흑, 미안해."
"됐어. 멍청이에 울보에, 짜증 나 죽겠어."
"흑, 흐흐, 후후후."

오랜만에 멍청이 소리를 들어서인지 앙칼지기만 한 월령의 말에 어이없게도 웃음이 나왔다.

"얼씨구. 웃네? 정말 가지가지 한다."
"응, 응."
"도대체 저건 어디서 만난 거야?"

월령이 적왕이 사라진 막사를 가리켰다.

"아, 적왕…… 님."

아무리 사내라 해도 꿈적도 않던 월령을 금방 꺼내온 것이 신기하여 루아가 고개를 갸웃거렸다.

"이름 차암 자알 어울린다. 시뻘건 게."

단도의 손잡이랍시고 그의 손이 감겨들었던 부분이 아직도 뜨끈하다. 월령이 몸서리쳤다. 타 죽는 줄 알았네.

"재수 없어."

도대체 루아에게 뭐가 문제가 있어 뜨거운 것들만 달려드는지 알 수가 없는 월령이다. 일천자에 화룡에 이제는 봉황까지 전부 다 불의 기운을 가진 자들이다.

"그렇게 대놓고 말하는 건 무례한 짓이야."

"흥! 어련하시겠어. 됐고, 난 한숨 잘 거니까 불러대지 좀 마."

싸늘하게 루아를 흘겨본 월령이 단도 속으로 쏙 들어가 버렸다. 그래도 다시 돌아와 준 것이 고마워 루아는 단도를 쓰다듬으며 허리춤에 밀어 넣었다.

깨끗하게 빨아서 근처 나무에 걸쳐 놓았던 붉은 띠를 거두어 손에 들었다. 적왕의 손에 잘려진 두 개의 띠를 보자니 그녀의 심장이 쪼개진 것 같아 마음이 아프다.

'막사로 들어간 것이 아니었나?'

막사로 들어선 루아는 언제 옷을 갈아입고 나갔는지 텅 비어 있는 막사를 돌아보았다. 잠자리에는 하얀 천으로 된 옷이 놓여 있다. 적왕이 새로 묶어놓은 오른손의 천을 풀어낸 루아는 젖은 옷을 벗고 하얀 옷으로 갈아입었다. 그녀가 입고 있던 것과 마찬가지로 적왕의 것인지 한참이나 커서 여기저기 매듭을 지어 묶어야 했다.

잠자리에 앉아 손에 든 머리띠를 내려다보았다.

"그래, 일부러 자른 것은 아닐 거야."

머리띠를 가슴에 품고 누우니 월령을 찾느라 피곤했던지 루아는 까무룩 잠 속으로 빠져들었다.

"루…… 아."

잠결에 그녀의 머리카락을 쓰다듬는 부드러운 손길이 느껴졌다. 익숙한 향기, 몽롱하게 내려앉은 천지의 물안개 속에서 루아는 그를 보았다.

"자윤님……."

천지에서 헤엄치던 그날과 꼭 같았다. 자윤과 루아는 하나로 얽혀 물 위에 떠 있었다. 그가 루아를 내려다보며 입맞춤했다. 금세 떨어져 나가는 것이 아쉬워 어리광 부리듯 자윤의 아랫입술을 살며시 물고 놓지 않았다. 심장을 두드리는 낮은 웃음소리가 들려왔다.

"전사들이 환국까지 데려다 줄 거야."

자윤의 숨결이 너무나 가깝게 느껴졌다. 꿈이라는 것을 알기에 깨어나고 싶지 않았다. 그녀를 두고 물 밖으로 걸어 나가는 자윤의 뒷모습에 루아는 가슴이 아팠다. 헤어지고 싶지 않았다. 이렇게 이대로 꿈이라도 좋으니 조금이라도 더 함께이고 싶다.

"가지 말아요. 그냥 이대로 있어요."

루아의 애틋한 매달림에도 자윤은 묵묵히 물을 벗어났다. 굽이굽이 갈라진 근육들 사이로 언젠가 보았던 상처들이 그녀의 두 눈을 가득 채웠다. 자윤의 뒤를 따라가며 애타게 그의 이름을 불렀다.

돌아선 자윤과 눈이 마주친 순간 루아는 잠에서 깨버렸다.

'붉은 눈동자!!'

화들짝 일어나 앉은 루아는 송골송골 이마에 맺혀든 땀방울을 닦아내며 한숨을 내쉬었다. 환국을 떠난 뒤로 꿈이라고는 꿔본 적이 없는데 왜 하필 지금 자윤의 모습이 보인 걸까.

'적왕!'

루아가 붉은 띠를 움켜쥐고 두근거리는 가슴에 손을 얹었다. 자윤을 불렀을 때에 돌아선 그는 붉은 눈동자의 적왕이었다. 과거 기억의 단편을 깨우는 꿈이지 선몽은 아니었다. 태자가 자윤을 죽이라 사람을 보낸 사실을 알았을 때처럼 심장이 미친 듯이 달음박질친다.

한참이나 숨을 고르며 앉아 있던 루아가 자리에서 일어나 막사의 입구로 다가섰다. 조심스레 밖을 내다보니 해질녘 즈음하여 잠이 들었는데 벌써 달이 떠올라 있었다.

모닥불을 내려다보고 있는 적왕의 모습이 보였다.

'자윤…… 님.'

부름에 답이라도 하듯 적왕이 막사 쪽으로 고개를 돌리자 루아는 저도 모르게 두꺼운 천 뒤로 몸을 숨겼다. 잠시 뒤 다시 고개를 내미니 불 속으로 나뭇가지를 던져 넣는 그의 모습이 보인다. 애써 부정하였건만 그는 점점 더 자윤의 모습을 닮아가고 있었다.

문가에서 돌아선 루아는 막사 안을 서성이기 시작했다. 꿈처럼 다가왔던 자윤의 느낌이 너무나 생생하여 루아는 손끝으로 입술을 쓰다듬었다. 물속에서 루아를 구해주었을 때에도 묵직하게 그녀를 품어 안은 그의 나신은 마치 자윤의 품에 안긴 것 같은 착각을 불러일으켰다.

'정말 착각에 빠진 걸까.'

어둠 속에 서성이던 루아가 다시 막사의 천을 밀어내며 살며시 밖을 내다봤다. 나무에 기대앉은 적왕의 얼굴이 아래를 향하고 있다. 잠이 든 걸까.

조용히 막사를 나선 루아가 소리 없이 적왕에게로 다가가 앉았다. 나무에 기대앉은 적왕은 고개를 살짝 기울인 채 잠들어 있었다. 그에게 들릴까 걱정될 정도로 심장이 루아의 가슴을 세차게 두드리기 시작했다. 붉은 눈동자를 덮어버린 눈꺼풀 아래 그는 규칙적으로 숨을 내쉬고 있다. 눈을 감고 잠든 모습을 보니 영락없이 자윤이다.

'왜…… 눈치채지 못했을까.'

눈치채지 못한 것이 아니다. 다만 붉은 눈동자와 얼굴을 가로지른 상처가 너무나 강렬했기에 다른 것이 보이지 않았을 뿐. 그에게로 뻗은 손끝이 파르르 떨렸지만 루아는 멈출 수 없었다. 넓은 이마와 그 아래 매의 날개처럼 휘어진 눈썹, 그리고 우직한 콧날 아래 얇지도 두껍지도 않은 잘생긴 입술을 쓰다듬었다. 전보다 야윈 얼굴을 가로지른 흉한 상처 따위는 눈에 들어오지 않는다.

숨을 들이켜며 그에게서 손길을 거둔 루아가 양손을 맞잡고 입술에 댔다. 떨리는 가슴을 진정시키기도 전에 적왕이 눈을 떴다. 그녀를 바라보는 붉은 눈동자는 더 이상 잔인하거나 사나워 보이지 않았다. 세상에서 가장 슬픈 빛으로 일렁인다.

'자윤님…….'

그녀가 깨어나 다가올 때에도, 떨리는 손으로 그의 얼굴을 만질 때에도 적왕은 깨어나고 싶지 않았다. 눈을 뜨면 루아가 잃어버린 이름을 부를지 모른다는 두려움 때문이었다.

두려움은 현실이 되었지만 달라지는 것은 없다. 조금 아까 잠든 그녀의 머리카락을 쓰다듬으며 말했듯이 전사들이 돌아오면 루아는 환국으로 떠나야 한다. 그 사실에는 어떠한 이변도 용납하지 않을 것이다.

적왕은 주저앉은 루아에게 향했던 시선을 거두며 자리에서 일어섰다. 뜨겁게 그의 몸을 달구는 알 수 없는 불길을 가라앉혀야 했다.

"자윤님……."

적왕은 멈춰 서지 않았다. 더 이상 존재하지 않는 이름으로 그를 찾는 루아에게로 돌아설 수가 없었다. 성큼성큼 물가로 걸어간 적왕은 거칠게 옷을 벗어내고 물속으로 들어갔다.

귀신에 홀린 것처럼 적왕을 쫓아 루아는 물가로 달려갔다. 아무것도 중요하지 않았다. 지금 그녀가 아는 것이라고는 자윤이 루아의 앞에 있다는 사실뿐이다.

"자윤님!"

불러도 멈춰 서지 않는 적왕을 따라 물로 뛰어든 루아가 손을 벌려 그의 허리를 감싸 안았다. 씩씩하게 여정을 이어오고 있었지만, 한편으로는 자꾸만 떠오르는 돌무덤 때문에 매일매일 가슴이 무너져 내렸었다. 무너진 가슴을 다시 쌓고 또다시 무너져 내리는 가슴을 다시 쌓아가며 여기까지 오는 길이 한없이 슬프고 힘들었다. 아무리 세상을 떠돌아도 그를 만나지 못할지도 모른다는 두려움으로 상아검을 품에 안고 잠든 수많은 날들이 원망처럼 터져 나왔다.

"모르리라 생각하셨습니까."

적왕은 말없이 하늘을 올려다보았다. 어찌해야 할지 알 수가 없었다. 지금 루아를 받아들이면 환국으로 돌려보내기 더욱 어려워질 것이다. 그렇다고 죽음의 그림자를 달고 사는 그의 곁에 둘 수도 없다. 가슴속으로 번뇌의 파도가 인다. 그를 쫓아 죽음의 땅까지 찾아든 루아를 외면하여 상처 주고 싶지 않았다.

"몰랐으면 하였다."

적왕의 말에 루아는 더욱 단단하게 그를 끌어안았다. 혹시라도 손을 놓으면 사라져 버릴지도 모른다는 두려움이 그녀를 떨게 했다. 돌무덤에 새겨진 이름이 너무나 강렬하게 그녀의 뇌리에 박힌 탓이다.

'죽은 줄 알았습니다. 아니라 부정해 보아도 행여 죽었으면 어쩌나 가슴이 미어졌단 말입니다.'

지계에 들어서라도 꼭 한 번 만나고 싶어 여행을 멈추지 않았다. 어차피 청동검이 있는 곳이 세상의 끝이었기에 루아의 걸음 또한 죽음을 향해 있었다.

불안하기만 한 그녀의 마음을 아는 것처럼 적왕이 자물쇠처럼 그의 배 위를 두르고 있는 루아의 손을 부드럽게 감싸 쥐었다.

"루아……."

돌아선 적왕이 올려다보는 루아의 정수리에 입맞춤하며 마주

안았다.

"두 번 다시 놓지 않을 것입니다."

그래, 그리 하자. 어차피 주어진 시간도 많지 않다. 조만간 그의 전사들이 돌아오면 루아는 환국으로 떠나야 한다. 어차피 정해진 이별을 조금 미룬다 하여 늦지 않으리라.

루아를 안아 들고 막사로 들어섰다. 젖은 옷을 벗기려 하니 부끄러운지 루아가 돌아선다.

"제가 할게요."

"열병 앓는 동안……."

"네?"

"이미 다 봤는데."

"아……."

함께한 지 엿새가 되어가는데 연인으로 마주한 것이 처음인지라 루아는 어색하기 짝이 없다.

"그때는…… 눈 감고 있었잖아요."

"지금도…… 어두워서 잘 보이지 않아."

서걱서걱. 적왕이 옷을 벗기 시작했다. 무언가 대단한 것을 계획한 것도 아닌데 적왕의 얼굴이 달아올랐다.

루아가 온 뒤로 처음 누워보는 잠자리는 그녀의 향기로 가득했다. 얇은 이불을 들추고 이둠을 응시하니 루아가 그의 곁으로 미끄러져 들어왔다.

"너무나…… 너무나 보고 싶었습니다."

서슴없는 루아의 솔직하고 담백한 고백에 적왕은 가슴이 설레었다. 피로 물든 하루가 기울면 어김없이 그의 가슴에 슬픔이란 그리움으로 찾아들었던 정인. 그 기나긴 고통을 어찌 말로 표현할까. 적왕은 목이 메어 소리를 내지 못했다.

"그간 불편하지 않았나 모르겠다."

적왕의 말에 그의 가슴속으로 파고든 루아가 조용히 얼굴을 묻는다.

"편안하였습니다. 오늘은 더욱 편안할 듯합니다."

예의 바른 답에도 적왕은 발끝까지 저릿하다. 그와 달리 차분하기만 한 그녀의 숨결이 적왕의 단단한 가슴을 간질였다.

"어떻게 환국을 떠날 수 있었지? 서자의 계약이 삼 년이나 남은 걸로 아는데."

"언니가 대신녀가 되었습니다. 그녀의 도움이 컸지요."

적왕이 미처 알지 못했던 언니와 가족들의 이야기를 하는 루아의 목소리가 그리움에 젖어 촉촉해졌다.

'많이 힘들었겠구나.'

고단한 하루를 증명이라도 하듯 점점 잦아드는 루아의 목소리는 어느새 새끼 사자처럼 가릉가릉 코를 고는 소리로 바뀌어 버렸다. 적왕은 루아의 머리에 입을 맞추며 조용히 눈을 감았다.

'자버렸구나.'

루아는 잠든 적왕의 얼굴을 올려다보았다. 턱밖에 보이지 않아 꾸물꾸물 뒤로 물러나니 잠결에도 그의 손이 다시 잡아당긴다.

"루아……."

꿈에서도 이렇듯 따뜻하게 불러주는 정인이라니, 뭉클하여 가슴이 뻐근하다. 그의 가슴에 얼굴을 묻으니 고향에라도 돌아온 것처럼 푸근하여 움직이기가 싫었다.

'어제 월령을 찾고 한참이나 잔 것 같은데 어쩌자고 또 잠이 들었을까.'

후회스러워 죽을 지경인 루아이다. 행여 게으르다 생각하지는 않을지 쓸데없는 걱정까지 드니 꽃밤 보낸 새색시처럼 그의 품에만 안겨 있을 수 없어 조심스레 그의 품에서 빠져나왔다.

'많이 야위었습니다.'

가만히 내려다본 적왕의 검게 그을린 얼굴은 야위어 광대가 불뚝 튀어나오고 입술은 까칠하게 말라 있었다. 게다가 그녀를 만났을 때는 없던 얼굴의 상처가 루아의 가슴을 울린다. 어두운 그의 과거를 알 리 없는 루아는 변해 버린 정인의 모습이 안타깝기만 했다.

"보아도 보아도 이리 좋으니 어찌하면 좋겠습니까."

떠오르는 아침 해가 막사의 문으로 새어들었다. 한참이나 적왕을 내려다보며 혼자 얼굴을 붉히던 루아는 자리에서 일어섰다.

어제 젖은 옷을 벗어 월령과 함께 두었는데 옷은 이미 말라 있었다. 함께 벗어둔 적왕의 옷이 젖어 있는 걸로 보아 월령이 말려 준 것 같은데 그녀는 대답이 없다.

'고마워.'

옷을 입고 조용조용 막사를 나서니 붉은 해가 선명하게 모습을 드러냈다. 열병을 앓느라 누워 있고 또 월령을 찾느라 물질을 한 탓에 온몸이 두들겨 맞은 듯 아팠다. 루아는 뭉친 근육을 풀 겸 양팔을 휘휘 저었다. 여행을 하는 동안도 서자부에서의 생활을 그대로 유지해 왔기에 루아는 뜨는 해를 향해 앉아 마음을 다스리며 호흡을 가다듬었다.

천부경을 다 외우고 일어선 루아가 아침 운동을 할 만한 것이 없는지 주위를 둘러보았다.

'검이 있으면 좋겠는데……'

아무리 둘러봐도 나무의 생가지를 꺾지 않는 한 목검을 대신할 만한 물건이 없었다. 그렇다고 살아 있는 생명을 잘라낼 수도 없고, 루아가 허리춤에 찼던 월령도를 꺼내 들었다. 한 자밖에 되지 않는 단도였으나 루아는 기를 모아 목검을 휘두르듯 성을 다해 허공을 갈랐다.

'조금 길었으면 좋겠는데.'

역시나 짧고 가벼운 탓에 기분이 나지 않았다. 다시 한 번 짧고 빠르게 사선으로 올려 긋는 순간 휙 단도의 끝에서 은빛 섬광으로 뻗어 나온 월령이 그녀의 앞에 민들레 꽃씨처럼 사뿐히 내려섰다.

'아침 댓바람부터 뭐 하니?'

'너무 누워 있어서 몸 좀 풀려고.'

루아의 말에 상당히 못마땅한 표정의 월령이 가슴 위로 양팔을 엇갈려 끼우며 발끝으로 탁탁 소리 나게 바닥을 쳤다.

'그럼 수영이나 하던가. 나는 왜 자꾸 흔들어?'

'돌검도 다 부서지고 너밖에 없어서.'

'그럼 들어가서 불닭이랑 더 자던가!'

'불닭?'

'그럼 봉황이라 불러드릴까요?'

심하게 불량스러운 월령의 말에 루아는 탄성을 터뜨렸다. 그를 처음 만났을 때 천지에서 봉황을 보았는데 월령의 눈에도 보였다니 마냥 신기할 뿐이다.

'너도 봤니?'

'뭘?'

'봉황. 그이를 처음 만났을 때 봉황을 봤거든.'

'아, 몰라. 정말 네 옆에 있다가는 제명까지 못살겠어.'

투덜투덜 불평이 쏟아내는 월령의 모습에 이제는 익숙해진 것인지 루아는 웃음만 나왔다.

'칼질은 뭐 하러 해? 저렇게 무시무시한 불닭까지 들러붙은 마당에.'

'후후후. 앞으로 가야 할 길이 머니까. 그분께 짐이 되지 않으려면 뭐든지 열심히 해야지.'

부지런히 단도를 놀리는 루아의 모습을 지켜보던 월령이 나무에 기대어 앉았다.

'정말 피곤한 인생이다.'

'월령?'

'왯!'

파르르 성질부터 내고 보는 월령의 모습에도 아랑곳없이 루아가 단도를 가리키며 배시시 웃었다.

'몸도 자랐는데 이 단도 안 좁아?'

루아의 말에 월령이 무슨 소리냐는 듯 고개를 갸웃거린다.

'이거 좀 길게 늘려주면 안 될까? 혹시나 가능하면.'

'흥! 왜? 소라도 때려잡게?'

'아니, 너처럼 예쁜 아이 집이라고 하기에는 좀…….'

예쁘다는 루아의 말이 마음에 들었는지 월령이 고개를 치켜들곤 은빛 머리카락을 쓸어 넘겼다.

'안 그래도 나랑은 안 어울리게 좀 짧다 했어.'

'가능할까?'

대답 대신 루아의 손에 들린 단도가 파르르 떨리며 손잡이와 도의 몸체가 늘어나기 시작했다. 조심스레 휘둘러보니 그녀의 손에 딱 맞게 묵직한 것이 감이 좋다. 어릴 때부터 검을 쥐고 수련해 온 루아에게 석 자 이상 늘어난 월령도는 시선을 뗄 수 없을 만큼 아름다웠다.

'우아! 예쁘다.'

'그런 말은 나를 보고 해야지.'

늘어난 월령도를 바라보던 루아가 고개를 돌려 반짝이는 보라색 눈동자를 향해 환하게 웃었다.

'너야 원래부터 예뻤으니까.'

루아의 대답에 만족스러운 듯 월령이 나무 밑에 쪼그려 앉았다. 푸르스름하게 날도 바짝 선 것이 매우 흡족하여 검신을 쓰다듬고 있으니 기분이 좋았던지 월령이 웃는다.

'무식한 숫돌에 문질러 대는 짓은 하지 않으리라 굳게 믿겠어.'

루아가 고개를 끄덕이며 월령도로 허공을 갈랐다. 양날을 가진 검과 달리 도는 한쪽으로만 날이 있어 쓰는 법에서도 검술과 도술은 차이가 있다. 검이 베어내는 것에 치중하는 편이라면 도는 잘라내는 데 유리하다. 검보다 많은 힘을 필요로 하기에 도를 사용하는 여자는 서자부 내에서도 없었다. 하지만 월령도는 처음부터 그녀의 것이었던 양 손에 꼭 맞고 가벼워 도를 휘두르는 루아는 춤을 추는 학과도 같았다.

'이런, 제기랄! 불닭 깼다!'

응? 월령의 외침에 멈춰 선 루아가 고개를 돌렸지만 그녀의 모습은 이미 사라지고 없었다.

'월령?'

'아침부터 칼춤을 춰대니 깨지. 몰랏! 아는 척하지 마!'

그러고 보니 막사에 기대어 선 적왕의 모습이 보였다. 루아가 환하게 웃으며 그에게로 달려가니 적왕이 두 팔을 벌려 꼬마 아이 안 듯 그녀를 번쩍 들어 올렸다.

"오늘 아침은 해가 유난히 어여쁘구나."

적왕은 해 대신에 루아를 바라보며 웃었다. 품에 안겨 아이처럼 그의 목에 팔을 두른 루아의 턱을 장난스럽게 베어 물었다. 왜 이리도 가슴이 벅차오르는지. 적왕은 놓는 것이 아쉬워 그녀를 들어 휘휘 돌렸다.

"우아아앗!"

까르르 웃음을 터뜨리는 루아는 오아의 아침 햇살보다 더 아름다웠다. 품에 안고 얼마나 돌려댔는지 루아의 얼굴이 붉게 달아오르자 적왕이 그녀를 바닥에 내려주며 입맞춤했다.

"아침부터 무얼 하는 거지?"

"먼 길 가셔야 하는데 짐이 될까 저어되어 훈련 중이었습니다, 자윤님."

루아를 내려놓은 적왕이 그녀의 머리를 쓰다듬었다. 그리곤 루아를 꼭 품어 안았다. 자윤이라 부를 때마다 지난 기억들로 가슴이 덜컥거린다.

"그리 부르지 말아주었으면 한다."

루아가 고개를 들어 그를 보려 했지만 적왕이 그녀의 정수리를 입술로 내리눌렀다. 따뜻하지만 너무나 가라앉은 그의 목소리가 들려왔다.

"나는…… 그 이름이 싫다."

순리대로 도리를 지키며 선하고 우직했던 지난날, 소중한 이들의 죽음을 떠올리게 하는 그 이름이 적왕은 싫었다.

"싫으시다면 그리 부르지 않겠습니다."

고맙게도 그녀는 아무것도 묻지 않고 착하게 대답했다. 그리 부르지 않겠노라 약속이라도 하듯 루아가 적왕의 허리로 손을 둘러 꼭 끌어안았다.

육포와 과실주로 간단하게 아침 식사를 하는 동안 적왕은 루아에게서 눈을 떼지 못했다. 양이나 소로 만든 것보다 질긴 낙타 고기인지라 적왕은 얇게 잘라 루아에게 내밀었다.

"왜 자꾸 쳐다봐요?"

"어여뻐서."

화르르 달아오른 루아가 먼 산을 바라본다. 수줍어하는 모습조차 이리도 어여쁘니 적왕이 웃음을 터뜨렸다. 열대의 과일을 발효하여 만든 과실주를 내미니 무엇인지도 모르고 받아 마신은 루아가 삼키지도 뱉지도 못하고 그를 쳐다봤다.

"삼켜."

적왕의 말에 두 눈 꼭 감고 삼키는 모습에 또다시 웃음이 터져 나왔다.

"사막에서 버티는 데 필요한 것이니 먹어두는 게 좋아."

"아우!"

루아는 연신 웃음을 터뜨리는 적왕을 노려보며 아침 식사를 마쳤다. 여느 연인들처럼 투닥이며 식사를 마친 그들은 시원한 나무 그늘 아래 서로 기대어 앉았다. 적왕의 크고 부드러운 손길이 그녀의 머리카락을 쓰다듬었다.

"머리카락은 어찌 된 거지?"

적왕의 물음에 루아는 아버지를 떠올렸다. 자르고 나니 목 언저리로 찰랑이는 머리카락은 생각보다 잘 자라지를 않았다.

"머리카락이 다시 자라 예전처럼 되면 돌아오겠다고 아버지에게 약조했어요."

적왕은 묵묵히 그녀의 짧은 머리카락을 쓰다듬었다.

"비리국에서 돌무덤을 봤어요."

"보았구나."

"보지 않았으면 좋았을 뻔했습니다."

그녀가 다녀갔던 거로구나. 비리국을 떠나기 전 마지막으로 들렀던 돌무덤에서 누군가 다녀갔던 흔적을 보았다. 시기상으로 보아 루아임이 분명했다. 그때에 루아를 만났더라면 적토의 적왕은 존재하지 않았으리라. 루아는 분명 그의 살육전을 막았을 것이다.

적왕이 예티에게 구출된 이야기를 하니 루아가 벌떡 몸을 일으킨다.

"벌써 오래전에 만날 수도 있었네요."

억울함이 하늘까지 치솟았지만 루아는 아무런 말이 없는 적왕의 가슴에 다시 기대어 누웠다. 지나간 이야기를 한들 무엇 하나. 이렇게 만났으니 그로 되었다 마음 추스르며 이런저런 이야기를 듣다 보니 이상하게도 시간이 빈다.

"그럼 제가 동굴 속에서 사 년이 넘게 머물렀단 말인가요?"

놀란 눈으로 올려다보는 루아의 모습에 적왕은 한숨을 내쉬었다. 열병을 앓은 이들에게 드물지 않게 나타나는 기억의 손상이라 생각했다.

"내가 환국을 떠나온 지는 오 년이 넘었어."

"그럴 리가……"

"오 년 하고 두 달 열닷새야, 루아."

망연하게 올려다보는 루아를 향해 그의 입술이 천천히 내려왔다. 느긋하게 시작된 입맞춤에 루아는 옅은 신음을 토해냈다. 열대의 달콤함을 머금은 과일주 향기가 적왕의 숨결에 묻어 그윽하게 루아를 적셨다.

"으음…… 하지만……."

※

천계, 대천녀 소희의 백궁.

아끼는 소조에게 모이를 주는 것도 잊은 대천녀 소희가 금과 옥으로 둘러싸인 화려한 수경에 긴 소맷자락을 늘어뜨리고 빠져들어 갈 것처럼 수경을 내려다봤다.

"오호라~ 어디로 사라졌나 했더니……."

수경에는 애틋한 입맞춤을 나누는 루아와 자윤의 모습이 가득했다. 서로의 숨결을 확인하며 옷가지를 벗는 이들의 모습을 바라보는 소희의 얼굴에 흐뭇한 미소가 가득하다.

"그래, 남녀의 정이란 것이 그런 게지. 마음을 섞고 살을 섞고……."

검은 머리를 예쁘게 올려 화려하게 장식한 소희가 길고 하늘하늘 잠자리 날개 같은 옷깃을 들어 걸음을 떼니 사방에서 오색의 소조들이 그녀에게 몰려들었다.

"후후후, 정이 깊어질수록 헤어짐 또한 고통스러운 법."

금쟁반에서 한 움큼 모이를 집어 든 소희가 푸른 하늘을 향해 뿌리니 아름다운 새들이 날개를 파닥이며 바쁘게 부리를 움직였다.

문득 천궁을 돌려주러 왔던 날, 루아를 바라보던 해일의 모습이 떠올랐다. 백치라 하시더니 직접 보고 나니 안쓰럽더이까.

"생각지도 못한 일을 하셨습니다 그래."

일천자 해일이 인계에 다녀온 뒤로 천계에서는 그로 인해 바뀌어 버린 인계의 역사를 두고 회의가 열렸었다. 다시 모든 것을 되

돌려야 한다는 백소대제와 그대로 두어도 무방하지 않느냐며 청궁대제가 팽팽하게 언쟁을 벌었다. 천계의 법과 도리를 수행하는 백소대제와 천계의 화합을 주관하는 청궁대제 둘 다 상급신이었기에 천계의 법을 집행하는 황궁대제도 난감하기 짝이 없었다. 이에 더해 북두성군과 남두성군까지 갈라서서 언성을 높이니 천계회의는 신경전의 각축장이 되었다.

회의는 대천녀 궁희와 소희가 힘을 모아 일천자의 손을 들어줌으로써 나뉘었던 천인들이 한쪽으로 뭉쳐지면서 끝이 나버렸다.

'언니 궁희의 손을 잡으면서까지 풀어주었는데 일천자께서는 어째 일궁에만 틀어박혀 계신가.'

대천녀 궁희는 천계회의에 참석한 것 외에는 별다른 움직임이 없고, 천궁에서 풀려난 해일 또한 근신하는 듯 별다른 소식이 들려오지 않았다.

'슬슬 움직여 주면 좋을 텐데.'

처음 봤을 때부터 루아에게서 눈을 떼지 못하던 해일이다. 아무리 천인들이 인계의 희로애락에 벗어나 살아간다 하여도 각자의 역할과 소유에 관해서는 철저하게 선을 긋는 이들이다.

"일천자여, 기다리는 만큼 좋은 결과 기대하겠습니다. 후후후."

마음에 둔 것은 놓치는 법이 없는 일천자이다. 그 성정이니 인계까지 화룡을 잡으러 간 것이다. 그런 해일이 인간의 계집아이를 위해 어머니의 순리에 반해 시공의 문까지 열었다는 것은 분명한 의미를 내포하고 있었다.

'후후후, 일천자여, 낯선 감정이 무엇인지 아시려면 시간이 걸리겠지요?'

비록 당사자는 별다른 움직임이 없지만 소희는 확신하고 있었다. 그녀가 준비한 두 번째 시련이 조만간 태산이 되어 루아의 앞길을 막아서리란 것을.

'어쩌면 세 번째 시련은 필요가 없을지도 모르겠군. 아사와의 대결도 볼 만할 텐데.'

소희가 소조들을 물리며 손을 털어냈다. 수경으로 다가가 수면을 가르니 또다시 누런 모래뿐이다. 소희가 미간을 찌푸렸다.

'그나저나 구가의 차남은 어디서 헤매고 있나.'

해일이 루아의 일행과 함께하는 동안 결계를 친 탓에 그들을 볼 수 없었는데, 일천자가 천계로 돌아온 지금은 지소의 영토인 죽음의 땅으로 접어든 탓에 수경으로 잡아내기가 쉽지 않다.

"지소야, 누가 찾아든다고 이리도 결계를 많이 쳤느냐?"

한숨을 내쉬며 소희가 수경을 이리저리 헤집다 못해 손을 올려 수경의 물들을 전부 끌어올렸다. 하나의 벽을 형성하며 떨어져 내린 물이 네 개의 각을 이루어 다시 뒤로 돌아 위로 올라가 내려앉기를 반복하며 다른 형태의 수경이 만들어졌다.

"흐음······."

투명한 막을 형성하며 흐트러짐 없이 일정하게 떨어져 내리는 물의 표면으로 뿌연 흙먼지 속에 붉은 옷을 입은 야인들이 우서한에게 달려드는 모습이 보였다. 싸움이라면 궁희와 마찬가지로 질색인 소희가 혀를 찬다.

"쯧쯧쯧, 내 땅의 자손들은 어찌 하루가 멀다 하고 싸움질일까."

서자부의 수장답게 그의 돌검 아래 네댓 명의 야인들이 꼬꾸라졌지만 수적으로 불리했던 우서한은 결국 발목까지 먹어드는 모래밭에 쓰러져 버렸다. 십여 명의 야인들은 이내 우서한을 잡아 줄에 묶은 뒤 낙타에 올랐다.

"참으로 질긴 인연이라…… 결국 다 모이겠군."

✸

루아와 함께하는 시간은 인계의 모든 이들이 바라는 천계와도 같은 것이었다. 누가 먼저랄 것도 없이 손을 뻗어 허울을 벗고 정을 나눴다.

"너는 몰라도 삼왕자는 돌아오면 안 돼."

강경했던 아사를 떠올리며 루아는 적왕의 품에 얼굴을 묻었다.

"어디라도 상관없으니 청동검 따위 잊어버리고 죽은 듯이 살아."

그래, 죽음의 땅이라도 상관없어. 루아는 그녀의 입술을 베어 무는 적왕의 눈동자를 바라보며 두 눈을 감았다.

'괜찮아요. 함께니까. 괜찮아요.'

자꾸만 눈물이 났지만 그 눈물마저 적왕의 입술로 사라졌다. 죽음의 땅에 꽃처럼 피어난 오아는 루아와 적왕에게 환국을 잊을 만큼 아름다운 낙원이었다.

사막을 달구는 뜨거운 태양이 무색할 정도로 적왕과 루아는 서로에게서 떨어질 줄을 몰랐다.

"덥지 않아요?"

"글쎄?"

루아의 말에 적왕이 땀으로 번들거리는 그녀의 알몸을 자신의 위로 얹었다.

"더워?"

"아뇨."

사실 더웠다. 루아의 몸보다 배는 뜨거운 것 같은 적왕의 알몸 위에 엎드려 있자니 다리 사이로 스멀스멀 뜨거운 열기가 솟아올랐다.

"아흐응…… 하아……."

천천히 몸을 일으킨 루아가 땀으로 젖어든 적왕의 가슴으로 손을 얹었다. 가만히 적왕을 내려다보던 루아가 손을 들어 그녀의 턱 끝으로 매달린 땀방울을 닦아냈다.

"하아……."

그녀의 손을 따라 봉긋하게 솟아오른 가슴을 쓰다듬던 적왕이 허리를 들썩이니 루아의 입에서 다시 신음이 터져 나왔다.

"그만해요."

"……응."

말과는 달리 적왕은 그녀의 허리를 붙잡아 내리며 자신의 일부를 더욱 깊숙이 집어넣었다.

"아우…… 그만."

"으음…… 루아."

잠자리에서 벗어나려는 루아의 허리에 손을 감은 적왕이 그녀의 뒤로 성난 남성을 밀어 넣었다. 후욱. 숨을 들이켜며 루아의 척추를 혀로 훑어 올렸다. 땀으로 번들거리는 그녀의 살 내음이 미치도록 자극적이다. 루아의 목덜미를 거칠게 빨아들이니 향긋한 복숭아를 베어 문 듯 입안으로 그녀가 가득히 들어찼다. 강한 자극으로 조여드는 루아로 인해 뜨거운 숨을 토해내며 적왕이 귓가에 속삭였다.

"미칠…… 것 같아."

거친 숨소리에 루아가 허리를 틀었다. 부드럽게 몸을 빼낸 적왕이 다시 그녀에게로 들이치니 루아의 몸이 파도처럼 일렁였다. 적왕에게 있어 루아는 환인성보다 아름다우며 어머니 마고의 성보다 견고한 그만의 성역이었다. 그에게 루아의 존재는 낙원과도 같았으니 적왕은 그녀에게서 벗어나고 싶지 않았다.

"하아, 아아앗! 아아…… 하아…… 하아…… 아……."

루아의 신음 소리와 함께 벌어진 다리 사이로 그와 결합된 꽃잎이 달싹인다. 그녀의 내부에 잠들어 있던 지난 흔적들이 루아의 다리를 타고 말갛게 흘러내렸다. 환락의 절정으로 몸부림치는 루아의 갈비뼈를 훑어 내리며 적왕은 더욱더 깊이 들기를 간구했다.

"하악, 핫, 하악, 하아…… 하아……."

등 뒤로 들려오는 그의 숨소리가 더욱 거칠어졌다. 뜨거운 불기둥을 다리 사이로 깊이 묻은 채 루아가 몸을 일으켰다. 단단한 그녀의 배 위로 공작의 깃처럼 손가락을 편 적왕의 양손이 발갛게 열꽃이 오른 루아의 가슴을 쓸어 올렸다. 무릎을 꿇은 채로 활처럼 허리를 휜 루아가 두 팔을 올려 그녀의 뒤로 적왕의 머리를 감싸 안았다.

"루아…… 하아……."

배에서 가슴으로 다시 그녀의 팔을 따라 루아의 얼굴을 돌린 적왕이 그녀의 입술을 삼켰다. 거친 포효를 터뜨리듯 적왕이 들썩이는가 싶더니 이내 그녀의 몸을 감싸 안으며 멈췄던 숨을 토해냈다.

"아…… 아…… 루아……."

그녀의 등에 얼굴을 묻은 적왕이 루아의 몸을 잡아당겨 밧줄처럼 조여 안았다. 크고 단단한 적왕의 두 팔은 두 무릎을 가슴에 모아 웅크린 루아를 넉넉히 품어 안고도 남았다. 그렇게 루아는 봉황의 날개에 싸여 세상에 더없는 보물이 된 것 같은 느낌으로 살포시 숨을 내쉬었다. 몸을 섞으면 섞을수록 쾌락은 더욱 짙어지고 내부에서 느껴지는 그의 일부가 너무 좋아 떨어지고 싶지 않았다. 이렇게 결합되어 루아는 눈물이 날 것 같았다. 그런데,

"이제 그만해요. 응?"

루아를 품어 안은 적왕은 지치지도 않는지 그녀를 통째로 들어 움직이기 시작했다. 그답지 않은 장난에 루아가 웃음을 터뜨리니

적왕이 그녀의 몸을 장난감처럼 좌우로 흔들어댄다.

"에잇!"

고개를 돌린 루아가 적왕의 턱을 깨물어 버리자 움칫 적왕이 손을 놓아버렸다. 색다른 도발에 적왕이 놀란 틈을 타 후다닥 잠자리를 벗어난 루아가 실오라기 하나 걸치지 않은 나신으로 내달렸다.

"루아!"

발가락 사이로 파고든 모래가 간지러웠지만, 알몸의 루아는 막사를 벗어나 물가를 향해 달려 나갔다. 루아는 그녀의 뒤를 쫓는 적왕을 피해 이리저리 몸을 틀었지만 이내 그의 억센 손에 붙들려 발이 땅에서 떨어져 버렸다.

"내려줘요!"

"후후후, 어디로 가려고?"

옆구리에 매달려 있던 루아가 물을 가리키니 적왕이 그녀를 어깨에 둘러메고 달리기 시작했다. 시원한 바람이 그녀의 나신에 맺힌 땀방울을 날려 버렸다.

"끼야아~!"

숨 쉴 틈조차 주지 않고 적왕이 루아를 물속으로 던져 버렸다.

첨벙!!

키 높이로 올라오는 물보라 속에 적왕이 그녀 곁으로 몸을 던졌다. 차가운 물이 태양보다 더욱 뜨겁게 달아오른 두 남녀를 시원하게 감쌌다.

"끼아!"

어느새 그의 곁으로 헤엄쳐 와 엉겨드는 루아의 몸을 들어 다시 하늘 높이 던져 올렸다. 싱그러운 웃음과 사방으로 흩어지는 물방울이 오아의 햇살 아래 눈부시게 쏟아져 내렸다.

"하하하, 하하!"

재미가 있었던지 다시 그의 팔을 붙잡아 다리를 감는 루아를 들어 물 위로 던져 올렸다. 그러기를 반복하는 동안 적왕은 그녀가 그에게 복수를 하고자 달려든다는 사실을 알아차렸다. 웃음이 터져 나왔다. 어떻게 해서든 그를 물속에 빠뜨리려는 루아의 노력에도 적왕은 물 한 모금 삼키지 못했다.

"항복이에요."

힘 좋은 적왕에게 물을 먹이려다 번번이 실패한 루아는 이내 항복을 외쳤다. 비리국의 예티와 뒹굴었던 적왕을 어찌 이길 수 있을까. 물속에서 용을 쓴 탓에 팔다리가 노곤해진 루아와 달리 적왕이 힘차게 그녀를 들어 올려 목마를 태웠다.

물 밖으로 나와 옷을 입고 함께 웃으며 이야기하는 시간조차도 빛처럼 빠르게 지나갔다. 어느새 두 사람은 기울어가는 태양을 배웅하며 모닥불 앞에 나란히 자리했다.

적왕의 휘파람 소리에 사막수리 한 마리가 거대한 날개를 퍼덕이며 그의 팔 위로 내려앉았다.

"적우이라고 해. 사막의 포식자지."

"적운……."

언젠가 그녀에게 붉은 갈기를 가진 아름다운 적갈마를 소개하던 때와 같은 표정을 짓고 있다. 적왕의 팔뚝을 움켜쥐고 앉은 사막수리를 보며 루아가 화전마을 동굴 앞에 두고 온 적운을 떠올렸다.

"하나도 닮지 않았어요."

화전마을 동굴 앞에 두고 온 적운이 걱정도 되었지만 우서한과 마을 사람이 무사히 빠져나갔다면 잘 돌보아주리라 마음을 다독인다.

삐이~!

날카로운 소리를 내며 날아오른 사막수리가 깜깜한 밤하늘 사이로 흔적도 없이 사라져 버렸다. 한 치 앞을 알 수 없는 그들의 앞날을 나타내는 것 같아 루아는 마음이 심란했다.

"아름다운 곳이에요."

다 잊고 이대로 여기서 살면 안 되는 거겠죠? 조용히 그녀를 바라보고 있던 적왕은 아무런 말이 없다. 동료들의 죽음으로 자신마저 묻어버린 그에게 돌아갈 고향마저 잊으라 하는 것은 무리일까.

"사람들이 돌아오면 여행이 다시 시작되겠군요?"

적왕이 고개를 끄덕였다. 이대로 머무를 수 없다면 답은 하나밖에 남지 않는다.

"그래도 이젠 외롭지 않을 거예요, 이 루아가 함께할 테니. 흠흠."

말을 해놓고도 부끄러운지 얼굴을 붉히는 그녀를 보며 적왕이 조용히 미소 지었다. 메마른 모래벌판에서 오아 같은 루아를 다시 만났지만 이제 헤어짐의 시간이 다가오고 있었다. 고통의 시간은 그 끝을 알 수 없을 만큼 길기만 한데, 행복은 여름날의 소나기처럼 짧기만 하니 그 아쉬움을 누구에게 토로해야 할까.

"하자베가 환국까지 데려다 줄 거야."

처음 그녀에게 물을 주었던 거인의 이야기를 하는 적왕을 향해 루아가 고개를 들었다.

"무슨…… 말이에요?"

"사람들이 오면 환국으로 돌아가도록 해."

단호한 적왕의 말에 루아가 벌떡 일어섰다. 돌아가라니? 여기까지, 이 죽음의 땅까지 어떻게 왔는데! 어떻게 만났는데! 루아는 두 주먹을 불끈 쥐고 힘차게 고개를 저었다.

"함께 갈 거예요."

"안 돼."

"전 환국 서자부의 금랑이에요. 절대 짐이 되지 않는다고요!"

루아가 쉬이 받아들이리라고는 생각지 않았지만 막상 언성까지 높이는 그녀를 보니 마땅히 달래야 할 말이 생각나지 않는다.

"루아……."

"더 이상 듣고 싶지 않아요!"

옹골차게 고개를 젓는 루아의 모습에 적왕은 입을 다물어 버렸다. 아무리 생각해 보아도 답은 하나, 함께 갈 수 없다. 지금부터 그가 가야 할 곳은 지계로 향하는 죽음의 길이다. 동반자는 필요 없다. 특히나 그의 심장을 쥐고 있는 루아라면 더더욱 데려갈 수 없었다.

"그러지 말아요. 내가…… 내가 어떻게 해서 여기까지 왔는지 말했잖아요. 돌아가라는 말, 제게는 죽으라는 말과 같아요."

"함께 갈 수 없는 길이야."

"얌전하게 있을게요. 절대 무모한 행동을 하거나 짐이 되지 않아요. 제발 데려가 주세요."

적왕은 그의 앞에 무릎 꿇고 애처로이 바라보는 루아를 내려다봤다. 그녀가 짐이라면 세상에서 가장 아름다운 짐일 것이다. 평생을 내려놓고 싶지 않은, 죽어서도 가슴에 안고 가고 싶은 보석 같은 여인이다.

"사람들은요? 그들은 데려갈 거잖아요?"

"아니. 여기서부터는 혼자 가야 해."

루아는 자리에서 일어났다. 그녀를 다시 만났을 때부터 이미 정해놓은 듯 흔들림 없는 그의 눈동자를 보는 것이 괴롭다. 아마도 그녀를 환국으로 돌려보내려 하는 결심은 변하지 않으리라.

"돌아가지 않아요!"

소리치며 루아가 주먹을 움켜쥐었다.

"절대로 혼자 가게 두지 않아요!"

험한 길이라는 것쯤은 이미 예상하고 있었다. 가다가 죽을지도 모른다는 생각도 하고 있다. 하지만 이렇게 홀로 돌아가게 되리라고는 생각지도 못했다. 이해하지 못하는 것은 아니지만 원망스러운 마음은 배신감으로 물들기 시작했다. 반짝이는 물방울을 흩날리며 웃어주었던 정인은 어디로 간 걸까.

"그래서…… 돌려보낼 생각에 아쉬워서 그렇게 살갑게 안아주었던 건가요? 그런 거예요?"

바들바들 몸을 떨며 원망을 쏟아내는 루아의 모습에 몸을 일으킨 적왕이 그녀의 얼굴을 잡고 거칠게 입술을 부딪쳤다.

"우읍! 놔아! 읍!"

난폭하고 거칠기만 한 적왕의 입술에서 다정했던 정인의 모습은 찾아볼 수가 없었다. 서슴없이 루아를 빨아들이며 그녀의 분노까지 삼켜 버리려는 듯 거침없이 입안을 헤집고 다닌다. 잔인한 입맞춤 속에 그의 노여움이 여지없이 드러났다.

"하아, 하아, 하아, 하……."

"잘 들어."

루아의 얼굴을 부여잡은 적왕의 눈동자가 짙어지며 서늘한 기운이 감돌았다. 갑작스레 변해 버린 그의 모습이 낯설다. 루아는 숨을 몰아쉬며 적왕을 노려보았다.

"넌 돌아가게 될 거야."

사나운 야인과 같은 말투, 한기가 뚝뚝 떨어지는 눈동자까지 전혀 다른 사람을 보는 것 같아 루아는 주춤거리며 물러섰다.

"내 목을 걸고 맹세하지."

자신도 모르게 숨어 있던 야수가 깨어났다. 한 번도 그녀에게 향하지 않았던 적왕의 진짜 모습이 드러나 버린 것이다. 상처 입은 표정으로 돌아선 그녀가 막사를 향해 달려갔다.

'나를 자극하지 말았어야 했다.'

돌아선 적왕의 등 뒤로 루아의 외침이 들려왔다.

"돌려보내려면 내 숨통부터 끊어야 할 거예요!"

허리춤의 단도를 움켜쥔 적왕이 순식간에 몸을 돌려 루아에게로 손을 뻗었다. 바람을 가르며 날아간 단도가 막사 입구의 천을 지탱한 기둥에 박혔다.

충격으로 물든 루아의 얼굴이 그녀의 이마에서 다섯 치 옆으로 박혀든 단도로 향했다. 망연하게 단도를 올려다보던 루아가 조용히 몸을 돌려 막사로 들어가 버렸다.

'강하고 아름다운 동반자와 함께이니 순행과는 사뭇 다른 여행이 될 겁니다.'

대신녀의 예언대로 강하고 아름다운 루아였지만 그녀와는 동행하지 않을 것이다. 막사로 다가선 적왕이 기둥에 박힌 단도를 움켜쥐었다.

"당신의 예언은 이미 어긋났습니다."

백 명의 친우와도 바꿀 수 없는 단 한 사람이 될 거라던 대신녀의 말을 떠올렸다.

"세상 무엇과도 바꿀 수 없는 연인이기에…… 그녀는 함께 갈 수 없습니다."

적왕이 나무에 기대어 앉았다. 쏟아질 듯 반짝이는 별들은 그녀와 함께 보았던 어제와 다를 바 없는데 홀로 앉아 있는 밤의 시작은 쓸쓸하기만 했다.

삐이이이이이!

긴 어둠 속에서 사막수리가 날아들며 방문객을 알렸다. 멀리서 사막의 모래폭풍처럼 일어난 흙먼지가 오아를 향해 밀려오는 것이 보였다. 흙먼지를 가르며 선두에서 달리는 하자베의 모습이 보인다.

하자베와 삼십여 무리가 오아에 도착하여 낙타에서 내려서는 것을 지켜보던 적왕의 시선이 뿌옇게 내려앉는 흙먼지 속에 멀찍이 떨어져 있는 적갈마에게로 향했다.

"하자베, 이제 도착했습니다. 계집은 찾지 못하였습니다."

하자베의 시선이 적왕을 따라 그가 달려온 사막으로 향했다. 달빛 아래 붉은빛을 띤 말 한 마리가 보인다. 무리를 쫓아온 것이 분명한 적갈마는 영악하게도 일정한 거리를 두고 제자리에 멈춰 선 채 움직임이 없었다.

"오는 길에 이방인을 만났습니다."

하자베가 얼굴을 가린 사내를 끌어내려 적왕의 앞에 무릎을 꿇렸다. 사내의 얼굴을 가렸던 천을 벗겨내니 적왕이 탄성을 터뜨렸다.

"우서한."

적왕의 목소리에 손발이 묶인 우서한이 고개를 들었다. 낯선 사내가 그의 이름을 알고 있다는 놀라움보다는 여행하는 내내 전해 들었던 적왕의 존재를 확인하게 된 것에 우서한은 낭패감을 감출 수가 없었다. 하필이면 사막을 헤매다 만난 이들이 살육자로 소문난 적왕의 무리라니. 입안으로 날아든 모래를 뱉어내며 우서한이 나지막이 말했다.

"어째서 내 이름을 알고 있는 것인가?"

대답 대신 적왕의 시선이 다시 직갈마에게로 향했다.

"이자가 타고 온 말이냐?"

"아닙니다. 사내가 타고 온 말은 저희가 끌고 왔는데 저 말은 처음부터 거리를 두고 사내를 쫓고 있었습니다."

하자베의 말에 적왕의 입가에 미소가 감돌았다.

"쉬어라."

짧은 말 한마디에 하자베가 우서한을 끌고 가버리자 적왕은 적운에게로 걸음을 옮겼다. 그의 움직임에 경계를 하는 듯 적운이 바닥을 차며 뒤로 물러섰다. 적왕이 입을 모아 휘파람을 부니 그의 머리 위로 사막수리가 날아올랐다. 동시에 적운이 번뜩 고개를 치켜들며 두리번거렸다.

휘익!

다시 한 번 들려온 휘파람 소리에 하늘의 적운은 힘차게 날갯짓하며 공중을 순회하고 땅 위의 적운은 붉은색의 갈기를 휘날리며 그에게로 달려왔다. 주저 없이 적왕에게로 얼굴을 들이미는 적운의 미간을 쓰다듬어 주었다.

'살아주어 고맙다.'

삶이라는 긴 여정에 반려라는 것은 사람에게만 국한된 것이 아니었다. 죽은 아우를 실어 보낼 때엔 다시는 보지 못하리라 생각하였는데, 낯선 이로 변해 버린 적왕에게 한 치의 의심도 없이 달려와 서슴없이 몸을 내어주는 적운으로 인해 가슴이 먹먹해져 왔다.

조금 야위고 못 보던 상처가 두어 군데 늘었으나 여전히 단단하고 건강한 모습이다. 굳이 고삐를 잡을 필요도 없었다. 돌아서서 걷는 그를 따라 적운이 타박타박 쫓아왔다.

적왕은 우서한과 적운이 나타난 것을 하늘의 뜻이라 믿었다. 가뭄에 비가 내리듯 모든 것이 순리대로 이루어지고 있다. 우서한은 환국으로 향하는 길의 선두에 서게 될 것이다. 하자베는 그녀의 길을 막는 장애물을 제거할 것이며, 서윤을 싣고 환국으로 향했던 적운은 이제 루아를 태우고 떠날 것이다. 그렇게 이별의 순간은 한걸음 앞으로 성큼 다가와 있었다.

 붉은전사라 불리는 야인들은 우서한의 가슴부터 허리 아래까지 빈틈없이 나무에 밀착하여 묶어두었다. 앉은 자세가 그리 불편한 것은 아니었지만, 양손이 자유로움에도 우서한은 꼼짝없이 나무에 등을 붙이고 앉아 밝은 달을 바라보았다.
 '환국 서자부 수장의 꼴이 참으로 우습구나.'
 치기 어린 자존심에 전사가 양손에 쥐어준 육포와 물이 든 가죽 주머니를 던져 버리고 나니 새삼 후회스럽다. 은은하게 빛을 품은 달이 아사와 닮아 있어 우서한의 갈라진 입술로 그녀의 이름이 한숨처럼 새어 나왔다.
 "아사……."
 "여전하시네."
 소리를 쫓아 고개를 드니 루아와 함께 사라졌던 월령이 그가 묶여 있는 나무 꼭대기에 살포시 앉아 있다.
 "지겹지도 않은가 봐."
 달빛을 받아 더욱 환하게 빛이 나는 은빛 머리카락이 해를 향해 손을 뻗는 꽃술처럼 살랑인다.
 "너! 이 요괴! 네가 왜 여기에 있는 거지?"
 우서한이 주위를 두리번거렸으나 루아의 모습은 보이지 않았다.

"루아는 어디 있느냐? 함께 있던 것이 아니더냐?"

"나는 달빛 받으러 나왔고, 루아는 저기 막사에 있고. 또 뭐가 궁금하실까?"

어느새 우서한의 코앞으로 내려선 월령이 장난기 가득한 얼굴로 그와 눈을 마주쳤다.

"줄을 풀어라!"

"내가 왜?"

우서한이 마른침을 삼키며 월령을 노려보았다. 짧은 시간 함께했던 때를 생각해 보니 말을 들어 처먹을 요괴가 아니다.

"가서 루아를 불러오너라."

"내가 왜?"

상황을 즐기는 듯한 앙큼한 대답에 속이 미어터지는 우서한이었다. 빠드득 이를 갈며 노려보려니 새치름하게 쳐다보던 월령의 시선이 돌연 그의 뒤로 향하더니만 재빨리 몸을 일으켰다.

"빌어먹을 불닭, 인사는 나중에 해야겠네."

뭐라 말할 새도 없이 월령은 보라색의 불빛으로 변해 반디처럼 날아가 버렸다. 튀어나오는 욕설을 참으려니 상반신을 돌돌 말고 있는 밧줄이 죄어 숨이 막혔다. 온몸을 들썩이며 밧줄이 헐거워지기를 기대했지만 버둥거리는 그의 곁으로 낯선 움직임이 느껴졌다.

고개를 돌리니 적왕의 모습이 보였다. 섬뜩한 기운이 느껴지는 붉은 눈동자가 그의 앞으로 다가앉았다. 우서한은 꼿꼿하게 고개를 쳐들고 적왕을 노려보았다.

"이리 묶어두고 어쩌려는 것인가?"

"우서한, 너는 내일 해가 뜨기 전에 루아를 데리고 환국으로 출발한다."

무슨 말을 하고 있는 것인가? 우서한은 말없이 적왕을 올려다보았다. 루아와 그의 이름을 알고 있다. 인사성 바른 루아야 도적을 만나도 통성명을 할 아이이니 그렇다 해도 그녀의 이름을 부르는 적왕의 목소리가 지나치게 친근하다. 게다가 그녀를 환국으로 데려가라니.

"한낱 야인 조무래기의 우두머리가 환국 서자부의 수장에게 명령을 하는 것인가?"

"우서한, 지금 네가 있는 곳은 환국이 아니라 죽음의 땅이며 네가 마주하고 있는 나 또한 예전에 너를 따라 태자전으로 향했던 자윤이 아니다."

삼왕자! 우서한은 두 눈을 크게 뜨고 적왕을 올려다보았다. 못 알아볼 정도로 거칠어진 외모였으나 우서한은 그가 환국의 삼왕자임을 알 수 있었다.

'어쩌다가 저런 요괴의 눈동자를 갖게 된 것인가!'

세상의 끝으로 청동검을 찾아 떠났던 추방당한 왕자가 어떻게 야인들의 왕이 되었는가!

"네가 마주하고 있는 이는 세상을 붉게 물들인 적토의 직왕."

"어, 어떻게……."

적왕은 당황한 기색을 감추지 못하는 우서한에게서 시선을 거두며 자리에서 일어섰다.

"후후후, 사막에 뼈를 묻을 생각이 아니라면 가야겠지."

다음날 동이 트기도 전에 루아는 희생제를 치르는 소녀의 심정으로 검은 천에 둘둘 말려 적운의 위에 태워졌다. 모래바람을 막기 위해 두 눈을 제외한 얼굴 전체를 가려 버린 루아의 곁에 적왕이 묵묵히 서 있다.

"손대지 말아요."

루아의 차가운 음색에 적왕은 안장에 그녀의 손을 묶는 대신 적운의 얼굴을 붙잡아 이마를 맞대었다.

'친구여, 그녀를 부탁한다.'

적왕은 울고 있는 심장의 외침을 잘라내듯 적운의 엉덩이를 내려쳤다.

히이이잉!

모래를 밀어내며 힘차게 뻗어 나간 적운의 뒤로 적왕의 붉은전사들이 구름처럼 일어나 달리기 시작했다. 그렇게 루아는 둘만의 작은 낙원을 떠나 거친 모래벌판으로 달려 나갔다. 뒤따르던 붉은 전사들이 루아와 우서한을 에워싸며 빈틈없이 정렬하여 그들을 경호했다.

루아는 돌아보지 않았다. 묵묵하게 달리는 사이 해가 떠오르자 루아는 전사들의 눈치를 보며 앞서 걷는 우서한에게로 다가갔다.

"어떻게 된 거예요?"

"내가 묻고 싶은 말이다."

갑작스레 나타난 우서한의 모습에 놀란 루아였지만, 그녀를 쫓는 하자베의 시선에서 벗어날 수가 없어 기회만을 엿보았다. 잠시의 대화도 그들 사이로 들어선 하자베의 낙타 때문에 막혀 버리자 루아는 고삐를 잡고 더더욱 박차를 가했다.

한참을 달리고서야 일행은 사막 한가운데 멈춰 섰다. 가다 보면 그녀가 머물렀던 오아와 같은 것이 나오리라 생각했지만 사막에 오아는 그 하나인 양 뜨겁게 내리쬐는 태양 아래 구름 한 점 없는 허허벌판에서 무리는 휴식을 외쳤다.

'월령!'

적운이 만드는 그늘 아래 몸을 낮춘 루아가 월령을 불러보았지만 그녀는 대답이 없다.

'월령, 도와줘!'

'싫어. 너무 뜨겁다고.'

'야인들 중 하나를 주인 삼고 싶어?'

이름을 폭로하겠다는 은연중의 암시를 냉큼 알아들었는지 허리에 찬 월령도는 루아가 휘청거릴 만큼 신경질적으로 몸을 흔들어 댔다.

'말해.'

'우서한과 이야기를 해야 하는데, 전사들 때문에 좀처럼 기회가 잡히지 않아.'

'어쩌라고?'

'……'

'다 죽여 버려?'

'아니. 다른 방법은 없을까?'

루아의 말이 떨어지기도 전에 길어진 월령도에서 빠져나온 월령이 하늘 위로 치솟는가 싶더니 모래바닥으로 떨어져 내렸다. 뿌옇게 일어나는 먼지 속에 전사들이 검을 움켜쥐고 그쪽으로 달려갔다. 그 틈에 우서한이 있는 쪽으로 내달린 루아가 그의 곁에 몸을 낮추며 팔에 감긴 밧줄을 끊어냈다.

　"환국으로 돌아가지 않아요."

　"같은 생각을 하고 있군."

　월령이 떨어진 곳을 바라보니 전사들이 반나체로 뛰어다니는 그녀를 잡느라 아이처럼 우르르 몰려다니고 있었다.

　"도대체 여기는 어떻게 왔어요?"

　"대답은 나중에."

　고개를 든 우서한이 그들 쪽으로 다가서는 하자베를 향해 달려들며 소리쳤다.

　"루아! 도망가!"

　하자베와 뒤엉킨 우서한을 향해 월령도를 뽑아 들고 달려가던 루아가 멈춰 섰다. 도망가라는 우서한의 외침에 월령을 쫓던 전사들이 몸을 돌려 그녀에게로 달려오기 시작했다. 이에 월령이 다시 월령도의 모양으로 변해 그들 주위를 빠르게 회전하며 막아서는 모습이 보였다.

　'월령!'

　'일단 달려!'

　루아는 적운의 등에 올라 어딘지도 모르는 사막을 달리기 시작했다. 적운의 등에 바짝 엎드려 뒤를 돌아보니 전사들을 발로 차고 말에 오르는 우서한의 모습이 보였다.

'월령!'

'나 바빠.'

검을 휘두르는 전사들 사이를 섬광처럼 번뜩이며 날아다니는 월령으로 인해 그들은 낙타에 오르지도 못하고 뿌옇게 먼지를 피워 올리고 있었다.

얼마나 달렸을까. 월령이 본체로 돌아왔는지 허리에 찬 월령도에서 싸늘한 기운이 느껴졌다. 뒤로는 우서한이 달리고 있고 한참이나 떨어진 곳에서 흙먼지가 이는 것을 보니 월령에게서 풀려난 전사들이 그들의 뒤를 쫓고 있는 듯했다.

적운과 달리 환국에서 태어나 자란 우서한의 말은 지구력은 좋았으나 사막에 익숙하지 않아 계속해서 속도가 떨어지고 있었다. 루아가 속도를 조금 늦추자 우서한의 환국마가 그녀를 따라잡았다. 함께 달리는 동안 전사들이 일으키는 흙먼지가 점점 가까워졌다. 달리며 뒤를 돌아본 우서한이 루아에게 외쳤다.

"이러다 잡히겠어. 너 먼저 가!"

루아가 고개를 저었지만 허리춤에서 돌검을 꺼내 든 우서한이 적운의 엉덩이를 매섭게 내려쳤다.

히이이잉!

더더욱 빠르게 달리기 시작한 적운의 고삐를 잡고 앞만 보고 달리던 루아의 눈에 짙은 초록색의 안개가 보였다. 아니, 안개가 아니었다.

"나무!"

사막의 한가운데 생각지도 못한 짙푸른 기운을 뿜어내는 나무들이 보였다. 하늘이 보이지 않을 만큼 높게 솟은 천년목보다 더 큰 나무들이 푸른 잎사귀를 치켜들고 루아에게 팔을 벌려 환영하는 것처럼 짙은 나무 내음이 풍겨왔다. 돌아선 루아가 우서한을 향해 소리쳤다.

"달려요! 숲이 있어요! 우서한님!"

그녀의 소리를 들었는지 우서한의 말이 더더욱 빨리 달려오는 모습이 보였다. 루아의 얼굴이 환하게 밝아졌다. 산과 강으로 둘러싸인 환국에서 자라난 루아에게 숲은 사막보다 유리하다.

'들어가지 마. 이상해.'

짙고 푸른 숲을 만나 들떠 버린 루아에게 월령의 말은 들리지 않았다. 숨이 턱까지 차오른 우서한이 그녀의 곁에 다다르자 전사들의 모습도 더욱 가까워졌다. 두 사람은 마지막 남은 힘을 다해 숲을 향해 전력으로 달려갔다.

숲에 발을 넣기가 무섭게 시원한 바람이 그녀를 맞이했다. 루아와 우서한은 거친 숨을 토해내며 숲으로 들어섰다. 청량한 숲의 향기에 먼지 쌓인 폐가 깨끗이 씻겨 내리는 느낌이 들었다. 숲으로 접어들었다는 기쁨에 젖은 루아와 우서한은 그들의 뒤를 바짝 추격하던 붉은전사들이 멈춰 선 것도 알아차리지 못하고 더욱 깊이 숲 속으로 달려 들어갔다.

"정지!!"

뿌옇게 흙먼지를 일으키며 달려온 하자베와 전사들은 빽빽하게 들어찬 나무가 보이는 언덕에 그대로 멈춰 섰다. 낙타에서 뛰어내린 하자베가 몸을 숙여 바닥에 있는 모래를 한 움큼 집었다. 움켜쥔 오른손 주먹을 코끝으로 가져다 댄 하자베가 고개를 들어 낯선 숲을 바라보았다.

'샤자라툰.'

움켜쥔 주먹에서 모래가 사르륵 밑으로 떨어져 내렸다. 손을 털어낸 하자베가 낙타에 올라 루아가 사라진 숲으로 향하자 짙은 갈색 머리의 두마가 그의 앞을 가로막았다.

"설마 들어갈 생각은 아니겠지?"

"주인님의 명이다. 여자를 무사히 환국으로 귀환시켜야 해."

다시 앞으로 걸음을 하는 하자베의 곁으로 낙타를 들이민 두마가 낙타의 안장을 붙잡았다.

"들어가면 나올 수 없어."

새까만 하자베가 하얀 이를 드러내며 히죽 웃었다.

"두마, 주인님께 이 사실을 알리고 나머지는 여기서 대기한다."

하자베는 아무런 주저함 없이 루아가 사라진 숲을 향해 달려갔다.

한편 숲 속 깊이 달려 들어간 루아 일행은 그들의 뒤를 쫓는 무리와 멀어졌다는 안도감에 잠시 멈춰 섰다.

"죽음의 땅이라던데, 이런 숲이 있다는 것이 믿어지지 않아요."

"낯선 곳이니 조심하는 것이 좋아."

우서한이 주위를 살피며 다시 걷기 시작하자 루아도 그의 뒤를 따랐다.

"그런데 어떻게 된 거예요? 우서한님도 동굴 밖으로 나오니 사막이던가요? 해일님은 무사한 거죠? 사람들은 어찌 되었나요?"

쏟아져 나오는 루아의 물음에 우서한이 물끄러미 그녀를 바라보았다. 해일의 영향인가, 말이 없고 진중하기만 하던 루아는 힘겨운 여행에도 전보다 밝아진 듯하다.

"사람들은 안전하게 동굴을 빠져나왔나요?"

"벌써 오 년 전 일이야. 너야말로 오 년 동안 혼자 여기까지 어떻게 온 것이냐?"

사람들과 동굴을 빠져나오자마자 산이 무너져 내렸다. 천지가 개벽이라도 하는 듯 땅이 울리고 갈라진 틈으로 산이 내려앉았다. 두려움으로 울부짖는 사람들 속에 해일이 모습을 나타냈다.

화산이 폭발하는 것처럼 그의 몸에서 뻗어 나온 환한 빛이 사람들을 감싸 안았다. 일부는 멀리까지 뻗어나가 깜깜한 밤하늘 아래 마을로 보이는 곳곳에서 작은 반원의 구가 생겨 멀리서도 환한 빛을 뿜어내는 것을 볼 수 있었다.

해일이 하늘로 별처럼 사라져 버리자 지진은 눈 깜짝할 사이에 거대한 산들을 평지로 바꾸어놓고 꿈처럼 잦아들었다. 그가 쳐놓은 결계가 갈라지기 시작하면서 사람들은 서둘러 그 자리를 벗어났다.

"그냥 사라져 버렸다고요? 해일님이?"

루아의 물음에 우서한은 더 이상 해일의 이야기를 하고 싶지 않은지 말을 세우며 그녀를 돌아봤다.

"널 아무리 찾아봐도 찾을 수가 없더군. 반경 십 리가 넘는 곳을

샤자라툰 103

다 뒤졌다."

"동굴이 꽤나 길었나 봅니다. 저는 정반대편으로 나온 듯한데, 월령이 아니었으면 좁은 굴속에서 몸이 터져 버렸을 거예요."

루아 또한 그간 어긋났던 여정을 우서한에게 찬찬하게 설명했다. 하필이면 전사들에게 구원을 청한 대목에서는 크게 한숨까지 내쉬며 루아가 고개를 저었다. 한참을 그녀의 이야기를 듣던 우서한이 다시 걷기 시작했다.

"굴을 빠져나오니 사막이고 오 년이 지나 버렸다?"

"이상한 일이죠?"

"환국을 떠난 뒤로는 이상하지 않은 일이 하나도 없었던 것 같다."

퉁명스러운 우서한의 대답에 루아가 수긍하며 고개를 끄덕였다. 그 이상함의 절정이 지금 걷고 있는 숲이 되리라고는 생각지도 못한 두 사람은 지나간 시간을 이야기하느라 지금 같은 자리를 맴도는 것조차 깨닫지 못했다.

"운 좋게 찾던 이를 만났구나."

루아는 우서한이 묻는 것이 자윤을 만난 이야기가 아님을 알고 있다. 그는 알고 싶은 것이다. 왜 자윤이 그녀를 환국으로 돌려보내려 하는 것인지.

난처하기만 한 이야기를 어찌 설명해야 할까 망설이는 사이 참견쟁이 월령이 월령도에서 빠져나와 우서한의 앞으로 스쳐 지나갔다.

"불닭이 언젠가 한번 불꽃을 날릴 줄 알았지, 내가."

그녀가 뿜어내는 불빛에 놀란 말의 목을 두드리며 달랜 우서한이 미간을 찌푸린다.

"불닭이라니?"

"자윤, 아니, 적왕님을 그리 부르네요."

월령의 입에서 행여 봉황이라는 소리가 나올까 싶어 루아가 서둘러 대답하니 우서한이 그녀에게로 시선을 돌렸다.

"적왕의 존재를 알고 있었던 것이냐?"

"자윤님인걸요. 눈치채지 못하셨어요?"

단순한 대답에 우서한이 한숨을 내쉬었다. 굳이 세상 사람들이 그를 왜 적왕이라 부르는지 설명할 필요는 없다는 생각이 들었다.

"힘들게 만났는데 어째서 환국으로 돌아가려 한 거지?"

"돌아가려 한 것이 아니었습니다. 그게……."

말꼬리를 늘이는 루아가 답답했던지 주위를 살피던 월령이 우서한의 앞으로 날아왔다. 월령이 고자질하는 아이처럼 그의 귓가에 얼굴을 숙인다.

"죽여 버릴 것 아니면 여자한테 손찌검하는 사내는 무조건 피해야 하거든."

"손찌검이라……."

우서한이 황당하다는 표정으로 루아를 보니 화들짝 손사래를 친다.

"아닙니다. 그런 분이 아니세요."

"응, 아니지. 칼을 날렸지, 칼을. 제대로 맞았으면 머리통이 쪼개졌을 거야. 따악 하고."

루아를 바라보던 월령이 커다란 눈을 깜박이며 순식간에 코앞으로 다가왔다.

"설마 따라가겠다는 건 아니겠지?"

월령의 물음은 곧 루아가 스스로에게 하던 질문이다. 숲에서 벗어나면 그를 따라가야 할까. 막상 환국으로 향하는 전사들에게서는 도망 나왔지만 어디로 가야 할지 알 수가 없다. 루아가 답을 못하니 월령이 흥분한 듯 보라색 눈동자에 불꽃을 일으켰다.

"미쳤구나. 너한테 칼을 던졌어. 널 죽이려고 했다고."

그는 12년의 순행을 견디어낸 뛰어난 무사이다. 죽이려 했다면 월령의 말처럼 단도는 기둥이 아닌 그녀의 머리에 박혔으리라. 꺾이지 않을 의지에 대한 표현일 뿐, 적왕의 두 눈은 그녀를 잃고 싶지 않아 함께 갈 수 없다 분명하게 전하고 있었다.

"그보다 앞서 가면 돼!"

"뭐?"

"그보다 앞서서 청동검을 찾겠어."

어이없다는 듯 입을 벌리고 쳐다보는 월령을 향해 루아가 환하게 미소 지었다.

"염려되어 내치는 것이라면 그에게 증명해 보일 거야. 그에 대한 내 마음은 환인성보다 견고하고 상아검보다 단단하다는 것을."

"멍청한 게 아니라 미친 거였어."

절레절레 고개를 흔드는 월령의 모습에도 굴하지 않고 루아는 고삐를 더욱 단단히 움켜쥐었다. 어차피 그에게로 향한 여정이다. 죽지 않고 살아 있어준 것만으로도 고마웠다. 지금은 비록 헤어져 있지만 그도 루아의 마음과 같을 터, 혼자가 아니라 둘이라면 조금이라도 빨리 청동검을 찾을 수 있지 않을까.

"우서한님은 어찌하시렵니까? 자윤님을 만날 때까지 저를 호위해야 하는 목적은 이미 달성한 것이 아닌가요?"

답이 없어 돌아보니 멈춰 선 우서한이 말에서 내려서고 있었다. 바닥을 짚어보던 우서한이 벌떡 일어나 주위를 둘러보는 것이 이상하여 그에게 다가선 루아가 적운에서 내려서며 물었다.

"왜 그러십니까?"

"같은 자리를 맴돌고 있다."

"예?"

"바보들, 빨리도 안다."

루아가 고개를 들어 그녀의 머리 위로 떠 있는 월령을 올려다봤다.

"알고 있었어?"

"내가 들어가지 말랬잖아. 동굴도 그렇고. 차암, 말도 징그럽게 안 들어."

그럴 리가 없다. 분명 갈라지는 길도 없이 외길로 앞만 보고 왔는데 어떻게 제자리로 돌아온단 말인가. 루아가 우서한의 곁으로 다가섰다.

"확실한가요?"

우서한이 고개를 끄덕인다.

"바닥에 발굽조차 찍혀 있지 않은데 같은 자리라 어찌 단정하십니까?"

"그게 문제였다. 흔적이 남지 않는다는 것."

우서한이 허리춤에서 돌검을 꺼내어 바닥을 긁으며 앞으로 걸어갔다. 길게 줄이 그어진 흙이 우서한이 세 걸음을 떼기도 전에 사라지기 시작했다.

이미 예상한 듯 우서한이 검을 허리에 집어넣으며 루아의 곁으로 다가섰다.

"주위의 나무들, 잎사귀 하나, 작은 가지마저 똑같아. 하나같이 전부 같은 모습이다."

천천히 주위를 돌아보던 루아가 놀라움으로 숨을 들이켰다. 우서한의 말처럼 모든 것이 똑같다. 나무란 것이 세월을 견디며 하나하나가 가지각색으로 변형되기 나름인데 그들이 선 곳의 나무들은 모두가 같은 크기의 같은 모양새를 하고 있다.

'월령, 어떻게 된 거야?'

'몰라. 주위를 살피러 갔었는데, 보시다시피 나도 나가는 길을 못 찾았어.'

장난기라고는 찾아볼 수 없는 월령의 대답에 루아는 그녀 또한 곤란해하고 있음을 느낄 수 있었다. 루아가 월령도를 꺼내어 나무를 내려치니 속이 빈 것처럼 맑은 소리가 크게 울려 퍼졌다.

"나무에 상처를 내어 길을 표시하면……."

나름 현명한 생각이었으나 우서한이 고개를 흔든다. 그의 시선을 따라가니 나무가 빠른 속도로 상처를 메우며 전과 같은 모습으로 돌아가 버렸다.

"흩어져서 각자 반대로 가보는 것이 좋겠다. 어차피 제자리를 걷고 있는 것이라면 다시 만나게 될 거야."

"위험합니다. 아무것도 파악하지 못한 상태에서 길을 달리한다면 다시 못 만날 가능성도 있습니다."

"그렇군."

루아의 일행은 진퇴양난에 빠져 버렸다. 한참을 이동하였는데도 하늘에는 변함없이 해가 떠 있다.

"밤이 되면 별을 보고 방향을 잡아 이동할 수 있을 듯하니 조금 쉬어가는 것이 좋겠습니다."

루아의 말에 우서한이 고개를 끄덕이며 가까이 있는 나무에 기대앉았다.

'옷가지를 잘라내어 바닥에 표시하며 이동하는 것은 어떨까?'

'그러시던가.'

어떻게 하면 숲에서 빠져나갈지 골머리를 앓는 루아였으나 멀찍이 떨어져 앉은 월령의 대답은 시큰둥하기만 하다.

'월령······.'

'왜? 나가는 길 모른다니까.'

'미안해.'

동굴 사건이라면 다시 그때로 돌아가도 같은 선택을 하겠지만, 지금은 상황이 달랐다. 그녀의 말을 무시하고 정체를 알 수 없는 숲으로 뛰어든 탓에 우서한과 월령까지 갇혀 버렸으니 루아는 미안한 마음을 감출 수가 없었다.

'다음부터는 귀담아듣도록 노력할게. 미안해.'

그녀의 사과에 한참이나 아무런 대꾸도 없던 월령의 목소리가

샤자라툰

루아의 귓가에 조용하게 울려왔다.

'멍.청.이.'

휴식이라고 할 것도 없었다. 조용히 앉아 있자니 이상한 느낌만 자꾸 들었다. 숲은 여전히 싱그럽게 푸른 기운을 뿜어내고 있지만, 짐승이나 곤충이라고는 찾아볼 수가 없었다. 작은 새 한 마리 조차 없는 숲은 기괴하리만큼 고요했다. 시간마저 멈춘 것 같은 숲 속에서 루아 일행은 조용히 찾아드는 괴리감에 젖어들기 시작했다.

숨도 쉬지 않고 달려온 적왕이 숲이 보이는 언덕에 멈춰 섰을 때에는 이미 서쪽으로 붉은 해가 기울고 있었다. 모래언덕 위에 멈춰 선 적왕의 모습이 지계의 야차와도 같다. 커다란 창을 손에 움켜쥔 적왕의 얼굴을 가린 천이 바람에 흩날렸다.

"하자베는?"

"아직 나오지 않았습니다."

그를 둘러싼 부하들을 돌아본 적왕이 어깨 위로 내려온 사막수리를 숲을 향해 날렸다.

삐~!

커다란 날개를 펴고 날아오른 사막수리가 숲을 향해 날아갔으나 무언가 보이지 않은 벽에 부딪친 듯 공중에 멈춰 날갯짓했다. 그 모습을 함께 지켜보던 전사 하나가 적왕의 앞에 무릎을 꿇었다.

"화살을 쏘아 올려 보았지만 소용없습니다. 줄을 묶어 전사를 들여보냈는데 줄도 끊어져 버렸습니다."

"전사는?"

"돌아오지 않았습니다."

적왕은 낙타를 움직여 숲 가까이 다가갔다. 멈춰 선 적왕이 하자베가 한 것처럼 몸을 낮춰 흙을 집어 냄새를 맡았다. 사막의 모래와 별다를 바 없는 흙은 먼지처럼 흩어져 내렸고, 물의 기운이라고는 전혀 느껴지지 않았다.

물도 없는 사막에서 하늘을 찌를 듯 높게 서 있는 활엽수들은 정상적으로 보이지 않았다.

"숲의 경계를 따라 낙타를 타고 전속으로 달려보니 크기가 생각보다 작습니다."

"얼마나?"

"가로질러 달리면 50리 정도로 추정되며 원형으로 되어 있습니다."

손안의 모래를 털어낸 적왕이 한층 더 어두워진 하늘을 올려다보며 자리에서 일어섰다.

"두마!"

"예, 두마 여기 있습니다."

"밤낮을 교대로 숲의 경계를 정찰한다."

낙타에 오른 적왕이 숲을 향해 고삐를 잡자 기다란 다리를 펴며 낙타가 일어섰다.

"들어가시면 나올 수 없습니다. 아직은 형태를 이루고 있으나 신기루가 분명합니다. 언제 사라질지 알 수 없습니다."

그녀가 저 안에 있다. 언제 사라질지 알 수 없으니 적왕은 더 이상 지체할 수가 없었다. 숲을 향해 걷기 시작한 그의 앞을 막아서는 자는 아무도 없었다.

숲의 시작을 가르는 경계에 다다른 적왕은 낙타에서 내려 뒤따르는 무리에게로 돌아섰다.

"열흘이다. 그 안에 나오는 이가 없다면 지금 내가 선 곳에서부터 불을 놓는다."

직선거리로 오십 리 정도 되는 숲에서 열흘 이상 머무를 이유가 없다. 열흘 안에 빠져나오지 못한다면 백 년이 지나도 빠져나오지 못할 것이다.

'루아……'

설창을 움켜쥔 적왕은 혈혈단신으로 망설임 없이 숲으로 걸어 들어갔다. 커다란 나무 사이를 거니는데도 이상한 낌새라고는 없었다. 빽빽하게 들어찬 나무 사이로 길이라고는 말 한 마리 지나갈 정도밖에는 되지 않는 숲은 생각보다 훨씬 더 울창했다.

'이 정도 나무들이라면 모르고 지났을 리가 없는데……'

신기루가 분명했다. 바닥에는 드문드문 떨어져 내린 나뭇잎들이 보였으나 발자국이나 그 밖의 흔적이라고는 찾아볼 수가 없었다. 이리될 줄 알았다면 차라리 곁에 묶어두는 것인데.

한참을 앞만 보고 걷던 적왕은 문득 멈춰 섰다. 숲으로 들어섰을 때에 이미 해가 저문 상태였는데 전혀 어둡지가 않다. 끝도 없이 뻗은 나무들 사이로 올려다보니 커다란 잎사귀에 가려진 한 뼘 크기의 하늘은 파랗기만 하다.

'시간조차 멈춰 버린 것인가.'

천천히 돌아선 적왕이 주변의 나무를 살펴보았다. 나무들이 모두 같은 형상을 하고 있다는 것을 뒤늦게 눈치챈 적왕은 길에서 벗어나 빽빽한 나무들 사이로 들어섰다. 눈앞에 그가 걷던 것과 같은 길이 다시 놓여 있다.

다시 걸음을 떼려는 순간 적왕의 귀에 종소리와 비슷한 맑은 울림이 들려왔다. 소리를 따라 길에서 벗어난 적왕은 본능적으로 나무들을 헤치며 달리기 시작했다. 얼마 달리지 않아 주저앉은 채 돌검으로 미친 듯이 나무를 내리찍고 있는 하자베의 모습을 발견할 수 있었다.

"하자베!"

그의 왼손으로 나무의 덩굴이 엉켜들어 있는 것을 발견한 적왕이 허리춤의 단도를 꺼내어 나무 넝쿨을 끊어냈다. 간신히 벗어난 하자베를 잡아당겨 나무에서 떨어뜨리니 그가 거친 숨을 토해내며 적왕의 팔을 붙잡았다.

"그들을 빨리 찾아야 합니다."

몸에 둘렀던 천의 일부를 찢어낸 적왕이 피로 물든 하자베의 손에 감아 묶어주었다.

"계속하여 같은 자리만 돌고 있었습니다. 나무에 흠집을 내어도 흔적도 없이 사라져 버리는 통에 피로 흔적을 남기며 한참을 걸었는데 지친 탓에 깜박 잠이 들었나 봅니다. 어머니의 부름에 눈을 떴는데 나무가 제 손을 먹어 들어가고 있었습니다."

"좋은 어머니를 두었군."

"카쟈의 침략으로 돌아가셨습니다."

몸을 일으킨 하자베가 적왕을 따라 걷기 시작했다. 보이는 나무마다 전부 하자베의 피가 묻어 있었다. 흔적을 남겨도 계속 같은 자리만을 돌고 있었던 것이다.

"저를 어떻게 발견하셨습니까?"

"나무를 내려치는 소리를 들었다. 속이 비었는지 소리가 꽤나 컸다."

소리! 적왕은 섬광처럼 그의 뇌리를 스쳐 가는 생각에 멈춰 섰다. 아무런 생명체도 존재하지 않는 마의 숲에서 유일하게 소통이 가능한 것은 소리뿐이었다.

적왕은 그의 손에 쥐고 있던 창을 들어 있는 힘을 다해 옆에 있는 나무를 내려쳤다.

타당! 타당! 탕!

맑으면서도 공허한 소리가 길게 여운을 남기며 사방으로 퍼져 나갔다. 메아리처럼 울리던 소리가 끊어지고 길지 않은 침묵의 뒤로 어디선가 같은 소리가 들려왔다.

"루아!"

적왕은 소리를 쫓아 달리기 시작했다. 길도 없는 숲 속을 호랑이처럼 날쌔게 달리며 소리가 끊어질 즈음 다시 나무를 내려쳤다. 기다림의 끝으로 또 다른 울림이 들려오자 적왕과 하자베는 다시 달렸다. 그렇게 달리다 멈추기를 반복하며 점점 가까워지는 소리를 잡아 청각에만 의존한 채로 무작정 달렸다.

"루아아!!"

그의 외침이 들렸는지 숲의 반대편에서 달려오는 루아의 모습이 보였다. 적왕을 향해 두 손을 뻗은 루아가 그의 품으로 안겨들었다. 무모하게 무리에서 벗어나 마의 숲으로 뛰어든 것조차 상관없었다.

'무사했구나. 무사해서 다행이다.'

끊임없이 그녀의 이름을 부르며 적왕은 품에 안은 루아를 놓지 못했다.

"이곳에는 어찌 들어오셨습니까?"

고개를 드니 눈물이 그렁그렁 맺힌 루아가 그를 올려다보고 있다. 적왕은 아무런 말 없이 그녀의 이마에 입맞춤했다.

"계속 같은 자리만 맴돌고 있습니다. 어떻게 해야 할지……."

그녀의 뒤로 조용히 다가서는 우서한의 모습이 보였다. 강한 수컷들 간의 기 싸움처럼 적왕을 노려보던 우서한이 시선을 돌리며 고개를 숙였다.

모두가 무사한 것을 확인한 적왕이 품 안의 루아를 놓아주었다. 하자베를 발견했을 당시를 유추하여 보았을 때 나가는 길을 찾기 전까지는 어느 누구도 잠들어서는 안 됐다.

"나가는 길을 찾아야 해."

"길을 찾을 수가 없습니다. 계속 같은 자리를 맴돌 뿐입니다."

우서한의 말에 루아가 고개를 끄덕이며 미소 지었다.

"하지만 해가 지면 별을 보고 방향을 잡을 수 있을 거예요."

날이 밝은 상태에서 숲으로 들어선 이들은 시간의 흐름을 잊고 있었다. 적왕이 단호하게 말했다.

"해는 지지 않아."

"그게…… 무슨 말이에요?"

"내가 숲에 들어섰을 때 바깥은 이미 밤이었어."

해가 지지 않는 숲, 가도 가도 길이 보이지 않는 나무들 속에서 지쳐 잠이 들면 어찌 되는지 차마 그녀에게 설명해 줄 수가 없었다.

적왕의 마음을 알았는지 검은 거인 하자베가 앞으로 나섰다.

"잠들지 않도록 계속 걸어야 합니다. 잠이 드는 순간 나무에 흡수되어 버릴 거예요."

"나무가 사람을 잡아먹는다는 것인가?"

우서한의 물음에 하자베가 고개를 끄덕였다.

하지만 무엇을 향해 걷는단 말인가? 결국은 걷다 지쳐 쓰러져 잠들게 될 것이다. 절망감에 휩싸인 루아가 적왕의 품에 얼굴을 묻으니 담대한 목소리가 그녀를 보듬어 안았다.

"괜찮아. 너를 찾았으니까."

12장
사해

　최소한의 물과 식량조차 없이 숲에 갇혀 버린 루아 일행은 쉬지 않고 걸었다. 적왕의 말처럼 밤은 오지 않았다. 입안이 바싹 말라 입술이 갈라지고 침을 삼킬 때마다 붙어버린 식도가 따끔거렸다. 시간이 얼마나 지났는지, 하루가 지나가기는 했는지 아무것도 알 수가 없었다.

　지니고 있는 물건들을 하나씩 떨어뜨려 가며 걷고 또 걸었지만 물건들만 사라져 버릴 뿐 그들은 여전히 같은 모양새의 나무들 사이를 걷고 있었다.

　하자베가 가장 앞에 서고 그 뒤로 우서한과 적왕의 손을 잡은 루아, 그리고 적운과 환국마가 일렬로 걸었다. 월령은 적왕이 나타난 뒤로 모습을 드러내지 않았다.

무겁기 짝이 없는 설창을 든 적왕과 손에 부상까지 입은 하자베는 별 내색 없이 성큼성큼 걷고 있지만, 사막을 헤매다 잡혀온 우서한은 지친 기색이 완연했다.
 지치기는 루아도 마찬가지였다. 동굴에서의 사투와 그에 이은 열병, 그리고 이별을 고하는 적왕으로 인해 간밤을 꼴딱 지새운 것이 겹겹이 쌓여 자꾸만 눈이 감겨드는 루아의 두 다리는 천근만근 무겁기만 했다.
 '자면 안 돼. 자면 안 돼. 자면……'
 아주 잠깐 눈꺼풀이 내려앉은 루아의 무릎이 꺾여 버렸다.
 "어, 어어어."
 꼬꾸라지는 순간, 루아의 손을 잡고 있던 적왕이 팔을 번쩍 들어 올렸다. 덩달아 딸려 올라간 루아는 잡아당기는 힘에 못 이겨 까치발을 들었다. 그의 손에 갓 잡은 물고기처럼 매달린 꼴이 되어버렸다.
 "아, 미안해요."
 "적운을 타고 가."
 적왕의 말에 루아가 고개를 저었다. 그를 볼 낯이 없다. 그녀를 위해 한걸음에 달려와 준 정인에게 미안하여, 또 너무나 고마워서 루아의 목소리가 자꾸만 작아진다.
 "아녜요. 괜찮아요."
 "괜찮지 않아 보여."
 "운이도 힘들어요. 사막에서 풀도 제대로 못 먹고, 너무 야위었어요."

그와 맞잡은 손에 힘을 주며 두 눈을 부릅떴지만 루아는 졸려서 미칠 지경이었다. 세상에 가장 괴로운 것이 배고픔인 줄 알았는데 잠들지 못하는 환경에 처하고 보니 열흘을 굶더라도 하루만 바닥에 머리를 대고 자고 싶었다.

'졸지 않을 테다!'

굳은 결의를 다지고 다졌다. 일부러 발까지 굴러가며 씩씩하게 걸었건만 얼마 가지 않아 눈꺼풀이 다시 내려앉기 시작했다.

'아, 그냥 바닥에 한 번만 눕게 해줘요.'

스르륵 엎어지려는 순간이었다. 쓰러지는 그녀의 앞으로 쏜살같이 몸을 돌려 숙여 들어온 적왕이 잡고 있던 루아의 팔을 그의 머리 뒤로 돌려 목에 감았다. 루아는 그대로 적왕의 넓고 단단한 등에 업혀 버렸다.

"괜찮아요. 저, 저 내려주세요."

오른손으로 그녀의 엉덩이를 받치고 왼손에는 설창을 들며 일어선 적왕이 다시 걷기 시작했다. 설창을 들고 가는 것만으로도 무거울 텐데 루아까지 업고 가는 그에게 미안하여 잠이 확 달아나 버렸다.

"내려주세요. 잠 다 깼어요."

민망함으로 목소리가 점점 더 목구멍으로 기어들어 간다.

"진짜…… 괜찮아요."

"한숨 자."

"미안해요. 짐 되지 않으려고 했는데."

등 뒤로 얼굴을 묻는 루아의 숨결이 느껴지자 적왕이 덤덤하게 대꾸했다.

"짐 되지 않아."

야인처럼 투박하기 그지없는 말투였으나 적왕의 마음이 루아에게로 고스란히 전해졌다.

얼마 가지 않아 일행의 걸음이 자꾸만 느려지자 적왕이 손에 든 설창을 바닥에 꽂으며 외쳤다.

"잠시 쉬어간다!"

적왕의 말에 하자베와 우서한, 그리고 말 두 마리가 일제히 멈춰 섰다. 적왕의 명령에 따라 일행은 서로의 등을 맞대고 적과 대치하듯 나무를 바라보며 자리에 앉았다. 세 남자가 등을 맞대어 앉고 루아는 적왕의 다리 사이에 앉아 그의 가슴에 등을 기댔다.

"이대로 가다간 모두 죽습니다."

등 뒤에서 들려오는 하자베의 말에 적왕은 말없이 루아의 머리를 쓰다듬었다. 틀린 말이 아니다. 굶어 죽거나 아니면 나무에 먹혀 죽거나. 마땅한 답을 찾을 수 없으니 적왕은 한숨이 새어 나온다. 이대로 가다간 말을 잡아먹어야 하는 상황에까지 이르게 될 것이다.

"괜찮을 거예요. 밖으로 나갈 수 있어요."

고개를 들어 올려다보는 루아의 얼굴을 바라보던 적왕이 그녀의 코끝에 입맞춤했다. 아무리 힘든 상황에서도 늘 말갛게 웃어주는 루아가 고맙다.

"배 안 고파?"

"아니요."

꼬르르르.

거짓말이라고 외치는 듯 루아의 뱃속에서 커다란 소리가 들려오자 적왕이 저도 모르게 웃음을 터뜨려 버렸다.

"웃지 말라고요. 부끄러워 죽겠어."

웃음도 잠시, 이내 침묵이 찾아들었다. 적왕의 품에 안긴 루아는 금세 잠이 들어버렸고, 우서한은 물론 하자베의 머리도 아래로 까닥이기 시작했다. 눈이 감기기는 적왕도 마찬가지였다.

적왕은 나무가 루아에게 감겨드는 것을 막기 위해 팔다리로 그녀의 몸을 완전히 덮어버렸다. 무거운 눈꺼풀을 애써 들어 올렸지만 나무들이 점점 뿌옇게 흐려졌다. 느릿하게 깜박이던 붉은 눈동자는 어느 순간부터 다시 열리지 않았다.

휘리릭!

적왕이 잠들자마자 루아의 허리춤에서 빠져나온 월령이 모습을 드러냈다.

"아무튼 인간들이란…… 너어무 낙천적이야."

주위를 둘러보았지만 처음 그녀가 판단한 대로 미로처럼 얽혀 있는 나무들은 변함이 없었다. 제자리는 아니었으나 그렇다고 출구에 가까운 것도 아닌 듯 아무런 기운도 느껴지지 않는다.

'천인의 결계는 아닌데…… 도대체 뭐지?'

사르륵 발을 띄운 월령이 가까이에 있는 나무에 살며시 손을 가져다 댔다. 대부분의 결계가 차갑거나 뜨거운 기운으로 형성이 되는데, 나무에서는 공허함과 음산함만이 느껴질 뿐이다. 그 옆에 있는 나무도, 반대편의 나무도 모두 마찬가지다.

'모두 같은 나무구나.'

월령은 나무 자체가 같은 뿌리에서 뻗어난 가지처럼 모두가 하나로 연결되어 있는 것을 알아차렸다.

보호계를 치려 했던 그녀의 의도는 이미 숲에 들어서면서부터 수포로 돌아가 버렸다. 결계 안에 또 다른 결계를 만들려면 밖의 것보다 강해야 하는데, 나무의 결계를 친 이는 월령과는 비교도 되지 않을 정도로 강한 기운을 가진 존재였다. 지나치게 어둡고 음산하다. 천인 중에는 이리 음산한 기운을 가진 자가 없는데.

'누굴까, 대천녀와 같은 기운을 가진 자가.'

생각에 빠진 월령이 잠시 한눈을 판 사이 나무에서 흘러내리듯 꾸물꾸물 기어 나온 줄기가 우서한의 발목으로 감겨들었다.

"우서한!"

월령이 단도로 변해 발목에 감긴 나무줄기를 단칼에 끊어냈지만 또 다른 줄기가 기어온다.

"우서한! 눈 떠요!"

월령의 외침에 눈을 뜬 적왕이 번개같이 일어나 설창으로 나무줄기를 내리찍었다. 그에 이어 루아의 입에서도 비명이 터져 나왔다.

"으아아악!"

바닥에서 무언가 움직이고 있다. 루아는 월령도를 꺼내어 여기저기 바닥을 내려쳤지만 나무줄기는 아니었다.

"뭐얏! 저리 갓!"

바닥으로 흙과 똑같은 색을 가진 무언가가 구슬같이 노란 눈알을 굴리며 자꾸만 루아 쪽으로 스멀스멀 기어온다.

"루아!"

달려온 적왕이 그녀를 안아 들고 설창으로 바닥을 내리찍었다.

슈우! 슉! 슉슉!

두 눈을 비비고 내려다보니 흙색과 비슷한 갈색의 도마뱀이 설창에 꼬리를 박혀 허리를 틀고 있다. 버둥거리며 바닥을 밀어내는 폼이 어디서 많이 본 것 같은데 생각이 나지 않았다.

"저녁거리가 생겼군."

적왕의 말에 루아가 다시 고개를 돌려 도마뱀을 내려다봤다. 맞다! 사막에서 지쳐 쓰러진 그녀를 깨우고 또 오아에서 또다시 그녀의 손을 물었던 사막의 식량! 녹색과 주홍색 반점이 촘촘히 박힌 도마뱀은 그녀의 손을 물고 노란 눈을 깜박이며 올려다보던 그 도마뱀이다.

'너…… 설마 날 쫓아온 거니?'

벌써 세 번째. 참으로 기이한 인연이다.

"전에 봤던 그 도마뱀이에요!"

"루아, 사막에서는 흔한 도마뱀일 뿐이야."

"아니에요. 분명 그 아이가 맞아요. 꼬리를 봐요. 전에 당신이 상아검을 꽂았던 자리에 상처 자국 있어요."

그러고 보니 참으로 운도 없는 도마뱀은 적왕에게 꽂혔던 그 자리 바로 윗부분을 다시 설창으로 관통당했다.

"그럼 더더욱 먹어버려야겠군. 두 번이나 나한테 당했으니 분명 원한을 품고 있을 거야."

루아가 적왕을 올려다보며 한숨을 내쉬었다.

'자윤님…… 이런 면이 있었나?'

하자베의 도움을 받아 자리에서 일어서는 우서한의 모습에 적왕이 그에게로 걸어갔다.

"상태는?"

"괜찮습니다."

우서한이 허리를 펴며 적왕에게 대꾸했다. 그러나 곁에 선 하자베는 적왕을 바라보며 조용히 고개를 젓는다. 더 쉬어야 한다는 뜻이다.

"나무가 생각보다 영리한 것 같습니다. 약한 사람들부터 손을 뻗고 있습니다."

힐끗 루아를 쳐다보니 그녀는 아직도 설창에 꽂힌 도마뱀을 내려다보고 있다. 우서한은 많이 지친 상태고 하자베는 부상당했으니 두 사람에게는 기운을 회복할 만한 양분이 필요했다. 도마뱀을 놓아주게 되면 머지않아 말의 목을 베게 될 것이다.

똑똑한 루아도 그 상황을 이해하고 있지만 마음이 약해서인지 설창 앞에 쪼그리고 앉아 여전히 도마뱀만 내려다보고 있다.

'너도 참 운이 없구나. 같은 사람한테 두 번이나 잡히다니.'

주린 배보다 버둥거리는 도마뱀이 안쓰러워 바라보고 있으려니, 어라? 얼마나 필사적으로 버둥거렸는지 도마뱀의 꼬리가 뚝 잘라져 버렸다.

"어, 어어, 너, 가면 안 되는데……. 저기……."

야속한 도마뱀은 쏜살같이 달리기 시작했다.

'이 상황에서 네가 가버리면…… 어떡해.'

당황하여 적왕을 향해 고개를 돌린 루아의 시선이 그의 눈동자와 딱 마주쳤다.

"헉!"

너무 놀란 나머지 딸꾹질이 나왔다. 딸꾹! 휙 고개를 돌려 도마뱀이 사라진 곳을 보니 노란색 눈동자가 반짝였다. 무슨 생각인지 도마뱀은 멀찍이 떨어져 루아를 노려보고 있었다.

'딸국! 제발 돌아와 줘.'

'나한테 하는 말이야?'

적왕이 깨자마자 월령도 속으로 숨어버린 월령이 큭큭거리며 웃었다.

'잡을 수, 딸꾹, 있을까? 딸꾹, 딸꾹, 그리 멀지 않은데.'

'못 잡을 것 같은데? 네가 그 정도로 빨랐으면 불닭이 아니라 네가 먼저 잡았겠지.'

'잠이 덜 깨서, 딸꾹, 도마뱀인 줄 몰랐어. 딸꾹, 딸꾹, 전에는 모래에 있어, 딸꾹, 짙은 갈색이 금방 보였는, 딸꾹, 딸꾹, 여기는 바닥이 온통 비슷한 색이잖아. 딸꾹.'

쉬지 않고 숨을 막는 딸꾹질에 구차한 변명이 더욱 구질구질해졌다. 딸꾹질 소리가 듣기 싫었는지 월령이 면박을 준다.

'그냥 말하지 마. 갑자기 웬 딸꾹질?'

딸꾹질을 멈추려 숨을 참고 있으려니 조금은 진지해진 월령의 목소리가 들려왔다.

'근데 쟤는 여기 어떻게 여기 들어왔나 몰라?'

루아에게는 무언가 생각할 시간이 없었다. 그녀의 머릿속에는 일행에게는 더없이 필요한 식량이 될 도마뱀을 잡아야 한다는 생각뿐이다.

루아는 달리기 시작했다. 그와 동시에 얌전하게 있던 도마뱀도 꼬리를 흔들어대며 짧은 다리가 보이지 않을 정도로 열심히 달린다. 참으로 생명줄도 긴 놈이다.

"루아?"

도마뱀이 도망간 것은 이미 알았고, 당황하는 루아의 모습이 우스워 지켜보고 있던 적왕이 욕설을 내뱉었다. 놓친 도마뱀을 포기할 줄 알았던 루아가 달리기를 멈추지 않았다.

"루아! 돌아와!!"

순식간에 튀어나간 적왕이 바닥에 꽂인 설창을 낚아채 나무들 사이로 뛰어들었다.

"주인님!"

루아를 쫓는 적왕의 모습에 멍하니 서 있던 하자베도 달리기 시작했다. 우서한도 마찬가지였다. 모두가 줄줄이 달려 나갔다.

'그렇게 무서운 얼굴로 쫓아오지 말아요.'

루아는 그녀의 이름을 부르며 달려오는 적왕의 모습을 발견하고는 울상을 지었다.

'도마뱀, 꼭 다시 잡아올게요.'

조그만 놈이 어찌나 빠르게 달리는지 루아는 숨이 턱까지 차올랐다. 마치 그녀가 쫓고 있는지 확인이라도 하듯 힐끔거리며 달리는 도마뱀이 얄미워 죽을 지경이다.

도마뱀만 보며 무작정 달리던 루아는 그녀의 앞에 있는 나무들이 이상하게 일그러져 있는 것도 눈치채지 못했다. 도마뱀이 손에 닿을 듯 가까워져서야 코앞의 나무들이 기이한 형태로 일그러져 있는 것을 발견한 루아가 두 눈을 크게 떴다.

'뭐지?'

순간 루아는 그녀의 몸이 무언가 투명한 장막을 뚫고 들어가는 느낌을 받았다. 순간 입으로 소금을 씹는 듯 짠 기가 들어찼다.

"우어, 아우, 뽀르륵!"

그녀의 비명은 뽀글뽀글 물거품이 되어 솟아올랐다. 다리는 바닥에 닿지 않고 수평이 되어버린 몸이 떠오르기 시작했다.

바닥을 짚고 있는 도마뱀이 쪽 찢어진 입을 벌려 혀를 날름거리며 노란 눈으로 그녀를 올려다보고 있다. 도마뱀을 향해 허우적거려도 아래로 내려가지지가 않는다. 그 뒤로 설창을 들고 달려오는 적왕의 모습이 보였다.

'오지 말아요! 오지 맛!'

오지 말라 미친 듯이 머리를 흔들어댔지만 적왕은 주저 없이 그녀에게로 손을 뻗으며 뛰어올랐다.

"루, 웁!"

루아를 부르던 적왕은 숨을 멈췄다. 이상하게 일그러진 나무들 사이로 떠 있는 루아의 모습에 서슴없이 위로 뛰어오른 적왕은 그가 물에 빠졌다는 것을 알아차렸다. 물로 뛰어내린 것이 아니라

사해 127

벽처럼 서 있는 물속으로 뛰어오른 것이다.

루아가 적왕을 향해 손을 뻗었지만 빠른 속도로 떠오르는 그녀는 잡을 수가 없었다. 적왕의 몸도 덩달아 떠오르고 있다. 헤엄을 칠 필요도 없이 새가 날아오르듯 자연스럽게 떠오르고 있는 것이다.

"푸아! 하악! 콜록콜록!"

수면 위로 고개를 내민 루아가 달빛이 쏟아져 내리는 하늘을 올려다보았다. 밤이다! 숲 속에서 빠져나왔구나!

"루아!"

고개를 돌리니 조금 떨어진 곳에서 솟아오른 적왕이 그녀를 향해 헤엄쳐 오고 있었다.

"자윤님!"

적왕이 그녀를 품에 안았다. 들썩이는 그의 가슴이 걱정하였노라 루아를 다그치고 있었다.

"푸아!"

연이어 우서한과 하자베가 물 밖으로 고개를 내밀었다.

히잉! 푸르르!

길게 목을 빼는 적운의 모습까지 발견한 루아가 두 눈을 반짝이며 적왕의 목에 손을 둘렀다.

"숲에서 빠져나온 것 같아요!"

루아의 말에 적왕이 주위를 둘러보았다. 손으로 느껴지는 것은 물이요, 그 위로 하얗게 부서져 내리는 것은 달이었다. 루아를 잡기 위해 놓아버렸던 설창이 물 위에 둥둥 떠 있는 것을 발견한 적왕이 옅은 숨을 토해냈다. 얼굴에서 흐르는 물이 혀가 갈라질 정도로 짜다.

'사해(死海)!'

적왕은 숲에서 벗어나고서야 그들이 지계로 가는 다섯 개의 관문 중 두 번째로 나타난 목의 결계를 통과했음을 깨달았다. 지금 그들은 세 번째 물의 결계에 다다른 것이다.

갈라진 우서한의 목소리가 들려왔다.

"마시지 못하는 물이야."

"가라앉지도 않습니다."

하자베의 말에 루아는 적왕의 품에서 벗어났다. 정말 팔을 젓지 않아도 몸이 떠 있다. 악몽 같은 숲에서 벗어난 기쁨도 잠시, 루아는 그들이 끝도 보이지 않는 물 위에 떠 있음을 알아차릴 수 있었다.

이상한 기운을 눈치챘는지 월령의 목소리가 들려왔다.

'물은 물인데 생기가 느껴지지 않아.'

밑으로 가라앉지 않으니 물에 빠져 죽을 염려는 없겠지만, 보이는 거라곤 온통 물뿐이니 어디로 헤엄쳐 가야 할지 알 수 없는 루아의 마음에 두려움이 찾아든다.

"물에 빠져 죽을 것 같지는 않으니 잠시 쉬는 것도 나쁘지 않겠어."

우서한이 하늘을 향해 몸을 뒤집어 눈을 감았다. 하자베 또한 하늘을 향해 죽은 듯이 떠 있다. 숨 가쁘게 달려왔던 육체를 잠시라도 쉬게 하려는 의도였지만 루아는 그녀로 인해 또 다른 위기에

직면한 지금의 상황이 편하지 않았다.

"이리 와."

적왕의 팔이 그녀에게 감겨들었다. 부드러운 숨결이 느껴지나 싶더니 적왕이 그녀의 정수리에 입맞춤한다.

"괜찮아."

"괜찮지 않아요. 사람들을 또다시 사지로 몰았어요."

루아의 말에 적왕이 피식 웃었다. 사지라고 하면 나무들도 마찬가지였다.

"혹시 바다라고 하는 곳인가요?"

"바닷물도 이 정도로 짜지는 않아."

한 번도 바다를 보지 못한 루아를 그의 가슴 위로 안은 적왕이 옅은 숨을 내쉬었다.

"여기가 어딜까요?"

"사해."

"죽음의 바다?"

"바다라기보다는 소금호수라고 하지."

적왕의 말에 루아는 북서쪽 땅 끝에 너무 짜서 물고기가 살지 않는 소금호수가 있다던 해일의 말을 떠올렸다.

'물고기도 살지 못하는 물에 이렇게 떠 있어도 될까?'

루아는 아무리 참으려 해도 자꾸만 한숨이 터져 나왔다. 서자부 금랑이 어쩌다가 이리 바보가 되었을까. 정말 우물 안의 개구리였던가.

"쉬, 우린 제대로 가고 있는 거야."

"무슨 말이에요?"

"뜻하지 않게 너를 끌어들이게 됐지만, 지금 우리는 세상의 끝으로 가고 있어."

적왕은 지계로 향하는 관문에 대해 루아에게 설명해 주었다. 화, 목, 금, 수, 토로 이루어진 오계 중 첫 관문이었던 토의 결계, 죽음의 땅인 사막에서 적왕은 루아를 돌려보낸 뒤 막연하게 두 번째 관문이라 추측했던 사해로 향할 예정이었다.

그러나 루아가 도망치는 바람에 뜻하지 않은 곳에서 신기루처럼 나타난 목의 결계 샤자라툰의 끝이 수의 결계인 사해와 이어져 있었던 것이다.

"강하고 아름다운 동반자와 함께이니 순행과는 사뭇 다른 여행이 될 겁니다."

오계 중 절반 이상을 넘어버린 루아를 돌려보내기에는 너무 늦었다는 사실에 적왕의 눈동자로 짙은 그림자가 드리워졌다.

"사해가 수의 결계라면, 어떻게 여길 빠져나가죠?"

"드는 곳이 있으니 나는 곳도 있겠지."

덤덤한 적왕의 대답에 루아가 말없이 하늘을 올려다봤다. 머리 위로 그녀에게 입맞춤하는 적왕의 숨결이 다정하다.

"괜찮아. 함께 있으면 괜찮은 거야."

오랜만에 보는 밤하늘이 너무나 평온하여 루아의 근심조차 차분하게 가라앉는 것 같았다.

가슴 위에 엎드려 잠이 든 루아를 적운의 등에 올려놓은 적왕이 주위를 둘러보았다. 이미 죽어서 사지를 늘어뜨린 채 떠 있는 환국마에 상반신을 걸치고 엎드려 있는 우서한과 하자베의 모습이 보인다.

어느덧 환해진 주위를 아무리 노려보아도 풀 한 포기 찾아볼 수 없다.

'사막수리가 있다면 디딜 곳을 찾을 수 있을 텐데.'

방향을 정할 수가 없으니 무작정 헤엄쳐 갈 수도 없다. 아침 해가 떠오르면 일행은 분명 죽음과도 같은 갈증을 느끼게 될 것이다. 여우를 피하려다 호랑이를 만난 꼴이니 적왕은 사막보다 더욱 막막한 고민에 빠져 버렸다. 입구가 있으니 분명 출구 또한 어딘가에 있을 터인데 알 수가 없으니 답답하기만 했다.

'물속에서 나왔으니 출구도 그 속에 있지 않을까?'

크게 심호흡을 한 적왕이 물속으로 머리를 집어넣었다. 힘차게 팔을 내저었지만 물은 거세게 그를 수면 밖으로 밀어냈다. 적왕은 포기하지 않고 다시 물속으로 잠수해 들어갔다. 포기하면 루아의 생명을 장담할 수 없기에 적왕은 잠수하기를 멈추지 않았다.

물의 저항을 이겨내며 물속으로 들어선 적왕은 깊은 곳에서부터 자유로이 움직이는 작은 원형의 불빛을 보았다. 원형의 불빛은 점점 더 빠르게 소용돌이치는가 싶더니 이내 여인의 몸으로 변하여 그의 곁으로 치솟아올랐다.

적왕은 여인을 따라 수면 밖으로 고개를 내밀었다.

"아, 그만. 가까이 오지는 말고."

보라색 눈동자의 여인이 손을 저으며 물러섰다.

"내가 누군지 궁금한가 본데, 그냥 루아의 친구 정도로 알아주면 좋겠어."

"물의 저항에서 자유로운가 보군."

월령이 고개를 끄덕이며 적왕에게서 조금 더 물러섰다. 선명하게 붉은 눈동자가 타오르는 태양과도 같아 불의 기운을 싫어하는 월령은 두려워지기 시작했다.

"해가 뜨기 전에 이동하는 것이 좋겠어."

"나가는 길을 알고 있나?"

도대체 갑자기 어디서 나타난 걸까. 대뜸 루아의 친구라 소개한 낯선 여인을 바라보던 적왕이 그녀의 앞을 막아섰다.

"어, 어, 가까이 오지 말라고, 불닭!"

루아에게로 가려던 월령은 다가서는 적왕에게 놀라 공중으로 튀어 올랐다. 도깨비불처럼 떠 있는 그녀의 모습에 적왕이 주저 없이 설창을 들어 올리니 그 모습이 너무나 위협적인지라 월령은 저도 모르게 더더욱 높이 날아올랐다.

"딱 거기 있어. 움직이지 마."

여행을 하는 내내 그녀의 모습을 한 번도 본 적이 없었다. 숲에서 묻어 나온 것이 아닐까.

"요괴인가?"

월령은 그녀를 향해 창을 던질 기세인 적왕의 모습에 대답도 하지 않고 루아를 향해 몸을 날렸다.

'루아!'

갑작스레 격하게 진동하는 월령도 때문에 눈을 뜬 루아가 그녀에게로 헤엄쳐 오는 적왕에게로 고개를 들었다.

"무, 무슨 일이에요?"

"요괴를 봤어."

'불닭이 날 죽이려고 해.'

적왕과 월령이 동시에 대답을 하니 루아가 두 눈을 깜박거렸다.

"뭐라고요?"

"요괴를 봤어."

'네 봉황이 날 죽이려 한다고, 멍청아!'

또다시 동시에 답이 들려왔지만, 월령이 하도 소리를 질러댄 탓에 루아는 두 사람의 말을 정확하게 이해할 수 있었다.

"음, 요괴를 보셨다고요?"

주위를 경계하는 적왕의 모습에 루아가 그를 올려다보며 물었다.

"혹시 키는 저만 하고 머리카락은 달님 색이고…… 아! 눈이 보라색이던가요?"

"본 적이 있나 보구나."

적왕의 말에 루아가 허리춤에 찬 월령도를 꺼내 들었다.

'뭐 하는 짓이얏!'

월령이 죽어라고 몸을 떨어대는 통에 루아가 양손으로 월령도를 붙잡고 얼굴 가까이 들어 올렸다.

"제 친구예요. 이상하게 들리겠지만, 평상시에는 이 속에 들어가 있다가 자기가 나오고 싶으면 그때만 나와요."

월령의 존재를 모르는 적왕으로서는 루아가 월령도를 열심히 흔들고 있는 모습이 이상하게만 보였다. 적왕이 멀뚱하니 루아를 내려다봤다.

'짠물을 너무 많이 마신 게냐.'

행여나 다시 병에 걸린 것이 아닌가 싶어 루아의 이마에 손을 얹어보았다. 다행히 열은 없었다.

가만히 적왕의 행동을 지켜보던 루아는 그가 자신의 말을 믿지 않는다는 것을 알 수 있었다. 루아는 설명을 하는 대신 속으로 월령을 부르기 시작했다.

'월령, 나와 봐.'

'미쳤구나?'

'잠깐만 나와 봐. 응?'

'내가 너한테 칼질할 때부터 알아봤어, 망할 불닭!'

'괜찮으니까 나와 보라고.'

부르르 떨어대며 도를 노려보는 루아의 모습에 적왕은 깊은 숨을 내쉬며 그녀를 품에 안았다.

"괜찮아."

뭐가 괜찮단 말인가. 루아가 그를 밀어내고 다시 월령도를 흔들어대기 시작했다.

'나오라고! 너 때문에 이상한 사람 되게 생겼잖아!'

'그냥 미친년 되고 말아.'

아무리 봐도 월령은 나올 기미를 보이지 않고 적왕은 안쓰럽게 그녀를 처다보고 있으니 루아는 입을 뻐끔거리며 울화통을 터뜨렸다.

"잘 봐요. 이거 당신이 오아의 물속에서 가져다준 단검이잖아요."

루아의 말에 적왕의 시선이 월령도로 향했다. 그러고 보니 길어진 것 외에는 손잡이며 도의 모양이 흡사하다.

'어, 어어, 저리 가! 으웨에에에!'

루아가 내미는 월령도로 적왕이 손을 뻗었다.

'누굴 태워 먹으려고!'

오아의 물속에서 처음 그에게 잡혔던 때가 떠올라 월령은 빛과 같은 속도로 월령도에서 벗어났다.

파바, 박!

순식간에 환한 빛을 뿜어내며 날아오른 월령의 은빛 머리카락이 이제 막 떠오르기 시작한 햇살에 반짝이며 아름답게 휘날렸다.

"맞죠? 제 친구예요."

자랑스러운 표정의 루아와 달리 적왕의 붉은 눈동자가 월령에게로 날카롭게 박혀들었다. 어쩌다가 루아는 저런 요괴를 달고 다니는 걸까?

"가까이 오지 마."

정색을 하며 뒤로 숨어든 월령의 모습에 루아가 고개를 갸웃거렸다.

'왜 이렇게 싫어해. 내가 찾던 임인데.'

'봉황인 줄 몰랐지. 나랑은 상극이라고.'

'뭐?'

'난 달의 정기로 신체를 유지하는데, 달은 물이고 봉황이나 화

룡이나 전부 다 불이라고.'

둘을 지켜보던 적왕이 루아의 어깨 뒤로 월령을 노려보았다.

"뭐라고 하는 거지?"

"네? 아, 친구가 만나서 반갑다고 하네요."

얼씨구. 월령은 루아의 말에 소리를 지르려다 입을 다물어 버렸다. 일천자도 그렇고 봉황도 그렇고 화나게 해봤자 득 되는 것 하나 없다.

"표정은 전혀 그렇지 않은데?"

"아녜요. 낯을 좀 가려서 그래요."

"그래?"

"그런데 친구는 어떻게 만났어요? 낯가려서 잘 안 나타나는데."

루아의 말에 적왕의 머릿속으로 번뜩 그녀와의 대화가 떠올랐다.

"결계에서 벗어나는 방법이 있다 하더군."

"그래요? 진짜야?"

루아가 등 뒤의 월령에게로 돌아서니 그녀가 고개를 팩 돌려 버렸다.

'물속으로 다시 들어가야 해.'

고개를 든 루아가 월령의 말을 적왕에게 전했다.

"물속으로 들어가야 한다네요."

"물의 저항이 너무 심해. 깊이도 알 수 없고."

'물속이니까 나도 작은 결계는 펼 수 있을 것 같아. 얼마나 버틸지는 모르겠지만.'

말을 적왕에게 전하려던 루아가 다시 월령을 돌아보았다.

'그냥 소리 내서 말해주면 안 돼?'

'내가 왜?'

'속말을 전해주려니까 좀 우스워서.'

'난 하나도 안 우스워. 전하든가 말든가.'

뾰로통한 월령의 말에 루아가 피식 웃어버렸다.

"친구가 결계를 펴서 물속으로 길을 만들 수 있대요."

루아의 말에 적왕이 고개를 들어 하늘을 봤다. 떠오른 태양으로 물의 기온이 오르고 있었다. 따가운 햇살에 눈을 뜬 하자베와 우서한이 그들의 곁으로 헤엄쳐 왔다.

적왕은 묵묵히 일행을 돌아보며 조용히 말했다.

"물속으로 들어간다."

적왕의 말이 떨어지기가 무섭게 월령이 물속으로 들어가 버렸다. 월령의 몸에서 뻗어 나온 빛이 하늘에서 떨어지는 혜성처럼 꼬리를 늘어뜨리며 막을 형성하여 물의 흐름을 막았다.

'너랑 불닭은 맨 나중에 와. 등 뒤에 봉황을 달고 다니고 싶지는 않으니까.'

월령의 말에 루아는 앞서 걸으려던 적왕의 손을 붙잡으며 어색하게 웃었다.

"친구가 낯을 가려서."

결국 월령의 뒤로 우서한과 하자베, 그리고 적왕의 손을 잡은 루아가 적운의 고삐를 잡고 줄줄이 물속을 향해 걸어 들어갔다. 옅은 산홋빛이 점점 어두워지면서 물속은 동굴처럼 컴컴해졌지만 월령의 몸에서 흩어져 나오는 푸른 빛에 의지하면서 일행은 쉬지 않고 걸어 들어갔다.

'어디까지 이어진 거야?'

'가다 보면 큰 바위가 갈라진 틈이 있어. 빛이 새어 나오는 걸 보다가 돌아왔는데 어디로 연결될지는 모르겠어.'

월령의 말처럼 물속으로 깊이 들어가다 보니 물의 바닥까지 다다랐는지 서걱거리는 거친 모래가 밟혔다.

이내 어둠 속으로 거대한 장벽이 나타났다. 마치 태산을 둘로 쪼개어놓은 듯한 절벽 두 개가 맞닿아 적운이 간신히 통과할 정도의 좁은 길에는 은은한 불빛이 새어 나온다.

'들어가 봐.'

'너는 안 가?'

'왜 안 가겠어. 결계 치느라 기운을 너무 많이 써서 좀 쉬어야 해.'

월령은 처음 나타났을 때처럼 월령도로 사라져 버렸다. 그녀가 사라짐과 동시에 결계도 천천히 옅어지기 시작했다. 갈라진 바위틈이라도 물속에 있는데 결계를 거두면 어쩌나 하는 우려와 달리 그들에 앞서 바위틈으로 들어선 우서한이 안전하다며 수신호를 보내왔다.

흩어지는 결계의 끝자락에서 루아는 적왕의 손에 이끌려 절벽 사이로 들어섰다. 첫 걸음을 떼자마자 절벽 사이는 물이 들어차지 않았다는 것을 느낄 수 있었다. 습한 기운이 가득했지만 숨 쉬기에 나쁘지 않았다.

히이이이잉!

울음소리에 돌아선 루아는 우려했던 바와 같이 적운이 돌 틈에 끼어버린 것을 발견했다.

루아가 허리춤에서 월령도를 꺼내 들었지만 길이가 길어 적운의 옆으로 밀어 넣을 수가 없었다. 그 모습을 지켜보던 적왕이 다가서자 루아가 손을 내밀었다.

"단도 좀 주세요."

"내가 하지."

적왕이 하려면 그녀의 앞으로 와야 하는데 루아가 벽으로 완전히 붙어버려도 팔 척이 넘는 그가 그녀의 곁을 수월하게 지나칠 수 있을 리 없다.

"괜찮아요. 주세요."

언젠가 그녀의 머리 옆으로 던져졌던 단도를 건네받은 루아가 적운의 허리 옆으로 걸려 버린 안장의 줄과 벽 사이로 단도를 집어넣었다. 손목을 움직여 부지런히 줄을 잘라내려 하였지만 생각보다 쉽게 잘라지지 않았다. 두근거리는 적운의 심장 소리가 점점 크게 들려왔다. 줄을 끊어내느라 움직이는 그녀의 손등이 벽에 닿아 상처로 피가 흘렀다.

'조금만, 조금만 더.'

이윽고 툭 하는 소리와 함께 줄이 끊어졌다. 돌 틈에 끼인 안장에서 자유로워진 적운의 몸이 루아에게로 움직였다. 벽에 긁혀 피가 배어 나오는 손을 뒤로 숨겼다. 적왕에게 돌아선 그녀의 이마에는 송골송골 땀방울이 맺혔다.

"가지고 있어."

다치지 않은 왼손으로 적왕에게 단도를 내밀었지만 그는 돌아서서 걷기 시작했다. 루아는 서둘러 손에 난 상처를 핥아내고는 옷을 잘라내어 휙휙 감았다.

'눈치채지 못해서 다행이다.'

그녀의 손보다 심하게 긁혀 상처가 난 적운의 옆구리와 어깨를 보며 월령도를 꺼내어 튀어나온 돌들을 내려쳤다.

그 소리에 돌아선 적왕이 조용히 루아를 바라보았다. 강하고 아름다운 동반자. 다친 손으로 월령도를 움켜쥐고 돌을 내려치는 그녀의 모습이 적왕의 두 눈 가득 들어찼다.

앞서 걷기 시작한 적왕은 기다란 설창 대신에 상아검으로 튀어나온 돌들을 내려쳤다. 불뚝불뚝 그의 팔에서 힘줄이 일어서며 여기저기에서 부서져 내린 돌조각이 사방으로 튀었다. 적왕은 땀을 흘려가며 루아와 적운을 위해 길을 넓혔다.

사막을 건너 마의 숲과 사해를 넘어선 그들이 마주한 것은 말 그대로 공허함이었다. 하늘과 땅의 구분이 없고 왼쪽과 오른쪽의 구분 또한 없었다. 세상에 이런 곳이 있었던가.

일행 모두가 절벽에 기대어 끝나 버린 길의 끝에서 한 뼘밖에 되지 않는 땅을 밟고 횡렬로 멈춰 섰다.

'이럴…… 수가!'

그녀의 앞을 막아선 적왕의 팔을 밀어낸 루아는 두 눈에 비춰진 세상을 믿을 수가 없었다. 좁은 길에서 벗어나려 루아의 등으로

사해 141

머리를 들이대는 적운을 향해 돌아선 루아가 소리쳤다.

"그대로 있어!"

빛도 어둠도 아닌 흐릿함으로 가득한 공간은 한 발만 디디면 어디로 떨어져 내릴지 알 수 없을 만큼 텅 비어 있었다.

"완벽한 무(無)로구나."

적왕의 말에 조용히 회색빛 공간을 바라보던 하자베가 몸을 낮추며 한쪽 무릎을 바닥에 댔다. 구슬 모양으로 나무를 깎아 연결한 목걸이를 끊어낸 하자베가 그것을 입에 가져다 대며 눈을 감고 무언가를 중얼거린다.

그도 잠시, 눈을 뜬 하자베가 손에 쥐고 있던 목걸이를 허공으로 던졌다. 줄에서 풀려난 나무 구슬들이 사방으로 퍼져 좌르륵 미끄러져 갔다. 아래로 떨어져 내리리라 생각했던 나무 구슬은 일정한 간격으로 벌어졌을 뿐 허공에 머물러 있다.

"혼돈의 땅입니다."

무릎을 펴고 일어선 하자베가 적왕에게로 돌아섰다.

"어릴 때 어머니에게 들은 적이 있습니다. 죽은 이의 영혼이 가는 길에 아무것도 존재하지 않는 혼돈의 땅이 있어 살아서 지계에 드는 자들의 걸음을 붙잡는다 하였습니다."

적왕은 하자베가 뿌려놓은 나무 구슬들을 바라보았다. 지계에 대한 이야기는 여러 가지 형태로 변형되어 인계에 알려졌으나 커다란 줄기는 모두가 같다. 그들은 세상의 끝 지계로 향하는 네 번째 관문 앞에 선 것이다.

"우서한님!"

루아의 외침에도 우서한은 아무것도 없는 앞을 향해 걸음을 내디뎠다. 한 걸음 두 걸음 두려움 없이 성큼성큼 공중으로 걸어간 우서한이 일행을 향해 돌아섰다.

"보이지는 않으나 걸어도 될 듯합니다."

대범하기 짝이 없는 우서한의 행동에 하자베가 비켜서며 적왕과 루아에게 길 안내를 하듯 왼손을 폈다. 그 모습에 적왕이 루아의 손을 움켜쥐며 말했다.

"절대 놓아서는 안 된다."

루아가 다짐하듯 입술을 꼭 깨물고 고개를 끄덕였다. 두 눈을 질끈 감고 적왕을 따라 걷기 시작한 루아는 이내 안도의 한숨을 내쉬었다. 정말 우서한의 말대로 보이지는 않지만 허공 속 발아래로 무언가가 단단하게 디뎌졌다.

"아무것도 없습니다."

앞서 걷던 하자베가 그녀와 적왕을 향해 돌아서며 말했다. 멈춰 선 하자베가 다시 걸으리라 생각했지만 멈춰 선 그는 움직이지 못했다.

그의 시선을 따라 돌아선 루아의 눈에 그들이 지나온 절벽이 서서히 사라지는 모습이 보였다. 공간 속으로 먹혀들어 가듯이 밑에서부터 천천히 사라져 가고 있었다.

깊게 심호흡을 한 루아가 씩씩하게 말했다.

"돌아갈 곳이 없으니 이제는 앞만 보고 가야겠어요."

애써 웃음 짓는 루아의 머리를 쓰다듬은 적왕이 맞잡은 손에 힘을 준다.

사방으로 보이는 것이 없으니 허공을 걷는 느낌이 들었지만 적왕의 걸음은 조금도 주저함이 없었다. 걸으면서도 적왕은 생각하기를 멈추지 않았다.

토의 결계인 사막은 죽음의 땅이라고는 하지만 북극성을 길잡이 삼아 걷다 보면 다른 나라들로 통하게 되어 있었다. 운이 좋았다고 해야 할지 나빴다고 해야 할지 알 수 없었던 목의 결계는 북극성도 없이 헤매다 굶어 죽거나 나무들에게 빨려들어 가 죽을 상황이었다.

시간의 흐름을 느낄 수 없었던 목의 결계와 달리 수의 결계는 밤과 낮의 차이가 분명했으나 오히려 그로 인해 용이하게 죽음에 도달하게 될 상황이었다. 루아의 친구라는 요괴의 도움이 없었다면 떠오르는 태양 아래 목마름으로 말라 죽거나 환국마처럼 기력이 다해 물 위에 떠다니는 시체가 되었을 것이다.

남은 결계는 두 개, 화의 결계인지 금의 결계인지는 지나봐야 알 듯한데, 텅 비어 있는 이 공간 속에서 적왕은 앞으로 어떠한 위험이 도사리고 있을지 예측할 수 없어 난감했다. 결계들의 유일한 공통점이라고는 그의 일행을 제외하고는 살아 있는 생물이 존재하지 않는다는 것이다.

적왕이 우려했던 것은 생각지도 못한 방법으로 그들의 앞에 나타나기 시작했다.

"아사!"

선두에 섰던 우서한이 갑작스레 괴성을 지르며 앞으로 달려 나갔다. 그를 쫓아 하자베가 달리기 시작하자 들썩이는 루아를 제지

하며 적왕이 잡은 손에 힘을 주었다.

"아사라고 하지 않았어요?"

뜬금없이 들려온 언니 이름에 앞뒤 안 가리고 뛰어가려는 루아를 잡아당긴 적왕의 귀에 우서한의 외침이 들려왔다.

"놔! 놓으라고! 이 괴물!"

우서한을 내리누르고 있는 하자베의 모습이 보였다. 하자베의 턱을 올려친 우서한이 미끄러지듯 그에게서 빠져나와 검을 빼 들었다.

"아사! 기다려, 아사!"

하자베의 손에 든 검이 맥없이 떨어져 내렸다.

"어…… 머니."

이번에는 하자베가 그의 앞에 선 우서한을 밀어내고 달려 나가기 시작했다.

"어머니!"

도대체 상황이 어찌 돌아가는지 하자베는 어머니를 외치며 달려 나가 버렸고, 남은 우서한은 허공을 향해 아사의 이름을 부르며 같은 자리를 맴돌고 있다.

"도대체 무얼 보고 있는 거죠?"

루아의 말에 돌아선 적왕이 숨을 들이켰다. 그의 손을 잡고 있는 것은 루아가 아니었다. 야인의 아이가 서윤을 죽였던 그때와 같이 피투성이 모습으로 적왕의 손을 움켜쥐며 웃는다. 가슴에 돌덩이를 얹은 것처럼 적왕은 숨이 막혀왔다.

"죽여. 죽여 버리라고."

'태자, 어떻게 여기에…….'

자신의 손을 움켜쥔 태자를 올려다보는 루아의 두 눈이 충격에 휩싸였다.

"네가 죽인 거야. 너 때문에……."

루아는 정신없이 고개를 저었다.

"나의 비가 죽었다! 너를 대신해서 죽었어!"

그녀에게 달려든 태자가 루아의 목을 조르기 시작했다.

삽시간에 이성을 잠식해 버린 결계의 환각을 직시하는 이는 아무도 없었다. 네 사람 모두 자신만의 기억 속에 갇혀 허우적거리기 시작했다. 우서한은 아사의 이름을 불러대며 같은 자리를 맴돌고, 하자베는 죽은 어머니의 환영을 따라 달려갔으며, 적왕은 아우를 죽인 야인 아이의 목을 움켜쥐었다. 루아는 자신의 목을 조르는 태자를 밀어내며 발버둥 쳤다. 모든 것이 혼돈 그 자체였다.

"으윽! 미안해요. 흑흑흑!"

목을 조르는 태자의 손을 붙잡으며 루아는 발버둥 치기를 그만두었다. 숨이 막히고 가슴이 먹먹하여 볼을 타고 눈물이 흐르기 시작한다.

"정말…… 미안해요."

태자비가 그녀를 대신하여 죽은 것은 바꿀 수 없는 사실이며, 태자의 슬픔 또한 그녀로부터 시작된 것이니 루아는 아니라 부인할 수도, 살려달라 애원할 수도 없다.

"미안해요……."

비릿한 웃음을 짓던 야인의 아이가 고양이 울음소리를 내며 작은 손을 올려 적왕의 얼굴을 쓰다듬었다.

"미안해요."

울먹이는 아이를 내려다보는 적왕의 손에서 힘이 빠지며 그의 코끝으로 저도 모르게 흘러내린 눈물이 방울져 떨어졌다.

"나는…… 나는……."

루아는 조금씩 숨통이 트이는 것을 느끼며 태자를 올려다보았다. 슬픔과 고통으로 가득하던 그의 눈동자가 붉은색으로 변하고 있었다.

'자윤?'

월령도를 찬 허리에서부터 몸을 얼려 버릴 듯한 한기가 밀려 나왔다.

파지직! 펑!

순간적으로 응축된 한기가 얼음을 깨고 치솟는 물줄기처럼 푸른빛으로 터져 나오며 적왕을 날려 버렸다. 그는 루아에게서 밀려나 저만치 나가떨어져 버렸다.

'월령?'

'도망가!'

월령의 목소리는 그대로 끊겨 버렸다. 멍하니 주위를 두리번거리던 루아는 적왕이 그녀를 향해 설창을 겨누며 다가서는 것을 볼 수 있었다. 그의 뒤로 거대한 날개를 편 봉황이 보였다. 선홍색의 화염을 일으키며 죽일 듯이 그녀를 향해 달려오고 있었다. 루아는 본능적으로 월령도를 빼 들었다.

챙! 탕! 끼이이이!

그녀의 심장을 향해 내리꽂히는 설창을 월령도로 거두어 올리니 월령의 푸른 불꽃과 봉황의 주홍빛이 부딪쳐 허무의 공간이 일그러졌다.

"자윤!"

"아이야, 환국의 왕자는 죽었다."

루아는 붉은 화염을 쏟아내며 그녀를 향해 무차별적으로 공격해 오는 적왕의 설창을 거두어내며 자꾸만 뒤로 물러섰다. 그의 뒤로 하나둘씩 낯선 그림자들이 모습을 드러냈다. 도끼를 든 야인들, 그리고 피로 물든 환국 사람들이 보였다.

"모두…… 죽었다."

루아의 키에 두 배를 넘어서는 설창을 하늘 높이 들어 회전하는 그의 모습은 잔인하기로 소문난 염왕의 귀장과도 같았다.

"야차를 보았다고 했다."

순간 루아는 비리국 녹이의 집에서 나누었던 우서한과의 대화를 떠올렸다.

"얼마나 참혹한 광경이었기에 그리 정신 줄을 놓았는지 알 수 없으나 더 이상 알고자 하지 않았다."

태자의 환영에 반항하기를 멈춘 루아는 그녀의 환각에서 벗어

나는 대신 지옥 같은 적왕의 환영 속에 흡수되었음을 깨달았다.

'도대체 무슨 일을 겪으신 겁니까?'

그에게 조여들었던 목이 침을 삼킬 수 없을 정도로 뻑뻑하고 부족한 숨을 들이켜느라 가슴이 들썩였다. 저벅저벅 그녀를 향해 걸어오는 적왕에게서 루아는 두려움을 느꼈다.

'누굴 보고 계신 겁니까?'

루아는 적왕의 붉은 눈동자가 그녀를 보고 있는 것이 아니란 사실을 깨달았다.

"모두…… 죽여 버리겠다……."

야인들의 비명과 형제들의 신음 소리가 적왕의 귓가를 매섭게 내려쳤다. 하얗게 눈 덮인 비리국의 국경에서 피투성이가 되어 쓰러져 가는 형제들의 모습이 보였다.

휙!

또다시 날아든 창을 막아냈던 월령도가 적왕이 손목을 트는 바람에 오른쪽으로 날아가 버렸다. 월령도가 떨어져 내린 반대 방향으로 몸을 굴린 루아가 일어서며 그의 이름을 불렀다.

"자윤!"

돌아서는 적왕의 눈에는 분노만이 가득할 뿐 그의 창이 향하는 곳이 어디인지 알아차리지 못했다.

끼이이이!

고막이 찢어질 듯 바닥을 긁어 올리는 설창을 피해 날아오른 루아가 창의 끝을 밟아 튕겨 오르며 몸을 틀어 적왕의 뒤로 몸을 날렸다.

"보지 말아요."

루아는 그의 등에 올라타 팔로 목을 감싸며 다른 손으로 눈을 가려 버렸다.

"마주하여 괴롭다면 차라리 눈을 감아요."

그녀를 떼어내려 하는 적왕의 손을 피해 루아는 그의 귓가에 소리쳤다.

"나예요! 루아예요!"

말이 끝나기도 전에 그에게 머리채를 잡힌 루아는 적왕의 앞으로 내동댕이쳐졌다. 등에 도끼라도 꽂힌 것처럼 척추를 타고 고통이 퍼져 나갔다. 손끝에 닿는 월령도를 집어 들자 적왕이 그녀의 어깨를 밟으며 설창을 목에 겨누었다.

"너를 살리면 서윤이 죽는다."

붉은 눈동자가 눈물로 얼룩져 있었다. 루아는 그제야 적왕이 보고 있는 이들을 알 수 있었다. 그의 주위로 암흑처럼 둘러싸인 사람들이 보였다. 하나같이 머리가 없다.

"서윤 왕자는 이미 죽었습니다."

루아가 저항을 포기하고 태자의 환영에서 벗어난 것과 달리 적왕은 고통스러운 환영 속에 갇혀 아직도 울고 있었다. 반항할수록 환영은 더욱 짙어지며 모든 이성을 갉아먹는다. 루아는 그에게 월령도를 겨누는 대신 그녀의 목으로 겨누어진 설창의 끝을 움켜쥐었다.

"자윤……."

오른쪽 무릎으로 그녀의 왼쪽 어깨를 누르고 적왕의 왼쪽 다리는 그녀의 팔목을 밟았다. 적왕이 루아의 어깨를 풀어주며 몸을 숙였다. 적왕의 손이 그녀의 오른손을 감싸 월령도의 끝을 자신의 목에 가져다 댔다.

"나를 죽이면 살 수 있다."

"다투지 않을 것입니다."

예티의 날카로운 이빨이 움켜쥔 그녀의 피로 붉게 물들어간다. 루아는 월령도를 놓아버렸다.

"겸손하고 화목하여…… 다툼이 없을 것입니다."

눈물이 차오른 그녀의 두 눈이 지난날의 행복한 기억으로 반짝였다.

"거짓 또한 없을 것입니다."

천 년 연리지에서 그와 재회하고 돌아오던 날, 적왕이 아닌 담갈색 눈동자를 가졌던 자윤과 함께 웃던 그날이 떠올랐다.

"성실하고 믿음으로써 거짓이 없을 것입니다."

뜨거운 눈물이 루아의 볼을 타고 흘러내렸다. 설창의 끝이 그녀의 목으로 파고들었지만 루아는 그와 함께 웃으며 낭송했던 환국의 오훈을 속삭였다.

히이이잉!

적왕을 감싸던 환영이 옅어지기 시작하면서 루아는 그의 주위를 맴도는 적운을 발견했다. 그들 두 사람의 주위를 애타게 맴돌며 울고 있는 적운의 소리가 들려왔다.

"죽어서도 당신을 가슴에 담을 것입니다."

"우우욱!"

적왕이 뜨거운 숨을 토해내며 설창을 놓아버렸다. 무슨 짓을 하였는가! 왜, 어째서 그녀에게 설창을 겨누고 있는 것인가!

"루아!"

루아는 말없이 적왕의 목에 팔을 감았다. 비바람이 몰아치듯 들썩이는 그의 심장이 가여워 눈물이 멈추지 않았다.

"너무나 잔인한 덫이었습니다."

루아의 속삭임에도 적왕은 얼굴을 들 수가 없었다. 가장 괴로웠던 기억 속에서 다른 이도 아닌 루아에게 끝끝내 감추고 싶었던 적왕의 실체를 들켜 버린 것이다.

"루아……."

"괜찮습니다."

적왕이 그러했던 것처럼 루아는 그의 이마에 입맞춤했다.

"당신과 함께이니 괜찮아요."

루아를 찾아 목의 결계로 뛰어들었을 때에도, 수의 결계에서도 적왕도 그리 말했다. 함께이니 괜찮다고.

루아는 몸을 일으켜 월령도를 허리춤에 찼다. 그런 그녀를 바라보던 적왕이 루아의 앞에 무릎을 꿇었다.

"적왕님……."

낯선 어감에 한 번도 입 밖으로 소리 내어본 적 없는 이름을 부르니 적왕이 루아의 허리춤에서 단도를 빼 들었다. 적운의 안장을 끊어내라 그녀에게 주었던 단도다.

"다시 또 그런 일이 생긴다면 가차 없이 베어내야 한다."

그녀의 오른손에 단도를 단단히 쥐어주고 돌아선 적왕이 루아에게 손을 내밀었다.

커다란 그의 손을 잡고 루아는 걷기 시작했다.

얼마 걷지 않아 가부좌를 틀고 앉아 있는 우서한의 모습이 보였다.

"우서한님!"

"여기 있어."

적왕은 루아를 그의 뒤로 잡아당겼다. 서자부에서의 아침 수련 때처럼 두 눈을 감고 양손을 배꼽 아래 겹쳐 앉아 있는 우서한의 앞으로 적왕이 다가섰다.

"밝은 사람이 사람 중의 으뜸이라, 하늘과 땅, 천지 중의 으뜸이 사람이다. 세상의 끝은 끝이 아니라 새로운 하늘이라, 시작이 없듯이 끝남도 없다."

뜻밖에도 우서한이 읊고 있는 것은 천부경의 구절이었다.

"우서한."

우서한은 감았던 눈을 천천히 열었다. 그를 바라보며 애처롭게 울고 있던 아사는 사라지고 적왕의 붉은 눈동자가 그를 마주하고 있다.

'환각이 깨졌다.'

우서한은 자리에서 일어나 루아에게로 걸음을 뗐으나 적왕이 그의 앞을 막아섰다. 주저 없이 손에 쥔 돌검을 치켜세웠다.

"안 돼요!"

달려드는 루아의 허리를 감은 적왕의 팔에 갇혀 그녀의 다리가 공중에 떠버렸다.

"물러서."

경계하는 적왕에게 아이처럼 들려 버둥거리던 루아가 우서한에게 소리쳤다.

"그러지 말아요, 우서한님!"

다가서는 우서한에게서 다시 한 걸음 물러선 적왕이 그에게 설창을 겨누었다.

"서자부의 수장 우서한! 무엇을 보고 있는가!"

"루아에게 묻고 싶은 것이 있습니다."

우서한의 시선이 루아에게로 향했다. 그의 앞에 선 것이 적왕과 루아인지, 환각이 아니라는 확신이 필요했다.

"말씀하세요."

"울고 있는 아사를 보았다. 너는, 너는 무엇을 보았느냐?"

우서한의 물음에 루아는 그가 묻고 있는 것이 무엇인지 단번에 알아차렸다. 지계로 가는 결계에 대하여 들은 바 없는 우서한은 그가 앞날을 내다본 것이라 착각하고 있는 것이다. 하지만 그는 왜 언니 아사의 환영을 본 것일까. 정녕 우서한이 아사의 정인이었던가.

"단순한 환영입니다. 우리는 지금 청동검을 찾아 지계로 가는 결계가 만들어낸 혼돈의 덫에 걸려 있습니다."

"설명은 필요 없다. 나는…… 네가 무엇을 보았는지 물었다."

흔들림 없는 우서한의 목소리에 루아가 한숨을 내쉬었다.

"야차를 보았습니다."

그녀의 허리를 잡고 있던 적왕의 팔이 풀려 버렸다. 그의 품에서 벗어난 루아가 주저 없이 적왕과 우서한의 사이로 들어섰다.

"우서한님이 보신 것은 결계가 만들어낸 환영에 불과합니다."

루아는 우서한의 돌검을 조심스레 밀어냈다.

"아사가 울면서 내게 검을 겨누었다."

"악몽과 같은 것입니다. 잊으세요."

루아가 같은 것을 본 것이 아니었던가. 행여 환국의 그녀에게 무슨 일이 있는 것은 아닌지 물었던 것인데, 저주받은 땅에서 만들어낸 환각에 불과하다니. 마음 한편으로 밀려드는 근심으로 우서한의 심장을 조여들었다. 우서한은 참았던 숨을 길게 뱉어내며 돌검을 허리띠에 꿰어 넣었다.

'그래, 아사는 검이라고는 손에 쥐어본 적이 없다.'

어여쁜 모습으로 미안하다며 그의 가슴에 검을 겨누던 그녀의 모습이 너무나 선명하여 마치 앞날의 한 조각을 본 것 같아 가슴이 시큰거렸다. 우서한은 천천히 돌아섰다.

우서한의 뒷모습을 바라보던 루아가 살며시 적왕의 손을 잡아당겼다. 적왕은 묵묵히 그녀의 손을 잡고 걷기 시작했다.

'내게서…… 야차를 보았구나.'

적왕의 시선이 그의 곁에 걷고 있는 루아의 목으로 향했다. 이미 푸른빛을 띠고 있는 그녀의 목에는 그의 손자국이 선명했다. 고개를 든 루아가 어색하게 웃으며 옷깃을 올려 그의 시선이 닿는 목을 가려 버렸다.

앞만 보고 걷는 이들을 둘러싸고 끝도 없는 환영이 나타났다. 때로는 도적떼 같은 야인들이 도끼를 휘두르며 달려드는가 하면,

가족의 모습으로 나타나 그들을 괴롭혔지만 가장 지독한 환영을 마주했던 그들은 묵묵히 앞을 향해 걸었다.

앞서 걷던 우서한이 바닥에서 무언가를 발견한 듯 한쪽 무릎을 낮추며 몸을 숙였다. 투명하여 공중에 떠 있는 느낌을 주었던 바닥으로 붉은 줄이 선명하게 그어져 있었다.

"피로군."

우서한과 같이 몸을 숙여 손끝으로 냄새를 맡은 적왕의 시선이 붉은 선이 그어진 길의 끝으로 향했다.

"하자베!"

우서한이 앞으로 달려 나가 버렸다.

이내 피투성이가 되어 앉아 있는 하자베를 발견한 우서한이 그의 이름을 불렀다.

"오지 마세요! 조금만, 조금만 기다려 주십시오."

하자베가 자신의 피를 쏟아내며 바닥으로 둥근 원형의 무언가를 그리고 있었다.

"하자베, 뭘 하고 있는 거지?"

뒤늦게 다가선 적왕의 모습에 하자베가 다가오지 말라 소리쳤다.

"안 돼! 주인님! 다가오지 마세요!"

피로 물든 손을 뻗으며 거부의 몸짓으로 다가오지 말라 소리치는 그의 앞에서 모두가 멈춰 서버렸다.

"주인님, 조금만, 기다리세요."

하자베는 어린아이처럼 바닥에 그림 그리기를 멈추지 않았다.

손에 쥔 돌검으로 팔과 다리, 가슴을 내리그어 상처에서 흐르는 피로 무언가를 열심히 그리고 있었다.

"저러다 죽겠어요."

루아의 말에도 적왕은 하자베의 행동을 말없이 지켜봤다. 처음에는 그 또한 환각에 빠져 있는 것이라 생각하였는데 아니었다. 하자베는 일정한 간격을 만들어 만물의 변화를 피의 문자로 그리고 있었다.

루아는 하자베의 피로 그려진 문자들을 바라보았다. 서로가 서로에게 기둥이 되어 얽혀 있는 그림은 중앙의 태극을 천부단으로 하여 환인성의 모습을 하고 있었다.

"환인성을 그리고 있어요."

환인성 자체가 어머니 마고의 성을 본으로 만들어진 것이기에 루아의 말이 틀린 것은 아니었다. 적왕은 야인 부족의 전사인 하자베가 어머니 마고의 성을 알고 있다는 사실에 놀라움을 감출 수가 없었다. 거칠고 잔인하며 동물적인 야인들마저 어머니의 자손임을 잊고 있었던 것이다. 하자베는 중앙의 원형으로 천부단을 그리고 동서남북으로 사방궁과 삼조도구의 12관문을 그렸다.

"하늘과 땅, 해와 달…… 천지가 그려졌으니 이제 문이 열릴 겁니다."

구 척이 넘는 하자베가 아이처럼 행복한 웃음을 지으며 그들에게 손짓했다. 어머니 마고의 성에 들어선 아이처럼 자부심으로 가득한 그의 눈동자가 마치 꽃밭에 앉아 있는 것처럼 평안해 보였다.

"이 무슨 기괴한 짓인가!"

하자베에게 다가선 우서한이 서둘러 옷을 찢어내며 그의 상처들을 감싸려 하였으나, 이미 온몸의 피를 쏟아낸 상처는 뼈를 드러낼 정도로 걷잡을 수 없을 만큼 벌어져 있었다.

"환국까지 안전하게 모셔다 드리겠노라 약속하였는데 지키지 못하여 죄송합니다, 주인님."

서글서글한 하자베의 눈동자가 루아에게로 향하자 적왕이 조용히 고개를 저었다. 지나치게 많은 피를 흘린 탓에 기운을 잃어가는 하자베의 주위로 둘러앉은 루아와 우서한은 할 말을 잃은 채 그를 지켜봤다.

"오래전 오르족의 위대한 주술사가 혼돈의 땅에 들어선 적이 있습니다. 주술사는 혈문(血門)을 열어 죽음에 들어선 아들을 살려냈습니다."

"하자베……."

잦아드는 적왕의 음성에 하자베가 그의 손을 움켜쥐었다.

"나를 따르면 죽게 될 것이라 하셨습니다."

"결국 이리 되는구나."

"주인님, 죽음이 끝이라 생각하십니까?"

어릴 때부터 바닥에 알 수 없는 그림을 그리게 했던 아버지를 떠올리며 하자베는 웃었다. 할아버지의 아버지에서 다시 딸인 어머니에게로 그리고 하자베에게까지 이어진 이야기. 혼돈의 땅에서 혈문을 열었던 아버지를 기억하며 하자베의 할아버지는 그림을 그렸을 것이다. 마고성의 그림은 잠 못 드는 밤 동화처럼 어머니에게로 이어져 하자베에게까지 전수된 것이다. 전사의 목걸이를 끊어내어 혼란의 땅을 확인했던 순간 모든 것은 이미 정해진 것일지도 모른다는 생각이 들었다.

"혼돈의 땅은 희생 없이 벗어날 수 없습니다."

오늘 자신의 피로 혈문을 열며 그 그림의 의미를 알아버린 하자베는 죽음의 앞에서 새로운 시작을 보았다.

"검은 거인 하자베는 운명을 역행하는 전사를 주인으로 두어 행복했습니다."

"하자베! 흑흑흑!"

끝끝내 참았던 루아가 울음을 터뜨렸다. 하자베가 눈을 감자 바닥과 같은 문양이 새겨진 하늘에서 뚝뚝 피가 떨어져 내렸다. 그와 동시에 바닥이 내려앉으며 하자베의 몸이 공중으로 떠올랐다.

"하자베! 엉엉! 죽지 말아요! 엉엉엉!"

하자베를 향해 손을 뻗는 루아를 품에 안은 적왕과 우서한은 적운과 함께 끝도 보이지 않는 암흑 속으로 내려가기 시작했다. 벽이 치솟아오른 것인지, 하자베의 피로 그려진 둥근 팔괘에 선 그들이 내려앉는 것인지 분간이 되지 않았다.

쿠궁!

땅이 내려앉기를 멈추니 위로 보였던 그림이 사라져 버렸다. 완벽한 어둠 속에서 빛을 발하는 루아의 야광주가 은은하게 빛을 뿜어내고서야 그들은 일렬로 된 길 위에 서 있음을 알 수 있었다. 그들의 오른쪽으로 아침 해가 뜨는 것처럼 밝은 빛이 서서히 다가서며 그 끝으로 작은 반원의 출구가 보이자 우서한이 입술을 뗐다.
"출구가 열렸습니다."
적왕은 빛을 등지고 왼편을 바라보았다. 더욱 짙은 어둠뿐 아무것도 없다.

"주술사는 혈문을 열어 죽음에 들어선 아들을 살려냈습니다."

빛으로 가면 밖으로 나갈 수 있다. 적왕은 그의 품에서 울다 지친 루아를 힘주어 안았다.
'어찌해야 할까.'
적왕의 시선을 따라 어둠 속을 응시하던 우서한이 고개를 저었다.
"저리로 가시려 합니까?"
빛과 어둠이 있다면 사람은 본능적으로 빛을 향해 걷게 되어 있다. 빛을 등지고 어둠을 향한 적왕의 시선에는 흔들림이 없었다. 우서한은 알 수 있었다, 그가 끝내 지계를 향해 갈 것이라는 사실을.

"두 사람의 운명이 하나로 얽혀 있어요. 루아는 삼왕자에게로 당신을 데려다 줄 거예요. 그는 청동검을 결코 포기하지 않아요."

저 어둠 속에 청동검이 있다면 살아서 돌아가지 못한다 해도 그는 포기할 수 없었다. 그것이 냉정한 연인에게 그의 심장을 증명할 유일한 방법이었기에 우서한 또한 빛을 향해 돌아설 수는 없었다.

하도 울어서 코끝이 빨갛게 변해 버린 루아가 고개를 들어 적왕을 바라보았다.

"루아, 잘 들어."

적왕이 루아의 젖은 얼굴을 닦아주었다.

"저리로 가면 이 모든 상황에서 벗어날 수 있어."

조금씩 작아지기 시작한 빛을 향해 루아가 고개를 돌렸다. 다시 반대편을 보니 칠흑 같은 어둠뿐이다. 저곳에는 또 어떤 위험이 도사리고 있는 것일까. 루아는 적왕을 올려다보았다. 오아에서의 마지막 날처럼 그의 두 눈에는 혼돈과 갈등으로 가득했다. 루아가 고개를 저었다.

"나를…… 시험하지 말아요."

"시험하지 않아."

적왕은 그의 곁을 지나는 루아의 팔을 잡아 돌려세웠다.

"네게 선택의 기회를 주는 거야."

"환국을 떠날 때 선택은 이미 했어요."

담담하게 그를 올려다보던 루아가 어둠 속을 응시했다.

"나는 환국의 루아예요."

조용하고 차분한 음색에는 분노나 갈등이라고는 찾아볼 수 없다.

"선택에 후회는 없어요. 다만 나의 선택으로 아파할 이들을 위해 노력할 뿐이에요."

"노력이라……."

"모든 선택에는 책임이 따르죠. 하지만 책임이라는 말은 하지 않겠습니다. 책임이라는 것은 무모함과는 함께할 수 없습니다. 하지만 노력은 그 어떤 무모함도 포용할 만큼 관대하니까 루아는 노력하고 있는 거예요."

루아의 말속에는 그녀의 모든 것이 들어 있었다. 소탈하며 대범하고, 과감하며 맺고 끊는 결단력이 그대로 녹아 있다. 망설임 따위 다시는 갖지 말라고 그에게 말하고 있었다.

"강하고 아름다운 동반자와 함께이니 순행과는 사뭇 다른 여행이 될 겁니다."

적왕은 허탈함으로 웃음이 나왔다. 못난 사내의 가슴에 드리운 염려라는 것조차 한낱 바람에 흔들리는 풀과 같이 만들어 버린 루아의 모습에 적왕은 그녀를 잃을까 위축되었던 가슴이 단단하게 펴지는 것을 느낄 수 있었다.
"더 이상 너로 인해 주저하지 않을 것이다."
"그리 하세요. 짐이 되지 않을 것입니다."
사뭇 전투적인 어투였으나 두 사람은 맞잡은 서로의 손을 아프도록 움켜쥐었다.
히이이잉!
불길한 전조를 알리듯 적운이 앞발을 치켜들며 울부짖었다. 빛은 잦아들고 어둠은 짙어졌으며 지진이 날 듯 바닥이 갈라지기 시작했다.
"시작이구나."

조금씩 앞으로 나아가니 하자베의 피로 그어진 혈문이 그들을 보호하듯 따라왔다.

펑! 펑! 펑펑!!

주위 여기저기에서 뜨거운 불기둥이 치솟기 시작했다. 설창을 휘둘러 바람을 일으키며 불길을 밀어냈다. 걸음을 뗄 때마다 불길은 더욱 거세어졌고 뜨겁게 달궈진 공기가 폐부로 밀려들어 왔다.

'불! 화의 결계다.'

얼마 걷지도 않아 순식간에 그들을 둘러싼 화염을 응시했다. 터져 오르는 용암의 중앙에 서 있는 것처럼 거친 화염이 삼켜 버릴 듯 붉은 혀를 날름거렸다. 적왕은 그들이 지계로 향하는 마지막 결계에 도달했음을 알 수 있었다.

"혼돈의 땅은 금의 결계였군요."

루아의 말에 적왕이 고개를 끄덕였다. 적나라하게 모습을 드러낸 불길 속에 더 이상 한 걸음도 나아갈 수가 없었다. 적왕과 루아, 그리고 우서한과 적운이 서로 등을 맞댄 채로 점점 거세어지는 화염을 바라보았다.

히이이잉!

두려움이라곤 모르던 적운이 치솟아오르는 열기에 발을 굴렀다. 발밑으로 하자베의 혈문이 점점 옅어지면서 그 틈을 타고 화마가 야금야금 밀려들기 시작했다.

'루아!'

적왕의 품에 안겨 화염을 바라보던 루아가 월령의 목소리에 허리춤에 찼던 월령도를 움켜쥐었다.

'밖으로 나가고 싶어.'

'나오지 마, 월령. 여기 불구덩이야.'

미약하지만 월령의 떨림이 전해져 왔다.

'여기 있어도 마찬가지야.'

'안 돼. 여기 너무 뜨겁다고.'

'사해에서 결계를 편 뒤로는 밖으로 나갈 수가 없어.'

월령의 말에 루아는 망설였다. 뜨거운 거라고는 질색을 하던 월령이 나오겠다고 고집을 피우는 이유를 알 수가 없었다.

'나가야 해, 루아. 월령도, 어디든지 좀 부딪쳐 봐.'

루아는 주위를 두리번거렸지만 월령도를 두드릴 만한 곳이라곤 바닥밖에 없었다.

'빨리!'

안에서 무슨 일이 있는 것인지 월령이 밖으로 나오기 위해 몸부림치면서 월령도가 진동하기 시작했다.

"루아, 가만있어."

"잠깐만요. 월령이 나올 수가 없대요."

만류하는 적왕의 품에서 벗어난 루아가 월령도로 바닥을 내려쳤다.

끼이이이이!

고막을 긁어내리는 날카로운 소리와 함께 적왕은 본능적으로 루아를 잡아당겼다. 그녀가 도를 내려친 자리에 불기운이 잦아들었다.

'다시!'

월령의 외침에 루아가 다시 바닥을 내려치니 불기운이 더욱 밀려 나갔다.

'더 세게!'

말없이 루아를 지켜보던 적왕이 월령도의 기운을 이기지 못해 바르르 떨리는 그녀의 손을 붙잡았다.

'네 힘으로는 안 되겠어. 루아, 그에게 넘겨줘.'

루아의 손에서 월령도를 받아 든 적왕이 솟아오르는 불기둥을 가르며 바닥을 내려치자 월령도에 균열이 생겼다. 그 사이로 푸른 빛이 새어 나오는가 싶더니 이내 월령이 모습을 드러냈다.

'월령…….'

사해에서 결계를 펼 때와 달리 월령은 처음 만났을 때처럼 어린아이의 모습으로 그녀의 앞에서 몸을 일으켰다.

'머리카락 안 태우려면 작은 게 나아.'

말은 그렇게 하지만 작아진 월령의 모습에서 그녀가 생명력을 잃고 있음을 느낄 수 있었다. 지나치게 투명하여 그녀의 모습을 통해 화르르 타오르는 불꽃들이 그대로 투영되고 있었다.

'어쩌려고 그래?'

루아의 물음에 대꾸도 없이 월령은 가슴으로 모은 두 손을 하늘로 높게 들어 양손을 펴며 반원으로 물의 결계를 쳤다. 물의 결계가 완성되자 월령은 루아를 돌아보았다.

'멍청이.'

그녀의 곁에 선 적왕을 힐끗 쳐다보던 월령의 시선이 적운의 뒤에 선 우서한에게로 향했다. 잠시 숨을 멈추었던 월령은 이내 고개를 돌려 앞을 향해 걷기 시작했다. 뜨거운 기운이 그녀의 몸으로 들어차 월령의 푸른 기운과 만나 보랏빛으로 산화했다.

'결국 이렇게 되는구나.'

사해를 지나오면서 이미 많은 기력을 소모한 월령이다. 물이라고는 하나 지계에 속한 사해가 그녀에게 좋을 리 없다. 모든 기운을 잃고 월령도 속으로 몸을 숨겼으나 불의 결계에 갇혀 버린 그들을 외면할 수가 없었다.

'월령, 네 몸이 점점 투명해지고 있어.'

그녀의 뒤를 따르는 루아의 걱정스러운 목소리에도 월령은 앞만 보고 걸었다. 말을 하는 것조차 기운이 흩어지니 한마디 하는 것이 더없이 버겁다.

'시끄러워.'

오로지 자신만을 위해 살았던 월령이다. 그런 그녀에게 친구라는 이름으로 다가왔던 정 많은 소녀는 죽은 것도 산 것도 아닌 시간의 정체 속에서 유일하게 손을 내밀어준 따뜻한 빛과 같은 이였다.

"여행이 끝나면…… 고향에 데려다 줄게."

월지국. 기억조차 희미한 월령의 고향에 꼭 데려다 주겠다며 홀로 다짐하던 아이. 일천자 해일의 존재조차 눈치채지 못하고 걱정스러운 얼굴로 찾아 헤매던 루아를 생각하니 월령은 한숨이 나왔다.

"꼭 찾아야 해?"
"응."
"왜?"
"걱정되니까."
"왜 걱정이 되는데?"
"친구니까."
"친구?"
"같이 여행을 하는 친구. 함께 여기까지 왔는데 갑자기 사라져 버렸으니 찾는 건 당연한 거잖아."

이렇게 사라져 버리면 바보는 또 얼마나 울려나.
한 걸음 한 걸음 뗄 때마다 영혼이 부서지는 고통과 함께 가슴속 깊이 봉인해 두었던 기억들이 하나둘씩 떠오르기 시작했다.

'월지국의 족장 월령.'
야인 부족과의 전투가 한창이던 여름날, 월령은 그녀의 무리 속에서 배신자를 척출해 냈다. 부족을 배신하고 배반의 씨앗까지 잉태한 그녀를 용서할 수 없었다.
"살려주세요, 제발."
함께 잡혀온 야인 부족의 사내와 떠나 다시는 돌아오지 않겠다며 뱃속의 아이를 살려달라 울부짖는 동생을 바라보았다.

"길이 아니면 가지 말라 했거늘."

월지국의 족장으로서 전투를 지휘하며 승리를 눈앞에 둔 상태였다. 족장의 권한으로 추방을 하여도 무방하였을 것을 월령은 선례를 남기지 않겠다는 명분하에 하나뿐인 동생과 뱃속의 조카를 베어내며 천륜을 끊었다.

"후회하게 될 거야. 언젠가는 언니의 후회가 피눈물이 되어 흐를 거야."

원한 서린 저주를 퍼부으며 죽어가는 동생의 모습에 미치광이가 되어 날뛰는 사내의 남성을 잘라냈다. 그렇게 전쟁은 끝나고 월지국은 더 많은 영토를 확보하였으나 위대한 여전사가 꿈꾸었던 부국강병은 그리 오래가지 않았다.

평생을 괴로움 속에 살기를 바라며 살려주었던 사내가 어느 밤 그녀의 거처로 찾아들었다. 온몸에 기름을 바르고 그녀를 끌어안은 채로 불을 질렀다.

"당신은 그녀를 닮았다."

월령을 끌어안고 타오르는 불길 속에서 동생을 떠올리는 사내의 눈동자가 너무나 슬펐다. 달이 유난히 밝은 밤이었다. 타오르는 불 속에서 월지국의 수호신인 달의 여신에게 기도했다.

"고통뿐인 인연에 얽히지 않는 몸으로 살고 싶습니다."

월천녀는 하늘을 섬기고 무리를 돌봄에 부족함이 없었기에 거두어들이노라 답하였다. 검은 피부는 눈처럼 하얘지고, 고동색 눈동자는 보랏빛으로 변했으며, 검고 구불거리는 머리카락은 달빛처럼 은색으로 바뀌었다. 그렇게 월령은 어둠을 밝히는 만월의 기운으로 월령도에 봉인되었다.

"하나 천륜을 베어낸 너의 이기는 용서할 수 없으니 언젠가 타인을 위해 네 이기를 버릴 때에 그 끝으로 너는 새로이 태어날 것이다."

기억과 함께 사라졌던 월천녀 항아의 마지막 전음이 메아리처럼 귓가로 울리는 듯하다.
화염으로 둘러싸였던 화의 결계를 지나고서도 월령은 결계를 거두지 않았다. 이 결계가 사라지면 그녀 또한 사라질 것을 알고 있었다.
'천 년이 지나고 이천 년이 지나도록 인연에 얽히지 않았던 삶은 행복하였던가.'
스스로에게 던져진 물음에 월령의 입가로 연한 미소가 피어올랐다. 인연에 얽매이지 않는 정체된 시간의 굴레를 끝으로 루아와 함께했던 짧은 시간이 참으로 다채롭고 즐거웠음을 인정해야 했다.
시커멓게 그 끝이 보이지 않을 정도로 솟아 있는 거대한 문 앞에 멈춰 선 월령은 루아에게로 돌아섰다. 바보 같은 루아, 그렇게 애타게 찾던 이를 만나 고생해 가며 온 곳이 지옥문 앞이라니. 아이를 품고 죽어간 내 동생도 너와 같은 마음이었겠지.
'지옥까지 쫓아올 정도로 저 사내가 좋았던 거니?'
얼마 남지 않은 기운마저 손안의 모래처럼 빠져나가니 월령의 소리가 그녀에게 전해지지 않는다.

'월령?'

루아의 두 눈 가득 그렁그렁 눈물이 차올라 안 그래도 점점 옅어지는 월령의 모습이 더욱더 희미하게 보였다.

"울지 마."

이마에 입맞춤하는 월령을 붙잡으려는 루아의 손이 허공을 갈라 버렸다.

"울지 말라고. 멍청이에 울보는 딱 질색이야."

여름날의 소나기 같던 월령의 기운이 존재조차 느낄 수 없을 만큼 너무나 미약하여 루아의 가슴이 소리 없이 무너져 내렸다. 그런 루아의 슬픔은 안중에도 없이 월령은 그 어느 때보다 아름다운 빛을 뿜어내며 웃고 있었다.

그리고 두려워하고 물러섰던 불에 타 죽는 마당에 적왕의 존재가 무서울 리 없는 월령이 그에게로 멈춰 섰다.

"당신, 그녀를 지켜줄 것 아니까 다른 말은 하지 않겠어."

월령은 적왕의 곁을 지나 우서한의 앞에 섰다.

'어쩌면 조금은 알 수 있을 것 같아.'

우서한은 월령에게 죽은 동생의 정인을 떠올리게 했다. 그래서 그리도 마음이 갔던 것일까. 월령의 앞에 죽음도 불사하고 뛰어들었던 거칠기 짝이 없던 야인의 사내.

"우서한, 네가 부르는 그 이름 때문에 넌 죽게 될 거야."

우서한의 얼굴을 감싸 안은 월령이 그의 귓가에 속삭였다.

"그녀를 버리면 살 수 있겠지만…… 죽어서도 놓지 않겠지?"

물그림자처럼 일렁이던 월령의 결계가 그 밑에서부터 서서히 옅어지며 이내 그녀의 몸 천일화와 같은 보랏빛 불꽃을 일으키며 사라지기 시작했다.
"아름다운 이들에게 어머니 마고의 축복이……."

13장 지소의 나라

아득히 먼 동쪽으로 거친 풍랑을 넘어서면 유난히 짙은 안개의 바다가 나온다. 한 치 앞이 보이지 않는 안개 속으로 천 리 바다를 넘어 새가 날개를 편 듯한 형상을 가진 전설의 삼신산(三神山)이 거대한 위용을 드러내고 있다.

아홉 개의 성을 층층이 쌓은 듯 만 길 높이의 삼신산에는 길이가 다섯 길, 크기가 다섯 아름이나 되는 거대한 벼와 주수(珠樹), 옥수(玉樹) 등 옥과 금은보화를 열매로 맺는 나무들이 무성하게 자라고 있었다.

하늘에는 봉황과 용이 날아오르고 땅으로는 기이한 형상의 영수들이 가득하니 선계의 축(軸)이 되는 삼신산은 그야말로 낙원의 모습을 꼭 닮아 있다. 삼신산에는 살아서 도를 깨우친 전인(全人)과

선함으로 천수를 누리고 죽은 선인들이 모여 사는데 그 때문에 인계의 사람들은 이곳을 신선들의 나라라 불렀다.

이 삼신산의 가장 높은 봉우리에 옥성궁이라 이름 지어진 보궁이 있으니 선계의 주인 원희의 거처였다.

하얗고 갸름한 얼굴에 길고 검은 머리를 열두 가닥으로 옥구슬과 같이 땋아 내린 원희가 푸른 쪽빛의 천의를 걸치고 붉은 복대를 맨 상체를 숙여 검은 속눈썹으로 그림자를 만들며 천산의 천지와 연결된 작은 연못을 내려다보고 있었다.

"지소의 나라에 입문하였구나."

지옥, 혹은 염라국 등 수많은 이름으로 불리는 지소의 나라 문 앞에 선 루아의 일행을 바라보는 원희의 입술 사이로 옅은 한숨이 새어 나왔다.

"어머니 마고의 축복이 함께하기를……."

허리를 펴고 일어서니 원희의 주변을 맴돌던 영소(英招)가 조용히 다가섰다.

"노아는 어디 있느냐?"

"일천자와 함께 계십니다."

사람의 얼굴을 하고 있지만 호랑이 무늬가 새겨진 말의 몸을 하고 있는 영소가 옆구리에 달린 날개를 펴 올렸다. 옥성궁 아래 계단처럼 층층이 펼쳐진 아름다운 정원의 누각으로 원희의 시선이 노아를 찾았다.

얼마 전 기린(麒麟)을 잡겠다며 천궁을 손에 든 일천자가 예고도 없이 삼신산으로 들이닥쳤다. 패기 충만하여 예를 건네는 그의 모습은 천녀와 선녀들의 입소문만큼이나 장하여 해와 같이 아름다웠다.

"일천녀 항아님이 다녀가신 후로 한번 초대하려 하였는데 이렇게 찾아주셔서 감사합니다."

원희는 해일을 옥산궁으로 안내하여 새로 태어난 기린을 보여주었다. 사슴 같은 몸에 소의 꼬리를 달고, 발굽과 갈기는 말과 같으며, 오색의 빛깔을 가진 기린의 모습을 처음 본 일천자 해일의 푸른 눈동자는 가을 하늘처럼 맑았다.

"참으로 아름답게 생겼구나."

"기린은 풍요와 안전을 기원하는 신수인 용과 의리와 충절을 상징하는 신수 빈마(牝馬) 결합하여 낳은 것이라 성품이 온화하고 충의가 깊습니다."

"하하하하! 천계회의에 대한 이야기를 들었을지 모르겠지만, 내 아끼던 화룡을 잃어 상심이 컸는데 귀한 선물을 주어 고맙구나."

호탕한 웃음은 감정 표현이 서툰 원희마저 미소 짓게 했다.

"내 인계 출입이 금지되어 지루한 마음을 달랠 곳이 필요한데, 이곳에 잠시 머물러 가고자 한다."

"그리 하시지요. 신기한 영수들이 많으니 적적하지 않으실 겁니다. 선녀 노아에게 안내를 일러두겠습니다."

천계를 주름잡는 호남이니 아직 어린 노아가 푹 빠져 버린 것은 어찌 보면 당연한 일이었다. 가만히 귀를 기울여 보니 재잘재잘 영수들의 설명을 하고 있는 노아의 목소리가 들려왔다.

"용질(龍嫉)이라 하는 것인데, 영수라기보다는 요괴에 가깝지요. 보시다시피 생김새가 여우와 같고 꼬리가 아홉이나 됩니다. 어린아이와 같은 소리를 내어 사람을 잡아먹으니 원희님께서 잡아들이라 하셔서 이곳에 머무르게 되었답니다. 이곳에 온 뒤로는 그나마 순해져서 원희님께서 구미호라 이름을 붙여주셨어요."

듣는 둥 마는 둥 먼 산을 바라보는 해일의 모습에 노아가 그 앞을 날아가는 물고기를 가리켰다. 잉어 같은 생김새에 붉은 부리를 가진 것이 새의 것과 같은 날개를 움직이며 느릿하게 날아가고 있다.

"문요어(文鰩魚)라 하는 것입니다. 풍년을 부르는 영수지요. 문요어를 먹으면 미친 이도 낫는다 하니 참으로 신기하죠?"

끝도 없이 이어지는 영수와 요괴들의 이야기에 해일이 한숨을 내쉬었다. 잠시나마 머리를 식히려 머물기를 자청한 것인데 대천녀 소희의 소조만큼이나 재잘거리는 노아 때문에 머리가 아파왔다.

"삼신산의 영수들이 끝도 없으니 설명은 그만하여도 되겠구나."

좋게 이야기를 해보아도 물러가나 싶었던 노아는 어느새 그의 곁에 앉아 끊임없이 떠들어댄다. 영수를 좋아하는 해일이었지만, 천계에서 지계까지의 모든 영수를 죄다 모아놓은 듯 눈앞에 펼쳐진 광경에도 그의 표정은 자꾸만 어두워져 갔다.

'무얼 하고 있을까.'

인계에서 돌아온 후로 모든 것이 시들해졌다. 언제 어느 사이 해일의 가슴으로 스며들었는지 모를 루아에게로 향하는 시선이 무엇을 뜻하는지도 알아차리지 못했다.

'행여 엉뚱한 일에 휘말린 것은 아닐지.'

천자의 몸으로 희로애락에서 벗어난 삶 속에서 처음으로 가슴을 찌르는 통증을 느꼈고, 생각만으로도 숨을 쉴 수 없을 만큼 가슴이 먹먹해지는 낯선 감정에 당황했다. 눈을 감아도, 눈을 떠도 온통 그에게로 손을 뻗는 루아의 모습뿐이니 하루가 더없이 길고 괴롭기만 했다.

'보고 싶다.'

알 수 없이 그를 괴롭히던 것이 동물이나 인간의 수컷들이 암컷에게 품는 감정의 종류라는 것을 알아차리기까지 해마루의 연못에 새겨놓은 루아의 얼굴을 마냥 들여다보았다.

순간의 짧은 생을 사는 비루한 계집아이 따위에게 마음 주었다 인정하고 싶지 않았기에 자꾸만 수경으로 찾아드는 마음을 잡지 못해 선계로 도망 온 것이다.

그의 누이 항아가 입이 마르도록 자랑하던 삼신산의 영수들도 뜬구름처럼 겉도는 해일의 마음을 잡지 못하니 더 이상 이곳에 머무는 것이 무의미했다.

'돌아가야겠다. 그녀를 봐야겠어.'

결심한 해일이 자리에서 일어서자 때마침 나타난 원희에게 노아가 예를 갖추며 허리를 숙였다.

"쉬시는데 노아가 귀찮게 하는 것은 아닌지 모르겠습니다."

온화한 목소리로 고개를 숙이는 원희의 모습에 일어선 해일이 마주하여 예를 갖췄다.

"그럴 리가. 여러 가지 영수 이야기를 듣고 있었다. 생각지도 않게 요괴들이 보이니 놀랍구나."

해일의 말에 원희가 고운 자갈로 다듬어진 길 위로 손을 뻗으며 함께 걷기를 청하였다.

"그럼 노아는 이만 물러가겠습니다."

노아의 인사를 받느라 먼저 걷기 시작한 원희에게 작별을 고할 시기를 놓쳐 버렸다.

종종걸음으로 자리를 뜨는 노아의 뒷모습을 바라보던 해일이 한숨을 내쉬며 원희의 뒤를 따랐다.

'선계의 주인이라 하여도 선녀일 뿐인데…… 참으로 이상하군.'

천인이라 하여도 음양의 기운을 나누어 천녀와 천자로 구분이 되는데, 선계의 주인이라는 원희는 음양의 합이 들어 태극과도 같은 형상이다. 천계의 아래에 위치한 선계에 살면서도 대천녀 궁희와 소희보다 강한 기운이 느껴지니 마주하기가 여러모로 불편한 해일이었다.

"말씀하신 요괴들은 이곳에 들인 지 얼마 되지 않았습니다."

초목으로 우거진 아름다운 정원을 거니는 원희의 목소리가 잔잔한 미풍과도 같다.

"일천자께서 인계에서 화룡을 잡으실 때에 지계의 문이 잠시 열렸습니다. 그때 튀어나와 인계로 퍼져 나간 대부분의 것들을 삼신산으로 잡아들였지요."

그랬었군. 해일이 시공의 문을 연 탓에 역수가 틀어지니 지계를 감싸고 있던 결계에 틈이 생겨난 것이다. 어머니 마고의 순행에 역행하여 금기를 깬 것이 어떠한 영향으로 나타날지 알 수 없어 내심 걱정하였는데, 요괴들이 풀려났다니 원희가 서둘러 거두어들이지 않았다면 해일은 큰 벌을 면하지 못했으리라.

'나를 위해 그러한 수고를 한 이유가 무엇인가.'

대천녀 궁희와 소희는 분명 알고 있음에도 침묵하였고, 또 선계의 주인까지 나서 그 뒤처리를 하였다니 상황이 어찌 돌아가는지 알 수 없었다.

"선계의 주인이여, 무슨 말이 듣고 싶고 싶은 건가."

해일의 물음에도 원희는 걸음을 멈추지 않았다. 한걸음 앞서 걷던 그녀를 멈춰 세운 것은 주위로 모여든 붉은 왕관의 닭들이었다.

"닭이라 하는 영수랍니다."

"하찮은 닭에게 영수란 칭호는 과분하다. 인계에는 흔한 것들이 아니더냐."

"밝음을 예고하는 새로 지(智), 신(信), 인(仁), 용(勇), 엄(嚴)의 오덕(五德)을 두루 갖추었지요. 지금은 인계에 널리 퍼져 식용으로 이용되고 있지만, 원래는 공명과 용맹한 기상을 상징하는 멋진 새랍니다."

천천히 돌아선 원희가 해일을 향해 미소 지었다.

"어머니 마고로부터 시작하여 모계를 이루었던 세상이 힘과 권력을 탐하며 부계로 바뀌어가는 과정에서도 오덕을 지키는 닭은 절대 탐욕을 부리지 않는다는 것을 알고 계십니까?"

"듣고 보니 기특한 것도 같다."

"닭은 먹을 것이 생기면 소리 내어 암탉들을 불러 모아 양보하고 자기는 남는 것을 취하지요. 승냥이나 다른 짐승이 위협을 가해도 암탉들을 내어주지 않습니다. 날지도 못하는 닭이 그 어떤 새보다 사납고 전투적이니 참으로 신기한 일입니다."

원희의 말을 들으며 해일은 생각에 잠겼다.

"하물며 봉황은 어떠할까요."

하늘을 올려다보는 원희의 시선을 따르니 선계의 오색구름 사이로 화려한 꼬리를 늘어뜨리며 힘차게 날아가는 봉황의 모습이 보였다.

"수컷인 봉(鳳)과 암컷인 황(凰)이 하나라, 이름 또한 봉황이라 부르는 영수가 제 몸 가르며 짝을 내어주겠습니까."

붉은 노을처럼 선명한 줄을 긋고 사라진 봉황의 모습을 올려다보던 해일이 주먹을 움켜쥐었다. 루아의 곁에 있던 붉은 봉황, 화염에 싸이듯 해일의 몸이 순식간에 분노의 기운을 피워 올렸다.

"선계의 주인이라 하여 예를 차려주었거늘 누구에게 감히, 누구를 훈계하는 것인가!"

타오르는 분노를 주체할 수 없어 해일의 몸으로 열꽃이 피어올랐다. 열꽃은 주변의 나무들을 누렇게 말려가며 사방으로 퍼져 나가고 있었지만, 그의 기세에도 전혀 눌리지 않는 원희가 덤덤한 표정으로 해일을 마주했다.

"어떠한 연으로 그 아이와 얽히게 되었는지 묻지 않겠습니다. 그 마음, 가슴에 묻으셔야 합니다."

어떠한 연이라……. 해일은 대천녀 소희의 백궁을 방문하여 루아를 처음 보았다. 그것이 소희의 계획이었을지 모르나 애써 외면하고 숨겨온 감정을 들켜 버린 해일의 분노가 걷잡을 수 없는 화염이 되어 폭발을 일으켰다.

"으아아아아아아!!"

순식간에 퍼져 나가는 열기를 바라보던 원희가 두 손을 뻗어 보호계를 펴니 그들을 중심으로 이미 뻗어 나간 열기까지 끌어들이며 동그란 구슬 모양으로 변하여 해와 같이 이글거렸다.

원형의 구 안에 원희와 함께 갇혀 버린 해일이 죽일 듯 그녀를 노려보았다. 삼신산 전체를 태워 버릴 만큼 강한 기운은 밖으로 뻗어 나가지 못하고 구를 형성한 결계를 미친 듯이 두들겨 댔다.

"과한 능력을 가졌구나. 무엇을 보았기에 그리 교만하게 구는 것이냐?"

"무엇을 보았는지가 중요한 것이 아닙니다. 일천자께서 무엇을 보고 계시는지가 중요하지요."

태양의 만 배에 달하는 화염 속에 해일과 마주 선 원희의 표정은 하나 흐트러짐이 없다.

"하찮은 재주로 천자의 내일을 읽은 것이냐?"

이를 가는 해일의 모습에 원희가 고개를 저었다. 어긋난 흐름을 돌려놓고자 하였거늘 길길이 날뛰는 해일은 이미 스스로 주체할 수 없을 만큼 루아에 대한 감정이 커져 있었다.

천계와 선계, 그리고 인계와 지계는 그 구분이 엄격하여 어느 누구도 함부로 인연을 만들지 않는다. 시공의 문을 여는 것만큼이나 철저하게 금기시되어 온 인연의 고리가 대천녀 소희로 인하여 뒤틀어져 버렸다.

"기린을 잡은 것과는 다릅니다. 잡아서는 안 될 인연입니다."
"무엇을 보았느냐?"
"천계의 천자께서 선계의 선녀에게 미래를 물으시는 겁니까?"
통렬한 비판에 해일이 숨을 들이켰다.
"그 아이, 지금 지계의 문 앞에 서 있습니다."

조용한 음성이었으나 해일에게는 벼락과도 같은 뇌성으로 들려왔다. 화룡의 뱃속에서 루아를 발견하였을 때처럼 그의 심장이 미친 듯이 뛰기 시작했다.

'지계……'

언젠가 사해에 관하여 묻던 루아의 모습이 떠올랐다. 어째서 지계의 문 앞에 서 있는 것인가. 찾던 이를 만났으니 행복하게 웃고 있어야 할 루아이다.

"어째서……"
"선계의 하루는 인계의 백 일이지만, 천계의 하루는 인계의 천 일입니다. 일궁으로 돌아가세요. 천자께는 찰나의 시간과도 같을 겁니다."

해일이 자신의 기운을 다스리며 불기운이 잦아드는 것을 확인한 원희가 결계를 거두어냈다.

"해혹복본. 원래의 모습으로 돌아갈 지어다."

원희의 작은 손짓에 해일의 분노로 죽어갔던 나무 주위로 작은 물줄기가 거미줄처럼 얽혀들며 살아난 나무들이 푸른 잎새를 열었다. 그 모습을 지켜보던 해일이 천천히 입술을 뗐다.

"그대는 무엇인가?"

"일천자의 탄생 전에 이미 존재하였다 하면 답이 되겠습니까."

"어둠을 가르는 해보다 먼저 존재하였다? 대천녀 궁희와 소희 이전에도 존재하였는가?"

해일의 물음에 원희가 조용히 미소 지었다.

"대천녀 또한 어머니 마고께서 만드신 삼라만상(森羅萬象)의 한 조각 피조물일 뿐입니다."

옥산궁을 향해 돌아선 원희를 향해 해일이 한 걸음 다가서며 물었다.

"그대가 보았던 것, 혹여 나와 함께 있는 루아의 모습이 아닌가."

"무엇이 알고 싶으신 겁니까?"

"그녀에게 내가 어떠한 존재가 될지 알고 싶다."

"멈춰 서신다면 아름다운 동행으로 기억될 것이며, 그녀를 향해 걸으신다면……."

숨을 들이켜는 원희의 어깨가 살며시 오르내렸다.

"당신은, 그녀에게, 두 번 다시 마주하고 싶지 않은 시련이 될 것입니다."

원희는 그들이 함께 걸어온 길을 되돌아 걷기 시작했다. 대천녀 소희가 어떠한 의도로 루아와 해일의 연을 엮었는지 알고 있다. 이 모든 것을 지켜보고 있을 어머니 마고를 생각했다.

'어머니 마고여, 어찌하여 침묵하십니까.'

공기와도 같은 어머니 마고에게서는 어떠한 해답도 얻을 수 없을 것이다. 원희는 일천자 해일이 현명한 판단을 하기를 기도했다.

*

―천계 최초의 반역자 지소가 오미의 난으로 삶과 죽음을 가르고 신과 인간을 나누었으니 이곳 지계에 나라를 세워 명왕(明王)이 되다.

적왕이 검은 문에 적힌 글귀를 읽으니 커다란 문이 새털처럼 가볍게 소리 없이 열리기 시작했다.

긴장한 루아가 허리춤에 찬 월령도를 움켜쥐었다. 월령이 아름다운 불꽃으로 산화해 버린 뒤 월령도는 원래의 크기로 돌아가 버렸다.

걸어온 길이 너무나 험난했기에 열린 문 사이로 머리가 백 개 달린 요괴가 나타난다 해도 놀라지 않을 것 같았다. 그러나 지계의 시작은 생각보다 조용했다.

열린 문 안으로 보이는 세상은 온통 검은색 천지였다. 산과 나무 위를 나는 새들과 들판을 걷는 동물들까지 모든 것이 명암의 차이를 두었을 뿐 전부 먹색이다. 해도 달도 없는 하늘은 음울한 기운이 가득했다.

문은 열리고 달려드는 요괴 또한 없었지만 그들은 한 걸음도 앞으로 내디딜 수 없었다. 문 앞으로 한 걸음 여유조차 없이 검은 강이 흐르고 있었기 때문이다.

"황천(黃泉)이야."

"황천보다는 흑수(黑水)가 더 어울리겠어요."

루아의 말에 적왕이 고개를 끄덕였다.

"사람들의 상상력은 흑수도 황천으로 바꿀 수 있지."

망자들이 건넌다는 황천은 그리 넓은 강은 아니었으나 깊이를 알 수 없는 진한 검정색이라 일렁이는 물결조차 없었다면 낭떠러지처럼 보였을 것이다.

어떻게 강을 건너야 할지 고민하는 사이 멀리서 검은 물체가 그들을 향해 날아왔다. 까마귀인가 생각했던 새는 사람의 얼굴을 한 인면조(人面鳥)였다.

"요괴!"

우서한이 주저 없이 돌검을 빼 들자 인면조는 검은 강 위를 날며 그들을 내려다보았다.

"생김이 다르다 하여 모두 요괴라 할 수는 없지."

적왕이 돌검 위로 설창의 끝을 얹으니 고집스레 버티던 우서한이 천천히 돌검의 끝을 바닥으로 내렸다. 순행을 하며 인간의 얼굴로 사람들을 현혹하여 잡아먹는 요괴들을 본 적이 있지만, 그들은 네 발이 달리거나 뱀의 형상을 하고 있었다. 적왕으로서도 인면조의 존재를 마주하기는 처음인 것이다.

휘익~ 휘익~

덩치만큼이나 큰 바람 소리를 내며 인면조가 그들의 앞으로 내려앉아 날개를 접었다. 머리를 위로 말아 올린 동자의 얼굴을 가진 인면조는 목이 학처럼 길고 몸은 수꿩과 같아 꼬리가 네 가닥으로 길고 뾰족했다.

많은 요괴들과 대적하였던 적왕에게도 상당히 기이하게 여겨지는 모습이다. 요괴라 단정 짓지 못하는 것처럼 그가 인간에게 해를 끼치지 않을 것이란 장담 또한 할 수 없다. 적왕은 루아를 그의 등 뒤로 잡아당겼다.

"적토의 적왕이다. 지계의 사자인가?"

『인간들이 번창하여 말도 가지각색이고 부르는 이름도 제각기이니 무어라 할까요. 동쪽에 사는 이들은 만세(萬歲)라 부르고 서쪽에 사는 이들은 가릉빈가(迦陵頻伽)라 부릅니다. 죽은 이들을 지계로 안내하는 수많은 인도자 중 하나지요.』

옥돌이 굴러가듯 고운 미성과 정중한 소개를 하는 만세의 모습은 낯섦에 대한 경계심을 풀어버리는 데에 부족함이 없었다.

적왕의 등 뒤에 있던 루아가 간신히 고개를 내밀었다.

"저는 환국 마가의 차녀 루아입니다."

조심스레 인면조를 향해 인사를 건네니 만세가 웃으며 긴 목을 끄덕인다. 선한 동자의 얼굴이었지만 긴 목이 구불거리는 통에 실상 보기가 징그러웠다. 만세의 시선이 다시 우서한에게로 향했다. 무언가 기다리는 눈치에 우서한이 어이가 없다는 듯 퉁명스레 말했다.

"환국 서자부 수장, 구가의 차남 우서한이다."

만세가 가만히 고개를 끄덕이더니 적운을 쳐다봤다. 지계의 사자를 알아본 것일까, 적운이 본능적으로 눈길을 피하며 앞발을 굴렀다.

히잉.

늘 우렁차기만 하던 적운의 소리가 마치 수줍게 인사라도 하듯 자그맣게 울렸다.

『자, 그럼 가실까요?』

돌아선 만세의 앞에 더욱 짙은 어둠으로 출렁이던 황천이 물살을 일으키며 검은 등을 가진 거북이 모습을 드러냈다. 그 장대한 위용에 적왕이 루아를 잡아당겨 그의 뒤로 밀어냈다.

"현무(玄武)가 아닌가?"

거북이라 착각했던 것은 북방을 지킨다는 전설 속의 신수 현무였다. 머리와 꼬리는 뱀과 같고 등은 거북과 같으며 색깔이 검은 것이 벽사(壁邪)의 능력에 있어서는 사신(四神)들 중에서도 가장 뛰어나다.

"악한 것을 경계하고 귀신을 막는 벽사의 능력을 가진 현무가 어째서 지계에 있는 건가요?"

『후후후. 현무가 벽사에 강한 것은 강력한 양기로 귀신에게 맞서기 때문이 아니라 음한 기운이 가장 강해서 모든 귀신을 아래에 둘 수 있기 때문입니다.』

앞장서서 현무의 등에 올라탄 만세가 그 뒤를 따르는 루아에게 답했다. 일행을 태운 현무는 스르륵 미끄러지듯 황천을 건너기 시작했다.

그간 지나온 결계들에 비하여 순탄하게 지계에 입성한 적왕은 루아의 몸을 자신의 옆에 바싹 붙이며 경계를 늦추지 않았다.

"지계로 통하는 문에 문지기가 없다니 이상하군."

만세가 돌연 적왕에게로 돌아서며 고개를 갸웃거렸다.

『산 자들 중에 오계를 뚫고 들어선 자가 지금까지 없었으니 문지기가 따로 필요가 없었지요. 명왕께서도 상당히 흥미로워하고 계십니다.』

"명왕?"

『후우, 이 또한 아까 말씀드렸다시피 염라대왕이라고 하기도 하고 이런저런 명칭이 많습니다만, 이곳에서는 지소님을 명왕님이라 부릅니다.』

황천의 기슭에 도찬한 현무가 땅으로 발을 딛자 만세의 뒤를 따라 적왕이 땅으로 내려섰다. 루아를 번쩍 들어 땅에 내려놓은 적왕이 그의 허리에 찼던 상아검을 빼내어 반 바퀴 회전하더니 손잡이를 그녀에게 내밀었다.

잠시 상아검을 바라보던 루아가 길게 금이 가버린 월령도 대신에 상아검을 움켜쥐었다.

『무기는 필요 없을 듯합니다만.』

만세의 참견에도 적왕은 루아의 두 눈을 마주 보며 단호하게 말했다.

"꼭 쥐고 있어. 무슨 일이 생기면 적운에 올라 뒤도 돌아보지 말고 뛰어야 해. 알았지?"

지소의 나라

하지만이라는 말이 목구멍까지 치솟았지만 루아는 애써 삼키며 고개를 끄덕였다.

황천을 건너 얼마 있지 않아 높이 2천 6백 리, 둘레 3만 리에 달하는 거대한 사천성(四天省)이 모습을 드러냈다.

커다란 동굴 앞에 선 만세가 그들에게로 돌아섰다.

『십이지옥에 오신 것을 환영합니다.』

거창한 환영 인사가 무색할 정도로 그 내부는 아비규환이었다. 동굴 벽으로 알몸의 사람들이 도마뱀처럼 붙어 울부짖는 소리가 귀를 찔렀다. 그들의 혀를 잡아 빼어 망치질을 하는 검은 형체의 귀(鬼)들과 그들을 지휘하는 우두마두(牛頭馬頭:소나 말의 머리에 사람 몸뚱이를 한 지옥의 옥졸)의 호통이 들려왔다.

『일옥입니다. 거짓말과 이간질한 자들이 오는 곳이지요.』

"보지 마."

산 채로 혀를 뽑는 처참한 광경에 적왕이 손으로 루아의 눈을 가려 품에 안았다. 루아는 아무런 저항도 없이 적왕에게 의지하여 걷기 시작했다. 고막을 찢을 듯이 들려오는 고통에 찬 소리들로 인해 몸으로 소름이 돋아 올랐다.

구불구불 산길처럼 이어진 길을 따라 걸었다. 간음한 이들이 떨어진다는 이옥을 지나 삼옥에 다다르니 길 아래로 셀 수 없는 나무들의 뾰족한 가지에 찔려 버둥거리는 사람들이 보였다.

"생전에 부모에게 불충한 자들이나 형제자매, 부부 사이에 불화를 일으킨 죄인들이 오는 곳이지요."

언제까지 눈을 감고 갈 수는 없는지라 루아가 눈을 가린 적왕의 손을 살며시 밀어냈다.

"저기 보이는 저자는 늙은 어미를 내다 버린 자입니다."

사람들의 알몸을 관통한 나무들이 등에서 배로, 혹은 그 반대로 몸을 뚫고 나와 있는 모습에 루아가 숨을 들이켰다. 적왕이 잡은 손에 힘을 주니 루아가 고개를 들었다. 걱정스레 내려다보는 적왕의 눈을 당당하게 마주했지만 차마 웃어줄 수가 없다.

처참한 광경은 앞으로 나아갈수록 더욱 잔인해졌다. 사옥과 오옥을 벗어난 만세가 걸음을 멈춰 서며 육옥을 내려다보았다.

『살생은 사람에게만 국한된 것이 아닙니다. 소나 말, 쥐나 벌레까지 어머니 마고께서 태초에 높낮이를 두지 않고 만드신 것들이니 귀천이 없어 사람이든 짐승이든 모두가 생명을 가진 생령일 뿐임을 알아야 합니다.』

만세는 가지각색의 죄목과 상상조차 할 수 없었던 형벌들을 일일이 나열하여 설명해 주었다. 말로 표현할 수 없을 만큼 처참한 광경들이 끝도 없이 이어졌다.

『마지막으로 십이옥입니다.』

생명을 아끼지 않아 자살한 이들이 떨어지는 십이옥의 광경은 잔혹함의 극에 달했다. 사지를 절단하는 귀졸들의 모습과 여기저기 널려 있는 죄인들의 팔다리가 수두룩했다.

『세상을 비관하여 목숨을 끊는 것은 어찌 보면 쉬운 일이지요. 하지만 그것이 시작임을 알아야 합니다.』

십이지옥들을 벗어나니 또다시 검게 일렁이는 강물이 나왔다. 처음 마주했던 황천이 지계의 젖줄처럼 곳곳으로 이어져 있다니 지금 그들 앞에 보이는 강 또한 황천이라 불렀다. 강 위로 놓인 다리는 폭이 좁고 난간이 없어 상당히 위험해 보였다. 그뿐이 아니었다.

히이이잉!

물속에서 갑작스레 튀어 오른 그림자가 적운의 다리를 잡는 순간 돌아선 루아가 상아검을 빼 들어 검은 손을 잘라냈다.

끼이이아아!

그와 동시에 휘청거리는 루아에게로 또 다른 그림자가 달려들자 적왕의 설창이 바람을 일으키며 물줄기처럼 하늘거리는 검은 손들을 잘라냈다. 상황은 우서한도 마찬가지였다.

끼야아아!

벽을 긁어내리는 듯한 날카로운 비명과 함께 그림자가 물속으로 숨어버렸다.

『아귀(餓鬼)들입니다. 배가 고파 그렇지 위험한 이들은 아니지요.』

만세의 설명에 강을 바라보니 하나둘씩 모습을 드러낸 아귀들이 빼곡하게 황천을 메웠다. 위험하지 않다는 말을 믿을 수 없을 정도로 위협적으로 모여드는 무리였다. 적왕의 기다란 설창이 원을 그리며 회전하여 루아의 앞에까지 바람을 일으키니 주변으로 몰려 있던 아귀들이 슬금슬금 물러났다.

"루아, 앞만 보고 가."

루아가 상아검을 움켜쥐고 다시 걷기 시작했다. 만세의 말처럼 아귀들은 더 이상 덤벼들지 않았다. 검은 물 위로 고개만 내밀고

먹이가 죽기를 바라는 승냥이 떼처럼 그들을 지켜보며 무리 지어 따르는 모습이 경계를 늦출 수 없을 만큼 기괴했다.

『옥문(玉門)입니다.』

원형의 문은 마치 다리 중앙에 반지를 끼워놓은 듯 문 안으로도 길게 늘어진 다리가 보였다.

『저의 안내는 이곳까지입니다. 일행 모두가 생령이니 지계의 것들이 함부로 달려드는 일은 없을 겁니다. 부디 원하는 바를 이루시길 기원하겠습니다.』

첫인사와 같이 정중하게 머리를 숙인 만세가 검은 하늘 위로 날아가 버리자 루아의 손을 잡은 적왕은 지체 없이 문 안으로 들어섰다.

공간을 베어낸 듯 문 안으로는 밖에서 보았던 것과는 달리 황천도 다리도 없다. 처음 지계에 들어섰을 때와 같이 온통 검은색의 들판이 있을 뿐이다. 너른 들판 위에 여섯 개의 문이 담장이나 건물도 없이 덩그러니 서 있었다.

"평범한 것이라곤 눈 씻고 찾아도 찾아볼 수가 없군!"

인내심의 한계에 다다른 듯 우서한이 울화통을 터뜨렸다. 평정심을 잃어버린 우서한과 달리 적왕은 여전히 차갑고 이성적인 태도를 유지하며 여섯 개의 문을 주시했다.

"굳이 함께 몰려다닐 필요는 없는 듯합니다."

지계의 것들이 함부로 달려드는 일은 없을 것이라 만세가 장담한 마당에 우서한은 적왕과 함께 움직여야 할 필요성을 느끼지 못했다.

"청동검을 찾으러 오신 것이 아닙니까? 하나로 몰려다니는 것보다는 각자 나뉘어 찾는 것이 빠를 것입니다."

우서한은 선수를 놓쳐 적왕에게서 그것을 빼앗아야 하는 불상사가 없기를 바랐다.

'청동검은 하나요, 검을 얻고자 하는 이는 둘이니 먼저 찾아야 한다.'

예전의 삼왕자라면 모를까 적토의 적왕을 대적하는 것은 목숨을 건 승부가 될 것이다. 승산을 가늠할 수 없는 싸움이라면 피하는 것이 옳았다.

"우서한님 말대로 뭉쳐 다니는 것보다 셋으로 나누어 찾아보는 것이 좋겠어요."

루아의 말에 적왕이 고개를 들어 우서한에게 말했다.

"가겠다면 말리지 않겠다. 하지만 그 어떤 위험도 배재할 수 없으니 조심하는 것이 좋아."

처음 발 디딘 지계에서 낯선 안내자의 말을 무작정 믿을 수는 없다. 혼돈의 땅에서 루아에게 설창을 겨누었던 기억이 지워지지 않는 한 적왕은 그 자신조차 믿지 않을 것이며, 그녀를 안전하게 바깥으로 데려나가기 전에는 손에 쥔 설창을 놓지 않을 것이다.

"먼저 가보겠습니다."

우서한은 고집대로 여섯 개의 문 중에 가장 왼쪽에 있는 첫 번째 문으로 향했다. 그 모습을 바라보던 루아가 가운데 문으로 향하자 적왕이 그녀의 손목을 낚아챘다.

"어디 가는 거지?"

"각자 찾아보기로 한 것 아니었어요?"

루아가 우서한이 사라져 버린 문을 가리켰다.

"아니, 넌 나와 가야 해."

"따로 찾아보는 것이 합리적이고 효율적이에요."

"너와 연관된 것에 합리와 효율은 통하지 않아."

두 눈을 깜박이며 올려다보는 루아에게로 몸을 숙인 적왕이 그녀와 코가 닿을 정도로 얼굴을 바싹 들이댔다. 숨을 멈추고 두 배로 커진 눈을 파닥이는 루아의 모습에 웃음이 나왔지만 부드럽게 대했다가는 분명 황소처럼 고집을 부릴 것이다.

"나는 비합리적이고 비효율적이며 내 여자는 항상 옆구리에 붙어 있어야 된다고 생각하는 사내야."

훅! 마치 그의 생각을 루아의 머릿속에 집어넣으려는 듯 적왕이 입으로 바람을 불어 이마를 덮은 그녀의 머리카락을 휘익 날렸다. 이마가 화끈거리기 시작하더니 루아의 얼굴이 벌겋게 달아올랐다.

"저……"

"네가 사라져 버리면 그 자체가 지옥이야. 그러니까."

오아에서 다시 만난 이후로 달라진 겉모습만큼이나 어투나 행동이 거칠어진 적왕이다.

"석 자 내로 붙어 있어."

"그런데."

"토 달지 마! 옆구리에 묶어버리기 전에."

예의 바르고 점잖으며 묵직했던 자윤은 사라지고 태산처럼 무거운 강기(剛氣)를 뿜어내는 적왕이 음울할 정도로 서늘한 눈으로 문을 바라본다.

"어디로 가고 싶어?"

"가운데 문이요."

말이 떨어지기가 무섭게 적왕이 중앙에 난 문으로 성큼 발을 내디뎠다. 루아는 새끼 강아지마냥 그에게 잡혀 중앙으로 자리한 문을 향해 걷기 시작했다.

문을 열고 들어서니 지계의 것이라고는 믿을 수 없을 만큼 아름다운 정원이 나타났다. 해는 없었지만 검붉은 색의 하늘과 먹구름 아래 탐스러운 열매를 맺은 과실수들이 즐비하게 늘어서 있다.

나무들 사이로 커다란 흑호(黑虎)에 올라앉은 동자가 적왕과 루아를 향해 다가왔다.

"그래, 지옥 구경은 잘하였느냐?"

"누구인지 밝혀라!"

공격적인 적왕의 태도에 동자가 웃음을 터뜨렸다.

"지소라 한다. 오계를 깨고 들어선 첫 인간이 누구인가 했더니 적토의 적왕이었군."

커다란 눈에 동그란 턱을 가진 지소는 자신이 이곳의 주인이라 소개했지만 적왕은 그 말을 믿을 수가 없었다.

"지소라면 지계의 주인인 명왕이 아닌가?"

"만세가 안내를 잘하였군."

적왕의 물음에 지소가 시큰둥하니 대답을 했다. 모두가 어머니 마고에게 순종하여 살아가던 그 시대에 자유 의지를 갖고 지유 대신 포도를 선택했던 지소가 예닐곱 살의 어린아이라고 누가 상상할 수 있겠는가.

"네가 명왕이라는 것을 어찌 증명할 것인가?"

"백산에서 만났던 이 아이를 기억하느냐?"

"훗! 백산에서 내가 만났던 것은 백호이다."

적왕의 말에 지소가 타고 있는 흑호의 목을 문지르니 그 손이 닿은 곳에서부터 시작하여 꼬리의 끝까지 털빛이 백색으로 변해 버렸다.

"자, 이제 꼭 같지?"

그 생김이 백산의 것과 꼭 같았지만 만약 그 백호가 맞는다면 그 또한 적왕을 몰라볼 리 없다. 긴 시간이 흘렀지만, 눈보다 후각이 더 예민한 백호가 적왕을 보고도 저리 얌전하게 서 있다는 것은 상식 밖의 일이었다. 이자는 도대체 무엇을 시험하고자 하는 것인가.

"장난은 그만두고 네 주인에게 안내하라!"

"적토의 적왕이 움직일 때마다 십이옥이 문전성시를 이루니 손님 우대를 하려 했는데 이리 예민하게 굴 줄이야."

혀를 차는 지소의 시선의 적왕의 뒤에 선 루아에게로 향했다.

"흠, 암컷은 새끼를 품었을 때가 가장 사납고 수컷은 제 짝을 곁에 두었을 때에 가장 지랄 맞지."

"환국 마가의 차녀 루아라고 합니다."

"환국의 자손이라 예가 바르구나."

루아는 자신보다 훨씬 어려 보이는 지소의 칭찬에 무어라 대꾸해야 할지 알 수 없어 어색하게 미소를 지었다.

"나와 닮은 면이 많아 귀애하는 적왕인지라 환대하였거늘, 이리도 무례하게 구니 청동 쪼가리를 내어주어야 할까, 말아야 할까 고민이 되네."

청동 쪼가리! 말도 하지 않았는데 그들의 목적을 아는 것을 보니 지소는 아닐지 몰라도 분명 청동검을 소재를 알고 있으리라. 루아는 작은 손으로 통통한 턱을 두드리는 지소의 앞으로 한 걸음 내디뎠다.

"지나온 길이 워낙에 험난하였습니다. 이해해 주세요."

"흠흠……. 이해는 내 집에 가서 쉬면서 해봐야겠다. 호야, 가자."

백색으로 변해 버린 호랑이의 옆구리를 작은 발로 두드리니 백호가 돌아서서 걷기 시작했다.

"역시 흰색은 위엄이 없어."

말 한마디에 백호는 다시 흑호로 변해 버렸다.

이 모든 이야기의 시작이 되었던 백호를 지계에서 마주하리라고는 꿈에도 생각지 못했기에 적왕은 호랑이의 존재가 용납되지 않았다. 지소의 등에 대고 적왕이 소리쳤다.

"진정 백산의 호랑이라면 그를 죽인 원수를 어찌하여 알아보지 못하는가!"

"죽어서 지계에 들면 모든 인연이 새로 거듭나니 미움도 원망도 부질없는 것이라 담아둘 것이 하나 없다."

돌아보지도 않고 걷는 지소의 모습에 루아가 적왕의 손을 잡아당겼다.

"일단 가요. 청동검에 대해 알고 있는 것 같아요."

루아를 죽일 뻔했던 사건 이후로 모든 신경이 타들어갈 정도로 곤두서 있는 적왕이다. 그런 적왕의 곁에서 마른 잎새로 흐르는 빗물처럼 루아는 상처 입은 그의 심장을 조금씩 적시고 있었다.

"가요. 네?"

부드러운 목소리에 적왕은 그녀의 손에 이끌려 지소의 뒤를 따르기 시작했다.

"여쭐 것이 있습니다."

"우서한 또한 곧 이리로 올 것이다."

루아가 깜짝 놀라 흑호 위의 지소에게 고개를 들었다.

"어찌 아셨습니까?"

"내 나라에서 그 정도도 알지 못할까."

길지 않은 이야기를 나누는 사이 지소의 사천궁에 도착했다. 커다란 기둥들이 일렬로 늘어서 푸른 지붕을 받치고 있는 사천궁은 어마어마하게 큰 규모로 커다란 기둥마다 빼곡하게 흑옥이 박혀 있었다. 특이한 점이라고는 줄줄이 늘어선 기둥뿐, 사방이 뚫려 있는 것이 문이라고는 찾아 볼 수가 없었다. 너른 복도로 들어서니 지옥에서 보았던 귀들과는 달리 인간의 형태를 갖춘 시종들이 그들을 맞이했다.

"긴 여행 하느라 피곤할 터이니 오늘은 쉬고 내일 다시 보도록 하지."

지소가 흑호를 타고 가버리자 적왕과 루아는 다섯 명의 시종을 따라 깨끗한 방으로 안내되었다.

"적왕님께서 묵으실 곳은 더 가셔야 합니다."

"다른 방은 필요 없어."

적왕이 루아의 손을 잡고 그저 입구를 나타내는 문으로 들어서니 난처한 표정을 짓던 시종들이 이내 고개를 숙이고 물러갔다.

"우아아!"

루아의 눈에 가장 먼저 보인 것은 방 중앙에 차려진 음식이었다. 무릎 높이의 원형 탁자 위에는 각종 과일과 고기가 가득히 올려져 있었다. 뱃가죽이 등에 붙은 루아인지라 서슴없이 초록색 과일 하나를 집어 들었다.

"어차피 지계인데 먹고 죽지는 않으리라 생각해요."

입으로 가져가 베어 물려는 순간, 성큼성큼 다가선 적왕이 그녀의 손목을 잡아 과일을 베어 물었다. 우걱우걱 씹어대던 적왕이 과일을 삼켰다.

잠시의 시간이 지나고 과일을 잡은 그녀의 손을 놓아주며 하는 말이,

"먹어."

적왕은 다른 것들도 조금씩 떼어 먹으며 잠시의 시간을 두고 지켜보다 루아의 앞으로 밀어주었다.

'설마 독이라도 들었으려고……. 독이 들었으면 어쩌려고 저렇게 덥석 삼켜 버리지?'

루아가 덥석 과일을 집었을 때에도 적왕은 그런 생각을 하지 않았을까. 설창을 꼭 쥔 채로 주위를 둘러보는 적왕의 뒷모습을 바라보며 루아가 손에 든 과일을 씹어 삼켰다. 단물이 흠뻑 배어 나오는 것이 얼마를 굶었을지도 모르는 그녀의 속으로 거부감 없이 단비처럼 스며들었다.

"설창 좀 내려놓고 뭐라도 들어보세요."

그가 뜯어놓은 고기를 내밀었지만 적왕은 손에 든 설창을 놓지도 않고 넓은 방 안을 둘러보기에 여념이 없다.

방은 환국의 것과는 다른 형식으로 만들어져 있었는데, 오른쪽으로 커다란 침상에 휘장이 드리워져 있고 입구 반대편에는 역시나 창문도 없이 밖으로 뚫려 허리 높이의 담이 쌓여 있었다. 담은 중앙에서 부드럽게 잘려 밖으로 통하는 문의 형태로 설창을 든 적왕이 밖으로 나서는 모습이 보였다.

과일을 입에 물고 일어선 루아가 팔꿈치를 담에 기대고 섰다. 어둠이 내려앉은 나무들 사이로 모락모락 연기를 피어오르는 작은 연못이 보였다.

"온천이 있네요."

지계인지라 달도 들지 않는지 나무들 사이에는 등을 걸어놓은 듯 작은 빛이 군데군데 어둠을 밝히고 있었다. 불빛 아래 연못으로 설창을 넣어 깊이를 확인한 적왕이 고개를 들어 루아를 바라보았다.

"안전해 보여."

"에에?"

궁에 들어오자마자 긴장을 풀어버린 루아와 달리 적왕은 여기저기 살피며 먹는 것까지 미리 먹어보고 내밀더니 이제는 연못의 물까지 확인을 한 참이다.

적왕이 훌훌 옷을 벗어 던지기 시작하자 화들짝 놀란 루아가 기대어 섰던 담에서 돌아섰다. 씹던 과일이 목에 걸려 기침이 나왔다. 적왕이 온천으로 들어서는지 등 뒤로 물소리가 들려오니 루아는 괜스레 얼굴이 달아올랐다.

'처음도 아닌데 왜 이런담?'

발개진 얼굴을 두드리며 먹던 과일을 내려놓은 루아가 그에게로 걸음을 옮겼다. 해도 달도 없는 것이 고마운 것은 연인과 함께이기 때문인 것 같다.

물속에 잠겨든 적왕의 곁으로 다가선 루아가 조용히 그의 곁에 앉아 물속으로 손을 넣어보았다. 따뜻하다. 갑작스레 온몸이 간지러운 것이 물속에 들어가고 싶은 마음이 꾸물꾸물 전신을 타고 올라왔다. 하지만 이미 나체로 물속에 들어가 눈까지 감고 있는 적왕의 곁으로 폴랑 뛰어들 수는 없는 노릇이라 망설여졌다.

물속까지 설창을 들고 앉아 있는 모습에 루아가 설창을 잡아당기니 적왕이 눈을 떴다.

"목적지에 도착했으니 이제 조금은 쉬어도 되지 않을까요?"

그녀의 말에 적왕이 순순하게 설창을 놓는다. 루아가 무겁기 짝이 없는 설창을 들어 온천의 옆에 내려놓고 발을 담갔다.

"들어와."

"이따가요."

적왕은 발을 담그고 아이처럼 찰박이는 루아의 모습에 피식 웃음이 나왔다. 작은 발목을 잡아당기니 품에 꼭 맞게 떨어져 내린다.

"어머! 뭐 하는 거예요?"

"목욕!"

"옷이 다 젖었어요."

"벗으면 되지."

어차피 목욕을 하려면 벗어야 하는 것 아닌가. 땀에, 흙에, 게다가 사해의 소금에 절여져 불에 구워졌으니 잔칫날 돼지가 아닌 다음에야 목욕이 절실한 상황이었다.

젖은 옷을 벗은 루아가 조물거리며 옷가지를 문지르자 적왕은 그녀의 옷가지를 빼앗아 물 밖으로 던져 버렸다.

"내일 입으려면 빨아두어야죠."

"헐벗게 할까 염려하는 건가?"

시큰둥한 대답에 루아가 적왕을 노려보았지만 이내 눈꼬리를 내려 버렸다. 조금, 아주 조금은 편해 보이는 그의 휴식을 망치고 싶지 않았다. 그런 그녀를 돌려 앉힌 적왕이 루아의 머리에 물을 뿌려 감기기 시작했다. 커다란 손이 그녀의 두피를 문지르며 기다란 손가락이 뭉친 머리카락을 부드럽게 풀어냈다.

"하아아…… 아."

나른한 것이 기분이 좋아진 루아의 입에서 옅은 신음이 새어 나왔다. 그의 손길은 이내 단단하게 뭉쳐 버린 목과 어깨로 내려왔다. 가슴과 옆구리에 이어 다리에서 발가락까지 꼼꼼하게 문지르는 그의 손길에 루아는 갓난아이처럼 그의 품에 안겨 있었다.

"끔찍하기만 한 지옥이 지계의 전부는 아닌가 봅니다."

적왕의 늠름한 가슴에 등을 기댄 루아가 눈을 감았다.

"잔인하고 냉혹한 것이 나의 일부이듯 처참한 지옥도 지계의 일부겠지."

"이렇듯 평온하니 잠시 쉬어간다 한들 누가 탓하겠어요."

적왕은 고개를 떨어뜨린 루아의 머리에 입술을 댔다. 풋풋한 물 내음이 그의 코끝으로 달려들어 왔다. 가릉가릉 아기 고양이처럼 귀여운 코골이가 들려오니 적왕이 긴 숨을 내쉬었다.

"너의 안전이 보장되지 않는 한 내게 평온은 없어."

※

"평온이라……."

일천자 해일의 소매가 신경질적으로 연못을 가르니 물살에 일그러진 적왕의 모습이 흩어져 버렸다.

'평온이라 하였는가?'

영원을 사는 천인들에게 어제는 오늘과 같고 오늘은 내일과 같으니 이를 인계의 사람들은 평온이라 정의하였다. 하루의 무사를 기원하는 사람들의 마음을 알 리 없는 해일은 폭풍처럼 그의 가슴을 헤집는 감정의 정체를 삼신산에서 마주하였다.

 "멈춰 서신다면 아름다운 동행으로 기억될 것이며, 그녀를 향해 걸으신다면……."

 "그녀에게 두 번 다시 마주하고 싶지 않은 시련이 될 것이라."
 해일은 원희의 말을 떠올리며 성마르게 해마루를 서성였다. 어찌하여 시련이라 단정 짓는가. 찰나의 시간과도 같은 인계의 시간이 지나면 잊게 될 것이라면 그것은 루아 또한 마찬가지일 터.
 '어차피 인간들이 바라는 것은 아름답고 풍요로운 삶이 아니던가. 그 낙원에서의 삶을 선사할 내가 시련이 된다는 것은 말이 되지 않아.'
 아름다운 동행으로 머물기에는 이미 늦어버렸다. 죽음의 땅에서 애타게 찾던 이를 만난 루아를 놓아주려 하였다. 하지만 의도와 달리 그녀를 향해 싹을 틔운 그의 마음은 이미 생명의 나무보다 더욱 굳건하게 자라 해일의 모든 것을 잠식해 버렸다. 걷잡을 수 없는 화염이 되어 해일의 이성마저 송두리째 태워 버린 것이다.
 '시련이 된다 하여도 너를 가질 것이다.'
 낯선 감정들을 정면으로 마주하였던 삼신산에서 돌아온 후 해일은 루아를 갖기로 결심했다. 정인과 아무리 행복하게 산다 하여도 인간의 삶은 너무나 짧다. 그녀가 늙어 죽어버리면 어찌한단 말인가. 처다보는 것만으로도 이렇게 서글픈데, 이마저 못하게 된다면 그는 견디지 못할 것이다.

"그녀가 없다면…… 더 이상 평안도 없어."

해마루의 연못을 통해 루아를 볼수록 심장은 점점 더 조여들어 갔고, 천계의 모든 것이 시들해졌다. 숨 쉬는 것마저 지루하여 의미를 알 수 없으니 상사병의 끝은 소멸뿐이리라.

'지소…… 어찌하여 답을 주지 않는 것인가.'

명왕인 지소와 친우로 지내는 해일인지라 지계에 있는 루아의 모습을 보는 것이 어렵지 않았다. 루아를 일궁으로 보내달라 청하였는데 답이 없다. 해일은 해마루의 서쪽으로 걸음을 옮겼다. 소매에서 천궁을 꺼내 든 해일이 지계의 사천성을 겨냥하여 활시위를 당겼다.

피융!

번개처럼 번뜩이며 사천성으로 떨어져 내렸다. 화살은 한 줌 빛으로 사라져 버렸지만 그 효과는 생각보다 크게 돌아올 것이다.

'사천성을 보수하려면 속 좀 끓이겠구나. 그러니 어서 루아를 내놓으란 말이다.'

늘 공정하여 냉철한 지소는 아무런 확답도 주지 않았으나 해일은 루아를 얻게 될 것이다.

✽

해일이 그녀를 내려다보고 있다는 것도 모른 채 잠에서 깬 루아는 두 눈을 깜박거렸다. 침상에 드리워진 얇은 휘장 너머로 반딧불처럼 밖에서 스며든 불빛이 보였다. 어둠 속에서 방 안의 윤곽이 잡히자 루아가 고개를 들었다. 손을 뻗어보았지만 적왕의 몸이 닿지 않았다.

'끄응. 어쩌자고 또 자버렸을까.'

요즘 들어 왜 이리 배가 고프고 잠이 오는지 루아가 늘어지게 한숨을 내쉬었다. 곁에 있어야 할 그의 모습은 보이지 않고 알몸의 루아만이 침상에서 얇은 천을 돌돌 말고 누워 있었다. 몸을 일으키니 침상 옆으로 설창을 끼고 앉은 채 잠이 든 적왕의 모습이 보였다. 침상에서 내려선 루아가 적왕의 앞에 조용히 몸을 낮췄다.

'왜 이런 모습으로 잠들어 계십니까.'

한쪽 무릎을 세워 어깨를 가로지른 창을 받친 자세로 잠들어 버린 그의 모습이 안쓰러웠다. 번쩍 들어 침상에 뉘어주고 싶지만, 보통의 환국인들보다 큰 덩치의 적왕을 깨우지 않고 들어 나르기란 루아에게 불가능한 일이었다.

'이 모든 시련이 지나고 나면 당신을 닮은 아이들이 뛰노는 것을 보며 웃을 날도 오겠지요?'

오아를 떠난 이후로 잠든 모습을 본 적이 없는지라 루아는 곤하게 잠이든 그의 어깨에 조심스레 이불을 덮어주었다.

다시 자리에 누우니 이런저런 생각으로 루아는 심란해졌다.

'청동검은 어디에 있을까?'

명왕이 아무런 대가 없이 선뜻 내어줄지도 걱정이다. 아까 만났던 아이가 진짜 명왕이라면 청동검을 쉬이 내어줄 것 같기도 한데. 이런저런 근심 속에 몸을 뒤척이려니 어디선가 그녀를 부르는 소리가 들려왔다.

'루아……'

벌떡 일어나 내려다보니 깊이 잠든 적왕은 움직임이 없다. 또다시 들려오는 낯선 목소리에 이끌려 침상에서 내려선 루아가 머리맡에 세워두었던 상아검을 들었다. 잠든 적왕에게로 잠시 시선을 옮겼던 루아는 밖으로 향해 있는 담장으로 걸어갔다.

"누구신가요?"

어두운 밖에선 대답 대신 그녀의 이름을 부르는 소리가 들려왔다. 루아는 그녀의 알몸을 가린 천을 단단히 둘러 묶은 뒤에 긴 천 자락을 움켜쥐고 걸음을 뗐다.

끊길 듯 말 듯 들려오는 부름을 따라 걷다 보니 어둠 속에서 낯선 이의 그림자가 보였다.

"누구십니까?"

낯선 사내의 모습에 멈춰 선 루아가 상아검을 쥔 손에 힘을 주었다.

긴 머리카락을 가지런히 땋아 내린 사내는 검은 얼굴이었으나 선이 가늘고 고왔다. 사내의 검은 눈동자가 흑요석처럼 반짝이며 시원하게 뻗은 콧날 아래로 붉은 입술이 웃고 있다. 묘하게도 흑호를 타고 있던 어린 지소와 닮은 모습이다.

"누구인지 물었습니다."

대답 없이 그녀를 훑어 내리는 눈길이 싫어 몸을 가린 천을 움켜쥐고 오른 손목을 돌렸다. 루아의 손에서 한 바퀴 회전한 상아검이 위협적으로 공기를 가르며 사선으로 내리그어졌다.

"나는 지계의 주인 명왕 지소다."

아이의 모습을 한 지소는 분명 아까 만났다. 이자는 도대체 무슨 생각으로 자신을 지소라 칭하는 것인가. 혹 이자가 진짜 명왕인가?

"명왕님은 이미 만나 뵈었습니다. 당신은 누구입니까?"

"후후후. 내가 지소라 하면 지소인 것이지, 설마 달을 해라 할까."

불현듯 천지에서 만났던 똥머리 계집아이가 생각났다. 이내 노파의 모습으로 변하여 루아에게 월령을 선물했던 계집아이 또한 여러 가지 모습을 가지고 있지 않았던가.

"이 밤에 저를 부르신 연유가 무엇입니까?"

"지계는 시간이 멈춘 곳이라 낮과 밤이 없다."

지계의 체계를 모르니 스스로를 명왕이라 칭하는 자가 그녀를 불러낸 이유 또한 짐작조차 가지 않았다. 이러나저러나 천 쪼가리 하나 두르고 마주하고 선 것이 영 불편하여 루아가 한 걸음 뒤로 물러섰다.

"사람을 불러내었으면 연유를 말하는 것이 도리입니다."

단호한 목소리에 지소의 잘생긴 얼굴로 미소가 드리워졌다. 보면 볼수록 어린 지소와 닮았다.

"글쎄, 왜 불러냈을까."

알 수 없는 묘한 표정을 짓는 지소의 모습에 루아가 천천히 뒤로 물러섰다. 낯선 사내와 대화를 나누기에는 시간과 행색이 걸맞지 않다. 돌아가야 해.

"불러낸 연유를 기억하지 못하니 마주할 이유 또한 없습니다. 물러가겠습니다."

 조심스럽게 물러서기 시작한 루아는 이내 몸을 돌려 적왕이 있는 곳을 향해 달리기 시작했다.

 "후후후, 취향 한번 독특하군."

 내달리는 루아의 뒷모습을 바라보며 지소가 옅은 웃음을 뱉어냈다. 오랜 벗인 일천자 해일의 부탁도 있고 오계를 뚫고 지계에 입성한 것도 신기하여 흑호를 타고 직접 마중을 나갔던 지소이다. 적왕의 행적이야 이미 지계에서도 유명한 터라 그리 새로울 것도 없건만 막상 마주하고 보니 생각보다 위협적으로 강기를 뿜어내는 것이 봉황을 신수로 둔 자라. 이미 차기 봉황을 가진 환국의 앞날에 파란(波瀾)이 일 것이다.

 그 곁에 선 작은 계집아이도 마찬가지였다. 처음에는 생각을 읽을 수 없어 백치인가 하였는데 아니었다. 어린아이의 모습과 성인의 모습을 하나로 간파했음에도 꼬치꼬치 묻지 않은 것이 참으로 지혜롭다.

 파멸로 가는 열쇠와 자물쇠를 모두 가진 묘한 운명을 타고난 반쪽짜리 계집아이. 천기를 읽는 능력을 누군가에게 빼앗기고 봉황의 짝으로 연을 맺었으나 이 또한 누군가에 의해 잘려 버렸으니 기이한 궁합이라.

 '할머니의 뜻인가.'

 이들이 죽음의 땅에 들어선 순간부터 천계의 기운이 지계의 결계를 자꾸만 흩트리니 대천녀 소희의 의중이 눈에 훤하게 보인다.

'백호를 데려가라 할 때부터 알아봤어야 했는데.'

원치 않은 소용돌이에 말려들어 버린 지소의 입에서 한숨이 새어 나왔다. 머릿속에 금충이라도 몇 마리 집어넣고 싶을 정도로 생각이 복잡해졌다. 천계에서는 어머니 마고의 침묵하에 대천녀 둘이 팽팽한 신경전을 하고 있고, 인계의 중심인 환국이 곧 날개를 펼 봉황의 전쟁을 준비 중이며, 오랜 벗인 일천자 해일은 인계의 계집을 내놓으라 난리니.

"이거 일이 골치 아파지겠는데?"

검은 도포 소매에서 청동검을 꺼내 든 지소가 검신으로 타닥타닥 손바닥을 내려쳤다.

"어쩐다?"

지계의 일 외에는 일체 관심이 없는 지소였다. 바깥세상을 떠들썩하게 하는 이들을 이곳에 오래 머물게 할 생각이 없는지라 필요도 없는 청동검을 주어 빨리 돌려보낼 생각이었다. 해일에게는 계집 대신 흑룡을 주어 달래고 깔끔하게 발을 빼려 하였는데 생각처럼 쉽지가 않다.

해일이 흑룡도 마다하며 시도 때도 없이 지계로 천궁을 쏘아대며 계집을 내놓으라 독촉하기 시작한 것이다. 계집을 올려 보내지 않으면 직접 내려올 기세니……. 지옥에 해가 뜬다는 것이 말이나 되는가!

"도대체 해일은 저 아이를 데려다 뭐에 쓰려 하는가."

지소는 걸음을 옮겨 그의 뒤로 누워 있던 흑룡에 올라탔다. 꿈틀거리던 흑룡이 발톱을 세워 몸을 일으키더니 어두운 하늘로 날아올랐다.

"잡아다가 일궁으로 보내야 하나."

천계와 인계, 이제는 지계에까지 복잡하게 연이 닿아 있는 계집아이가 궁금하여 불러내었더니 뜻하지 않은 들고양이를 마주하였다.

"거참, 고민되네."

새들의 울음소리로 시작되는 인계의 아침과 달리 지계의 아침은 생명체의 부산함이 없는 고요 속에 조용히 다가왔다.

"끄으응."

설창을 움켜쥐고 벽에 기대어 잠든 터라 뻐근해진 근육이 적왕을 깨웠다. 눈을 뜬 적왕은 기지개를 켜다 말고는 잠시 멈춰 그의 다리를 베고 누운 작은 머리를 내려다보았다.

분명 침상에 올려놓았거늘 루아는 맨바닥에 누워 그의 다리를 베고 자고 있다. 얇은 천을 똘똘 말아 한껏 웅크린 루아의 모습에 적왕은 웃음이 나왔다. 잠에서 깨어 가장 먼저 보게 되는 연인의 모습은 아침 햇살보다 아름답고 한겨울 화롯불보다 포근하다.

'네가 있으니 지계조차 낙원으로 보이는구나.'

적왕은 그에게로 둘러진 천을 내려 달싹이는 작은 어깨에 덮어주었다. 그리곤 루아의 얼굴로 흐트러진 머리카락을 부드럽게 쓰다듬었다. 다시 만났을 때보다 조금 자란 듯한 느낌은 그만의 착각일까.

"으응, 아웅."

잠투정을 하듯 옹알이를 하는 루아의 모습에 그의 손은 복숭앗빛 뺨으로 옮겨갔다. 볼 때마다 애달파 가슴 시리게 하는 여인이다. 그를 만나지 않았다면 좋은 낭군 만나 순탄하게 가정을 꾸려 아이도 서넛이나 두었을 법한 루아이다.

'좋은 낭군이라……'

루아가 다른 이와 혼인을 한다는 생각만으로도 가슴 뻐근하게 통증이 일었다.

지옥을 본 탓에 나쁜 꿈을 꾸는지 그녀의 미간이 잔뜩 찌푸려져 있다. 적왕은 그녀의 미간의 주름을 부드럽게 어루만지며 조용히 속삭였다.

"지켜줄 터이니 좋은 꿈 꾸려무나."

잠결에도 그의 소리에 반응하여 잠든 루아가 한숨을 쉬며 웃는다. 잠들어 웃는 모습을 보니 적왕도 웃음이 나왔다. 잠든 그녀의 모습을 지켜보는 것이 지루하지 않다.

지계의 아침은 해가 없어 밝은 저녁노을이 지는 것처럼 불그스름할 뿐이었다. 시간이 흘러도 변화는 없었다. 붉은빛 하늘을 보니 지계를 다스리는 주인의 성정이 궁금해졌다.

"으으으응웅."

실컷 잤는지 그의 무릎을 베고 누운 루아의 눈이 열렸다. 여전히 루아의 머리를 쓰다듬고 있던 적왕과 눈이 마주치니 배시시 웃는다. 적왕도 말없이 웃어주었다.

"언제 일어났어요?"

"방금."

일어난 지 한참이나 되었건만 적왕은 저도 모르게 방금이라 대답했다.

"꿈에 다시 지옥으로 돌아가 처참한 광경을 본 것 같은데."

기지개를 켜며 일어난 루아가 그를 향해 아침 햇살이 무색하게 아름다운 미소를 지었다.

"마지막에는 환국 집에서 어머니를 보았어요."

어머니라……. 적왕의 손길이 그리 따뜻하였는가 싶어 웃음이 나왔다. 언젠가 상처를 입은 몸으로 천 년 연리지 앞에 쓰러져 정신을 잃었을 때에도 적왕은 루아의 손길 속에 어머니를 만났었다. 제 짝을 보호하고 보듬어 안는 연인들에게는 서로가 어버이와 같은 것이다.

"너무나 기분 좋은 아침…… 음, 정오인가요?"

늦잠을 잤나 싶어 두리번거리는 루아를 보며 적왕이 몸을 일으켰다.

"땅 밑 세상에서 해를 찾는 건 아니겠지?"

적왕의 말뜻을 알아차린 루아가 웃으며 밖에 있는 온천으로 달려갔다. 곁으로 다가선 적왕과 함께 세수를 하고 입을 헹구어내면서도 자꾸만 웃음이 새어 나오니 루아는 그들이 처한 상황에 어울리지 않아 당황스러웠다.

방에는 시종들이 어제 먹은 것들을 치우고 있었다.

"침상 위에 새 옷을 가져다 두었습니다."

"감사합니다. 그런데 이건 무슨 음식인가요?"

루아가 무릎 높이 탁자의 중앙에 모락모락 김이 나는 죽 그릇을 손으로 가리켰다.

"금충탕입니다. 기억을 지우는 효능이 있습니다."

시종의 말에 루아는 지소의 말을 떠올렸다. 죽어서 지계에 들면 모든 인연이 새로 거듭나니 미움도 원망도 부질없어 담아둘 것이 하나 없다던 그의 말이 뜻하는 것이 기억을 지운다는 소리였나 보다.

"혹 망자들의 기억을 지우는 데 사용되는 것이 아닙니까?"

"예, 맞습니다. 어제 지옥을 보셨다지요. 인계의 사람들에게는 상상치도 못할 참경(慘景)인지라 괴로운 기억이 남으실까 명왕께서 염려하셨답니다."

"효능은 어찌 알 수 있답니까? 한 모금 먹어도 기억의 전부가 사라지는 것인가요?"

"아닙니다. 소량을 섭취하시면 단기적인 기억을 버리실 수 있을 겁니다."

어느새 옷을 갈아입었는지 적왕이 탁자 옆으로 가부좌를 틀고 앉았다.

시종이 나가고도 적왕과 루아는 음식에는 손도 대지 않은 채로 금충탕을 바라보았다.

'기억을 지우면 모든 것을 원점으로 돌릴 수 있을까.'

유혹적인 향기를 뿜어내는 금충탕을 보며 적왕이 루아를 바라보니 그녀 또한 탕에서 시선을 떼지 못하고 있었다.

'혼돈의 땅에서 그는 울고 있었다. 기억이 없어지면 더 이상 괴로워하지 않아도 될 텐데······.'

루아가 고개를 들어 적왕을 바라보니 두 사람의 시선이 금충탕 위로 얽혀들었다.

"인간들의 기억을 갉아먹는다는 금충으로 만들었나 보군."

대수롭지 않게 탕을 바라보던 적왕이 루아를 바라보니 무언가 고심을 하는지 그녀의 얼굴이 어둡다.

침묵의 끝으로 루아가 어렵사리 입을 열었다.

"혼돈의 땅에서…… 당신의 기억 속에 함께 있었습니다."

또다시 침묵이 찾아들었다. 길지 않은 침묵을 뒤로하고 적왕이 덤덤한 시선으로 루아를 바라보았다.

"내게서 야차를 보았다 했지."

적왕의 붉은 눈동자가 짙어졌다. 두 눈동자가 제 빛을 잃고 붉게 변해 버렸던 그날 밤의 기억을 지우고 싶은 것인지 루아가 묻고 있었다.

"내게 이것이 필요하다 생각하는 건가?"

변해 버린 자신의 모습이 싫으냐고 묻는 것 같아 루아가 고개를 저었다.

"아니에요. 저는……."

"원한다면 마시지."

그녀가 원한다면 적왕은 정말로 주저 없이 탕을 삼켜 버릴 것이다.

"당신이 아프지 않았으면 좋겠어요. 그뿐이에요."

"내가 자윤으로 돌아가기를 바라는 것 아닌가?"

"아니에요. 당신의 눈동자가 변함없이 제게로 향하는 한 달라지는 것은 없어요."

"루아……."

"지금 저는 당신을 바라보고 있어요."

과거 따위 상관없다 말하는 그녀의 모습에 적왕이 죽 그릇을 들고 일어섰다. 담으로 걸어간 적왕이 미련 없이 바깥으로 팔을 뻗어 죽 그릇을 뒤집었다. 달콤한 유혹들이 여지없이 바닥으로 쏟아져 내렸다.

"아무리 괴로워도 내가 만들어놓은 것들이니 후회도 원망도 내가 안고 가야 하는 것들이야."

괴로운 기억에서 도망치지 않고 담대하게 마주한다. 고통마저 안고 가겠다는 그의 모습에 루아는 가슴속으로 밀려드는 뜨거움을 느꼈다. 자리에서 일어선 루아가 한걸음에 달려가 그의 품에 안겼다.

"괜찮아요. 제가 더 예쁘고 좋은 기억을 만들어드릴게요."

루아의 말처럼 그녀를 다시 만난 뒤로 아픈 기억들이 옅어지고 있다.

"나를 죽이면 살 수 있다."

혼돈의 땅에서 적왕은 주저했다. 루아를 다시 만나기 전이었다면 가차 없이 베어버렸을 야인의 아이였다.

"아픈 기억 겹겹이 덮을 만큼, 당신이 쌓은 돌무덤보다 더 단단하게 좋은 것들로 가득 채워드릴게요."

온몸을 들썩이며 쉬지 않고 뱉어내는 루아의 말이 적왕의 가슴으로 보석처럼 반짝이는 별이 되어 박혔다.

✱

"바둑알 놓듯이 좌지우지할 수 없을 정도로 통제에서 벗어난 이들입니다."

"애초에 환국에 봉황이 둘이나 난 것이 문제였지만, 어리석은 태자가 불필요한 살육을 하는 바람에 적봉황이 깨어난 것 아닙니까."

"그 또한 이미 정해진 운명에서 벗어난 것이지요. 야인들의 왕이 될 테무진[鐵木眞]은 7천 년 후에나 태어나야 하는데, 긴 시간 동안 전쟁과 약탈을 해야 할 야인들을 적왕이 깡그리 통합시키고 있으니 어쩌려고 이러는지."

아름다운 여인과 어린아이, 노인 등 갖가지 모습으로 분한 칠정(七情)이 저마다 언성을 높이고 있었다.

"그것이 적왕의 탓은 아니지 않습니까. 타고난 기질이 천왕의 기질이니 어디를 가든 무리가 따르는 것은 당연한 이치입니다. 어리석은 태자가 얌전하게 있는 적봉황의 무리를 도륙했으니 붉은 눈으로 깨어난 적봉황이 태자의 황봉황을 찢어놓고 말 것입니다."

"정숙!!"

그들의 중앙에 무신의 모습으로 근엄하게 앉아 있던 지소가 싸늘하게 칠정을 살핀다.

"봉황이라는 것이 원래는 싸움을 싫어하는 유순한 영수인데, 어찌 저리 강기가 센 봉황이 다른 곳도 아닌 환국에서 나왔는가."

"……시대의 흐름이 아니겠습니까."

청순한 소녀의 모습을 한 희(喜)가 긴 머리를 찰랑이며 고개를 저었다. 조용히 지소를 바라보며 말을 이었다.

"어머니 마고의 도리를 잃어버린 인간들이 쇠털같이 많아졌습니다. 씨족이 퍼지고 부족들이 규합하여 서로가 서로를 죽이고 노략질하는 약육강식의 시대가 열린 것입니다. 이런 환란의 시대에 환국 또한 온화한 환인 대신에 보다 강력한 환인을 필요로 한 것 아니겠습니까."

자리에서 일어난 욕(欲)이 무장을 한 지소의 곁으로 다가서니 구름 같은 그녀의 머리에서 금장식이 흔들렸다.

"천계 최초의 반란자인 당신과 같지 않습니까. 처음으로 자유 의지를 갖고 지유 대신 포도를 선택하여 오미의 난을 일으키신 명왕께서는 무의미한 영생을 사는 이들에게 삶과 죽음의 경계를 나누고 자유 의지를 주었지요. 저희들을 탄생시킨 것 또한 명왕이 아니십니까."

무리를 이끌고 낙원을 떠나던 지소의 모습을 떠올리는 듯 한숨을 내쉰 욕이 붉은 입술을 요염하게 달싹이며 속삭인다.

"적왕 또한 순종적인 환국에서 태어나 이름을 버리고 스스로 적토의 왕이 되어 검을 들었으니 참으로 닮아 있지 않습니까?"

심기를 건드리는 말에도 지소가 침묵하니 욕이 다른 이들을 훑어보며 웃음 지었다.

지소의 나라

"시대의 흐름을 읽은 현명한 6대 환인 구을리가 그간 통치에 필요치 않았던 청동검을 찾아오라 한 연유입니다. 적왕이 7대 환인이 되면 상관없으나 이대로 야인들의 왕으로 군림한다면 상황은 더욱 심각해지겠죠?"

"그것을 막아보려 금충탕을 보냈으나 먹지 않았습니다. 한 모금만 마셨어도 이 모든 문제가 해결되는 것인데."

어린 동자의 모습을 한 락(樂)의 말에 지소가 고개를 끄덕였다.

"이미 말했지 않은가. 신들이 정해놓은 운명을 거스르는 자라 뜻대로 되는 것이 하나도 없다."

심신이 파괴될 만한 기억을 가진 자라면 주저 없이 마셔 버렸을 금충탕을 적왕이 거부한 것은 예상 밖이었으나, 지소라 하여도 그리 하였을 터니 그리 놀랄 일은 아니었다.

"청동검을 주어 보내 버리는 것이 상책입니다. 복잡한 상황이 벌어지기 전에 이들을 지계에서 내보내야 합니다. 흠, 흠흠."

하얗고 긴 눈썹이 눈을 전부 덮어 버린 늙은 노(怒)가 쪼글쪼글한 손으로 바닥까지 닿은 수염을 쓸어내렸다.

조용히 관망하던 젊은 청년 오(惡)가 입을 열었다.

"계집애는 어찌하시렵니까?"

그의 말 한마디에 찬물을 끼얹은 듯 회의장이 조용해졌다. 각기 다른 모습을 하고 있는 칠정을 훑어보던 지소가 피식 웃으며 말했다.

"그래, 적왕의 일이야 이미 통제 불능이고, 그 옆에 붙은 계집아이를 어찌해야 할지 말해보라."

적왕의 일에 그리도 핏대를 세우던 칠정은 루아의 일을 거론하니 모두가 동시에 입을 다물어 버렸다.

"호호호, 역시나 대책 없기는 마찬가지입니다. 명왕께 둘도 없는 친우인 일천자에게 주자니 적봉황이 미쳐 날뛸 테고, 그렇다고 적봉황의 옆에 두자니 섭섭함을 넘어설 태양의 분노가 감당 안 되실 터이니 어찌하면 좋으리까."

"상황은 나도 알고 있으니 대책을 내놓으란 말이다, 대책을!"

여우같이 웃고 있는 욕의 모습에 심기가 불편한 듯 지소가 미간을 찌푸리니 후덕한 어머니의 얼굴을 가진 애(哀)가 한숨을 내쉬었다.

"입을 열기 쉽지 않은 것은 그 아이의 연이 천계에까지 닿아 있기 때문일 것입니다."

"호호호호! 애님도 참, 뭘 그리 돌려 말씀하십니까. 그냥 대천녀 소희님께서 그 아이의 운명을 이리저리 흔들고 있다고 말하시면 될 것을."

모두가 쉬쉬하는 진실을 과감하게 터뜨려 버린 욕의 목소리에 남은 육정의 시선이 그녀에게로 화살처럼 쏟아졌다.

"예, 맞습니다. 원래 하나로 태어나야 할 아이였습니다. 하나에서 둘로 쪼개진 아이는 선과 악으로 나뉘어 그중 선함을 가진 이가 루아입니다. 천의를 일천자에게 주어버린 것 또한 그녀가 탐욕과 사심이 없기 때문입니다. 천의를 이용하면 긴 시간 들이지 않고 적왕의 곁으로 갈 수 있었을 테고, 또 오계를 통하지 않고도 지계에 들었을 터인데 천의를 능력을 알고 있지만 함부로 남용하지 않고 스스로의 의지로 여기까지 왔지요."

"천의를 이용하여 적왕에게 가려 시도하지 않은 것은 그녀의 무지함을 탓할 수도 있는 것 아닙니까."

날카로운 욕의 반박에도 애가 난처한 표정을 짓자 그 곁에 서 있던 또 다른 애(愛)가 조용히 자리에서 일어섰다.

"활용할 생각을 못했던 것도 사실이지만 제 몸 편하자고 천계의 물건을 그리 사용할 아이가 아니었던 거지요. 사심을 갖고 탐욕을 부렸다면 거기까지 생각이 닿았을 것입니다. 그리 하지 않았기에 천인들조차 그녀의 행동을 예측할 수 없었던 겁니다."

애(愛)의 말에 용기를 얻은 애(哀)가 염려스러운 표정으로 가슴을 쓸어내렸다.

"그런 루아를 명왕께서 친분을 앞세워 일궁으로 보내신다면 이는 사리에 맞지 않은 선례로 남아 선악의 경계를 냉철하게 갈라내어야 할 명왕의 역사에 두고두고 오점으로 남을 것이며, 지금까지 절대적이었던 지계의 판결에 불신을 갖는 자들이 생겨날 것입니다."

"방법이 없는가?"

"본인의 선택에 맡기는 것이 최선입니다."

'참으로 골치 아픈 방문객이로군.'

칠정들의 대화로 머리가 더욱 복잡해진 지소는 쉬운 것부터 해결해야겠다는 생각이 들었다.

"둘은 제쳐 두고, 우서한이란 자는 어떻던가?"

"환국 서자부의 수장으로 벌레 한 마리도 쉬이 죽인 적 없는 선

하고 우직한 사내입니다."

아름다운 욕이 어깨를 으쓱였다.

"특이 사항은 없는가."

"제 운명에 충실하게 살고 있으니 별문제는 없는 듯합니다."

"오계를 뚫고 지옥까지 찾아온 인간에게 별문제가 없다?"

비난의 색이 짙은 지소의 말에 감정이 상했는지 욕이 예쁘게 휘어진 코끝을 찡그렸다.

"굳이 문제라고 한다면 운명에 닿은 여인을 만나면서 명줄이 짧아졌다는 것과 적왕과 마찬가지로 청동검을 얻으려 한다는 것뿐입니다."

"본인 선택으로 명줄 짧아진 거야 제 팔자고, 청동검이 문제로군. 적왕과 우서한 둘 다 청동검을 원한다니, 검은 하나인데 누구에게 주란 말인가."

"호호호, 그 또한 큰 문제는 아니지 싶습니다."

나긋하게 말을 늘이는 욕의 요염한 웃음소리에 지소의 짙은 눈썹이 꿈틀거렸다.

"말하라."

"지계에선 별로 쓸모도 없는 청동검, 누구에게든 주려 하시는 것은 이미 정해졌고, 검은 하나인데 달라는 이는 둘이니 매사에 공정하고자 하시는 대왕께서 누구에게 줄까 고민하시는 것 아닙니까."

"그렇다."

"청동검을 더 만들면 되지 않습니까. 그까짓 거 뭐 그리 어려운 일이겠습니까."

욕의 말에 지소가 웃음을 터뜨렸다.

"하하하하, 맞는 말이로다. 그럼 진짜는 누구에게 주어야 하나?"

"천부삼인의 증표 중 하나이니 어머니 마고의 지혜를 가진 자가 얻게 되겠지요. 한 십여 개 만들어 그 사이에 섞어놓고 집어가라 하면 아니 되겠습니까?"

지소가 속이 시원하여 무릎까지 두드렸다.

"옳거니! 지금까지 했던 말 중에 가장 명쾌한 답이다. 둘 중 하나는 진짜를 고르게 될 거고 운이 나쁘면 둘 다 가짜를 들고 가겠구나. 하하하하!"

기분이 좋아진 지소가 웃으며 칠정을 둘러보았다.

"남은 것은 적운 하나구나."

"적운은…… 흠흠, 제 주인에게 충성하는 마음이 지극하여 명이 다하였음에도 굳은 절개로 지계에까지 이르렀으니, 영수로 봉하여 삼신산에 살게 하심이 좋을 듯합니다."

조용하고 느릿한 늙은 노의 말에 지소가 고개를 끄덕였다.

"한마디 한마디가 옳다. 적운은 그 의리와 충절을 높게 기릴 것이니 권위와 권세를 상징하는 신수로 봉하여 삼신산으로 보내고, 적왕과 우서한, 그리고 루아에게는 각자의 선택이 주어질 것이니 그 선택에 따라 거취를 정할 것이다."

"존명(尊命)!"

지소를 향해 일제히 허리를 숙인 칠정이 존명을 외쳤다.

"자, 이제 모두 속한 곳으로 돌아갈지어다!"

지소의 생각이 분산되어 생겨났던 칠정이 하나둘씩 그의 몸으로 흡수되기 시작했다. 칠정 모두가 사라지자 지소가 천둥 같은 목소리로 외쳤다.

"방문객을 들여라!"

14장
단 하나의 태양

지계, 명왕 지소의 사천성.

만 명의 병사가 들어설 만큼 너른 회장에 좌우로 열두 개의 화로가 놓여 있고 그 뒤로 머리가 천장까지 닿은 야차들이 무장을 한 채 서 있다. 그 끝으로 단상 위에 오욕칠정의 대신들이 병풍처럼 둘러섰으니 그 중앙의 용좌에 지계의 주인 명왕이 앉아 있다.

"지소야, 주체적이며 자율적으로 선택했던 삶은 어떠했느냐?"

풀 한 포기 없는 거친 세상에서의 삶을 마감할 때에 어머니 마고는 변함없이 인자한 모습으로 그의 앞에 나타났었다.

"후후후, 더없는 기쁨과 슬픔을 느꼈습니다."

"천계에는 없는 것을 가졌구나."

"그러했습니다. 오욕칠정의 늪에서 동물처럼, 때론 인간처럼 온갖 풍랑을 헤치며 달려온 멋진 삶이었습니다."

"만족하였느냐?"

"모두가 어머니 마고의 뜻에 따라 같은 길을 걷는데 홀로 다른 길을 택했다 하여 꾸짖으시는 겁니까."

산처럼 쌓인 야인들의 시체 속에 무장의 모습으로 누워 있던 지소에게 어머니 마고는 후회하느냐 물었고, 그는 후회 없노라 답하였다.

"도덕과 관습에 얽매인 신이기를 거부하고 인간의 삶을 살았던 나의 자손아, 이 또한 내게서 나온 것이니 내 어찌 너를 긍휼이 여기지 않을까."

"지소는 스스로 낙원을 등진 것입니다. 복본(複本) 따위 하지 않겠습니다."

황궁과 청궁, 흑소, 그를 낳은 소희의 백소까지 모두가 천계로 돌아와 상급신으로 대제의 위치에 올랐으나 이들과 달리 끝까지 고집을 꺾지 않는 지소의 모습은 지극히 인간과 닮아 있었다.

"척박한 인계를 개척하였듯 지계로 가서 새로운 나라를 세우거라. 내 너에게 마고의 자손임을 알리는 천부의 칼을 주리니 모든 이에게 공명정대하여 명왕이라 부르리라."

12척 장신에 무장을 한 명왕 지소가 바닥까지 닿은 수염을 쓸어내리며 오른손에 쥔 9척 흑룡검으로 바닥을 내리찍었다.

쿠궁!!

천둥이 치듯 회장을 울리는 소리와 함께 거대한 문이 열리며 살아서 지계에 든 최초의 인간들이 안으로 들어섰다.

"지소의 나라에 든 인간들이여, 그 주인에게 예를 갖추라!"

쩌렁쩌렁하게 울리는 야차의 목소리에 적왕과 루아, 그리고 우서한까지 명왕을 향해 엎드렸다.

매서운 눈길로 그들을 내려다보던 지소가 천천히 입을 뗐다.

"지소는 처음으로 인계에 발을 디딘 천자였다. 사방 분거 이전에 어머니의 성을 떠났기 때문에 어머니의 자손이면서도 천부(天符)의 신표를 받지 못하였다. 후에 지소가 지계에 들 때 비로소 어머니 마고께서는 내가 하늘의 자손임을 알리는 신표를 주셨으니 이것이 바로 너희가 구하는 청동검이다."

무릎을 꿇고 앉은 세 사람을 내려다보던 지소의 시선이 유일하게 그를 마주하고 있는 적왕에게로 향했다.

"말하라."

"세상을 다스리는 세 가지 보물 중 하나인 청동검은 유인 씨에 이어 안파견 환인과 2대 혁서 환인이 물려받았으나 3대 고시리 환인 때에 사라진 것입니다."

지계에서는 절대적인 존재인 명왕 앞에서도 적왕의 목소리는 담대하기 그지없었다. 순종적인 황궁의 자손 중에 어찌 저런 물건이 나왔을꼬.

"하하하, 하하! 인계의 역사에 한 치의 거짓이 없노라 단언하는 것인가?"

감히 명왕 앞에서 강기를 뿜어내며 시선을 마주하는 적왕의 모습에서 지소는 어머니 마고에게 대항하던 자신을 보는 듯한 착각이 일었다.

"거짓이다! 황궁 씨가 천부 신료라 나누어 준 것은 하늘과 땅의 모양으로 무극과 태극을 새겨 넣은 천부인(天符印) 거울과 방울뿐이었다. 후에 분거제족과 나의 선착민들 간에 다툼이 잦아 천권이라는 이름하에 칼이 생겨났으나 이는 내가 지계에 들 때에 어머니 마고께서 나에게 주신 것이다."

명왕의 말에 적왕이 반발로 주먹을 쥐니 곁에 앉은 루아가 그의 손을 부드럽게 감싸며 속삭였다.

"기다려요."

봄날의 미풍처럼 그를 감싸는 그녀의 말에 적왕이 이를 악물며 고개를 숙였다. 그의 귓가로 뇌성과 같은 명왕의 목소리가 들려왔다.

"신표라는 것이 상징을 믿는 인간들에게나 필요한 것. 인간으로 한계를 뛰어넘는 강인한 정신력으로 오계를 뚫고 지계에 발을 내디딘 첫 방문자에게 나 지소는 어머니 마고의 검을 선물하고자 하니 선택은 그대들의 몫이다."

명왕의 말이 끝나기가 무섭게 그들의 앞으로 열두 개의 청동검이 기둥처럼 몸을 일으켜 검신을 뽐내듯 천천히 회전했다.

'열두 개!'

환국에서 사라진 청동검은 하나라 들었는데 명왕이 내놓은 검은 모두 열두 개였다. 당황하는 우서한과 달리 적왕은 침착하게 검들을 바라보았다.

그러는 사이 명왕의 뒤에 서 있던 오욕칠정의 대신 중 가장 아름답고 화려한 모습의 욕(欲)이 루아에게로 다가섰다.

"너는 잠시 나와 갈 곳이 있다."

욕을 올려다본 루아가 자리에서 일어서려 하니 적왕이 그녀의 손목을 붙잡았다.

"여기 있어."

적왕과 욕의 사이에서 난감해진 루아가 이러지도 저러지도 못하니 천천히 몸을 숙인 욕이 그녀의 귓가에 조용히 속삭였다.

"널 보고 싶어 하는 이가 있다. 해일이라고."

"해일님이 이곳에 계십니까?"

놀란 루아의 목소리가 커지자 청동검을 바라보던 적왕이 그녀에게로 고개를 돌렸다. 해일이라면 그녀가 열병을 앓으며 부르던 이름이 아닌가. 그의 손을 밀어내는 루아의 손목을 더욱 거칠게 잡아당겼다.

"여기 있으라 했어."

"함께 여행을 했던 친구예요. 위험한 상황에서 헤어졌는데 이곳에 있다면 죽은 것이 아닌가요? 가봐야겠어요."

"기다려."

적왕의 말에 루아가 허공에 떠 있는 청동검들을 바라봤다. 갖가지 모양에 크기도 가지각색이다. 이것들 중에 하나를 골라내기란 쉽지 않을 터, 해일이 걱정되었던 루아는 기다리고 싶지 않았다.

"다녀올게요."

손을 비틀어 그에게서 벗어난 루아는 욕을 따라 두어 걸음도 떼기 전에 적왕에게 붙들려 버렸다.

"괜찮아요. 잠시만 다녀올게요. 네?"

"안 돼."

"괜찮은지만 보고 올게요."

"잠깐이면 돼. 함께 가."

"청동검만큼이나 소중한 사람이라고요!"

뜻하지 않게 불꽃이 튀는 두 사람의 대화를 지켜보던 지소의 눈빛이 흑요석처럼 반짝였다.

화기가 오르는지 적왕의 눈동자가 더욱 붉어졌다.

"잠시도 기다리지 못할 정도로 소중한 사람인가?"

마치 적왕보다 더 소중하느냐 묻는 듯하여 루아는 입을 다물어 버렸다. 성실하고 믿음으로써 거짓이 없을 것이라 하였는데 왜 믿지 않아요. 막무가내로 손을 잡아끄는 적왕에게 섭섭하여 루아는 질질 끌려가면서도 옹골차게 버텼다.

"놔요. 놓아줘요!"

청동검이 있는 곳까지 루아를 끌고 온 적왕이 손을 놓으며 화기 가득한 목소리로 말했다.

"그대로 있어. 한 발자국도 움직이지 마."

두 남녀의 다툼을 바라보고 있던 지소가 청동검으로 시선을 돌렸다. 검들을 하나하나 만지며 고심하는 우서한의 모습이 보였다. 대여섯 개만 만들 걸 그랬나? 열두 개나 되니까 고민이 되나 보군.

성큼성큼 걸어와 열두 개의 검 앞에 선 적왕이 우서한을 바라보았다. 그 또한 지계의 선물로 얻을 청동검을 고르고 있었다.

"어떤 것을 택할 텐가?"

"아직 정하지 못했습니다."

우서한의 말에 적왕이 청동검 중에 가장 작고 낡아 무디기 짝이 없는 검을 골라잡았다.

"이건 내가 가져가지."

청동검을 손에 든 적왕이 루아를 향해 돌아섰다. 그녀에게로 걸어오니 루아가 소리를 낮추며 말했다.

"신중하게 고르셔야죠."

"가자."

적왕의 뒤로 아직도 고심하는 우서한의 모습이 보였다. 루아는 그들을 안내하는 욕을 따라 접견실을 나와 복도를 걷기 시작했다. 해일을 보겠다 보채는 바람에 적왕이 아무거나 집어온 것 같아 루아는 마음이 불편해졌다.

'해일을 보고 오는 동안 찬찬히 고르고 있었으면 좋았을 것을……'

하자베와 월령을 희생하면서까지 찾아온 지계에서 적왕이 손에 쥔 것은 잃어버린 보물이라 하기에는 너무나 초라했다.

"열두 개 중에 지금 그 검이 청동검이 맞는 거예요?"

"청동검은 무기의 용도가 아니라 명왕의 말대로 상징적인 증표일 뿐이니 날카로울 필요가 없지."

"하지만 보물처럼 보이지 않는걸요."

"환국기에 따르면 사라진 지 몇백 년은 되었고, 명왕의 말에 따르면 그보다 더 오래되었을 텐데 이러나저러나 아직도 반짝거린다면 가짜인 거지."

"확신하고 계신 것 같아요."

우서한이 먼저 고르기를 기다렸을 뿐, 적왕의 선택은 처음부터 정해져 있었다.

"처음부터 다른 것들은 눈에도 안 들어왔어."

"그래요?"

"널 처음 봤을 때와 꼭 같아. 내가 찾던 검이 맞아."

두 사람의 대화를 듣고 있던 욕이 원개형으로 돌을 쌓아놓은 곳에 멈춰 섰다. 손을 맞잡은 두 사람을 바라보던 욕이 고개를 설레설레 흔들었다.

"여기서부터는 혼자 가야 돼."

혼자는 보내주지 않을 것 같은데. 루아가 한숨을 내쉬니 꽉 움켜쥐고 놓지 않을 것 같던 적왕의 손이 스르륵 풀렸다. 두 눈을 동그랗게 뜨고 적왕을 올려다보았다.

"만나고 와."

두 손으로 그녀의 얼굴을 부드럽게 감싼 적왕이 루아의 이마에 입맞춤했다. 청동검을 얻었으니 하루빨리 환국으로 돌아가 루아와 혼인을 해야 했다. 루아, 빨리 돌아와야 한다.

"움직이지 않고 여기 있을 테니까 무슨 일 생기면 소리 질러. 아까처럼."

아까처럼? 명왕의 앞에서 엄숙하기 그지없는 회장이 울릴 만큼 소리 지르라며 적왕이 웃음 지었다.

금이 가버려 무기로서의 생명이 다한 월령도 대신에 상아검을 주었음에도 적왕은 걱정이 되었다. 상아검의 무게가 여인을 위한

단 하나의 태양 231

것도 아니었고 루아가 서자부에서 익힌 검법은 수련과 방어에 치중되어 있어 실전에는 그리 치명적이지 못했다. 거친 세상을 향해 팔다리를 끊어내는 살육전을 벌였던 적왕의 검법과는 차이가 큰 것이다.

'후후후, 네게서 이 아이에 대한 욕망과 끝없는 애정이 보이는구나. 어쩌나, 상실의 괴로움이 태산을 덮을 것인데……'

적왕을 지켜보는 욕의 눈매가 가늘어졌다. 그러한 욕의 시선에도 아랑곳없이 적왕이 천천히 말을 이었다.

"피할 수 없다면 싸워야겠지만, 싸우게 된다면 다시 공격할 수 없도록 한 번에. 알았지?"

적왕의 표정이 너무나 진지해서 루아도 힘주어 고개를 끄덕였다.

원개형의 문은 밖으로 불그스름한 바깥 풍경이 그대로 보였다. 먹구름 아래 간간이 나무들이 보이는 벌판을 가로질러 비늘 같은 모양의 검은 돌들이 일렬로 깔려 있다.

욕을 따라 크고 반짝이는 검은 돌들을 밟고 걷던 루아가 뒤를 돌아보았다. 문기둥에 설창을 안고 기대어 선 적왕의 모습이 보였다. 루아는 환하게 웃으며 손을 흔들어주었다. 그녀에게서 눈을 떼지 않고 있던 적왕이 가볍게 설창을 들어 보였다.

'얼른 돌아올게요.'

자꾸만 돌아보는 루아의 모습에 어깨를 나란히 하여 걷던 욕이 한숨을 내쉬었다.

"명왕께서 원하는 것이 있는지 물으라셨다."

"무슨 말씀이신지……."

"적왕과 우서한은 청동검을 얻었고 적운 또한 새로운 안식처를 얻었으니 너도 원하는 것이 있으면 말해보아라."

회장으로 불려오기 전에 적운의 이야기를 들었다. 제명을 다 살아버린 적운이 영수로 봉해져 선계의 삼신산으로 가게 되었다는 말을 떠올리며 루아가 고개를 가로저었다.

"없습니다."

"없다고?"

"예."

"다시 생각해 보거라."

"그럼 혹시 죽은 이들에 대해 알 수 있을까요?"

"누구를 말하는지 알 것 같은데, 그건 안 돼."

월령과 하자베의 평안을 기원하는 루아는 마음이 더더욱 무거워졌다. 하긴 죽은 이들을 다시 본다는 것이 애초에 말이 되지 않는다.

"다른 것 없어?"

시무룩하여 고개를 젓는 루아를 바라보던 욕이 고개를 설레설레 저었다. 사사로운 마음이 없으니 순한 백색의 성정이라 천계의 어느 누구도 너를 읽지 못하였던 게로구나. 하지만 인간의 몸으로 오계를 뚫고 지계에 들어선 것을 높게 치하하라는 명왕의 명이 있었으니 무언가 선물을 해야 했다. 골똘히 생각을 하다 보니 그녀의 안전을 걱정하던 적왕을 떠올라 욕은 소맷자락에서 작은 비단 주머니 하나를 꺼내어 내밀었다.

단 하나의 태양

"안에는 녹두라는 것이 들어 있다. 목숨이 달하는 위급한 상황이 생기거든 바닥에 뿌리도록 하여라. 먹는 것이 아니라 바닥에 뿌리는 것이다. 알았느냐?"

선물은 아니 주셔도 된다 사양하였건만 욱은 굳이 그녀의 손에 주머니를 쥐어주었다.

"잘 생각해 보거라. 그를 꼭 만나야 할지, 아니면 여기서 돌아설지를."

루아가 손톱만큼이나 작아진 적왕을 돌아보았다.

"해일님은 어디 계신 겁니까? 얼마나 더 가야 하나요?"

"흑룡이 너를 그에게로 데려다 줄 것이다."

말이 끝나기가 무섭게 욱이 모습을 감추어 버리자 바닥의 검은 돌들이 꿈틀거리며 앞에서부터 파도가 치듯 한 방향으로 일어섰다. 놀라 휘둥그레진 눈으로 고개를 든 루아의 눈에 시커멓게 머리를 드는 용의 모습이 보였다.

"루아!!"

내내 루아의 뒷모습을 지켜보고 있던 적왕은 거대한 흑룡이 몸을 일으키는 것을 보며 그녀를 향해 달리기 시작했다. 그저 검은 돌길이라 생각하였던 것은 흑룡의 비늘이었다. 적왕은 하늘을 향해 머리를 든 흑룡의 꼬리를 밟고 가파른 산을 오르듯 내달렸다.

'승천한다!'

두 다리로 땅을 박차 오른 흑룡의 몸이 바람을 가르자 적왕은 설창을 들어 용의 비늘로 내리꽂았다.

치칭!

단단한 흑룡의 비늘을 뚫지 못한 설창이 튕겨져 땅으로 떨어져 내렸다. 루아의 이름을 외쳐 보았으나 소리는 앞으로 향하지 못하고 바람에 묻혀 뒤로 흩어졌다. 적왕은 비늘 사이로 발을 밀어 넣으며 온 힘을 다해 앞으로 나아가려 했지만 바람에 밀려 제자리걸음이다.

몸을 바싹 엎드린 채로 흑룡의 목 부근에 붙어 있는 루아의 모습에서 눈을 떼지 않으며 적왕은 이를 악물었다.

흑룡은 숨도 쉴 수 없을 만큼 빠른 속도로 지계의 하늘을 날아올랐다. 동굴처럼 좁은 통로로 들어가는가 싶더니 어둠의 끝으로 밝은 빛이 쏟아져 내렸다.

너른 초원과 푸른 하늘이 보이기가 무섭게 하얀 구름 속으로 묻혀 버렸다. 차가운 한기가 서리가 내리듯 그의 몸으로 하얗게 맺혀들었다. 간신히 흑룡의 꼬리에 매달린 적왕은 루아에게로 조금도 다가서지 못했다.

'이대로 가다가는 떨어진다.'

필사적으로 허리춤을 뒤지던 적왕의 손에 청동검이 잡혔다. 적왕은 주저 없이 청동검을 들어 흑룡의 몸에 내리찍었다.

끼~ 이~!

하늘을 가르는 요란한 괴성과 함께 흑룡이 미친 듯이 몸을 뒤틀기 시작했다. 수직으로 상승하던 흑룡이 머리를 트는 순간 적왕은 뜨는 해처럼 거대한 용의 눈동자를 마주했다. 숨돌릴 틈도 없이 적왕은 그를 노려보는 흑룡의 머리를 향해 몸을 날렸다. 미끄러지며 용의 미간으로 뛰어내린 적왕이 높이 치솟아오른 뿔을 움켜쥐었다.
 얼굴 위로 뛰어든 적왕을 떨어뜨리기 위해 흑룡이 몸을 틀며 발광하기 시작했다.
 "아아아아악!"
 흑룡의 목에 붙어 있던 루아의 하체가 들리며 떨어질 듯 위험하게 흔들렸다. 더 이상 버티지 못하고 흑룡의 비늘을 놓아버린 루아의 몸이 쏜살같이 떨어져 내렸다. 입에서 연신 비명이 터져 나왔다. 하늘에서 떨어진다는 생각에 정신없이 발버둥 치던 루아는 더 이상 팔을 들 수도 없을 정도로 지쳐 버렸다. 루아는 눈을 감아 버렸다.
 '이대로 죽는 건가…….'
 죽음의 공포 속에 떠오르는 것은 그녀를 향해 설창을 들어 보이던 적왕의 모습이었다. 적왕이 그녀를 따라 흑룡에 오른 것을 알지 못하는 루아의 눈시울이 촉촉하게 젖어들었다.
 '아, 아, 적왕님…….'
 월령의 죽음 앞에 다시는 울지 않겠노라 맹세했건만 그녀의 눈꼬리를 타고 흐른 눈물이 허공으로 뿌려졌다.
 '아름다운 나의 정인이여, 그대에게 어머니 마고의 축복이……'
 속절없이 떨어져 내리던 루아는 등을 검에 베인 듯 날카로운 통증과 함께 허공에서 멈췄다. 무언가 날카로운 것이 그녀의 등을 긁어내렸다. 몸이 들리는 느낌에 눈을 뜨니 사방으로 불꽃을 일으키는 밝은 빛이 보였다. 밝은 빛은 점점 더 환해졌다. 온 세상이 하얗게 변하는 것을 느끼며 루아는 정신을 잃었다.

크르르르르!

떨어져 내리는 루아를 낚아챈 해태가 하늘을 향해 달려 올랐다. 크고 단단한 두 발로 바람과 구름을 밀어낼 때마다 사방으로 불꽃이 일었다.

'잘했다!'

해마루의 연못을 내려다보던 해일의 입가에 미소가 번졌다. 요동치는 흑룡의 눈동자에 청동검을 내리꽂는 적왕의 모습이 순식간에 사라져 버리고 연못에는 하얀 구름만이 가득 들어찼다.

'어서 오너라, 어서.'

기다란 옷자락을 휘날리며 정원을 가로지른 해일이 해마루의 끝에 섰다. 동쪽 하늘을 바라보는 해일의 눈동자가 기대감으로 반짝이고 가슴이 해를 품은 듯이 부풀어 올랐다. 이리도 가슴 설렌 적이 있었던가. 무언가를 이토록 기다려 본 적이 있던가.

"왜 이리 늦는가."

태어나 처음 눈 뜬 아이처럼 루아로 인하여 생겨난 모든 감정이 생소하고 신기하며 마냥 설레기만 한 해일이었다. 물과 공기처럼 천자로 생성되어 영원의 시간 위에 서 있던 해일에게 루아는 알 수 없는 장력으로 작용했다. 흐르는 물처럼, 혹은 태양을 향해 몸을 트는 초목처럼 해일은 루아에게로 향했다. 모든 판단력을 마비시켜 버린 그녀를 향한 해일의 마음은 속수무책으로 흔들리기 시작했다.

동쪽 하늘로 별이 떨어져 내리듯 불꽃을 일으키며 달려오는 해태의 모습이 보였다.

새끼를 입에 문 고양이처럼 루아의 옷자락을 입에 문 해태의 발이 힘차게 허공을 가르니 해일의 얼굴로 환한 웃음이 들어찼다. 해태가 내려서기도 전에 손을 뻗은 해일이 루아를 받아 품에 꼭 안았다.

"루아!"

차갑게 얼어 있는 그녀의 볼에 얼굴을 비비자 정신을 잃은 루아가 고통스러운 듯 신음을 뱉어냈다.

"으으응......"

해일의 손에 너덜너덜해진 그녀의 옷가지가 만져졌다. 끈적끈적한 느낌에 손을 드니 붉은 피가 묻어났다. 이내 해일은 루아의 등에 길게 그어진 상처를 발견했다. 망할!

"이 녀석!"

공중에서 낚아채는 해태의 이빨이 그녀의 등에 상처를 남겼나 보다.

"이 망할 것! 이빨을 전부 뽑아버릴 테다!"

갑작스레 화기를 뿜는 해일의 눈치를 보며 커다란 눈알을 굴리던 해태가 슬금슬금 물러서더니 해마루의 정자 뒤로 뛰어가 버렸다.

그녀의 상처에 해일은 벼락을 맞은 것처럼 고통스러웠다.

"많이 아팠겠구나, 루아."

루아를 품에 안은 해일이 일궁을 향해 걸으며 상처 난 등을 쓰다듬었다. 해일의 기운이 루아의 몸으로 스며들어 길게 벌어졌던 상처가 깨끗하게 아물어 버렸다. 차분하게 가라앉는 숨결을 느끼며 일궁으로 들어선 해일이 시종들을 물리고 그의 침상 위에 루아를 뉘었다.

"못 본 사이 많이 야위었다. 잘 지냈느냐?"

두 눈을 꼭 감은 채 고른 숨을 내쉬는 루아를 바라보며 해일은 혼자 중얼거렸다.

"지계에는 무엇 하러 간 것이냐?"

지계에서 인계와 선계를 건너 천계에 오른 것이 심하게 무리가 되었는지 루아는 눈을 뜨지 않았다. 조급한 마음에 해일이 그녀의 몸을 일으켜 머리를 그의 어깨에 기대게 하고는 살며시 품어 안았다. 해일의 몸에서 흘러나온 주홍색의 열기가 두 사람을 감싸 안았다.

"나의 기운을 나누어 줄 것이니, 어서 눈을 뜨거라."

침상에 기대어 앉아 그녀의 머리에서 등으로 차분하게 쓸어내렸다.

"루아."

입안으로 매끄럽게 구르는 그녀의 이름을 끊임없이 속삭이며 해일은 루아의 몸으로 따뜻한 양기를 불어 넣었다.

"눈 좀 떠보아라, 루아."

헤어진 후로 하루를 천 일처럼 살며 가슴을 태웠노라 고백하며 쉬지 않고 그녀의 이름을 불렀다.

"품 안의 너로 인하여 나의 마음이 이리도 평안하여 풍요로운 것을, 어찌 미련하게 혼자 앓았을까."

단 하나의 태양

그녀가 품 안에 있다는 사실 하나로 천계의 주인이나 된 것처럼 가슴이 벅차올랐다. 마음도 몸도 루아에게 멀어버린 일천자는 그녀에게 정인이 있다는 사실도, 인계에서 살아야 하는 인간이라는 사실도 까맣게 잊어버렸다.

※

풍덩!

용의 눈에 청동검을 꽂은 채로 고공 활강하던 적왕은 시퍼런 바다로 용과 함께 추락했다. 물기둥이 높게 치솟아오르고 적왕은 흑룡의 몸에서 떨어져 내렸다. 한도 끝도 없이 바다 속으로 가라앉던 적왕은 유유히 헤엄치며 수면으로 올라가는 흑룡의 모습을 보았다.

적왕은 청동검을 입에 물고 죽을힘을 다해 헤엄치기 시작했다. 거대한 물살을 일으킨 흑룡은 이미 물을 벗어나기 시작했다.

"어푸! 커억! 컥! 헉헉헉!"

수면 위로 머리를 내민 적왕이 삼켰던 물을 토해냈다. 서쪽 하늘로 날아오른 흑룡은 순식간에 모습을 감추어 버렸다. 루아가 타고 있는지도 확인할 수 없었다.

"루아!!"

미친 듯이 루아의 이름을 외치며 사방을 둘러보았지만 그녀의 모습은 어디에도 보이지 않았다.

"루아……."

거친 숨을 토해내는 적왕의 가슴으로 짙은 후회의 파도가 밀려왔다. 손을 놓지 말았어야 했다. 보내주지 말았어야 했다. 얼마나 긴 시간을 뒤로하고 다시 만난 그녀인데 이렇게, 이렇게…….

"안 돼!!"

파도치는 바다를 주먹으로 가르며 적왕이 오열을 터뜨렸다. 걷잡을 수 없는 눈물이 솟구쳐 올랐다. 미안하다. 미안하다. 지켜주지 못하여 미안하다. 뜨겁게 가슴을 적시는 눈물을 삼키며 적왕은 목이 터지도록 루아를 불렀다. 애통하고 애통하여 눈물이 멈추지 않았다.

한참의 시간이 흐른 후, 긴 꼬리를 늘어뜨리며 하늘을 가르는 한줄기 빛을 보았다.

"봉…… 황."

순간 몸을 돌린 적왕이 봉황이 사라진 곳을 바라보니 아득하게 섬의 형체를 갖춘 그림자가 보였다. 청동검을 입에 문 적왕은 헤엄치기 시작했다.

'나보다 먼저 떨어져 내렸다면 혹 섬으로 밀려갔을지 모른다.'

루아가 섬에 있을지 모른다는 생각에 적왕은 남은 힘을 다해 헤엄쳤다. 섬은 생각했던 것보다 훨씬 멀리 있었다. 헤엄을 치다 지치면 하늘을 향해 떠 있다가 다시 헤엄치기를 반복했지만 섬은 점점 더 멀게 느껴지고 온몸의 기운이 빠져 버렸다.

'루아…….'

그녀의 이름을 부르며 눈을 감으니 잔잔한 파도가 적왕의 몸을 실어 섬으로 밀어주었다. 죽은 듯 누워 있는 적왕의 등으로 부드러운 모래가 느껴졌지만 그는 눈을 뜨지 않았다.

언뜻 그의 얼굴을 쓰다듬는 부드러운 손길이 느껴졌다.

"루아……."

"그녀는 괜찮을 것입니다."

천천히 열린 붉은 눈동자에 해를 등진 그림자가 비쳤다. 누구? 두 눈을 깜박이던 적왕이 천천히 상체를 일으키니 낯익은 얼굴이 그를 향해 미소 짓는다.

"오랜만입니다."

"……."

"잃어버린 보물을 찾으셨군요."

원희의 시선이 적왕의 손에 쥐어진 청동검으로 향하자 두 눈을 깜박거리던 적왕이 벌떡 일어나 그녀에게 청동검을 겨누었다.

"후후후, 저를 잊으신 겁니까?"

"대…… 신녀님."

믿을 수 없다는 듯 원희를 노려보던 적왕이 주위를 둘러보았다. 높게 치솟은 산 위로 용과 봉이 날고 모래사장 안쪽으로 펼쳐진 숲에는 길게 목을 빼고 있는 기린의 모습이 보인다.

"어찌 된 일입니까?"

"왕자님이야말로 어찌 된 일입니까? 제게 검을 겨누시다니요."

섭섭한 표정을 짓는 원희의 모습에 적왕이 청동검을 등 뒤로 숨겼다.

"습관이 되어서……. 그런데 이곳은 어디입니까? 제가 죽은 것입니까?"

"선계입니다."

원희는 혼란스러워하는 적왕에게 그가 선계의 삼신산에 와 있음을 알려주었다. 더불어 루아가 안전하며 지금 그녀의 친구를 만나고 있을 거라는 말에 적왕이 원희의 어깨를 붙잡았다.

"어딥니까, 대신녀님!"

"이곳에서는 다들 원희라 부릅니다."

어느새 걷기 시작한 원희를 따라 적왕도 함께 걸었다.

"루아를 보셨습니까?"

"명왕이 아끼는 흑룡을 죽이고자 하신 겁니까?"

"명왕이라 하여도 참수하였을 겁니다."

봉황의 무리 중에 가장 사납고 잔인한 적봉황이 날개를 편다.

"그녀는 괜찮을 겁니다."

"괜찮은지는 제가 판단합니다."

점점 더 가라앉는 적왕의 목소리에도 원희는 걸음을 멈추지 않고 옥성궁을 향해 걸었다. 루아가 있는 곳을 말할 수 없어 난처한 원희에게도, 어디로 향할지 모르는 살기를 피워 올리는 적왕에게도 시간이 필요했다. 봉이나 용을 타고 궁의 마당에 내려서는 대신에 산길을 택했다.

'두 사람을 빨리 인계로 돌려보내야 한다.'

명왕 지소가 그들을 지계에서 서둘러 내보내는 바람에 시간을 벌었다 생각했던 원희는 앞으로 닥칠 파란을 막을 대비책을 강구하지 못한 채로 적왕을 마중해야 했다.

시간이 정체된 지계에서 그들이 벗어나는 순간 잠시 멈춰 섰던 운명의 수레바퀴는 걷잡을 수 없는 속도로 움직이기 시작했다.

원희의 경고에도 불구하고 일천자가 루아를 일궁으로 불러들이면서 대천녀 소희가 계획하였던 두 번째 시련이 시작되었다. 또한 지계에서 벗어난 우서한은 진을 치고 적왕을 기다리던 붉은전사 두마에게 잡혀 환국으로 향하고 있었다.

옥성궁이 가까워질수록 원희의 발걸음은 점점 더 무거워졌다. 가닥가닥 꼬여 버린 운명 줄을 어떻게 풀어야 하나.

'적왕의 천계행을 막을 수 있을까. 아니면 붉은 군대와 환국으로 향하고 있는 우서한을 막아야 하는 것인가. 루아는…… 그녀를 쥐고 놓지 않을 일천자는 어찌해야 하는가.'

해가 질 무렵이 되어 옥성궁에 도착한 원희는 아름답게 꾸며진 방으로 적왕을 안내했다. 노아에게 차를 들이라 명한 뒤 둥근 탁자를 두고 적왕과 마주 앉았다.

폭풍 전야의 고요함. 답을 준비하지 못한 원희는 그의 침묵이 차라리 고맙다. 노아가 가져다준 감로차를 따라 적왕에게 내밀며 원희가 그를 바라보았다.

"많이 변하셨습니다."

"원희님."

신선들의 땅에서 원희를 만난 것은 참으로 묘한 인연이나, 적왕은 그녀와 지난 이야기를 나눌 시간이 없었다.

"그녀는 어디에 있습니까?"

"그녀는 안전한……."

"아니요."

적왕이 원희의 말을 단칼에 잘라내며 고개를 저었다.

"다른 대답은 듣지 않겠습니다."

"적왕님······."

"어디 있습니까?"

계속하여 겉도는 대답은 더 이상 용인할 수 없었다.

"잃어버린 청동검을 찾으셨으니 환국으로 돌아가셔야지요."

"루아가 없이는 어디에도 가지 않습니다."

환국의 왕자에서 적토의 적왕이 되어야 했던 시간이 고스란히 배어 있는 그의 모습은 오랜 여정으로 지쳐 있었다. 그럼에도 붉은 눈동자는 북극성만큼이나 또렷하게 루아가 어디 있는가를 묻고 있다. 천계의 어떠한 상급신도 이 사내의 강기를 꺾지 못하리라. 결국 남아 있는 답은 하나뿐이다.

"천계에 있습니다."

"어머니 마고의 나라에 있다는 말입니까?"

원희가 고개를 끄덕이자 움켜쥔 찻잔이 적왕의 손에서 파삭 부서져 버렸다.

"어떻게······ 가야 하는지 알고 계십니까?"

그녀가 그곳에 왜 있는지 묻지 않았다. 루아에게로 향하는 걸음에 이유 따위 필요하지 않았다.

원희의 침묵 속에 창밖으로 먼 하늘을 유유히 나는 영물들이 그의 시선을 사로잡는다.

"튼튼한 활을 구해주시겠습니까?"

도대체 무엇을 보고 계신 겁니까? 창밖으로 고개를 돌렸던 원희가 숨을 삼켰다. 주저함도 망설임도 없이 그는 천계로 갈 방도를 모색하고 있었다.

"천계라 하셨습니까? 후후후, 지계에도 갔던 제가 천계라고 마다하겠습니까."

명왕이라 하여도 참수하겠다는 그는 적토의 적왕이었다.

"많이 지치셨습니다."

흔들림 없는 눈동자로 창밖을 주시하는 적왕을 달래듯 원희가 피 흐르는 그의 주먹에 손을 얹었다.

"하룻밤 쉬시는 동안에 방도를 찾아보겠습니다."

방도를 찾아보겠다는 말에 고개를 돌린 적왕의 시선이 그의 손을 덮고 있는 원희의 손을 내려다보았다.

'기다려요.'

청동검의 출처에 대하여 명왕의 말에 반발하던 그의 손을 부드럽게 감싸던 루아가 떠올라 적왕은 뱃속까지 깊게 숨을 들이켰다가 느릿하게 내뱉었다.

"백 명의 친우와도 바꿀 수 없는 단 한 사람, 강하고 아름다운 동반자와 함께여서 참으로 좋았습니다."

어머니의 표정으로 온화하게 바라보는 원희를 향해 적왕이 천천히 머리를 숙인다.

"부탁…… 드립니다."

머리 숙인 적왕을 보며 원희는 세상의 끝을 향한 그의 여정 속에 루아의 존재가 더욱 단단하게 그의 가슴으로 뿌리내렸음을 알아야 했다.

'나는…… 그대의 천계행을…… 일천자와의 충돌을 막아야 한다. 하지만…….'

세상 그 무엇과도 비교할 수 없는 절대 가치가 되어버린 루아는 산산이 부서져 황폐한 적왕에게 메마른 가슴을 적시며 피어난 유일한 무궁화였다.

조용히 일어선 원희가 방을 나서는 것을 지켜보던 적왕이 창가로 향했다. 어디선가 청명한 종소리가 들려왔다. 당목을 두드리는 신비로운 소리에 아름다운 선계의 숲이 흔들리며 갖가지 모습의 날개를 가진 영물들이 일제히 날아올랐다.

창가에 기대어 선 적왕의 그림자가 지는 해를 등지고 길게 늘어졌다. 하나둘씩 별이 보였지만 적왕은 자리를 뜨지 않았다. 지친 몸은 침상에 눕기를 원하였으나 점점 맑아지는 그의 정신은 또렷하게 의지를 다지고 있었다.

히이잉!

멀지 않은 곳에서 낯익은 말 울음소리가 들려오니 적왕은 문득 적운을 떠올렸다. 긴 시간 함께하며 그 누구보다 든든하게 그의 곁을 지켜주었던 친구다. 지독한 고통으로 변해 버린 적왕에게로 서슴없이 다가와 주었던 적운의 생각에 굳어 있던 그의 얼굴에 옅은 미소가 퍼진다.

"너에게 어울릴 만한 낙원이로구나."

헤어짐은 아쉬웠지만 적운의 안식처가 될 삼신산을 직접 보게 되니 그 아쉬움마저 친구를 위해 가슴에 묻어버린 적왕이었다. 작별 인사도 못하고 왔구나.

히이잉! 타각타각!

적운! 제자리에서 구르는 말발굽 소리에 적왕이 창밖으로 몸을 내밀었다. 이미 어둠이 내려앉은 숲으로 검은 형체가 부드럽게 움직이고 있었다. 지계를 벗어난 지 하루가 채 되지 않았는데 벌써 삼신산으로 보내진 것인가! 적왕은 방문을 열고 달리기 시작했다.

계단을 내려서서 옥성궁의 오른쪽으로 돌아 달리니 늘어선 나무들 사이로 커다란 연못 옆에 서 있는 적운의 모습이 보였다.

"적운!"

반가운 마음에 한걸음에 달려간 적왕이 적운의 목을 감싸 안았다. 이내 몸을 떼고 적운을 살펴보았다. 하얀 달빛 아래 서 있는 적운의 몸을 쓰다듬던 적왕은 전신을 뒤덮었던 상처들이 모두 지워진 것을 알 수 있었다. 크고 단단한 근육들이 매끄럽게 자리한 적운의 몸은 전보다 훨씬 커졌으며 길고 풍성한 갈기가 그 전신을 감쌀 만큼 길어져 있었다.

"영수로 봉하여 준다더니 약속을 지켰군."

히이잉!

적운이 발을 구르며 콧등으로 적왕의 손을 자꾸만 건드렸다. 무언가 전하고 싶은 것이 있는지 발을 구르던 적운이 자신의 뒤로 그의 등을 밀어내고 있었다. 마치 등에 타라 말하는 듯하여 적왕이 웃음 지었다. 참으로 충성스러운 것이 때론 사람보다 나음이라.

"하하하, 이제 나를 태울 필요는 없어. 너는 이곳에 머물러야 해."

고집을 부리는 것이 루아와 꼭 같다. 마지막으로 주인을 태우려 하는 심정 몰라주어 야박하다 할까. 적왕이 그의 갈기를 손에 쥐고 안장도 없는 적운의 등에 올라탔다. 역시나 등에 오르기가 무섭게 적운이 바람을 가르고 달리기 시작했다.

선계의 밤공기가 말도 못하게 상쾌했다. 그들의 앞으로 갈라서는 나무들과 덩치 작은 영수들의 모습이 구름에 숨어든 달빛처럼 신비로웠다. 영수가 된 적운은 천리마보다 더욱 힘차게 나는 듯 바람을 갈랐다.

"그래! 달려! 답답한 가슴을 터뜨려라!!"

어디로 가는지 알지 못하는 적왕은 온몸으로 바람을 맞으며 끝도 없이 달렸다. 온몸을 두드리는 시원한 바람에도 적왕의 생각은 다시 루아에게로 향했다.

'루아는 해일이라는 자를 만나기 위해 검은 길로 들어섰다.'

냉철한 심판자의 모습이었던 명왕이 야비한 수법으로 루아를 납치했다는 생각은 이치에 맞지 않았다. 원희의 말처럼 루아가 안전하게 천계에 있다면 무얼까. 무슨 일이 있었던 것인가. 생각의 강은 결국 그 원인이 된 해일이라는 자에게로 흘러간다.

'천계에 산다면 그는 인간이 아닐 것이다.'

천계와 선계, 인계와 지계까지 이 기나긴 여정 속에 얼마나 많은 음모와 욕망, 배신, 그리고 고통스러운 진실들이 복잡하게 얽혀 있는지 적왕은 알지 못했다.

얼굴을 스치는 바람이 잦아들었다는 느낌이 든 것은 적운이 멈춰 서고도 한참이나 지난 뒤였다. 혼자만의 생각에 빠져 있던 적왕이 고개를 들었을 때 그의 입술이 열리며 작은 탄성이 흘러나왔다.

둘레를 짐작할 수 없을 만큼 거대한 나무 세 그루가 서로 얽혀 구름을 뚫고 하늘로 치솟아 있었다. 잎사귀도 곁가지도 없이 하늘을 향해 뻗어 있는 나무를 보며 적왕이 적운의 등에서 뛰어내렸다. 적왕은 조심스럽게 나무로 다가섰다. 손이 나무에 닿자 어디선가 두근두근 북소리 같은 진동이 들려왔다. 온갖 생각으로 파도처럼 일렁이던 그의 심정도 잔잔하게 가라앉는다.

"생명의 나무…… 랍니다."

옥성궁의 가장 높은 곳에 선 원희의 눈동자가 촉촉하게 젖어들었다. 천계로 이어져 있는 생명의 나무와 교감하는 적왕의 모습을 지켜보는 원희의 시선이 하늘로 향했다.

"어머니 마고여, 이것이 어머니의 대답입니까."

적왕이 생명의 나무에 오르기 시작하자 고요했던 원희의 가슴으로 슬픔이 밀려들었다.

"어머니…… 어머니 마고여……."

날카로운 창검 부딪치는 소리가 점점 더 커진다. 천둥처럼 울리는 말발굽 아래 피투성이 환국의 비명 소리가, 아이들과 여인들의 울부짖음이, 하늘을 향해 손을 뻗으며 죽어가는 소년 병사의 기도 소리가 들려왔다.

원희의 감은 눈으로 눈물이 방울져 내렸다.

"마지막이라 하여 두려워하거나 노여워 말기를. 끝이 있어 시작도 있으니 끝은 끝이 아니라 새로운 시작이어라."

*

천계, 일천자의 일궁.

천천히 눈을 뜬 루아가 다시 눈을 감았다.

"으으음……."

살며시 눈을 떠보았지만 가을 하늘처럼 그윽한 푸른 눈동자가 보인다. 번쩍 얼굴을 든 루아가 그녀의 곁에 누워 지그시 내려다보고 있는 해일의 모습에 놀라 이불과 함께 침상 밑으로 떨어졌다.

"뭐, 뭐 하는 거예요!"

"이제야 일어나셨군, 잠꾸러기 루아."

"세상에! 해일님!"

침상 끝으로 턱을 괴고 누워 루아를 내려다보는 해일의 얼굴에 미소가 가득하다. 벌떡 일어선 루아가 주위를 두리번거렸다. 금빛 기둥과 옥빛 휘장이 드리워진 방 안에는 꽃내음이 가득했다.

"여기가 어디예요?"

"내 집이야. 일궁이라 하지."

루아가 고개를 갸웃거리며 다시 한 번 그를 바라보았다. 푸른 쪽빛의 비단옷에 태양 같은 금발을 늘어뜨린 해일의 모습은 불구덩이 속에 있던 마지막 기억과는 사뭇 다르다.

"당신…… 괜찮은 거예요?"

"하하하하, 여전하구나. 나의 안부보다 네가 괜찮은지 궁금하구나."

"제가 왜요?"

"흑룡의 몸에서 떨어져 내린 충격으로 정신을 잃었다. 뭐, 인간이 새가 아닌 이상 하늘 위에서 정신을 잃는 것이야 당연하지만."

"흑룡, 하늘…… 새?"

루아의 머릿속으로 낯선 기억들이 스쳐 지나갔다. 그래, 해일을 만나게 해준다는 지계의 대신을 따라 흑룡 위를 걷고 있었는데.

"맞아요! 빛을 보았어요. 그게 새였나요?"

날카로운 발톱 같은 것이 등을 긁어내리던 느낌이 생생한데 이제는 아무런 통증이 느껴지지 않았다.

"후후후, 나중에 보여주지."

"해일님은 정말 괜찮은 건가요? 불구덩이 속에 혼자 두고 나와 걱정했어요."

침상에 걸터앉은 해일이 조심스레 다가선 루아의 손을 잡아당겼다. 별다른 저항 없이 다가선 그녀를 올려다보며 해일이 웃음 지었다. 불 따위 무서워하지 않는 여인이 될 거야.

"이렇게 너를 보니 마음이 참으로 흐뭇하다."

"아…… 예, 해일님 말투가 좀……."

세상을 떠도는 익살꾼이 갑작스레 일국의 왕이라도 된 것처럼 근엄한 것이 낯설어 루아가 어색하게 웃었다.

"말투가 어찌한데?"

낮은 저음의 해일이 엄지손가락으로 루아의 손등을 부드러이 쓰다듬으며 올려다봤다.

"뭔가……."

침상에 걸터앉은 해일의 다리 사이에 어정쩡하게 선 루아가 미묘한 그의 손동작에 얼굴을 붉혔다.

"좀 다르네요."

다를 수밖에. 일천자의 체통을 내려놓게 한 이가 루아가 아니던가. 처음부터 출랑이 짓을 하려 작정한 것은 아니었다.

"루아, 내가…… 널…….”

"어머!"

해일이 무슨 말을 꺼내기도 전에 루아가 그의 손을 뿌리치고 허리춤을 뒤지더니 이내 등으로 부산하게 손을 옮기며 무언가를 찾기 시작했다.

"검! 해일님, 혹시 이곳에 왔을 때 제가 검을 가지고 있지 않던가요?"

어쩌 몸이 가볍다 싶더니만 몸에 지니고 있던 월령도와 상아검이 보이지 않았다. 월령도와 상아검 모두 루아에게는 더없는 보물이다. 칠칠맞게 어디서 잃어버렸나! 루아는 낭패한 기색을 감추지 못하고 울상을 지었다.

"상아검은 탁자 옆에 세워두었다."

피식피식 웃고 있는 해일에게서 고개를 돌리니 방 안으로 쏟아져 들어온 햇살의 그림자에 숨어 있던 상아검이 보였다. 한걸음에 달려가 상아검을 허리에 차고 돌아선 루아가 해일에게 물었다.

"단도는요?"

단도라……. 해일이 한숨을 내쉬었다. 해태에게서 루아를 받아들자마자 거추장스러운 상아검을 따로 챙겨두었다. 소맷자락에 숨어 있던 작은 보자기는 탁자 위에 있고 단도는 어디에 두었더라?

"시종들에게 찾아보라 이르지."

"직접 가서 찾아볼래요. 어디서 잃어버렸지? 흑룡에 매달려 있을 때는 분명 있었던 것 같은데. 하늘에서 떨어져 버린 것은 아닌지 몰라."

월령이 남기고 간 것은 그것 하나뿐인데, 친구의 마지막 유품조차 제대로 간수하지 못하여 잃어버린 것이 루아는 너무나 속이 상하여 아프게 입술을 깨물었다.

"상태를 보니 주인은 이미 집을 버리고 떠난 듯한데."

"꼭 찾아야 해요."

이미 방문을 열고 나서는 루아의 뒤를 따라 해일이 복도를 걸었다.

일궁의 정원인 해마루를 샅샅이 훑으며 그녀를 마중했던 서쪽으로 향하는 동안 루아는 바닥에 시선을 꽂은 채로 말이 없다. 조용히 그녀의 뒤를 따르던 해일이 손을 뻗어 지나가는 바람을 붙잡았다.

"가서 월령도를 찾아오너라."

주먹 쥔 손안으로 빠르게 속삭인 해일이 손을 펴니 작은 바람이 사방으로 흩어졌다.

잠시 뒤, 이제는 강아지처럼 바닥에 엎드려 나뭇잎조차 들추고 있는 루아의 위로 월령도가 바람에 실려 날아오고 있었다. 코앞에 멈춰 선 월령도를 보며 해일이 손가락을 들어 바닥을 가리켰다. 툭 하니 단도가 바닥으로 떨어졌다.

"어이쿠! 여기 있었네!"

해일이 월령도를 손에 들자 땅강아지처럼 흙투성이가 된 루아가 벌떡 일어나 그에게로 달려왔다. 환하게 웃으며 달려오는 모습에 해일은 가슴이 설레었다.

"아우! 다행이다! 어디서 찾았어요?"

당연하게 손을 뻗는 루아를 내려다보던 해일이 월령도를 든 손을 더욱 높이 치켜들었다.

"귀가 떠나 버린 귀도를 찾아 무엇 하려 했을까?"

"돌려주세요. 그리고 월령은 귀가 아녜요."

"⋯⋯이름이 월령이었군."

월령의 이름을 뱉고 나니 가슴이 시큰한 것이 상실의 아픔이 밀려왔다. 곁에 있었다면 함부로 이름을 부른다 성질을 부렸을 월령이 그리워 눈물이 차올랐지만 루아는 고개를 들고 눈에 힘을 주었다. 울지 않겠다고 약속했으니까 울면 안 돼!

"빨리 줘요."

"흐음⋯⋯."

해일은 루아에게 월령도를 돌려줄 생각이 없었다. 이제 천계에서 살게 될 루아에게 과거의 기억이란 슬픔만 안겨줄 것이다.

"장난 그만하고 빨리 줘요! 화낼 거예요!"

"월령도 떠나고 없는데 왜 그리 집착하지?"

전과 달라졌다는 말은 취소해야겠다. 슬프기 그지없는 루아의 마음을 가지고 장난을 치는 해일이 미웠다. 어쩌면 월령이 떠났다는 말을 저렇게 웃으며 할 수 있을까.

"돌려줘요! 약속했단 말이에요!"

"약속?"

"고향에…… 고향에 보내주겠다고 약속했어요."

울먹이는 루아의 목소리에 해일이 한숨을 내쉬었다.

"그녀가 보고 싶은 게냐?"

"제멋대로…… 혼자 자기 말만 하고…… 가버렸어요. 미안하다고, 고맙다고 말도 못했는데……."

이를 악물고 울음을 참는 그녀의 모습을 해일은 묵묵히 바라보았다. 그 아이, 어디쯤에 있을까. 유난히 달을 숭배하던 월지국의 자손이니 누이의 월궁에 있지 않을까.

"만나게 해주마."

"가, 능한가요? 그래요? 만날 수 있는 거예요?"

지계에서도 매정하게 거절당했던 소원을 이루어주겠다는 해일의 말에 루아가 두 눈을 크게 뜨며 그를 올려다보았다.

"그녀가…… 보고 싶어요."

해일이 월령도를 쥐었던 손을 내려 양손으로 감싸 안았다. 해일이 다시 양쪽으로 손을 폈으나 월령도는 그대로 허공에 떠 있다.

"만월의 기운으로 봉인되었던 월지국의 자손이여."

해일의 손이 월령도를 감싸듯 태극 모양으로 부드럽게 움직이니 공중에 떠 있던 단도가 천천히 회전하기 시작했다.

"마지막 연을 이었던 주인의 부름에 답하라."

해일의 손에서 뻗어 나온 주홍색의 빛이 월령도를 감싸며 아름다운 불꽃을 일으켰다. 점점 커지기 시작한 불꽃 속에서 월령이 모습을 드러냈다.

"워, 월령?"

불꽃 속에서 걸어 나온 월령의 시선이 해일에게로 향했다.

"재수 없는 목소리…… 누구인가 했더니."

싸늘한 눈동자로 해일을 노려보던 월령이 이내 루아에게로 다가와 그녀의 손을 잡았다.

"어째서 여기에 있는 거야, 루아?"

"진짜 월령이야? 나, 난……."

마지막 모습 그대로 아름답게 서 있는 월령을 루아가 와락 끌어안았다.

"어떻게, 어떻게…… 그렇게……."

"나 이곳에 오면 안 돼. 그리고 너도 이곳에 있으면 안 돼."

그를 조심하라고 했잖아. 월령의 속삭임에 루아가 고개를 드니 싸늘한 해일의 목소리가 들려왔다.

"쓸데없는 소리는 안 하는 게 좋아."

이번에는 월령이 루아를 잡아당겼다.

"내 걱정은 하지 않아도 돼. 나를 옭매어 왔던 월령도의 봉인이 깨졌어. 이제 새로운 곳에서 새롭게 태어나게 될 거야."

"괜찮은 거야? 지금 있는 곳에서 행복한 거지?"

"행복은 내가 만들어야지. 어디에 있던 이제는 다른 삶을 살 거야."

"월령…… 널 고향에 데려다 주겠다 약속했는데."

"후후후, 멍청이. 고향이란 움직이지 못하는 땅덩이가 아니라 사랑하는 이들이 있는 곳을 말하는 거야."

"월령……."

"항아님이 눈치채기 전에 돌아가야 해."

루아는 돌아서려는 월령의 손을 붙잡았다. 월령!

"미안해. 그리고…… 고마워."

떨리는 목소리에 월령의 눈에도 말간 눈물이 맺혔다.

"세상에서 가장 맑고 투명한 영혼에게 어머니 마고의 축복이……."

마지막 그 모습처럼 월령은 서슴없이 불꽃 속으로 걸어 들어갔다. 사그라지는 불꽃과 함께 월령도마저 흔적도 없이 사라져 버렸다. 그와 동시에 참았던 눈물이 툭 떨어져 내렸다. 부드럽게 루아를 감싸는 해일의 가슴에 얼굴을 묻은 그녀의 작은 어깨가 들썩이기 시작했다.

"다시 만날 수 있을까요?"

루아의 어깨를 감싸며 해일이 웃음 지었다.

"나중에. 아마도 한참 오래 걸릴 거야."

"고마워요."

세상에서 가장 맑고 투명한 영혼이 두 눈을 반짝이며 해일을 올려다본다. 해일의 입가에 부드러운 미소가 감돌았다. 너와 함께라면 영원의 시간도 지루하지 않을 것 같아.

"여기 참 아름답네요."

온 세상을 붉은빛으로 물들이는 노을을 바라보며 루아가 기지개를 켰다. 짧은 만남이었지만 새로운 삶을 살게 될 거라는 월령을 말에 루아는 무겁게 내리누르던 슬픔이 조금은 옅어진 것을 느낄 수 있었다.

루아는 곁에서 걷는 해일을 올려다봤다. 환국을 떠난 뒤로 너무나 이상한 경험이 많았던지라 루아는 해일의 특별한 능력에 대해 묻지 않았다. 동굴 속에서도 그렇고 월령을 만나게 해준 것도 그렇고, 어쩌면 해일이 구름 위를 걷는다는 신선일지 모른다는 생각이 들었다.

해일과 함께 해마루를 산책하고 방으로 돌아온 루아는 잠이 오지 않았다. 아무리 해일의 집이라지만 적왕을 생각하니 빨리 돌아가야겠다는 생각이 들었다.

"해일님도 월령도 함께했던 이들을 보니 좋네요."

"후후후."

"하지만 내일은 돌아가야겠어요. 기다리는 사람이 있거든요."

해일의 입가에 어렸던 미소가 사라져 버렸다. 적왕이 흑룡의 꼬리에 매달려 지계를 빠져나온 것을 모르는 그녀로서는 어쩌면 당연한 이야기일지 모르나 해일은 당연하게 받아들일 생각이 없었다.

천계 일천자의 일궁에 든 사실을 모르는 루아는 잠이 안 온다며 방 안을 서성였다.

"해일님이 계셔서 잠이 더 안 오는 것 같아요."

"훗, 여행하면서 내내 한방에 있었는데 새삼스럽다."

"그래도 이제 가서 주무세요. 저는 잠들려면 좀 걸릴 것 같네요."

가기는 어디를 간단 말인가. 루아가 있는 곳이 해일의 침실이었다. 방이야 부족하지 않을 만큼 넘치는 일궁이지만 굳이 다른 방에 가야 할 이유가 없었다. 해일은 나가라 손짓하는 루아의 손을 잡아당겼다.

"누워 봐. 그럼 잠이 올 거야."

손을 뿌리치려 했지만 이상하게도 그에게 잡힌 손에 힘이 들어가지 않았다.

"괜찮아요. 이따가 잠이 오면 자려 해요."

그녀를 바라보는 해일의 눈동자가 낯설다. 보면 볼수록 전과는 다르게 보이는 그의 모습에 루아가 마른침을 삼켰다. 뾰족하게 무어라 잡아낼 수는 없었지만 가볍고 장난기 많던 분위기는 찾아볼 수 없다. 그래서일까. 이곳에 있으면 안 된다며 그를 조심하라던 월령의 말이 자꾸만 생각났다. 왜 그런 말을 했을까.

"무슨 생각을 그리 하지?"

해일은 그녀의 머리에 살며시 손을 얹었다. 착한 아이처럼 스르륵 눈을 감는 루아를 안아 드니 깊게 잠든 그녀가 고른 숨을 내쉰다.

"편안하게 자도록 해."

루아를 침상에 눕힌 해일이 그녀에게 입맞춤했다. 항아가 가져온 선도보다 맛이 좋은 루아의 입술을 음미하던 해일이 아쉬움을 뒤로하고 몸을 일으켰다. 천계의 하루가 끝났으니 인계에서는 두 해가 지나고 아홉 달을 채웠다.

'길지 않을 거야.'

루아가 천계에서 머무는 동안 속사포처럼 흐르는 인계의 시간 속에서 그녀는 잊힐 것이다. 봉황의 기운을 가졌다고는 하나 루아의 정인 또한 한낱 인간일 뿐, 시간의 흐름 앞에 결국 포기하리라.

잠든 루아를 내려다보며 시간 가는 줄 모르던 해일은 일궁을 가려놓은 결계가 흔들리는 느낌에 자리에서 일어섰다. 월천녀 항아의 기운이 느껴지자 다급하게 해마루로 걸어 나갔다.

"이른 아침에 기별도 없이 무슨 일로 걸음하였느냐?"

"언제는 기별하고 왔습니까. 기별을 하지 않아도 이미 알고 계시지 않습니까."

틀린 말은 아니었으나 아끼는 누이 항아의 방문이 오늘따라 유난히 거슬리는 것은 그의 침실에 잠들어 있는 루아 때문이었다.

"삼신산에 다녀오셨다더니 얼굴이 좋아지셨습니다? 그런데……."

앞을 막아선 해일을 피해 미끄러지듯 궁으로 걸음을 내디딘 항아가 조심스레 고개를 돌렸다. 구름처럼 층층이 말아 올린 그녀의 머리에서 장신구들이 찰랑였다.

"사위스럽게 무엇을 하시기에 결계까지 펴시고……."

사위스럽다. 어쩌면 지금 해일이 루아에게 계획하고 있는 것을 정확하게 표현한 것인지도 모르겠다. 천계에서 결계를 친다는 것 자체가 꺼림칙한 일이니까.

"별고 없으신 거죠?"

"보다시피 잘 지내고 있으니 돌아가 보려무나."

"흠흠. 어째 하나뿐인 누이를 냉대하시는 것 같네요?"

"그럴 리가."

해일이 다시 항아의 앞을 막아섰다. 일궁으로 들어서려던 항아가 고개를 들어 묘한 눈빛으로 그를 올려다보았다.

"어제…… 제 아이 하나가 다녀갔던가요?"

월령의 이야기를 하고 있다는 사실을 알지만 해일은 대꾸하지 않았다. 월령은 제멋대로이긴 했으나 일궁에서의 일을 항아에게 일러바쳐 오누이 간에 불화를 일으킬 만큼 멍청하지는 않다.

"나의 누이가 그리 생각하는 연유가 무엇일까?"

해일의 말에 항아가 미심쩍은 눈으로 그를 바라보았다. 얼마 전 월령의 혼이 일궁으로 돌아왔다. 천지에서 잃어버린 비녀를 찾아준 대가로 환국의 소녀에게 주었던 월령도의 봉인에서 풀려난 것이다. 그 소녀가 환국의 봉황과 꽃밤을 보낸 아이라는 것은 알고 있었지만, 굳이 특별할 것이 있을까 하여 맑은 기운만을 보고 월령도를 내주었다. 기대했던 대로 좋은 주인 만나 봉인에서 자유로워진 월령은 월궁으로 돌아왔고 새 삶을 얻기 위해 천 일의 유예를 보내는 중이었다.

궁희의 황궁에 다녀온 항아는 그녀의 월궁 내에 미세하게 느껴지는 오라비 해일의 기운을 읽었다. 그의 방문이 있었냐는 물음에 시종들은 저마다 고개를 저으니 더더욱 이상할 노릇. 항아의 발걸음이 멈춘 곳은 월궁의 모래시계였다. 잠든 월령의 푸른빛에 붉은 기운이 스며 있었다.

'분명 오라비의 기운이 묻어온 것인데……'

죽기 전에 봉인을 하였던 월령인지라 봉인이 깨어진 지금 그리 돌아다니다가는 명왕에게 들켜 지계로 잡혀가기 십상이다. 그런 월령이 스스로 움직였다고는 생각할 수 없었다.

'지금 발뺌을 하시는 겁니까?'

항아가 두 눈을 뾰족하게 세우니 해일이 헛기침을 하며 동쪽 하늘을 바라보았다. 해일은 웃는 것도 화가 난 것도 아닌 묘한 표정을 짓고 있었다.

'뭐가 있군!'

저 표정을 마지막으로 보았을 때가 해일의 먹보 화룡이 그녀의 옥토끼를 삼켰을 때다. 천계를 다 뒤진 항아가 해일에게 옥토끼를 보았느냐 물었을 때에도 그는 동쪽 하늘을 보며 지금과 같은 표정을 지었었다. 물론 달을 먹고사는 옥토끼인지라 그녀의 방문에 맞춰 화룡이 배탈이 나면서 옥토끼 살인 사건은 종결됐지만 그 일로 항아는 천 년이 넘도록 오라비를 보지 않았다.

'사라진 토끼는 없는데…… 뭘까?'

항아의 시선이 해일의 어깨너머 일궁으로 향했다.

"오라버니 혹시…… 제 섬섬(蟾蟾)을 잡수신 겁니까?"

어젯밤 인계로 놀러 갔다가 돌아오지 않은 옥두꺼비를 떠올리며 항아가 조심스레 물으니 해일이 어이가 없다는 듯 한숨을 내쉰다.

"진심으로 묻는 것이냐?"

"아니요."

심각하기 짝이 없는 오라비의 표정에 항아가 피식 웃음을 터뜨렸다.

"도대체 일궁에 결계를 치신 이유가 뭡니까?"

"항아야."

"예."

"그만 돌아가 보려무나."

일천자 해일의 눈빛이 위험스레 변하는 것을 보았지만 항아는 물러설 수 없었다. 고개를 끄덕이며 돌아설 것처럼 소매를 저은 항아는 해일이 방심한 틈에 일궁으로 달려들었다.

'분명 무언가 있는데, 뭐지? 뭘까?'

등 뒤로 들려오는 해일의 부름에도 항아는 멈춰 서지 않고 치맛자락을 움켜쥐고 넓은 일궁의 복도를 달렸다. 놀라 물러서는 시종들의 모습에도 아랑곳없이 항아는 두리번거리며 내달렸다. 쫓아오는 해일의 기운이 가깝게 느껴지자 항아가 소매를 펼치며 소리쳤다.

"찾아!"

항아의 소맷자락에서 수천 마리의 은빛 나비들이 쏟아져 나오며 일궁 안은 은하수가 펼쳐진 것 같은 착각이 일었다.

"항아!!"

달 나비에 둘러싸인 해일이 소리를 질러댔다. 손끝 하나로 우수수 떨어져 버리겠지만 그리되면 어린 누이는 심정이 상해 천 년 동안 그를 쳐다보지 않을 것이다. 난감한 해일이 어쩔 줄 모르는 사이 항아는 까르륵거리며 일궁 안을 뛰어다녔다.

'찾았다.'

해일의 침실 문 앞 투명한 결계에 부딪치고 있는 달 나비들의 모습이 보였다.

"침실 앞에 또 다른 결계라?"

훗! 팔을 들어 달 나비들을 불러들임과 동시에 결계를 거두며 문을 열었다. 순간 강한 빛과 함께 튕겨 오른 항아의 몸이 복도의 반대편 벽에 부딪쳐 떨어졌다. 문밖으로 하나만 있는 줄 알았지 문 안에 또 다른 결계가 있으리라 누가 생각이나 했겠는가. 항아가 아는 오라비 해일은 그리 치밀한 성정을 가진 자가 아니었다.

"괜찮은 것이냐?"

서둘러 다가앉은 해일이 쓰러진 누이의 상체를 일으켜 세웠다. 충격이 컸던지 겹겹이 쌓아 올린 항아의 머리 곳곳이 타버려 제비집이 되어버렸다. 어젯밤 혹시나 혹시나 반복하다 쳐둔 결계에 하나뿐인 누이가 걸려들 줄이야.

해롱거리며 정신을 차리지 못하던 항아가 풀어져 버린 머리를 매만지며 울상을 지었다.

"쿨럭! 오라버니, 도대체 저한테 왜 이러시는 거예요!"

누가 누구에게 할 소린지. 뜬금없이 쳐들어와서는 오라비 침실 문 앞에서 투정이라니.

"항아야, 너야말로 나에게 왜 이러는 것이냐?"

멀뚱멀뚱 그를 올려다보던 항아가 이내 정신을 차렸는지 천천히 자리에서 일어섰다.

"도대체…… 저 안에 무엇이 있는 건가요?"

부축하는 오라비를 밀어낸 항아가 일렁이는 결계를 향해 손을 뻗자 해일이 결계를 거두었다.

두려운 마음에 가슴으로 손을 얹은 항아가 휘장이 드리워진 해일의 침상 앞에 섰다.

'설마…….'

침상에 드리워진 휘장으로 향하는 항아의 손이 떨리고 있다. 휘장을 거두어낸 항아가 벌어진 입을 다물지 못하고 휘청거리며 침상의 기둥을 붙잡았다.

"어쩌자고, 어쩌자고…… 오라버니."

평온한 모습으로 잠든 루아의 모습에서 시선을 떼지 못하던 항아가 조심스레 그녀의 이마에 손을 얹었다. 불에 덴 듯 항아가 화들짝 놀라 손을 거두었다.

'뭐지?'

루아에게 닿았던 손을 입술로 가져갔던 항아가 다시 손을 뻗었다. 두근두근, 두근두근. 두 개의 심장. 흠칫 놀란 항아가 루아에게서 물러섰다. 그 모습을 지켜보던 해일에게로 돌아선 항아가 매몰차게 외쳤다.

"당장 돌려보내요!"

문가에 서 있던 해일이 항아에게로 다가서니 그녀가 한 걸음 물러섰다.

"어머니 마고께서 아시면 용서치 않을 거예요. 어서 돌려보내요, 오라버니!"

항아는 두려웠다. 어머니 마고가 자손들을 쫓아내고 세상을 사계로 나눈 이후 인간이 천계에 든 적이 없다. 황궁 씨와 청궁 씨, 백소 씨마저도 죽어서야 인간의 육신을 벗어 천계에 올랐으니, 인간을 함부로 천계에 들인 오라비에게 죽음보다 더한 벌이 내려질 것이다.

"아름다운 아이가 아니더냐."

마치 홀린 듯 루아를 내려다보는 해일의 모습에 항아가 기함을 토했다. 아름답다니! 태양신으로 온갖 선망을 휘감고 세상의 아름다움을 모두 가진 해일이 한낱 인간에게 홀려 저런 말을 내뱉다니. 미친 것이다. 월천녀의 자랑스러운 오라비가, 하나뿐인 오라비가 미쳐 버렸다.

"제발 돌려보내요, 오라버니. 제발……."

항아의 애원은 들리지 않는지 해일은 루아에게서 눈을 떼지 못했다.

"일궁을, 아니, 천계를 칭칭 감아 결계를 펴도 감출 수 없어요. 언제까지 저렇게 잠재워 둘 수 있으리라 생각하는 거예요, 오라버니!"

너무나 사랑스러운 눈으로 루아를 바라보는 해일의 모습에 항아는 난생처음 공포를 느꼈다. 어머니 마고는 용납하지 않을 것이다. 태초에 그러하였듯이 또다시 홍수를 일으켜 천계를 쓸어버릴지도 모른다. 지소가 일으킨 오미의 난으로 천계에서 쫓겨났던 상급신들이 겪어야 했던 인간의 척박한 삶을 살고 싶지 않았다.

"항아야……."

"오라버니."

"돌아가거라."

해일의 말에 항아는 천천히 몸을 돌렸다. 어찌해야 하나. 이 일을 어떻게 해야 하나. 휘청거리며 일궁을 나서는 항아의 뒤로 부드러운 해일의 음성이 들려왔다.

"이해를 바라지는 않으마."

"돌려보내세요."

"처음 그 아이를 보았을 때 비를 맞고 있는 모습이 안쓰러워 햇빛을 내어주고 싶었다."

돌아선 항아는 더없이 행복한 표정으로 웃고 있는 해일을 보았다.

"두 번째 그 아이를 보았을 때 그 슬픔이 너무 짙어 햇살 같은 웃음을 주고 싶었다."

햇살만큼이나 포근한 해일의 목소리가 봄날의 미풍처럼 항아를 감싸 안았다.

"세 번째 그 아이를 보았을 때 그리움이 너무 깊어 따뜻함을 채워주고 싶었다."

"오라…… 버니……."

"그리고 지금 나는 그 아이만을 위한 단 하나의 태양이고 싶다."

단 하나의 태양이라니? 그 아이는 인간입니다! 항아는 파멸의 길로 치닫고 있는 해일을 포기할 수가 없었다.

"오라버니는 천계의 일천자입니다. 어찌하여 신분을 망각하고 인계의 아이를 탐하십니까."

게다가 신분의 벽을 넘는다 하여도 그녀에게는 이미 정인이 있지 않던가. 환국의 왕자와 뜨거운 꽃밤을 보내던 그날을 지켜본 항아는 루아가 해일의 품에서 행복하리라 생각지 않았다.

"그 아이도…… 같은 마음입니까?"

역시나 해일은 답하지 않았다. 속절없는 오라비의 연심이 가엽기까지 하다. 어긋난 오라비의 선택에 항아는 가슴이 무너져 내렸다.

"월궁으로 돌아가겠습니다."

낯선 침상에서 눈을 뜬 루아는 적왕의 모습이 보이지 않자 한숨을 내쉬었다.

'참, 해일님을 만나러 왔었지.'

기지개를 켜며 침상에서 일어서니 기다렸다는 듯 방으로 들어서는 시녀들의 손에 이끌려 루아는 목욕을 하고 새 옷으로 갈아입었다. 창가 아래 위치한 탁자에는 그녀의 상아검과 지계의 대신에게서 받은 녹두가 얌전하게 놓여 있었다. 적왕과 떨어져 있는 하루가 천 일과도 같으니 그에게로 돌아가고 싶어졌다. 상아검을 만지작거리던 루아가 시녀를 향해 돌아섰다.

"해일님은 어디 계신가요?"

"해마루에 계십니다."

푸짐한 아침상을 받아 식사를 마친 루아가 방을 나섰다. 지계에서도 그렇고 이곳에 도착하여서도 유난히 많이 먹고 잠이 는 것이 환국을 떠날 때보다 무게가 더한 듯하다.

'그이도 잘 지내고 있겠지.'

해마루로 나서니 정자에 앉아 있던 해일이 일어나 그녀에게 손을 흔들었다. 환하게 웃는 모습이 예전의 그를 보는 듯하여 루아가 그를 향해 달려갔다.

"무얼 하십니까?"

그의 손에 들려 있는 활을 보며 루아가 묻자 해일이 그녀에게 활을 건네주었다.

"제대로 맞히면 상을 주마."

해일이 가리키는 방향을 보니 꽤나 먼 거리에 반짝이는 금덩이가 보였다. 루아는 주저 없이 활시위를 당기며 과녁을 노려보았다.

"이래 봬도 국중대회 삼 년 연속 국궁 우승자랍니다."

"하하하! 그럼 솜씨 한번 볼까?"

해일의 말에 활을 잡은 루아의 손이 스르륵 풀리며 활시위가 바닥으로 향했다. 붉은 정표를 매달아놓은 천산 연리지 앞에 선 적왕도 그리 말했었다.

"어디 서자부 금랑의 솜씨 좀 보여주려오?"

그의 곁을 떠난 지 하루밖에 안 되었는데 너무나 그립다.

"루아."

해일의 부름에 루아가 웃으며 힘차게 활시위를 당겼다. 바람을 가르고 날아간 화살이 금덩이의 엉덩이에 맞고 떨어졌다. 금덩이에서 폭 하며 불꽃이 솟아올랐다.

"안 맞았나?"

"명중! 불을 쏘아 올리는 것을 보니 맞은 것이 분명해."

"다시 할래요."

정말 금덩인가? 왜 화살이 안 꽂히지? 깃발을 들어 명중을 알리는 기수가 없는데다 화살마저 꽂혀 있지 않으니 루아가 다시 활시위를 당겼다.

핑!

쏜살같이 시위를 떠난 활이 다시 금덩이로 날아갔지만 화살은 꽂히지 않고 튕겨 나갔다. 그 대신에 또다시 불꽃이 폭폭 솟아오른다.

"어, 저저 지금 명중했다고 불꽃이 올라오는 건가요?"

해일의 말을 믿지 않았던 루아가 고개를 갸웃거렸다. 그런 루아의 모습이 귀여워 해일이 덥석 그녀를 품에 안았다.

"아잇! 뭐 하는 거예요!"

루아가 해일을 밀어내며 쏘아보니 그가 시원스레 웃음을 터뜨렸다.

"정말 명궁이로구나."

"하지만 화살은 하나도 박히지 않았는걸요."

"후후후. 누렁아!!"

해일이 금덩이를 향해 소리치니 금덩이가 벌떡 일어났다. 놀란 루아가 허리춤으로 손을 얹었지만, 아차차! 상아검을 방에 두고

단 하나의 태양

나왔다. 무기가 될 것을 찾아 두리번거리는 사이 불을 뿜는 금빛 괴물이 해일을 향해 위협적으로 앞발을 치켜들었다.

"앉아!"

지소의 흑호만큼이나 거대한 해태가 얌전한 강아지처럼 해일의 앞에 앉아 물어온 화살을 내려놓았다.

"뭐, 뭐예욧!"

"누렁이야. 해태라고 불리지. 널 이곳으로 데려온 새라고나 할까?"

누렁이? 그러고 보니 해일이 그녀의 여행에 함께하게 된 이유도 누렁이가 아니었던가.

"아, 해일님이 찾던 누렁이가······."

"후후후. 그 누렁이 말고 다른 누렁이야."

인계에 두고 온 화룡과 착각하는 루아를 내려다보며 웃었다. 그도 그럴 것이, 삼신산에서 새로 데려온 기린의 이름도 누렁이니 일궁의 모든 영수의 이름이 죄다 누렁이인 셈이다. 그래도 저마다 부르는 음색이 다르니 달려오는 놈들도 가지각색이다.

"그럼 제가 누렁이한테 활을 쏜 건가요?"

"그렇지."

"아우, 정말! 미리 알았다면 활을 쏘지 않았을 거예요."

머리를 들이밀며 어리광을 부리는 해태의 모습에 루아가 가슴을 쓸어내렸다. 해태의 엉덩이에다 활을 쏘았다는 사실이 믿기지 않는다.

"동물 학대예요! 어머니 마고께서 모든 생명이 같다고 하셨는데

활에 맞아 죽기라도 하면 어쩌려고 했어요?"

"하하하, 그 정도로 죽을 해태라면 어찌 영수의 반열에 올랐을까."

"아파서 불을 토한 것 아니에요?"

"간지러워서 그랬을걸."

해태를 염려하는 마음조차 어여뻐 해일은 자꾸만 웃음이 나왔다.

"정말 해일님은 이해할 수가 없어요."

웃기를 멈추지 않는 해일이 얄미워 루아는 부아가 치밀었다.

"자, 명중했으니 상을 주어야지."

해일이 손에 든 복숭아를 내밀었다. 삼신산에서 가져온 불사의 선도이다.

"우와! 맛있게 생겼어요."

"먹어봐."

이곳에서 영원히 함께 사는 거야. 해일은 탐스러운 선도를 바라보는 루아를 내려다보며 미소 지었다. 이른 아침 항아의 방문으로 마음이 조급해진 해일이 어서 영생의 선도를 먹여야겠다는 결심을 하게 된 것이다.

"선도를 먹으면 불사의 삶을 얻게 될 거야."

"훗! 거짓말."

루아는 말도 안 되는 소리를 하는 해일을 보며 피식 웃어버렸다.

"정말이에요?"

"선계의 삼신산에서 가져온 거야."

역시 해일은 신선이었나 보다. 불로장생의 선도가 사실일지 아닐지는 먹어봐야 알겠지만 루아는 그것을 먹지 않을 것이다.

"마음은 고맙지만 안 먹을래요."

루아는 조용히 고개를 저으며 해마루의 정자에 앉았다. 알 수 없다는 듯 그녀에게로 다가선 해일을 올려다보며 루아가 한숨을 내쉬었다. 영원한 삶이라……. 그렇게 오래 살게 되면 사랑하는 이들이 죽어가는 모습을 보게 될 것이다. 처절한 슬픔을 감수하면서까지 어리석은 욕심을 부리고 싶지 않았.

"그 사람을 만났어요. 이제 환국으로 돌아갈 거예요."

"돌아갈 수 없어."

그 뜻을 알아차리지 못한 루아가 여전히 웃으며 말했다.

"해일님을 만나서 정말 좋았어요. 잘 지내고 있는 것을 확인했으니까 이젠 정말 돌아가야겠어요."

"루아……."

그녀에게로 돌아선 해일의 얼굴이 무섭게 일그러져 있다.

"넌 돌아갈 수 없어."

"무슨…… 말이에요?"

"여기가 어디라고 생각하는 거지?"

"해일님……."

정자에서 일어선 루아가 해일에게로 다가섰다.

"루아, 여기는 천계의 일궁이다."

"무슨 말을 하는 거예요?"

"난…… 일천자 해일."

쿠궁! 조용한 음성이었으나 루아는 벼락을 맞은 듯한 충격이 일었다. 일천자 해일이라면 해신이란 말인가. 천천히 물러선 루아가 주위를 둘러보았다. 오색구름 가득한 하늘 아래 화려한 금빛으로 반짝이는 일궁과 그의 곁에서 불꽃을 뿜어내는 해태의 모습이 루아의 눈동자로 가득히 들어찼다. 천계…….

"널 포기할 수가 없었다."

마디마디 끊어내는 해일의 음성에 루아는 온몸으로 소름이 돋아 올랐다.

"그만, 그만해요."

루아는 천천히 머리를 움켜쥐었다. 흑룡을 타고 지계를 벗어나 어디로 온 것인가.

"무슨 말을 하고 있는지 모르겠어요."

"루아……."

충격으로 멍하니 바라보는 루아에게로 다가서던 해일이 멈춰 섰다. 분명한 거부의 의사를 드러내며 그에게 다가오지 말라 손을 저었다.

"오지 말아요! 그냥, 그냥 거기 있어요."

숨을 고르는가 싶던 루아가 몸을 돌려 달리기 시작했다. 일궁이 아닌 해마루의 끝을 향해 달리는 루아를 쫓은 해일이 그녀를 품에 안았다.

"놔요! 놔!"

미친 듯이 손톱을 세우며 발버둥 치던 루아의 손이 해일의 뺨을 매섭게 갈랐다.

"손대지 말아요!"

"루아……."

"그에게로 돌아가겠어요."

숨을 삼킨 해일이 루아를 잡아당김과 동시에 손을 들어 크게 원형의 결계를 폈다. 커다란 구 속에 갇혀 버린 루아가 결계를 두드리며 소리쳤지만 해일의 귀에는 아무런 소리도 들리지 않았다. 천계의 시간이 흐르는 사이 내내 잠재워 두는 것보다 이편이 더 나을지도 모르겠다는 생각이 들었다. 해마루의 정자로 돌아온 해일이 선도를 손에 들었다.

"불멸의 삶이 싫은 것인가……."

이렇게 거부할 줄 알았다면 아침상에 섞어서 먹였을 것이다. 해일이 여전히 결계를 두드리고 있는 루아에게로 다가섰다.

"루아, 너도 곧 이해하게 될 거야."

해일이 투명한 결계의 면으로 선도를 밀어 넣으니 화기로 얼굴이 달아오른 루아가 선도를 집어 결계를 내려치기 시작했다. 으깨진 선도가 루아의 원망과 함께 결계의 벽을 타고 흘러내렸다.

15장 환란의 시작

'어떡해서든 빠져나가야 한다.'

사막을 시작으로 대륙을 횡단하여 이곳까지 오는 데 오 년이 넘게 걸렸다. 붉은 군대의 악명이 워낙에 널리 퍼진지라 그들과 전쟁을 벌이려는 부족도 나라도 없었다. 우서한은 각 나라들을 관통하는 대신에 외곽으로 우회하여 진군하도록 유인하며 시간을 벌고 있었다. 우서한이 도망갔다가 사로잡히기를 반복하는 동안 이들은 벌써 양운국을 넘어섰다.

'비리국에 들어서면 환국의 국경까지 석 달이다.'

붉은 군대의 병력과 이동 시간을 계산하며 우서한은 깊은 생각에 잠겼다. 우기가 지난 여름이니 겨울보다는 속도가 빠르겠지만 만여 명에 가까운 붉은 군대는 움직임이 둔할 수밖에 없다. 대륙을 건너는 동안 틈만 나면 탈출을 감행했지만 하루를 벗어나 본 적이 없었다. 먹잇감을 쫓듯 그를 찾아내는 전사들의 사냥 실력은 전투력보다 빠르고 민첩했다.

'어떻게 빠져나간다?'

해가 저물어 산 하나를 가득히 메우고 진을 친 붉은전사들 속에서 우서한은 그들이 건네준 육포를 씹었다.

"도망칠 생각이라면 관두는 것이 좋아. 긴 진군으로 다들 지쳐 있거든."

물을 건네던 붉은전사가 망설임 없이 그의 손목에 둘러진 밧줄을 끊어주었다.

"이번에 잡히면 널 아침으로 먹으려 들 거야."

마지막 탈출이 한 달 전인지라 전사들의 경계가 조금 허술해진 탓이다. 아니, 포로의 무기조차 빼앗지 않은 것은 대륙 최강인 붉은전사들의 치솟은 자부심으로 스며든 교만이라 함이 옳다.

'적왕과 루아는 벌써 도착했을지도 모르겠군.'

낡아빠진 청동검을 선택한 적왕이 가버린 뒤에도 우서한은 하루가 꼬박 걸려 검을 선택했다. 적왕이 고른 것보다 조금 큰 우서한의 청동검은 세상의 것이 아닌 듯 예리하고 아름다웠다. 손잡이에 박힌 청옥 또한 잃어버린 보물의 위용을 뽐내듯 더없이 진귀한 것이었다.

"모두 원하는 곳으로 떠났다."

명왕의 말처럼 적왕과 루아는 하루 일찍 환국을 향해 떠난 듯 모습을 볼 수 없었다. 귀한 청동검을 얻은 우서한은 처음 그들을 안내했던 인면조 만세에 의해 목의 결계인 샤자라툰으로 안내되었다.

처음 들어섰을 때와 달리 한쪽으로 길을 내고 있는 나무들을 따라 숲에서 벗어난 우서한의 뒤로 샤라자툰은 신기루처럼 사라져 버렸다. 뿌연 모래먼지 가득한 사막에 홀로 남은 우서한은 기다리고 있었다는 듯 달려든 붉은전사 두마에게 잡혀 버렸다.

"주인님은 어디 계시느냐?"

두마의 말에 우서한은 적왕과 루아가 다른 길을 통해 지계를 빠져나갔으며, 그들이 지계에 머무는 사이 시간 또한 멈췄다는 믿을 수 없는 사실을 받아들여야 했다.

"적왕은 원하는 곳으로 돌아갔다."

"원하는 곳? 도대체 어디로 갔다는 말이냐?"

길길이 날뛰던 두마는 그가 잡아왔던 계집아이를 환국으로 무사 귀환시키라는 적왕의 마지막 명령을 기억해 냈다. 두마는 지체 없이 무리를 이끌고 사막을 떠났다.

붉은전사의 포로가 되어 환국으로 향하는 사이 곳곳에 상주해 있던 붉은전사들이 모여 그 수를 셀 수 없는 붉은 물결이 생겨났다. 전설의 실체를 확인하는 순간이었다.

해 뜨는 동방에서 붉은 깃발이 오르면 땅은 피로 물들고 두려움에 싸인 이방인들은 붉은 눈동자의 발밑에 머리를 떨군다.

기하급수적으로 늘어나는 붉은 군대의 존재를 두 눈으로 확인한 우서한은 위협적 수세에 당황했다. 삼십여 명의 전사들과 환국으로 가는 것은 문제될 것이 없었으나 피의 역사를 써온 야인들의 군대를 이끌고 환국으로 간다면 이는 곧 전쟁이었다.

✽

천계, 대천녀 궁희의 황궁.

구름처럼 올린 머리를 옥꽃으로 장식한 대천녀 궁희가 황궁 중앙에 위치한 수경을 내려다보고 있다. 불길한 앞날을 예고하듯 온 천하가 붉은전사들로 뒤덮여 환국을 향해 하루하루 진군의 속도를 높이고 있었다.

그들을 바라보는 궁희의 얼굴은 수심이 가득했다. 다행인지 불행인지 붉은전사들의 무리에서 탈출한 우서한이 환국을 향해 말을 타고 쉬지 않고 달리는 모습이 보였다.

'적왕을 만나야 한다.'

말을 달리는 우서한의 생각이 쉴 새 없이 들려왔다.

'그만이 이 진군을 막을 수 있다.'

우서한의 탈출은 또 다른 변수로 작용할 것이 분명했으나 그 결과 또한 예측 불가, 이미 걷잡을 수 없을 정도로 뒤엉켜 버린 운명의 수레바퀴는 시커먼 절벽을 향해 달리는 듯 불안하기만 했다.

"적왕을 보자."

궁희의 말에 수경이 잔물결을 일으켰다. 천계 아래로 선계까지 이어져 있는 생명의 나무를 오르는 적왕의 모습이 보였다. 천계의 시간으로는 이틀이나 선계의 시간으로는 벌써 이십여 일을 쉬지 않고 오르고 있는 것이다. 주위로 오색구름이 가득한 것을 보니 이제 곧 천계에 닿을 것이다.

"네가 있어야 할 곳은 환국이거늘……."

"백소대제 드셨습니다."

시종의 목소리에 궁희가 하얀 소매 깃으로 수경을 가르며 적왕의 모습을 지워 버렸다.

금빛 기둥 사이로 백색 천의에 금빛 관을 쓴 백소대제가 들어서는 모습이 보였다.

"대제 백소, 대천녀 궁희님께 문안드립니다."

궁희가 다가오라 손짓하니 백소가 그녀에게로 걸음하며 손을 잡았다. 그녀의 자손인 황궁과 청궁이 그러하듯 소희가 낳은 백소와 흑소도 때가 되면 잊지 않고 궁희를 찾아 문안을 한다. 비록 궁희와 소희의 관계가 지금 잠시 소원하다 하여도 모두가 어머니 마고를 뿌리로 두고 있으니 서로가 반갑지 않을 이유가 없다.

"이모님, 안색이 좋지 않으십니다."

걱정스러운 목소리에 궁희가 애써 미소 지었다.

"홀로 오신 것을 보니 흑소대제께서는 바쁘신가 봅니다."

"백궁에 갔습니다."

"그래요……."

소희의 백궁에 갔다는 말에 궁희의 안색이 더욱 어두워졌다. 물끄러미 궁희를 바라보던 백소가 한숨을 내쉬었다.

"이리 애태우시며 마음 쓰실 것을 어쩌시다가……."

더더욱 깊어지는 궁희의 한숨에 백소가 말하기를 멈추고 그녀의 손을 다정하게 두드렸다.

"천계의 모두가 숨죽여 지켜보고 있음을 아십니까. 흑소가 어머니를 설득하러 갔으니 좋은 소식이 있을 겁니다."

"모든 것을 돌이키기에는 너무 늦었습니다."

묵묵하게 그들의 여정을 지켜보았던 궁희는 극으로 치닫는 지금의 상황을 어찌해야 할지 알 수가 없었다.

"누구를 보고 계셨는지 말씀 안 하셔도 알 듯합니다."

백소가 조용한 몸짓으로 수경을 건드리니 생명의 나무를 오르는 적왕의 모습이 보였다.

"이렇게 지켜보며 애태우시렵니까. 제가 백호를 보내어 데려오겠습니다."

"그냥 두세요. 혹여나 포기하지 않을까 기다리고 있습니다."

"포기하리라 생각하시는 겁니까?"

백소의 말에 궁희는 대답하지 못했다. 선인들조차 오를 엄두를 내지 못하는 생명의 나무 끝을 보고 있는 이는 다른 누구도 아닌 적토의 적왕이다. 포기하지 않으리라는 것을 알면서도 궁희는 그래 주었으면 하는 마음을 감출 수가 없었다.

"묵묵하게 지켜보시는 것만이 능사는 아닌 듯합니다."

불같은 성정을 지닌 어머니 소희와는 다르게 물처럼 순리를 고집하는 궁희의 성정을 모르는 바 아니었으나 백소는 답답했다. 소희처럼 극성을 부리며 자손들을 휘두르는 어머니도 문제였지만, 방관에 가까운 믿음으로 지켜만 보는 궁희 또한 최선이라 할 수 없었다.

"어머니 마고의 침묵에는 이유가 있을 것입니다."

"어머니 마고의 침묵은 방관이 아니라 선택입니다. 두 딸의 싸움에 어느 한 편을 들지 않겠다는 공정함이지요. 모르십니까."

답답하다는 듯 백소가 궁희를 바라보며 말을 이었다.

"천계의 두 지존께서 시작하신 싸움에 홍수보다 더한 환란을 맞게 될 인간들이 불쌍하지 않으십니까. 무엇으로 보상할 수 있으리라 생각하시는 겁니까."

궁희의 가슴으로 짙은 회한이 밀려왔다. 궁희는 어머니 마고의 뜻에 어긋남이 없는 순종적인 딸이었다. 그런 그녀를 닮은 자손들이 소희의 시험에 굴하지 않고 모든 것을 이겨낼 것이라 장담한 것이 결국에는 소희와 손뼉을 마주친 결과를 낳았다.

뒤늦은 지금에 와서 궁희는 자신의 어리석은 판단을 후회하며 통탄했다. 이기고 지는 것이 문제가 아님을, 그 과정 속에 얼마나 많은 자손들의 눈물을 보게 될지 미처 생각하지 못했던 것이다.

"이미 시위를 떠난 화살을 무엇으로 잡을 수 있겠습니까."

수경 위로 흐르는 궁희의 한탄을 지켜보던 백소가 돌아섰다.

"화살을 잡을 수 없다면, 과녁을 틀어야겠지요."

대천녀 궁희의 한숨을 뒤로하고 백소는 황궁을 나섰다. 두 마리의 백호가 끄는 수레에 오른 백소는 어머니 마고의 천궁으로 향했다. 인간으로 지계에 다녀온 자, 그에 멈추지 않고 선계에 들어 생명의 나무를 타고 오른 적왕을 만나야 했다.

"아무리 종주국의 적통이라 하나 인간의 한계가 분명하거늘…… 어찌 환란의 핵이 되어 사계를 뒤흔드는가."

오색구름이 가득한 천계의 길을 달려 눈 깜짝할 사이에 천궁에 도착한 백소의 귀에 쩌렁쩌렁한 목소리가 들려온다.

쿵! 쿵! 쿵쿵쿵!!

하늘로 치솟아오른 천궁의 금문을 두드리는 적왕의 모습에 백소가 고개를 절레절레 저었다. 참으로 감당 안 되는 인간이로군.

"문을 열라! 나는 적토의 적왕이다!"

청동검의 손잡이로 천궁의 금문을 두드리는 적왕은 백소가 다가서는 것도 알아차리지 못하고 부서져라 문을 두드렸다.

"어머니 마고의 성에 이 무슨 소란인가!"

부드러우나 근엄하여 묵직한 백소의 목소리에 금문을 두드리던 적왕이 휙 돌아섰다. 신비로운 기운에 싸여 빛을 발하는 백소대제는 해와 달도 고개를 숙이는 천계의 상급신이었다. 구 척의 하자베보다 더 큰 백소의 모습에도 기죽지 않고 적왕은 청동검을 겨누었다.

"문을 열어라!"

팔다리가 부서지도록 끝도 없이 나무를 기어오른 적왕은 반짝거리는 덩치와 노닥거릴 기운도 시간도 없었다.

'천자든 뭐든 쓸어버릴 테다!'

기운이 다하여 휘청거리는 다리를 구름 속으로 단단히 묻어 발끝에 힘을 주며 다시 소리쳤다.

"문을 열라 하였다!"

"네가 갈 길이 그곳이 아닌데 그리 들려 하는가?"

"내가 가야 할 길은 내가 정해!"

강단 있는 목소리와 달리 서 있는 것조차 힘들어 보이는 적왕의 모습에 백소가 혀를 찼다. 선계에서 천계까지 맨손으로 올라왔단 말인가. 살아 있는 것이 참으로 대견하고 기특하다.

긴 머리를 질끈 묶고 지계의 것으로 보이는 검은 옷을 입은 적왕의 붉은 눈동자가 흐트러짐 없이 백소를 노려본다. 저러고도 서 있는 것을 보니 몸과 기력이 실하고 튼튼하다.

'참으로 강건하구나.'

백소는 소매에서 금빛 환약을 꺼내어 적왕에게 내밀었다.

'어디 얼마나 담대한지도 볼까?'

적왕은 열라는 문은 열지 않고 뜬금없이 환약을 내미는 백소를 노려보았다.

"내가 이곳에 온 연유를 아는가?"

"그것을 먹으면 원하는 것을 알려줄 게야."

적왕은 그에게로 뻗은 백소의 손에 놓인 환약을 움켜쥐었다. 그리곤 환약을 입안으로 던져 넣고 삼켜 버렸다.

"말해!"

잠시의 고민도 없이 환약을 삼켜 버린 적왕의 모습에 백소는 놀라 물었다. 아무리 겁이 없고 배짱이 두둑하다 하나…….

"무엇인지 묻지도 않고 삼키는가?"

"내가 죽는다면 너는 지옥의 야차를 보게 될 것이다."

이를 갈며 강기를 뿜어내는 적왕의 모습에 백소는 감탄을 금치 못했다.

"이런, 이런, 이런……."

허탈한 웃음을 뱉어내는 백소를 지켜보던 적왕은 환약이 들어서는 몸 곳곳에 뜨거운 기운이 치솟는 것을 느꼈다. 독인가? 청동검을 움켜쥔 손이 떨려오기 시작했지만, 적왕은 아무렇지도 않은 듯 덤덤하게 백소를 올려다보았다.

"말해! 그녀는 어디 있는가?"

'루아라는 여인을 말하는 것이로구나.'

일천자 해일이 일궁에 결계를 친 탓에 천계에서 루아의 행방을 짐작하는 이는 궁희와 소희뿐이다. 세심하게 일행을 지켜보던 두 천녀와 달리 뒤늦게 소식을 접한 백소는 루아의 행방을 정확히 알지 못했다. 선계 어딘가에서 사라진 환국의 여인을 찾는 적왕에게 백소가 수레를 끌던 백호 한 마리를 내어주었다.

"백호를 타면 네 마음의 길을 따라 달릴 것이다."

환약이 퍼지는 듯 기운을 차리기 시작한 적왕을 바라보는 백소의 눈동자가 흔들린다.

"청동검을 얻었으니 환국으로 돌아간다면 7대 환인에 올라 파란을 막을 수 있을 것이다. 하나 다른 길을 택한다면 환국을 치게 될 환란의 끝에 너를 기다리는 것은 파멸뿐이다."

죽음을 예고하는 백소의 음성에도 적왕은 더욱 붉은 강기를 뿜어내며 청동검을 움켜쥐었다. 인간의 삶을 가지고 노는 신들의 횡

포에 더 이상 머리 숙이지 않는다.

"선택하였는가?"

적왕은 대답도 없이 백호의 몸에 올라탔다. 커다란 백호에 오르고 보니 백소와 눈높이가 비슷하다.

"신이란 어차피 모든 것을 알고 있는 존재가 아닌가."

"선택을 하였는가 물었다."

답을 기다리는 백소에게 적왕이 덤덤하게 말했다.

"신에게 줄 답은 아무것도 없다."

*

천계, 일천자의 일궁.

투명한 원형의 결계에 동물처럼 갇혀 분노와 절망의 나락을 오가던 루아는 지쳐 쓰러졌다. 그녀의 주위로 으깨진 선도들이 사방으로 널려 있었으며 결계 안에는 향긋한 복숭아 내음이 가득했다.

"돌려보내 줘요……."

원망 어린 절규로 결계를 두드린 탓에 두 손은 피멍이 들고 움켜쥔 선도의 씨앗으로 찢겨져 피가 흘렀다. 이 또한 선도의 영험함으로 금세 아물어 버리겠지만 또다시 상처 내기를 주저 않는 루아였다.

"이제 그만하여라."

고통스러운 눈으로 그녀를 지켜보는 해일의 모습에 루아가 입술을 깨물었다.

"무얼 먹어야 하지 않겠느냐?"

천계에 도착한 첫날을 빼고 루아는 오늘 하루를 꼬박 결계 안에 갇혀 있었다. 해일이 결계 안으로 넣은 선도들은 루아의 마음처럼 모질게도 부서져 버렸다.

"루아……."

그의 목소리가 싫다.

"말하지 말아요."

아름답다 느꼈던 푸른 눈동자조차도 소름 끼치게 싫었다.

"쳐다보지도 말아요."

"어찌하여 이리 모질게 구는 것이냐. 루아답지 않다."

루아답지 않다. 그럼 당신은……. 여름날의 소나기 같은 웃음을 선사하던 해일은 일순간 독선적인 일천자로 변해 그녀의 숨통을 조이고 있다. 당신, 누구야?

"내가 보고 있는 이가 누구일까?"

갈라진 루아의 목소리에 해일이 원형의 결계로 다가섰다.

"무슨 말이 하고 싶은 것이냐?"

"내가 보고 있는 이가 누구인지 궁금합니다. 나와 함께 여행을 하던 친구인지, 한 번도 보지 못했던 천계의 천자인지 알고 싶습니다."

"나는 해일이다."

씁쓸한 해일의 음성에 지쳐 쓰러져 있던 루아가 살며시 고개를 들었다.

"아니야. 당신은 해일님이 아니다."

"루아……."

"해일님은 아침 햇살처럼 밝고 아름다운 사람이었다."

"나는 네게 단 하나의 태양이고 싶다."

루아가 그에게서 고개를 돌려 버리자 해일이 결계를 두드렸다.

"나를 봐! 내가 해일이다! 너와 함께 웃던 해일이란 말이다!"

그녀의 외면에 해일이 결계의 반대편으로 돌아오자 루아는 눈을 감아버렸다.

'멍청이…….'

월령의 목소리가 들려오는 듯하여 웃음이 나왔다.

'그래, 정말로 아둔하고 멍청하다.'

귀담아듣겠다 하였는데 결국 이리되고 마는구나. 해일을 조심하라던 월령의 경고를 흘려들은 것이 뼈에 사무치게 후회가 되어 가슴이 아팠다.

"그리운 친우를 보러 왔다 생각했는데……."

결계를 두드리는 소리에도 루아는 눈을 뜨지 않았다.

"……죽을 자리를 찾아왔구나."

"그리 말하지 마라! 나의 루아는 그리 모진 여인이 아니다! 루아! 나를 봐! 루아!"

아랫배가 딱딱하게 뭉치는 듯싶더니 송곳으로 찌르는 것 같은 통증이 일었다.

"두 번 다시…… 보고 싶지 않아."

왈칵 뜨거운 기운이 허벅지를 적시는 느낌이 들었지만 루아는 이를 악물고 신음조차 흘리지 않았다.

✻

인계, 환국의 선원.

땀으로 흠뻑 젖어 눈을 뜬 아사는 얼굴로 들러붙은 머리카락을 밀어 올렸다.

"하아…… 하아, 하아, 루아……."

부쩍 잦아진 선몽에 익숙해질 만도 하건만, 오늘 그녀에게 찾아든 꿈은 온통 붉은색으로 불길하기만 했다. 밝은 빛 속에서 울부짖는 루아의 모습을 보았다. 그 뒤로 일렁이는 붉은 물결은 지독하게도 음산했다.

"무슨 일이야? 도대체 무슨 일이 벌어지고 있는 거냐구!"

천기를 읽는 동생을 무던히도 부러워하던 아사였으나 그와 함께 루아가 짊어지고 가야 했던 막연한 두려움을 뒤늦게야 이해하게 되었다.

'축복이라 생각하였거늘…….'

선몽은 날이 갈수록 잦아지고 뚜렷해졌다. 잠을 이루지 못하는 나날 속에서 아사는 우서한의 귀환만을 목이 빠지게 기다렸다. 그가 떠난 뒤로 십 년의 세월이 지났지만 아사에게는 어제와도 같았다. 꿈으로 찾아드는 우서한을 만나 그를 느끼고 정을 나누었기 때문이다.

변함없이 다정한 모습으로 그녀의 이름을 불러주는 우서한과의 춘몽은 십 년이라는 세월의 흐름 속에서 아사의 가슴에 또 다른 감정으로 자리 잡았다.

침상에서 일어선 아사는 탁자 위에 놓여 있는 국화차를 들어 벌컥거렸다. 찻그릇을 내려놓고 나니 은은한 달빛이 홀리듯 그녀를 창가로 불렀다. 도대체 얼마나 더 기다려야 하는가! 벌써 십 년이 넘었는데 꿈만 자꾸 꾸어대고 우서한은 머리카락 하나 보이지 않으니 아사는 기다림에 지쳐 가고 있었다.

'분명 청동검을 손에 든 우서한을 보았는데.'

오 년 전의 꿈은 지금 생각해도 어제와 같이 또렷했다. 두 사람이 처음 만났던 버드나무 아래에서 우서한을 보았다. 아름다운 청옥이 박힌 청동검을 든 우서한은 전과 다름없이 강건하고 담대한 모습으로 그녀를 향해 환하게 웃고 있었다.

'그가 돌아오면 나의 꿈이 이루어진다.'

서윤 왕자의 시신이 환국으로 돌아온 후 태자의 광기는 극에 달했고, 십 년이 넘어선 지금 태자전의 유폐에서 풀려난 지 반년이 채 되지 않았다.

"환인이 되면 널 환국 최고의 여인으로 만들어주마."

태자는 약조하였으나 아사는 고개를 저었다. 유폐에서 풀려났다고는 하나 그는 총명하고 강건하였던 예전의 태자가 아니었다. 삼사오가 대신들이 심신이 미약함을 이유로 태자의 폐위를 들먹이고 있었다. 그러한 상황을 알지 못하는 태자는 오직 그녀만을 믿고 의지하며 간혹 죽은 태자비와 혼동이 되는지 아사의 몸을 탐하기에 이르렀다.

"미치겠네."

십 년 전이라면 태자와 몸을 섞었을지도 모른다. 그녀가 대신녀에 오르기 전이라면, 아니, 우서한이 그녀를 위해 청동검을 얻으러 떠나지만 않았다면.

'그는 반드시 돌아올 거야.'

곁에 있을 때에는 몰랐던 그리움이라는 낯선 감정이 아사의 가슴을 잠식하고 있었다. 우서한의 생각으로 긴 한숨을 내쉬던 아사가 아직도 어둡기만 한 방 안을 둘러보았다.

선반 위 장신구들을 넣어놓은 나무 상자에서 노란 빛이 뿜어져 나오고 있었다. 전에도 드물게 그런 일이 있었으나 오늘 보았던 동생의 모습이 너무나 처절해 보여 아사는 나무 상자로 향했다. 나무 상자를 여니 전대 대신녀에게서 받은 야광주가 진한 빛을 뿜어내고 있었다.

'루아에게 무슨 일이 있는 거야.'

꿈에 루아가 보이면 어김없이 빛을 발하는 야광주. 아사는 동생에게 무슨 일이 생긴 것이라 단정 지었다. 전대 대신녀는 하나의 야광주를 반으로 나누어 루아와 아사에게 나누어 주었다. 왜 그랬을까. 물음의 해답은 십 년이 지난 지금까지 찾을 수 없었다.

'언젠가는 알게 되겠지.'

야광주를 만지작거리던 아시가 점점 빛을 잃어가는 야광주를 목에 걸었다.

방 안을 서성이던 아사는 결심한 듯 옷을 걸쳐 입었다. 가슴이 답답하여 더 이상 참을 수가 없었다. 대신녀가 된 이후로는 선원

출입이 자유로워졌으나 늦은 시각인지라 조심스러웠다.

'멀지 않았어.'

아사는 조용히 방문을 열었다. 졸고 있는 선제신녀들의 곁을 지나 선원을 빠져나오는 길에 다행히도 다른 신녀들은 마주치지 않았다. 선원의 계단을 내려선 아사는 정처 없이 걷기 시작했다.

'무언가 시작되고 있는 거야.'

얼마나 걸었을까. 아사가 도착한 곳은 우서한과 처음 만났던 천부단 광장의 버드나무 앞이었다. 나무에 기대어 선 검은 그림자가 보이자 아사는 걸음을 멈춰 섰다. 아사는 혼자라는 사실도 잊은 채로 겁도 없이 그림자를 향해 외쳤다.

"누구인가? 모습을 드러내라."

대답 대신 마치 웃는 것처럼 그림자의 어깨가 들썩였다. 아사는 조심스레 그림자에게로 다가섰다.

'은은한 달빛, 커다란 버드나무, 그리고…….'

어디서 본 듯한 낯익은 상황에 아사의 손이 떨리기 시작했다. 설마……. 꿈에서와 꼭 같은 상황에 그녀는 옷자락을 움켜쥐었다.

"우…… 서한."

떨리는 아사의 목소리에 그림자가 반응하며 천천히 돌아섰다.

"영험한 대신녀로군, 이리 알고 마중까지 나와주니."

"우서한!"

주저 없이 품으로 달려드는 아사의 모습에 우서한의 가슴이 미친 듯이 뛰기 시작했다. 여전히 곱고 아름다운 그의 아사가 우서한의 품에 안겨 있다. 늘 쌀쌀맞기만 했던 정인의 예상치 못한 환대에 우서한은 십 년의 고통이 모두 사라지는 느낌이었다. 우서한은 부상당한 등을 펴며 아사를 더욱 당겨 안았다. 사무치게 그립던 그녀의 향기가 그의 코끝으로 싱그럽게 찾아든다.

"아사……."

"동이 타야 성문이 열리는데 어떻게 들어왔어요?"

"네게로 오는데…… 아무리 높다 한들 넘지 못할 것이 무얼까."

성벽보다 더한 고비들을 넘고 넘어 아사에게로 돌아온 우서한이다. 부상을 입은 몸으로 높다란 성벽을 넘는 것은 만만치 않은 일이었으나 붉은전사들 속에서 빠져나오는 것보다는 수월했다.

"가서 이야기해요. 사람들이 보겠어요."

"아사……."

아사가 그를 잡아당기니 건장하게만 보였던 우서한이 휘청거리며 신음을 토했다. 뒤늦게야 그녀의 손을 적시고 있는 것이 땀이 아니라는 것을 알아차렸다.

"우서한! 괜찮아요?"

우서한은 입술을 깨물었다. 붉은 군대에서 탈출하며 칼에 맞은 등과 허벅지가 욱신거렸다.

"괜…… 찮아."

"다친 건가요?"

애써 숨을 들이켠 우서한이 허리를 세우고 청동검을 꺼내어 아사의 손에 쥐어주었다.

"우…… 서한."

청동검을 받아 든 아사가 우서한을 올려다보았다. 구름을 벗어난 달이 우서한의 얼굴이 비쳤다. 광대가 튀어나오고 수염으로 뒤덮인 입술이 뜨거운 숨을 토해내고 있었다.

아사는 금방이라도 무너져 내릴 것 같은 우서한을 부축하여 선원을 향해 걸었다. 그에게서 피 냄새가 진동했다. 걷는 동안 우서한의 상태는 더욱 나빠졌다. 호흡은 거칠어졌으며 다리는 힘을 잃어 비틀거리기 시작했다.

"조금만 가면 돼요."

아무도 모르게 그를 선원으로 데리고 들어가는 것이 무리라는 판단에 아사가 선원 앞에서 검은 옷을 벗어 우서한의 머리를 덮었다.

"기다려요. 내가 먼저 들어가서 선제신녀들을 물리면 그때에 들어와요."

지친 우서한을 선원의 계단에 앉혀두고 아사는 안으로 뛰어 들어갔다.

"대신녀님, 이 시각에 어인……."

"모두 방으로 들어가 대기하라!"

"대신녀님!"

"선원 내에 불길한 기운이 가득하니 모두 방으로 들어가 어머니 마고께 기도를 올려라."

우르르 달려 나오는 선제신녀들에게 각자 방으로 돌아갈 것을 명했다. 의아한 듯 멍하니 서 있는 신녀들의 물음을 단번에 잘라 버리며 곳곳에 대기하던 애기신녀들까지 전부 방으로 돌려보냈다.

순식간에 비어버린 선원의 복도를 재차 확인한 아사는 우서한이 있는 계단으로 달렸다. 계단에 기대어 누운 그를 부축하며 복도를 걸으니 몸으로 땀이 비 오듯 하고 숨이 가빠왔다.

오늘따라 복도가 왜 이리도 긴지. 태산처럼 무거운 우서한을 부축한 아사는 전대 대신녀의 방과 나란히 붙어 있는 선방의 문을 열었다. 전대 대신녀가 사라진 뒤로 걸음하지 않았던 선방으로 들어선 아사가 침상 위로 우서한을 뉘었다.

"어디 가는 거지?"

돌아서는 아사의 손을 붙잡은 우서한의 목소리가 심하게 갈라졌다.

"기다려요. 금방 올게요."

부드러운 아사의 음성에 우서한이 잡은 손을 놓아버렸다. 고향으로, 그의 여인에게로 돌아왔다는 안도감 때문인지 긴장이 풀려버린 우서한은 눈을 감았다.

뜨거운 물을 담아 방으로 돌아온 아사는 그의 옷을 벗겨내고 젖은 천으로 몸을 닦기 시작했다. 등과 다리의 상처는 생각보다 심각했다. 미역취를 으깨어 상처에 붙이고 천으로 동여맸다.

"이 몸으로 어찌 성벽을 넘었을까."

아사는 우서한의 벗은 몸 위로 이불을 덮어주며 조심스레 그를 불렀으나 감은 눈을 뜨지 않자 살며시 볼을 두드리기 시작했다. 우서한이 잠들기 전에 꼭 물어야 할 것이 있었다.

"우서한, 눈 좀 떠봐요. 우서한."

희미하게 눈을 뜨는 우서한을 내려다보며 아사가 조용히 속삭였다.

"루아는요? 삼왕자는 어디 있어요?"

지치고 힘든 여정을 걸어온 우서한을 다그치고 싶지는 않았지만 아사는 알아야 했다. 그런 그녀의 마음을 알았는지 우서한이 애써 입을 열었다.

"환국으로 돌아오지 않았나?"

"돌아오지 않았어요. 어떻게 된 거예요?"

적왕이 돌아오지 않다니. 환국으로 돌아오지 않았다면 어디로 갔단 말인가. 우서한은 가물가물해지는 정신을 붙잡으려 노력하였지만, 부상으로 인한 열기로 의식은 점점 흐려져 갔다. 적왕이 이곳에 없다면 붉은 군대는 무엇으로 막는단 말인가.

"우서한, 어떻게 된 거냐고요? 두 사람은 어디 있어요?"

"세상의 끝에서 청동검을 얻어 루아와 함께 떠났다."

"청동검이라뇨? 검은 당신이 들고 왔잖아요, 우서한!"

"한 개가 아니…… 었어."

자꾸만 눈을 감는 우서한을 내려다보던 아사는 더 이상 물을 수가 없었다.

선방을 나와 자신의 방으로 돌아온 아사는 조용히 창가를 서성였다. 환국으로 돌아오지 않은 것을 보면 단단히 다짐해 두었던 아사의 말을 새겨들은 것이 분명하다.

'그래, 약속은 꼭 지키는 아이이니 돌아오지 않을 거야.'

그녀가 꾸었던 루아의 꿈이 뜻하는 것은 무엇이었을까. 정인을 만나 행복해야 할 루아는 왜 울고 있던 것일까. 울부짖는 루아의 목소리가 아직도 귓가에 생생했다. 아사는 동이 터올 때까지 목에 건 야광주를 만지작거리며 방 안을 걷고 또 걸었다.

동이 터오는 듯 하늘이 밝아지자 아사는 동신전으로 걸음했다. 일천자에게 기도를 마치고 애기신녀에게 미리 지시해 두었던 약초를 달인 물을 손에 들었다.

"선방에 들어 기도할 것이니 방해하지 말거라."

애기신녀에게 단단히 이르고 아사는 서둘러 우서한이 있는 선방으로 향했다.

"우서한, 일어나 봐요."

아사는 눈을 뜬 우서한이 침상에 기대어 앉도록 부축했다.

"엄나무와 비단풀을 달인 물이에요. 염증이 나지 않도록 도와줄 거예요."

서자부의 수장으로 지내며 익히 먹어온 것인지라 우서한은 쓰디쓴 약물을 단숨에 삼켜 버렸다.

"얼마나 잔 거지?"

"얼마 되지 않아요."

"환인을 뵈어야겠다."

이불을 젖히며 일어선 우서한을 아사가 막아섰다. 환인보다 그녀가 먼저 알아야 했다. 무슨 일이 일어나는지를.

"앉아요. 이런 몸으로 누굴 만난다는 거예요?"

"아사……."

"천지를 물들이는 붉은 물결을 보았어요."

붉은 물결! 놀란 우서한이 깊은 숨을 들이켰다. 만여 명이 넘는 붉은전사들의 행군은 아사의 표현대로 붉게 물결을 이루었다. 잠시의 망설임을 뒤로하고 그는 천천히 입을 뗐다.

"붉은 군대가 한 달 거리에 있어. 대비를 해야 해."

"붉은 군대? 그게 뭐예요?"

"추방당한 삼왕자가 세상의 끝으로 향하면서 야인들을 정벌했어. 지옥의 야차처럼 피의 폭풍을 일으켜 야인들을 베어냈지. 살아남은 자들과 그로 인해 자유로워진 전사들이 그의 붉은 깃발 아래 모여들었다."

"야인 무리의 수장이 되었다는 말인가요?"

이해할 수 없다는 듯 두 눈을 깜박이는 아사의 모습에 우서한이 한숨을 내쉬었다. 이 상황을 어찌 설명해야 한단 말인가.

"야인들의 무리라고 하기에는 수가 너무 많아."

태자의 사냥꾼들을 미행하고 돌아온 청랑이 말한 야차의 실체와 적왕의 존재를 서로 결부시키지 못했다. 죽음의 땅에서 적왕을 마주하고서도 그 사실을 믿을 수 없었으니 도대체 이 일들을 어떻게 설명해야 할지 알 수 없는 우서한이었다. 영리한 아사라 하여도 두서없는 우서한의 이야기를 이해할 수 없을 것이다.

"우선 몸부터 추스르도록 하세요. 그 모습으로 환인의 앞에 나타나 야인들이 몰려오고 있다고 이야기한다면 어떻게 되겠어요?"

한 번도 전쟁을 치러보지 않은 환국은 혼란 속에 빠질 것이다.

"선원에 머무를 수는 없으니 서자부로 돌아가겠어."

"안 돼요! 잠시만, 답답해도 잠시만 참아요. 당신이 서자부에 나타나면 곧 루아와 삼왕자의 이야기가 나올 텐데. 조금만 기다려 줘요. 생각할 시간이 필요해요."

아사의 말이 옳았다. 마음은 조급하였으나 우서한은 고개를 끄덕였다.

"조금만, 우리 조금만 생각할 시간을 갖도록 해요."

우서한과 마찬가지로 근심 어린 표정의 아사가 자리에서 일어섰다.

"가봐야겠어요. 당신은…… 아무래도 당분간은 이곳에 있는 게 좋겠어요."

방을 나서는 아사의 뒷모습에 우서한은 답답한 듯 손으로 얼굴을 쓸어내렸다. 야인들의 왕이 된 삼왕자가 나타나지 않는 한 환국을 향해 진군하는 붉은 군대와 서자부의 충돌은 피할 수 없다. 붉은 군대는 그들의 주인을 찾으면 회군할 것이 분명한데, 문제는 적왕이었다.

'환국이 아니라면 도대체 적왕과 루아는 어디로 갔단 말인가.'

청동검을 찾아 지계로까지 뛰어든 그가 원한 것이 왕자로서의 복위, 고향으로의 귀환이 아니라면……. 적왕의 심중을 알 수 없어 우서한은 답답하기만 했다. 무엇 때문에 그는 야인들을 통합하여 야차의 군대를 만든 것인가.

'어찌하여야 하는가.'

길어야 사흘이다. 이대로 달려가 정리되지 않은 말을 쏟아내는 대신 몸을 추스르는 대로 환인을 배알하고 그동안 대비책을 강구하는 것이 옳을 것이다. 어차피 전쟁을 하게 된다면 태자의 휘하에 있는 서자부가 대대적으로 전면에 나서게 될 터였다.

"전쟁인가?"

우서한은 고개를 저었다. 미치지 않은 이상 피해야 했다. 부족들 간의 끊임없는 살육전을 통해 전사로 자라난 야인들이다. 그에 비하여 실전을 겪어보지 않은 서자부의 훈련은 궁중대회의 장기자랑과 다를 바 없었다. 게다가 만여 명을 넘어선 붉은 군대를 맞을 서자부의 실전 수요는 삼천, 서자부 출신의 장정들을 동원한다 하여도 만 명이 되지 않는다.

깊은 고뇌의 한숨 속에 우서한은 적왕의 이름을 불렀다.

"아, 어디에 계십니까."

✻

금문을 떠나 유성처럼 달리던 백호가 멈춰 선 곳은 사방이 먹구름으로 둘러싸인 곳이었다. 적왕은 멈춰 선 채 앞으로 나가지 못하고 발을 구르는 백호의 등에서 뛰어내렸다.

'결계인가?'

지계의 오계를 경험한 적왕이기에 먹구름을 바라보는 그의 시선은 덤덤하기만 했다. 청동검을 움켜쥔 적왕은 걷기 시작했다. 한 치 앞을 내다볼 수 없을 만큼 짙은 먹구름 속에서 무릎까지 차오르는 오색구름을 밟고 앞으로 걸어갔다.

'독은 아니었나 보군.'

적왕은 덜컥 삼켜 버린 환약을 떠올렸다. 원기 충전의 용도였는지 몸으로 차오르는 힘을 느낄 수 있었다. 긴장한 손목의 근육을 풀 듯 손안의 청동검을 회전했다.

묵묵히 걷다 보니 먼동이 터오듯 먹구름에 가려진 옅은 빛이 보였다.

'찾았다!'

적왕은 그곳에 루아가 있음을 느낄 수 있었다. 한 걸음, 두 걸음 빠르게 내딛던 적왕은 빠르게 뛰는 심장박동처럼 힘차게 달리기 시작했다.

✽

인계, 환국의 태자전.

태자의 서재에 들어앉은 아사는 궁터에 갔다는 태자를 기다리며 탁자 위의 찻그릇을 손에 들었다. 차를 한 모금 삼킨 아사가 미간을 찌푸리며 찻그릇을 내려놓았다. 생각에 잠긴 아사의 길고 하얀 손이 그릇의 테두리를 쓰다듬었다.

'환인성 밖에 야인들이 득실거리는데 여전히 바보놀음이군.'

열흘 전 아사는 우서한에 앞서 환인을 배알했다.

"야인들의 무리라……. 우서한을 만나볼 것이니 대신녀 아사는 오늘의 이야기를 그 누구에게도 발설하지 마시게."

이틀 뒤, 환인은 우서한을 만났다. 당장에라도 서자부를 보내어

야인들의 무리를 쓸어내는 대신에 모든 사실에 대한 함구령을 내렸다. 사흘에 걸친 삼사오가 회의에서도 답은 같았다.

"삼왕자가 그들의 수장이라 하여도 그들 무리에 함께하고 있지 않음은 우서한이 증명하지 않았는가."

지혜로운 환인 구을리는 무모한 움직임을 경계했다.

"정확한 상황이 파악될 때까지 환국은 침묵할 것이며 서자부는 민첩한 이들로 수색대를 보내어 이들의 정황을 살피라."

대신녀의 신분으로 회의에 참석하였던 아사는 아무런 말도 하지 않았다. 대신녀의 신분으로 싸움을 조장하는 것은 그간 온화하고 인자하게 비춰진 그녀의 모습에 흠집이 생길 테니까.

폭풍 전야와 같이 무겁게 내려앉은 환인성의 침묵에 아사는 숨이 막혔다. 외곽에 거주하는 이들로부터 들려온 붉은 군대 이야기는 빠른 속도로 환국민 사이에 퍼져 나갔고, 성안은 온통 붉은 야인들의 이야기로 술렁였다.

열네 살 이상의 젊은 남녀와 장정들을 비롯하여 아이를 낳지 않은 서자부 출신의 여인들까지 훈련에 징발되어 서자부 곳곳에서 그들의 기합 소리가 울려 퍼졌다.

환인의 선견대로 주인을 찾아 환국으로 진군한 붉은 군사들은 한 달 거리에 진을 친 뒤로 움직임이 없었다. 적왕이 나타나기를 기다리는 것일까.

'더 이상 기다릴 수 없어.'

굳은 결심을 하고 태자전으로 걸음하였건만 아사는 그녀가 선택한 길 앞에서 망설이고 있었다. 태자를 기다리며 아사는 서재를 서성였다. 그녀의 바람대로 모든 것이 이루어졌다고 생각했다.

청동검이 두 개라 해도 문제되지 않았다. 우서한이 그녀와의 약속을 지켜 아름다운 청동검을 가져왔고, 때마침 태자의 병세 또한 호전되었으니 하늘이 내린 기회가 아니던가. 전쟁을 국중대회쯤으로 치부하는 아사는 야인들의 무리쯤이야 환국의 서자부가 쓸어버리면 그뿐이라 생각했다.

"아사! 이런, 이런. 아사가 걸음하였다 하면 내 서둘러 돌아왔을 터인데."

웃음 가득한 목소리에 돌아서니 문이 열리며 태자가 서재로 들어섰다. 아사는 천으로 감싸온 청동검을 가슴 위로 끌어올려 힘주어 안았다.

"자, 자, 인사는 치우고 앉거라."

언제 미쳐 날뛸지 모르는 태자에게 환궁 밖의 소식은 철저하게 차단이 되었다. 그의 상태를 주시하는 삼사오가 대신들이 안정을 취해야 한다는 명분을 세워 태자의 눈과 귀를 막아버린 것이다.

"수련은 잘 하시었습니까?"

"하하하, 다시 시작한 지 얼마 안 되어 미흡하기 그지없구나."

시원스레 웃는 그의 모습에서 강직하고 담대했던 옛 태자의 모습이 비쳤다.

"그래, 무엇을 가져온 게냐?"

숨 가쁘게 돌아가는 환인성의 상황을 모르니 느긋하여 여유롭기까지 한 태자이다. 그런 그를 바라보고 있자니 아사는 또다시 망설여졌다.

'태자를 제거하는 데…… 전쟁보다 더 좋은 기회가 어디 있던가.'

전쟁이 나면 다른 왕자들도 전장에 설 것이니 누가 살아남을지는 두고 보아야 할 터. 그러나 환국은 움직일 조짐을 보이지 않고, 짐승과도 다를 바 없다는 야인들마저 몸을 사리는 건지 조용하니 작은 불꽃이 필요했다.

"전쟁 영웅만큼 칭송받는 것은 없습니다."
"닥치고 조용히 있어."

서슬 퍼렇게 노려보던 우서한의 모습이 떠올랐다. 그 어떤 이유를 불문하고 전쟁 발발의 원인이 된다면 결코 용서치 않겠다는 우서한의 목소리가 귓가를 울리는 듯했다. 하지만 상관없었다. 아사의 뜻대로 우서한은 환국을 구해내고 환인이 되어 그녀를 환부인으로 맞을 것이다.

'당신이 못한다면 내가 해야지.'

야인들의 무리가 환국을 휩쓸 것이란 망상에 빠져 버린 우서한이 태자만큼이나 한심해 보였다. 전쟁이 사냥대회가 아니라는 것쯤은 아사 또한 알고 있다. 하지만 그 정도의 출혈은 감수해야 하는 것 아닌가. 환국은 열두 개의 연방을 가진 대륙의 중심이다. 그런 나라의 여주인이 되는 것이다.

"아사, 무슨 생각을 그리 골똘히 하는가?"

탁자 위로 은근하게 그녀의 손을 잡는 태자와 눈이 마주친 아사가 부드럽게 미소 지었다.

"아사는 태자님이 걱정이 되어 눈물이 마를 날이 없습니다."

"이 또 무슨 소리인가? 어여쁜 아사의 눈에 눈물을 만드는 이가 나라니……. 내가 마음을 다스리기 시작했다는 것은 환국의 모두가 아는 사실인데 어찌 그리 말하는지 연유를 모르겠구나."

섭섭해하는 태자의 모습에 아사가 잡혔던 손을 빼며 있지도 않은 눈물을 닦아냈다.

"삼사오가 대신들이 또 쓸데없는 소리를 했나 보군."

태자의 말에 아사가 고개를 저었다. 폐위의 움직임을 이미 오래전에 귀띔해 주었던 아사이기에 태자는 더더욱 아사를 믿고 의지했다. 눈꼬리를 내렸던 아사가 그윽한 눈으로 태자를 바라보며 탁자 위의 청동검을 그에게 밀었다.

"태자님을 위하여 준비하였습니다."

"무엇이더냐?"

태자가 천을 풀어내어 아름답게 반짝이는 청동검을 손에 들었다. 탄성이 터져 나온다.

"아름다운 검이로구나! 내 이런 것은 한 번도 보지 못했는데……. 환국의 것이 아닌 듯하다."

"잃어버린 보물, 청동검입니다."

청동검이라는 소리에 태자의 눈으로 불꽃이 일었다.

"무.어.라?"

"성 밖의 상황을 알고 계십니까?"

아사가 천천히 심호흡을 하며 자리에서 일어섰다. 그녀를 좇는 태자의 시선을 의식하며 가슴으로 손을 얹고 긴 숨을 내쉬었다.

"봉황의 꿈을 기억하십니까?"

"자윤이…… 돌아온 것이냐?"

음산하게 가라앉는 태자의 목소리에도 아사는 일부러 느릿하게 걸음을 떼어 창가로 향했다.

"환인성에서 한 달 거리에 적왕의 군대가 와 있습니다. 지난 십 년간 태자께서 우려하셨던 일이 벌어지고 있는 겁니다. 추방당한 삼왕자가 원한을 품고 환국으로 진군하고 있습니다."

"그럴 리가? 어떻게……?"

"청동검을 보고서도 그리 말씀하십니까. 삼왕자를 찾아 떠난 루아와 함께 보냈던 우서한이 가져온 것입니다."

"아사!!"

벌떡 일어선 태자가 창가에 선 그녀를 돌려세우니 두 눈 가득 눈물이 고인 아사가 그의 품에 얼굴을 묻었다.

"야인들의 왕이 된 삼왕자, 적왕을 물리치시어 실추된 태자의 기상을 세우고, 환란에서 환국을 구해낸 영웅으로 높은 하늘 금빛 날개를 펴는 봉황의 환인이 되소서."

대신녀 아사의 축복 속에 태자의 눈동자가 전의로 불타올랐다.

"하늘이 내게 등을 돌렸다 생각하였는데, 하늘이 내린 대신녀가 나의 날개가 되어주니 태자 두율의 환국은 대를 이어 번창하리라."

아사를 품에 안고 등을 쓸어내리던 태자가 청동검을 들고 기세

좋게 문을 나섰다. 한걸음에 달려 나간 태자의 뒷모습을 바라보던 아사가 금세 말라 버린 눈가를 찍어냈다.
"환국의 대를 이을 자가 태자의 손이 될지는 더 두고 보아야겠습니다."
기분 좋게 선원으로 걸음한 아사는 방에 들어서자마자 그녀의 손목을 낚아채는 억센 힘에 비명을 터뜨렸다.
"읍, 우읍……."
날카로운 비명은 우서한의 손안으로 맴돌 뿐 옅은 신음조차 그의 손아귀를 벗어나지 못했다.
"어.디.를. 다녀오는 게냐?"
귓가로 일렁이는 차가운 음성에 아사가 입을 막은 우서한의 손을 밀어냈다. 제집 드나들 듯 선원으로 숨어드는 우서한의 모습이 이제는 놀랍지도 않다.
"답답하여 바람을 쐬고 오는 길입니다."
"바람을 쐬고 온 것이 아니라 바람을 일으키고 왔구나."
"사람을 붙이신 겁니까?"
싸늘하게 노려보는 아사를 바라보던 우서한이 통탄했다.
"너란 여인은 도대체 무슨 생각을 하는 것이냐?"
"생각이라뇨. 전쟁에 생각이 무슨 소용이랍니까. 겁이 나신다면 굳이 전장으로 등 떠밀지 않을 것이니 가만히 계세요. 이 아사가 모든 것을 알아서 할 것입니다."
아사의 말에 우서한이 뜨거운 숨을 토해내며 자신의 얼굴을 감쌌다.

"하늘이…… 하늘이 우리를 버리는구나."

"쯧쯧, 서자부 수장에게 어울리지 않게 무엇 하시는 겁니까."

혀를 차며 비웃는 아사를 바라보는 우서한의 눈동자로 깊은 회한이 서렸다.

'내 어찌 너를 가슴에 품었을까. 부모와 형제를 버리고 너를 택하여 내 가슴을 내가 찢는구나.'

절망에 휩싸인 우서한이 얼굴을 쓸어내렸다.

"우…… 서한님?"

늘 담대하던 우서한의 표정을 읽을 수가 없어 아사는 불안한 듯 그에게로 다가섰다.

'왜…….'

우서한이 더없이 슬픈 표정으로 고개를 저으며 그녀에게서 물러섰다.

물러서다니, 우서한은 물러서는 사내가 아니었다. 알 수 없는 불안감이 증폭되는 것을 느끼며 아사가 그를 올려다보았다.

"왜 그러세요? 짐승 같은 야인의 무리쯤이야."

"네가……."

아사의 말을 칼같이 잘라내었으나 우서한은 말을 잇지 못했다.

"너의…… 그 세 치 혀가 환국의 멸망을 부르는구나."

멸망이라니? 너무 심하지 않은가. 아사가 애써 웃음 지으며 그에게로 손을 뻗었으나 우서한은 매정하게 뿌리치고 문으로 향했다.

"다.시.는…… 네게로 걸음하지 않을 것이다."

쿵! 아사는 발끝으로 떨어져 내리는 심장을 느꼈다. 무슨 말을 하는 거야? 십 년의 세월 속에서 당신을 기다린 아사인데. 세상의 끝에서 목숨을 걸고 청동검을 구해준 당신이 이 아사에게 무슨 말을 하고 계신 겁니까.

"대신녀님, 마가 어르신 찾아 계십니다."

폭풍처럼 밀려오는 감정의 실체를 알아차리기도 전에 아버지 마가의 방문을 알리는 신녀의 목소리가 들려왔다.

방문을 연 우서한은 문 앞에 선 마가에게 인사도 없이 나가 버렸다.

"구가의 차남이 아니던가?"

복도의 끝으로 사라지는 우서한의 뒷모습에서 눈을 떼지 못하던 마가가 방으로 들어섰다.

"무슨 일이 있는 게냐?"

"아버지, 소녀…… 환국의 대신녀입니다. 천기를 읽어 모든 화복을 아는 제게 무슨 일이 있겠습니까."

말과는 달리 멍하니 서 있는 딸아이의 모습에 마가가 헛기침을 하며 탁자에 앉았다. 아무리 대신녀라 하여도 그의 피와 살로 태어난 딸아이다. 분명 일이 있겠지만 말하고자 하지 않으니 그 또한 존중해 주는 것이 부모의 도리였다.

자꾸만 헛기침을 하는 마가에게로 돌아선 아사가 그와 마주 앉았다. 걱정스러운 듯 바라보는 아비의 시선에 아사가 애써 미소 지었다.

"괜찮습니다. 말씀하세요."

"어제 집에 다녀갔다 하더구나."

"예."

"백산으로 피하라 하였다는데……."

아, 어머니와 할머니에게 그리 말했다. 야인 따위, 서자부가 한 칼에 치워 버리리란 생각은 여전히 지배적이었으나 혹시나 하는 마음에 그리 하라 일러두었다.

"꼭 그리 해야 할 필요가 있는지 궁금하구나."

마가의 마음을 모르는 바 아니다. 전운의 기운이 감돌기 시작하니 미래를 알고자 선원으로 향하는 환국민들이 늦은 시각까지 줄을 잇고 있었다. 어머니 마고의 종주국이라 걱정할 것 아무것도 없노라 웃어주었지만 가족에게는 티끌 하나라도 어긋남이 없어야 했다. 발목이 잠기는 얕은 물이라 할지라도 살이 끼면 익사할 수 있는 것이 인간의 운명. 아사가 천천히 입술을 열었다.

"전쟁이 날 것입니다."

자리에서 일어선 아사가 창가로 향했다. 오늘따라 유난히 어깨가 무거워 보이는 딸아이의 뒷모습을 바라보던 마가가 자리에서 일어섰다.

"환국에는 삼사와 오가라는 여덟 개의 기둥이 있다. 나 하나쯤 하며 하나둘씩 빠져나간다면 지붕은 누가 들겠느냐."

전운이 감도는 나라에서 도망친다는 것이 애초부터 올곧은 마가의 성정과는 맞지 않는 일이었다.

"피곤합니다. 그만 돌아가 주세요."

새카만 밤하늘에 위험스레 반짝이는 붉은 별이 보인다.

✽

천계, 일천자의 일궁.

지쳐 잠든 루아를 내려다보는 해일의 마음은 착잡하기 그지없었다. 제 몸 상해가며 성내기를 멈추지 않는 그녀를 보며 해일의 가슴은 갈가리 찢겨져 버렸다.

"무엇을 잘못한 것이더냐. 영원하고 풍요로운 삶을 약조한 것이 잘못이었던가."

피를 토하듯 원망 어린 말들을 뱉어내던 루아가 의식을 잃자 해일은 그녀를 침상으로 옮겼다. 기운이 다하였는지 피를 쏟은 루아를 정성스레 씻겨서 침상에 눕히고 보니 한없이 순하던 예전의 그녀로 돌아온 듯한 착각이 일었다.

"두 번 다시…… 보고 싶지 않아."

잠든 루아의 머리를 쓰다듬던 해일이 섬뜩한 목소리에 손을 떼고 일어섰다. 평안한 숨을 내쉬고 있는 루아를 내려다보며 그녀의 입술에 입맞춤 했다.

"당신은 그녀에게 두 번 다시 마주하고 싶지 않은 시련이 될 것입니다."

서릿발 같았던 원희의 목소리가 들려오는 듯하여 해일이 성마르게 고개를 저었다.

"그리되지 않는다. 원하는 모든 것을 그녀에게 선물할 것이니 루아는 내 곁에서 풍요로운 영생을 살 것이다."

해마루로 나선 해일이 정자 옆에 자리한 연못으로 걸음했다. 루아가 천계에 도착한 뒤로 두 번째 노을이 지고 있었다. 부드럽게 휘날리는 그의 소매 깃에 잔물결이 일며 연못이 핏빛으로 변했다. 붉은 물결은 환인성을 에워싼 붉은전사들로 바뀌었다.

태자 두율의 도발로 전쟁이 시작된 환국이었다. 불개미처럼 시뻘겋게 밧줄을 잡고 성벽을 오르는 붉은전사들, 하늘에서 별들이 떨어지는 듯 불화살이 쏟아져 내리고 있었다.

'루아…… 네가 돌아갈 곳은 없어진다.'

연못이 보여주는 파멸의 그림자를 바라보던 해일이 문득 고개를 들었다.

'누구?'

난운계(亂雲界)를 뚫고 들어서는 낯선 기운이 느껴졌다. 분명 천인의 것은 아니었다. 천인이라면 해일이 결계의 파장을 느끼는 순간 바로 일궁에 모습을 드러냈을 것이다.

'길 잃은 영물인가?'

해일은 낯선 기운을 쫓아 걸음을 옮겼다. 붉은 노을을 머금은 일궁의 바람이 해일의 등 뒤로 쏜살같이 밀려간다. 한걸음에 일궁의 동쪽 문에 선 해일은 결계의 시작에서 뿜어져 나오는 강기의 정체를 마주했다.

"네가 해일이라는 자인가?"

적왕을 바라보는 해일의 입가에 싸늘한 미소가 어렸다.

"죽음의 땅에서 그녀의 곁에 있던 자로구나."

고향도 없어진 마당에 정인까지 없어지면 루아는 온전하게 그의 것이 될 것이다. 해일은 주저 없이 적왕을 향해 뜨거운 해의 기운을 날렸다. 동그란 구슬 모양으로 적왕의 심장을 향해 날아가던 해일의 화기가 요란한 불꽃을 일으켰다.

파바박! 펑!

해일의 기운이 청동검에 잘려 사방으로 금가루처럼 부서져 내렸다. 위협적인 강기를 뿜어내는 적왕이 청동검에 묻어난 해일의 기운을 털어내듯 검을 회전했다.

"어머니 마고의 검을 가졌구나."

해일이 소희에게 얻은 천궁과 같은 천계의 무기였다. 천검은 어머니 마고가 만들어낸 모든 것을 베어낼 수 있으니 천인 또한 예외는 없었다. 청동검을 손에 든 적왕은 자못 강성하여 물러섬이 없다.

"으아아아앗!"

지체 없이 달려든 적왕의 청동검이 해일의 몸을 가르니 검신을 따라 피처럼 금빛으로 분한 기운이 은하수처럼 흩어져 내렸다.

"신을 베어내다니."

베어진 몸을 내려다보던 해일이 웃음을 터뜨렸다. 인간들이 느끼는 고통이라는 감정이 이런 것일까. 생소한 느낌이 마냥 신기하기만 한 해일이었다.

"참으로 재미있구나."

흩어졌던 기운이 다시 모여 상흔조차 없어진 해일을 바라보던 적왕이 청동검을 놀리며 한 걸음 다가섰다.

"불사의 몸이시라……. 후후후."

오색의 구름을 박차며 뛰어오른 적왕이 허공으로 몸을 날리며 청동검을 치켜들었다.

"죽을 때까지 베어주마!"

해일이 자리를 비운 사이, 넙대대한 얼굴의 옥두꺼비 섬섬이 일궁 지붕 위로 사뿐하게 내려앉았다. 섬섬 위에 서 있던 항아의 모습이 모래처럼 반짝이며 흘러내리는가 싶더니 이내 해일의 침실에서 다시 형태를 갖추었다.

침상에는 그녀가 다녀갔던 모습 그대로 루아가 잠들어 있었다. 손톱을 깨물며 초조하게 침상의 주위를 서성이던 항아가 결심한 듯 잠든 루아에게로 다가섰다. 새벽과 같은 떨림이 찾아왔다. 조심스레 루아의 이마에 손을 얹은 항아의 떨리는 손이 그녀의 가슴 아래 복부로 향했다.

두근, 두근두근, 두근, 두근두근.

루아의 심장은 조금 느려졌으나 또 다른 심장은 여전히 힘차게 움직이고 있었다. 이 작은 심장 때문에 항아는 일궁으로 돌아올 수밖에 없었다.

"어머니…… 어머니 마고여."

달을 관장하는 월천녀 항아가 맡은 여러 가지 일 중에 가장 중요하게 마음 쓰고 있는 것이 출산을 하는 여인들을 수호하는 것이었다. 많은 이들이 달을 비추는 맑은 물을 떠놓고 월천녀 항아를 바라보며 다산과 안전한 출산을 기원했다.

'출산을 관장하는 여신으로서 내 어찌 너를 외면할까.'

항아는 루아의 이마에 손을 얹고 그녀의 이름을 불렀다.

"루아, 그만 일어나거라."

마음의 문을 닫아버린 탓에 루아는 쉬이 깨어나지 않았지만 항아는 포기하지 않고 그녀의 이름을 계속하여 불렀다.

"눈을 뜨거라. 내 오라비와 척을 지는 한이 있어도 너의 아이를 지켜주마."

나의 아이……. 천천히 눈을 뜬 루아가 그녀를 내려다보는 항아에게로 고개를 돌렸다. 그녀를 내려다보는 여인은 낯이 익은 모습이었으나 어디서 보았는지 기억이 나지 않았다.

"누구…… 십니까?"

"나는 월천녀 항아란다. 일천자 해일의 누이지."

해일이라는 말에 퍼뜩 상체를 일으킨 루아가 주위를 두리번거렸다. 해일의 모습은 보이지 않았다. 결계에서 벗어났구나.

항아가 루아의 이름을 불렀으나 그녀는 침상을 박차고 일어나 상아검을 손에 쥐었다. 탁자 위에 놓인 녹두 주머니까지 챙겨 순식간에 돌아선 루아가 항아를 향해 상아검을 겨눴다.

"무엇을 하는 게냐?"

"일천자의 누이는 알 필요 없습니다."

사납게 대꾸하며 문가로 향하는 루아를 따라 항아가 발걸음을 옮겼다. 일천자의 누이라는 이유만으로 서슴없이 적대감을 드러내는 루아의 모습에 항아는 뱃속의 아이가 저어되어 천기조차 쓰지 못하고 애를 태웠다.

"나를 모르겠느냐?"

루아는 항아에게서 눈을 떼지 않고 천천히 뒷걸음질로 침실을 나섰다. 하나둘씩 다가서는 시종들에게로 상아검을 휘두르는 루아의 얼굴이 하얗게 핏기를 잃었다.

"물러가라."

항아의 명령에 복도로 늘어섰던 시종들이 벽으로 붙어서며 길을 열었다.

"월령을 주었던 나를 잊은 것이냐?"

월령의 이름에 루아가 걸음을 멈춰 섰다. 루아는 항아를 기억해 냈다. 노파의 모습도, 어린아이의 모습도 아니었으나 루아는 알 수 있었다. 본모습을 드러낸 항아의 올림머리는 여전히 높고 반짝이는 장신구들로 가득했다.

"기억해 냈구나."

기억을 하든 말든 중요한 것은 이곳에서 빠져나가는 일이었다. 항아가 안도의 한숨을 내쉬는 사이 루아는 등을 돌리고 달리기 시작했다.

복도를 벗어나기도 전에 항아의 손에 잡힌 루아가 몸을 돌리며 상아검을 휘둘렀다.

사각!

분명 가슴을 베어냈는데 아무렇지도 않게 서 있는 항아의 모습에 루아가 다시 검을 휘둘렀다. 한 치의 주저함도 없이 항아의 몸을 사선으로 내리그었으나 꿈을 꾸고 있는 것인지 피 한 방울 나지 않고 쓰러져야 할 그녀는 안쓰러운 얼굴로 루아를 바라본다.

"나의 오라비가 네게 상처가 되었구나."

항아는 주저 없이 살기를 피우는 루아의 모습에 가슴이 아파왔다. 처음 만났을 때에는 순하고 올곧은 아이였는데, 어느새 루아의 가슴에는 일천자에 대한 원망과 미움이 가득했다.

"원하는 게 뭐예요?"

"아이를 지켜주고 싶다."

루아는 대답이라도 하듯 욱신거리는 배를 움켜쥐었다.

'아이라니? 내가 적왕의 아이를 가졌단 말인가?'

그러고 보니 달거리를 언제 하였는지조차 가물가물하다. 해일에게 속아버린 무지함이 그녀를 재촉했다. 루아는 경계를 늦추지 않고 상아검을 든 채로 다시 걷기 시작했다.

"어디로 가려 하는 게냐?"

"고향으로 돌아갈 거예요."

그녀가 사라진 것을 알아차린 적왕은 청동검을 얻었으니 분명 고향으로 돌아올 것이다.

'아이를 가졌다, 그의 아이를.'

환하게 웃으며 그녀를 안아줄 적왕의 생각만으로도 눈물이 차올랐지만 루아는 애써 눈물을 삼켰다. 지켜야 할 아이가 생겼으니 더욱 강해져야 했다.

'어디로 가야 이곳을 벗어날 수 있을까.'

일궁을 벗어난 루아의 귓가에 비명 소리가 들려왔다. 한두 명이 아니다. 창검 부딪치는 소리와 울부짖음이 끊임없이 들려왔다. 루아는 소리를 따라 홀린 듯이 해마루의 연못으로 향했다. 해일이 열어놓은 수경의 위로 온통 피로 물든 환인성이 보였다.

"지금 환국은 전쟁 중이다. 그래도 돌아가려 하느냐?"

연못을 가득 채운 비참한 광경은 그녀가 보았던 지옥과 같은 것이었다. 붉은전사들에게 힘없이 무너지는 서자부원들의 모습과 울부짖는 여인들, 그리고 팔다리가 잘려 하늘을 향해 기도하는 이들의 모습이 연못 가득히 들어찼다. 그녀의 고향이 죽어가고 있었다. 루아는 연못에서 눈을 뗄 수가 없었다.

"아이를 낳고 안정을 찾을 때까지 머무를 곳으로 데려다 줄 터이니 나와 가자."

"천계에는 머물지 않습니다."

"선계의 삼신산으로 데려다 주마."

항아의 말에 루아가 연못에서 시선을 떼며 고개를 저었다. 환국을 덮은 것은 적왕의 붉은전사들이었다. 그곳에 분명 적왕이 있을진대 어디를 가겠는가.

"루아……."

루아는 말갛게 웃음 지으며 항아를 바라보았다. 그리곤 상아검을 움켜쥔 손으로 보호하듯 배를 감싸며 연못으로 뛰어들었다. 천지에서의 꽃밤을 지켜보던 항아의 머리에서 떨어져 내린 비녀처럼 연못 속으로 뛰어든 루아는 환란 속으로 떨어져 내렸다.

"루아!!"

일궁에서 들려온 비명 소리에 돌아선 해일이 쉴 새 없이 달려드는 적왕을 피해 날아올랐다.

"항아!"

순식간에 해마루에 내려앉은 해일은 연못을 향해 루아를 외치는 항아의 모습에 주저 없이 연못으로 몸을 날렸다.

"안 돼요!"

소맷자락을 펼친 항아가 해일이 떨어져 내리기 바로 직전에 연못을 얼려 버렸다. 하얗게 얼어버린 연못 위로 떨어져 내린 해일이 분노를 토하며 항아에게로 열기를 터뜨렸다.

'오라버니!'

일천자의 화기가 자신을 덮치는 것을 바라보던 항아는 눈을 감아버렸다. 기다려도 아무런 충격이 느껴지지 않아 천천히 눈을 뜬 항아의 눈에 주위로 병풍처럼 둘러선 대제들의 모습이 보였다.

"힘든 일을 하였구나."

청궁대제의 말에 곁에 선 황궁대제가 고개를 끄덕였다. 백소대제와 흑소대제 또한 아무런 말 없이 조용히 해일을 바라보고 있었다.

"후후후, 천계의 대제들께서 한꺼번에 어인 일이십니까?"

"그리도 아끼던 누이에게 화기를 뿌릴 정도이면 일천자가 정상이 아님을 누가 부정하겠는가."

대답 대신 요란한 화염을 일으키는 해일에게로 청궁대제가 손을 뻗었다. 푸른색의 불꽃이 순식간에 해일의 전신을 감쌌다.

"뭐 하는 짓입니까!!"

분노에 찬 해일의 목소리에도 푸른 불꽃은 더욱 거세졌다. 푸른 불꽃이 해일의 붉은빛과 충돌하여 오색의 화염이 일어나니 사방으로 뻗어 나온 기운을 이기지 못하고 해마루의 정자를 비롯하여 일궁의 반이 무너져 내렸다.

놀란 봉황이 하늘 위로 날아오르고 주인을 지키고자 뛰어드는 해태와 항아의 섬섬이 싸움이 났다. 항아는 물의 결계를 열어 두 영물을 따로따로 가두어 버렸다.

파바박! 쉬익! 파박! 쉬쉭!

청궁대제의 결계가 깨어질 듯 요동치니 백소대제가 손을 들어 올렸다. 오색으로 들썩이는 동그란 불꽃을 감싼 하얀 기운이 불꽃을 삽시간에 얼려 버렸다. 그 위로 흑소대제의 검은 빛이 하얀색 구를 감싸고 다시 황궁대제의 금빛이 그 위를 덮으니 겹겹이 싸인 결계들이 일천자의 모든 기운을 차단해 버렸다.

"오라버니!"

일천자 해일이 천계의 상급신인 네 명의 대제에 의해 봉인되는 모습을 지켜보는 항아의 눈동자가 슬픔으로 젖어들었다.

"그럼 형님, 그리고 아우님들, 뒤처리 부탁합니다."

백소대제가 다른 대제들에게 인사를 하고는 봉인한 일천자와 함께 사라져 버렸다.

"어디로…… 어디로 가는 것입니까?"

"천궁으로 송환할 것이니 염려 말거라."

흑소대제의 말에 항아가 조용히 고개를 숙였다.

그때 일천자를 쫓아 뒤늦게 도착한 적왕이 전쟁이 난 듯 폐허가 되어 버린 해마루에 멈춰 섰다.

"하아! 하아! 당신…… 들, 해일은 어디 있는가?"

청동검을 손에 든 적왕의 출현에 황궁대제가 그의 앞으로 나섰다. 강기 어린 자손을 보는 것은 심히 흡족한 일이었으나 때가 때인 만큼 시간을 지체할 수가 없었다. 곧 천계회의가 열릴 터인데 적왕을 천계에 머무르게 할 수는 없었다.

"일천자 해일은 천계의 심판을 받게 될 것이니 너는 네가 속한 곳으로 돌아가라."

황궁대제의 말에 적왕이 청동검을 치켜들자 항아가 그들의 사이로 나서며 말했다.

"그녀는 환국으로 돌아갔다."

"무.어.라?"

그녀를 찾아 끝도 없는 나무를 오르며 천자와 결전을 벌였는데 환국으로 돌아갔다니. 적왕이 허탈한 웃음을 터뜨렸다.

"무슨 말을 하고 있는 것인가?"

"일천자 해일이 열어놓은 수경으로 뛰어들었으니 환국으로 떨어져 내렸을 것이다."

항아의 시선을 따라 적왕이 하얗게 얼어 있는 연못을 바라보았다. 지금 연못에 뛰어들었다고 말하고 있는 것인가. 그들의 말을 믿을 수가 없었다.

"루아!! 루아아아아아!!"

적왕은 반 이상 무너져 내린 일궁으로 들어가 문짝들을 부수며 루아의 이름을 불렀다. 아무리 불러도 그녀는 대답이 없었다. 정말 이곳에 없는 것인가. 무너져 내리듯 주저앉아 버린 적왕이 하늘을 올려다보았다. 둥지를 잃은 봉황 한 마리가 애처로이 일궁 위를 선회하고 있었다.

"신들의 일을 인간이 모두 이해할 수는 없는 법. 네게 길을 열어 줄 터이니 떠나라."

"훗! 웃기는군. 신들의 일 따위, 알고 싶지 않다. 미친 닭처럼 인계를 쪼아대는 것은 너희들이 아니던가!"

무너져 내린 일궁에 선 적왕은 발치에 떨어져 있는 활을 집어 들었다.

"너희가 열어주는 길 따위 필요 없어!"

손에 든 청동검을 활시위에 끼워 있는 힘을 다해 시위를 당겼다.

"길은 스스로 연다!"

바람을 가른 청동검이 하늘을 나는 봉황의 옆구리에 박혀들었다.

끼이이이이이!

날카로운 비명과 함께 봉황이 거대한 날개를 퍼덕이며 바람을 일으켰다. 입고 있던 상의를 벗어 길게 잘라낸 적왕이 그의 앞으로 떨어져 날개를 퍼덕이는 봉황의 부리를 묶어 잡아당겼다. 옆구리에 박힌 청동검을 뽑아내니 봉황의 피가 분수처럼 솟아올랐다.

'영물은 죽지 않는다 들었다. 어서 일어나.'

적왕은 말고삐처럼 봉황의 부리를 묶은 천을 움켜쥐며 그 뒤에 올라탔다. 온몸을 붉게 물들인 봉황은 주저앉은 채로 퍼덕이더니 이내 고개를 들어 천천히 몸을 일으켰다.

'베어도 죽지 않는 신수여, 일어나거라.'

붉은빛으로 물든 깃털은 여전하였으나 영물인지라 상처가 아물기 시작한 봉황은 적왕의 바람대로 힘차게 날개를 폈다. 피로 물든 봉황은 오색의 구름 위로 날아올랐다.

16장
파멸

 월천녀 항아의 보호가 있었던 것일까. 핏빛 연못으로 뛰어내린 루아는 환인성의 천부단으로 사뿐하게 내려앉았다. 그녀의 시야를 가린 짙은 안개 속에서 루아는 천부단의 계단을 내려섰다. 꿈이기를 바랐건만, 사방으로 널린 시체들이 지독하게 잔인한 환국의 현실을 말해주고 있었다. 여기저기 타오르는 크고 작은 불꽃은 안개에 가려 점점 사그라진다.
 '모든 것이 끝나 버린 것인가.'
 무거운 정적이 흐르는 천부단 광장을 걸으며 루아는 손에 든 상아검을 생명줄인 양 움켜쥐었다. 모두 어디로 간 것일까. 죽음의 그림자가 드리워진 음산한 길을 걷는 그녀의 마음이 한없이 내려앉았다.

'어머니!'

광장을 벗어난 루아는 가족들을 떠올리며 남궁을 향해 뛰기 시작했다. 길조차 보이지 않을 만큼 자욱한 안개 속에서 루아는 그녀의 폐부로 들어차는 매캐한 연기를 막기 위해 옷을 잘라내어 얼굴을 가려 묶고 집을 향해 달렸다.

문짝 하나가 뜯겨 나간 마가의 저택에 도착한 루아는 조심스럽게 문지방을 넘었다. 여기저기 피투성이로 쓰러진 낯익은 가신들의 모습에 루아가 신음을 토해냈다.

순간 누군가 그녀의 허리에 손을 두르며 입을 막았다. 상아검을 휘두르기도 전에 낯익은 목소리가 그녀의 귓가로 빠르게 속삭였다.

"쉿! 조용!"

입을 가렸던 손이 느슨해지자 돌아선 루아는 반가운 얼굴을 발견했다.

"우서한님!!"

무장을 한 우서한이 그녀를 품에 안았다.

"살아 있었구나."

"왜 여기에 계세요? 혹시 제 부모님을 보셨나요?"

덜컹거리는 가슴을 주체 못하여 우서한을 밀어낸 루아가 그를 올려다보았다.

"도대체……."

"아무도 없습니다!"

안개 속에서 하나둘씩 흑랑과 청랑들이 모습을 드러냈다. 루아를 발견한 서자부원들이 귀신이라도 본 양 주춤거리더니 이내 고개를 숙였다.

"어디에 있었느냐?"

우서한의 물음에 루아는 답을 하지 못했다. 그들과 함께 여행한 해일이 일천자였으며, 그에게 감금당하여 천계에 있었다. 게다가 잘 알지도 못하는 항아까지. 복잡한 이야기들이 머릿속을 떠다니는 통에 루아는 한마디도 꺼내지 못했다.

"루아!"

머뭇거리는 루아의 팔을 붙잡은 우서한이 주위를 둘러보았다.

"왜 혼자야? 적왕과 함께 있었던 것 아닌가?"

"무슨 말이에요. 지계에서 같이 온 것 아니었나요?"

우서한은 갑작스레 마가의 집에 홀로 나타난 루아를 믿을 수 없다는 듯 내려다보았다.

"도대체…… 무슨 일이 있었던 거예요?"

우서한이 묻고 싶은 말이었지만 그는 루아의 팔을 잡아당기며 마당으로 내려섰다. 그에게서 초조함이 묻어났다.

"여기는 안전하지 못하니 우선 선원으로 가자."

서자부의 호위를 받으며 우서한은 루아와 함께 더욱 짙어진 안개 속을 걸었다.

"어떻게 된 일이에요? 네?"

우서한은 자꾸만 묻는 루아에게 어디서부터 어떻게 설명해야 할지 알 수가 없었다.

어디로 들어왔는지 붉은전사들이 오전에 식량 창고를 습격하여 불을 지르고는 유유히 빠져나갔다. 모자라는 수세로 열두 개의 성문을 지키기란 불가했다. 성내에 남아 있는 붉은전사들을 색출하는 과정에서 그들보다 앞서 루아를 발견하게 됐으니 참으로 다행이었다.

"지계에 머무는 동안 시간이 멈췄다. 청동검을 얻어 지계를 빠져나오자마자 적왕을 기다리던 그의 부하들에게 잡혔어."

"적왕은요?"

적왕이 그녀를 쫓아 흑룡에 오른 것을 알지 못하는 루아가 걸음을 멈춰 서니 우서한이 그녀를 잡아당겼다.

"가면서 이야기하자. 지금은 적왕의 군대와 전쟁 중이야."

"적왕이 환인성을 공격했단 말인가요?"

그럼 그녀가 보았던 것이 모두 사실이란 말인가. 여기저기 널린 시체들 속에 붉은 옷을 입은 적왕의 전사들이 보였다.

"적왕이 아니라 그의 군대가…… 빌어먹을!"

설명을 하던 우서한이 욕지기를 내뱉었다. 우서한은 이미 한계를 넘어선 듯 들썩이는 가슴으로 깊은 숨을 들이켰다. 그녀의 언니인 아사가 태자를 자극하여 전쟁을 일으켰다고 말하고 싶지 않았다. 상황이 불 보듯 뻔한 지금에서도 우서한은 그리 믿고 싶지 않았다.

"환국의 국경에서 진을 치고 적왕을 기다리던 그들을 태자가 도발하는 바람에 전쟁이 터졌어."

"그럼…… 적왕은……?"

어디로 간 것일까? 루아는 쉴 새 없이 쏟아져 들어오는 지난 이야기들로 그녀가 천계에 머물렀던 시간들이 인계에서는 소나기처럼 흘러갔음을 깨달아야 했다. 천계에서의 하루가 인계의 천 일에 가깝게 맞아떨어졌다.

"아흔닷새째야. 갑작스레 안개가 몰려오면서 잠시 중단되었다. 적군과 아군을 구분할 수 없으니 정전이 불가피했지. 안개가 아니었으면 환국은 이미 전멸했을 거야."

전멸. 모두가 죽었단 말인가. 루아는 지금의 상황을 직시하는 것이 너무나 고통스러웠다.

"제 가족들은요? 집이……."

폐허가 되어버린 집을 떠올린 루아는 차마 말을 잇지 못했다. 걸음을 멈춰 선 우서한이 그녀를 품에 안았다. 걷는 내내 미루었던 이야기를 해주어야 했다.

"마가 어르신과 장자 혁민은 죽고, 할머니와 마가 부인은 선원으로 피해 있다."

아버지와 오라비가 죽었다는 말에 루아는 휘청거리며 주저앉았다. 그녀를 부축한 우서한이 단단하게 루아의 허리를 받쳐 안으며 걷기 시작했다.

"괜찮아요."

우서한에게 의지하였던 몸을 곧추세운 루아가 그의 팔을 두드렸다. 괜찮다고 스스로 되뇌었지만 자꾸만 두 눈이 뜨거워져서 루아는 고개를 들어 하늘을 보았다.

'안 돼. 울지 마.'

전쟁 중이라 하였다. 눈물을 쏟고 주저앉기에 그녀의 조국은 너무나 힘겨운 싸움을 하고 있는 것이다. 루아가 지켜야 할 것은 지금 그녀의 뱃속에 있는 환국의 미래였다.

"적군은 어디에 있나요?"

차분하게 가라앉은 루아의 목소리에 우서한은 긴 숨을 내쉬었다.

"붉은전사들은 북서문 밖에 진영을 만들었다. 살아남은 이들이 대신전에 모여 있어."

"선원은 북서문에서 가깝잖아요."

"환국의 마지막 보루는 선원이다."

마지막 보루 북궁 선원, 가장 멀리 위치한 동궁의 환인전 대신에 어머니 마고의 성전에 모여든 이들을 루아는 이해할 수 있었다. 얼마나 절박한 마음으로 기도하고 있을까.

"다섯 왕자와 전투에 참가하셨던 환인께서는 심한 부상을 입고 선원에 계신다."

우서한은 걷는 내내 루아에게 환국의 상황을 소상히 전했다.

"다섯 왕자 모두 전사했다."

"남은 병력은 얼마나 되나요?"

"서자부 구백 명과 서자부 출신으로 몸이 성한 자들이 천삼백."

이천백 명으로 칠천 명이 넘는 야인의 전사들을 막을 수 있을까. 아니었다. 지금 그들에게 남은 것은 얼마나 더 오래 살아남을 수 있을 것인가에 대한 의문뿐이었다.

"선원에 버티고 있는 것은 무모한 일이에요. 모두 대피시키는 것이 옳아요."

"루아, 환인의 명으로 백산을 향해 피난길에 오른 이천여 명을 제외한 지금 남아 있는 자들은 환국의 마지막을 함께할 이들뿐이야."

마지막. 한마디 한마디 뱉어내는 우서한의 말은 전부 처절한 죽음을 내포하고 있었다. 정녕 환국의 역사는 이대로 끝이 나는가.

'아니, 포기하지 않는 한 끝은 없다.'

루아는 굳은 결심을 다시며 선원의 계단으로 올라섰다. 대신전으로 들어선 루아는 그녀의 눈앞에 펼쳐진 광경에 숨을 멈춰 버렸다. 서른세 자 높이로 천장에 닿은 어머니 마고와 대천녀들의 신상 아래 사각의 제단 위까지 빼곡하게 누워 있는 부상자들의 신음 소리가 대신전을 가득 메우고 있었다.

"어머니!"

그리 멀지 않은 곳에서 정씨 부인을 발견한 루아가 한걸음에 달려가 어머니를 품에 안았다. 늘 곱고 단정했던 어머니의 흐트러진 모습은 그간의 고생을 말해주고 있었다.

"루아! 루아로구나! 내가…… 어흑!"

언제 돌아올지 모르는 딸을 기다리며 무너져 내리는 환국을 떠나지 못한 정씨 부인이 눈물을 쏟아냈다. 남편과 아들을 먼저 떠나보내면서도 끝까지 딸아이를 기다렸던 정씨 부인이 루아의 손을 잡아 누워 있는 할머니에게로 끌어당겼다.

"어머니, 루아가 돌아왔어요. 눈을 좀 떠보세요."

대신전의 바닥에 얇은 천을 깔고 누워 있는 할머니 앞에 루아가 무릎을 꿇었다. 바싹 야위어 버린 할머니의 모습에 루아는 또다시 가슴이 미어졌다.

"할머니! 할머니······."

루아의 부름에 옅은 숨을 달싹이던 할머니의 주름진 눈이 열렸다.

"할머니, 루아예요. 제가······ 돌아왔어요."

손가락을 까닥이는 할머니의 나뭇가지처럼 앙상한 손을 힘주어 붙잡았다.

"내가······ 꼭······ 온다 했잖아······."

마치 그녀가 돌아오기까지 기다리고 있었던 듯 할머니는 웃으며 눈을 감았다.

"어머니! 어으흑! 흑흑흑!"

오열하는 정씨 부인을 품에 안은 루아는 울음을 참으며 고개를 들었다. 변함없이 인자한 표정으로 그들을 내려다보는 어머니 마고의 미소가 너무나 슬프다. 루아는 어머니 마고의 신상을 올려다보며 소리 없이 울부짖었다.

'어머니, 어머니 마고여, 어찌하여 자손을 버리십니까.'

가슴을 온통 적시는 어머니를 달래며 등을 쓸어내리던 루아는 정씨 부인의 숨결이 잦아들자 조용히 고개를 숙였다. 어머니의 머리에 입술을 댄 루아가 조용히 물었다.

"언니는 어찌 되었나요?"

"선방에 있을 게다. 지금 우리에게는 기도하는 것밖에는 달리 방도가 없잖니."

애써 숨을 고르던 정씨 부인이 루아의 손을 토닥였다.

"가보렴. 아사가 많이 힘들어한다."

한없이 무거운 걸음으로 자리에서 일어선 루아가 선방으로 향했다. 불안한 마음에 정씨 부인을 돌아보니 그녀가 루아를 향해서 가보라 손을 흔든다.

작은 천화들이 타오르고 있었으나 적의 공격을 대비하여 최소한의 빛을 허용하고 있을 뿐 복도는 어둡기 그지없었다.

선방의 문을 열자 창가에 선 아사의 모습이 보였다. 누워 있는 병자들은 없었지만 선방의 내부는 전쟁 중임을 여실하게 드러내고 있었다. 천이란 천은 모조리 찢겨져 있고 이런저런 일용품들은 모조리 수거해 간 듯 선방은 공허함만이 가득했다.

"돌아왔구나."

지치고 곤하여 보이는 작은 어깨가 천천히 돌아섰다.

"돌아오지 말라 하였거늘…… 결국 돌아왔어."

아사가 아무런 감정을 읽을 수 없는 표정으로 루아를 바라보았다. 제대로 먹지 못했는지 움푹 파인 볼 위로 광대뼈가 두드러져 보인다.

"왜 여기 있는 거야?"

왜 도망가지 않았느냐 묻는 거니?

"여기가 내 자리니까."

루아를 바라보는 아사의 눈동자는 차갑기만 했다. 돌아온 아우를 반겨 맞을 수 없는 이유는 그녀가 계획한 모든 것이 어긋났기 때문이다.

태자가 붉은 군대의 본영을 습격하며 시작된 전쟁이 아흔닷새째 계속되고 있었다. 야인의 무리가 환국에서 감당할 정도가 아니라는 우서한의 말을 새겨들었어야 했다. 적군을 파악하지도 않은 채로 오십여 명의 흑랑대를 데리고 적장의 목을 베러 갔던 태자는 인질로 잡혀 상황을 더욱 악화시켰다.

우서한의 반대에도 불구하고 삼사오가 회의의 결과로 파병된 백여 명의 이차 흑랑대는 태자를 구하는 데에는 성공하였으나 서자부의 수장 장백을 비롯한 흑랑대 전원이 전사했다. 그렇게 붉은 군대의 진군은 다시 시작되었다.

"환기 3082년, 타오름 달(8월), 스무하루에 다날(월요일)이니 십 년하고도 열 달 만이구나."

한숨처럼 아사의 목소리가 나지막이 가라앉았다.

"내게는 참으로 지루하고 긴 시간이었는데……."

그러나 시간을 뛰어넘어 버린 루아에게는 실질적으로 일 년이 채 안 되는 기간인지라 그녀의 짧은 머리카락은 그다지 자라 있지 않았다.

"너는…… 하나도 변하지 않았구나."

달을 갈라놓은 듯이 꼭 같던 자매의 모습은 이제 서로를 또렷하게 구분할 만큼 달라져 있었다. 집을 떠나며 그녀가 머리카락을 끊어내고 갔다는 이야기는 마가에게 들어 알고 있었다. 그 때문에 루아를 바라보는 아사의 눈동자는 더더욱 섬뜩했다.

'머리카락이 자라면 돌아오겠다 했다던데…….'

십 년이 넘는 세월 속에 변함없는 루아의 모습이 마치 전대의 대신녀를 보는 듯하여 아사는 소름이 끼쳤다. 그녀의 출현이 이미

한 치 앞으로 다가온 환국의 멸망을 뜻하는 것 같아 두려웠다. 아니, 몸서리쳐지게 싫었다.

"왜 돌아온 거니?"

"사랑하는 이들이 모두 여기 있으니까."

훗, 사랑하는 이들이……. 여전히 맑은 눈동자로 그녀를 바라보는 루아의 모습에 아사는 웃음이 나왔다. 다시는 아사에게로 걸음하지 않겠노라 모질게 돌아선 우서한의 모습이 아직도 눈에 선하다.

'나는 모든 걸 잃었는데, 너는 네가 원하는 것이 모두 여기에 있다고 말하는구나. 뻔뻔하게…….'

이제 남은 것은 닷새, 환인성은 백 일을 버티지 못할 것이다. 12환국의 중심으로 아름다운 문화를 꽃피웠던 어머니 마고의 종주국은 야인들의 창검 아래 속수무책으로 무너지고 있었다. 파멸을 불러들인 대신녀 아사의 분노는 어느새 루아에게로 향하고 있었다.

'네가 꾸었던 망할 봉황의 꿈 때문이야. 네가 돌아왔기 때문이야. 모든 게 다 너의 잘못이야.'

언제나 모든 상황에 현명하게 대처했던 아사다. 아흔아홉 번의 성공은 단 한 번의 실수를 용납하지 않았다. 순간의 잘못된 판단으로 모든 계획은 어긋나 버렸으나, 불길하기 짝이 없는 마지막 예언만은 한 치의 오차도 없이 과녁을 향해 날아가고 있었다.

"모두 죽을 거야, 내가 예언한 것처럼."

"언니……."

"말했잖아. 추방당한 삼왕자가 돌아오면 환국은 마지막을 맞게 될 거라고."

"그를 본 거야? 여기 환국에 있는 거야, 언니?"

다그치는 목소리에 아사가 비릿한 미소를 지었다.

"네가 돌아왔으니…… 붉은 봉황도 날아들겠지. 두고 보렴."

저주하듯 이를 가는 아사의 목소리가 지독하게 음산하다. 쏘아보는 아사에게서 예전의 모습은 찾아볼 수가 없었다. 루아는 그녀에게서 손을 떼고 천천히 물러섰다.

"그래, 돌아올 거야. 그가 돌아오면 모든 것이 다 제자리로 돌아갈 거야."

과연 그럴까? 아사는 그녀에게서 멀어지는 루아를 바라보며 고개를 저었다. 더 이상 희망은 없다. 추방당한 왕자가 돌아온다 해도 이미 환국은 복구할 수 없을 만큼 무너져 버렸다. 아사가 꿈꾸었던 아름다운 미래가 죽어버린 것이다.

아사의 등 뒤로 조용히 문 닫히는 소리가 들려왔다.

'루아, 내가 갖지 못한다면 너 또한 가질 수 없는 거야.'

우리는 하나였던 몸이 둘로 나뉘어 태어난 쌍둥이. 탄생도 함께였으니 죽음도 함께하게 될 것이다. 이 야광주처럼. 목에 걸린 야광주의 잘려진 면을 만지작거리며 아사는 전대 대신녀와의 마지막 만남을 기억했다.

"어느 것이 진짜 야광주인지 분간할 수 있겠느냐?"

하나를 둘로 쪼개놓고 어느 것이 진짜인지를 묻던 대신녀.

"원래 하나였던 것을 두 개로 가른다 하여 둘 중 하나가 가짜가 되겠습니까."
"그렇구나. 원래 하나였던 것이니 둘 다 야광주가 맞다."

아사와 루아는 둘이 아닌 하나로 태어났어야 했다. 대신녀가 말하고자 했던 것은 분명 그것이리라. 그리되었다면 오늘의 참사는 벌어지지 않았을 것이다. 아사였다면 추방당한 왕자를 선택하지 않았을 테니.

한편 선방을 나선 루아는 서자부원들의 눈을 피해 선원을 빠져나왔다. 조용하고 신속하게 움직이며 루아는 서궁에 있는 서자부로 향했다.

무기와 식량만 선원으로 옮겨갔는지 서자부는 마가의 저택과 달리 크게 부서진 곳 없이 예전의 모습 그대로였다. 환국을 떠나기 전까지 머물렀던 방으로 들어선 루아는 서랍장을 뒤져 예전에 입었던 무복을 꺼내 들었다.

'조금 커진 것 같은데…….'

일궁에서 입었던 옷을 벗은 루아는 부풀어 오른 가슴을 내려다봤다. 아이를 가졌다는 사실을 알아서일까, 가슴이 전보다 크게 보였다. 루아는 가슴에만 두르던 천을 복부까지 단단하게 둘렀다.

그로도 부족하여 뱃속의 아이를 위해 복부 위로 단단한 가죽을 덧대고 코뿔소 가죽으로 된 보호대를 겹쳐서 묶고 나니 조금 뻑뻑한 느낌이 들었다.

'너무 세게 묶었나?'

숨을 들이켜 보니 그럭저럭 참을 만하다. 루아는 저도 모르게 배를 쓰다듬었다. 조금 부풀어 오른 것 같기도 하고 살이 좀 찐 것 같기도 하고.

'답답하니?'

아주 조금 부풀어 오른 배를 내려다보며 물었지만 역시나 아이는 대답이 없다. 아이 생각을 하니 지옥 같은 상황에도 그녀의 입가에 옅은 미소가 피어올랐다.

'조금만 힘내자. 곧 네 아버지가 올 거야.'

손목과 발목에도 가죽 보호대를 대고 꼼꼼하게 묶었다. 무장을 마치고 서자부를 나서니 바람이 불었다. 적군이 있다는 북서문을 향해 걷는 사이 짙은 안개가 점점 흐려지기 시작하더니 서쪽으로 붉은빛이 스며들었다.

안개가 깨끗하게 걷히자 서쪽 하늘로 꼬리를 내리는 해가 모습을 드러냈다. 지는 해를 바라보는 어느 누구도 알지 못했다. 서쪽 하늘을 불태우며 빠르게 사라지는 해가 환국의 마지막 해가 되리라는 사실을.

북서문을 향해 걷는 사이 소리 없이 내려앉던 어둠은 세상을 암흑 속에 묻어버렸다. 걸음을 멈춰 선 루아는 하늘을 올려다보았다. 달도 별도 없는 하늘은 새까만 암흑 그 자체였다. 이상한 일이었다. 구름 한 점 없던 하늘에 달이 보이지 않다니.

"공격이다!! 적의 공격이 시작됐다!"

침묵을 깬 것은 뜻밖에도 적의 공격이었다.

둥둥둥둥!! 둥둥!!

다급한 북소리는 이내 끊겨 버렸다. 북서문의 성벽을 향해 돌아선 루아의 눈에 별 하나 없이 새까만 하늘로 쏟아져 내리는 붉은 유성들이 보였다. 북서문만이 아니었다. 서문이 있는 서쪽 하늘에서도 수십, 수백 개의 불화살이 쏟아져 내리고 있었다.

"서문이 열렸다!!"

북서로 향하던 루아는 몸을 돌려 서문을 향해 달리기 시작했다. 한참을 달리는 동안 곳곳에 숨어 있던 붉은전사들이 괴성을 지르며 사방에서 튀어나왔다.

"이야야야얏!"

상아검을 높게 치켜든 루아가 달려오는 전사의 앞에 무릎을 꿇은 채 그의 옆으로 미끄러지며 발목을 벴다. 쓰러지는 전사를 뒤로하고 다시 검을 사선으로 그어 올리며 또 하나를 베어냈다.

"으아아아아악!"

여기저기 창검 부딪치는 소리가 들리기 시작하더니 비명과 고함 소리가 터져 나왔다. 불화살로 여기저기 불꽃이 치솟아오르며 어둠을 밝혔다. 전쟁은 다시 시작되었다.

"으아악!"

"아아아악!"

아무리 베어내도 꾸역꾸역 밀려드는 붉은전사들은 끝이 보이지 않다. 전투를 벌이는 서자부원들의 모습이 보였으나 꾸역꾸역 밀려드는 수세에 밀려 하나둘씩 쓰러져 갔다.

"하아! 하아하아!"

숨은 턱까지 차오르고 땀이 비 오듯 쏟아졌지만 루아는 상아검을 더욱 세게 움켜쥐었다. 공격을 알리는 기합 소리를 쫓아 감각적으로 상아검을 휘두르는 루아의 눈에 열린 서문으로 쏟아져 들어오는 붉은전사들이 보였다.

"루아!"

어느새 그녀의 곁으로 달려온 우서한이 루아의 어깨를 내려치는 전사의 턱으로 검을 올려 그었다.

"북서문은요? 하아! 하아!"

"헉헉헉! 아직 뚫리지 않았어. 태자가 지키고 있다."

루아와 서자부는 앞으로 나아가기는커녕 빠른 속도로 밀려 나고 있었다.

"지원이 필요해요!"

"지원은 없어. 최대한 시간을 끌어야 해."

우서한의 말에 루아는 그녀의 앞으로 날아오른 전사의 복부에 상아검을 박아 넣었다. 대화는 끊겨 버리고 우서한과 루아는 전사들에게 둘러싸여 멀어져 갔다.

"이야아아아앗!"

있는 힘을 다해 전사들의 팔과 다리를 베어내며 우서한의 곁으로 다가선 루아가 소리쳤다.

"시간을 끌면요!!"

시간을 끌어도 달라지는 것은 없다. 루아는 그녀에게로 달려드는 전사들의 몸을 베어내고 찌르며 빠른 속도로 물러섰다. 환국인의 수는 겨우 칠백여 명, 붉은전사의 수는 셀 수가 없었다. 불개미처럼 달려드는 전사들에게 밀려 루아는 자꾸만 뒷걸음질쳤다.

"우욱!"

어느새 천부단이 있는 광장까지 밀려난 루아는 그녀의 왼팔을 스치고 간 검기를 쫓아 돌아섰다. 땀으로 번들거리는 붉은전사의 눈을 마주한 루아가 지체 없이 검을 들어 전사의 머리를 내려쳤으나, 그가 올려 세운 검에 부딪친 충격을 이기지 못한 그녀의 손에서 상아검이 떨어져 내렸다. 이대로 죽는가!

"목숨이 달하는 위급한 상황이 생기거든 바닥에 뿌리도록 하여라."

순간 지계의 대신 욕의 말을 떠올리며 허리춤에서 녹두가 든 자루를 꺼내어 그녀를 향해 검을 내리긋는 전사의 얼굴 위로 뿌렸다.

타다닥 탁! 탁!

수십여 개의 동그란 녹색의 열매가 얼굴에 맞아 떨어지자 움찔 놀라 물러섰던 붉은전사가 어이없다는 듯 그녀를 내려다보았다. 그도 잠시,

슈욱! 획! 스륵스륵! 슉슉! 슉!

녹두가 떨어져 내린 흙바닥이 일어서기 시작하더니 여기저기 땅속에서 녹색의 군사들이 머리를 치켜들었다. 녹두군사들은 빠

른 속도로 흙 속에서 튀어나왔다. 부스스 흙이 떨어져 내리면서 거대한 녹두군사의 모습이 완연하게 드러났다.

스윽! 슉! 슈욱! 슉! 슉! 슉!

멍하니 그 모습을 지켜보는 루아의 눈에 녹구군사가 전사의 머리를 단칼에 잘라내는 모습이 보였다. 어마어마한 괴력이었다.

퍽!

왈칵 뜨거운 피가 비처럼 쏟아지면서 그녀를 공격했던 전사의 잘려진 머리가 데구루루 루아의 가슴 위로 떨어져 내렸다. 전사의 피를 온통 뒤집어쓴 루아가 그녀를 노려보는 머리통을 집어 던졌다. 속이 울렁거리기 시작했다. 루아는 바닥을 기어 상아검을 움켜쥐었다.

"우우욱!"

신물을 게워낸 루아가 입술을 닦아내며 고개를 들었다.

"요괴다! 환국의 요괴가 나타났다!"

갑작스레 땅에서 솟아난 10척 녹두군사들의 등장에 붉은전사들은 당황하기 시작했다. 제각기 창검을 휘두르는 거구의 녹두군사들은 붉은전사들과 대치하여 일렬로 늘어서기 시작했다.

처걱! 처걱! 척! 처척!

그들이 형성한 방어선에서 루아는 가쁜 숨을 내쉴 수 있었다.

"어디서 나타난 것들이지?"

"지계에서 받아온 거예요."

가슴과 오른팔에 부상을 입은 우서한이 루아의 어깨를 두드렸다. 신기한 일이었다. 말하지 않아도 녹두군사들의 창검은 붉은 군대를 향해 있었다. 상황을 모르고 덤비는 환국인을 밀어내며 붉은전사를 베어내기에 주저함이 없다. 녹두군사들의 칼날이 어찌나 거센지 붉은전사의 팔다리가 후드득후드득 떨어져 나갔다.

'귀한 선물을 받았구나.'

지계의 대신 욕에게 감사의 마음을 전하기도 전에 또다시 날아드는 검을 피해 허리를 숙인 루아의 등으로 찢기는 통증이 일었다. 오른쪽으로 회전하며 루아의 상아검이 전사의 팔을 잘라냈다.

"으아아악!"

비명과 함께 피가 뿜어져 나오는 팔을 움켜쥔 전사가 바닥에 쓰러지기도 전에 루아는 덤벼드는 다른 전사의 허리를 수평으로 그었다.

아흔여드레째 날.

해도 달도 뜨지 않은 가운데 전투는 사흘이 넘게 이어졌다. 집은 모두 불에 타 허물어졌고 찢어지는 비명 소리와 잦아드는 신음 소리가 병기 부딪치는 소리에 섞여 폐허가 된 환인성에 메아리쳤다.

곳곳에서 쓰러져 가는 서자부의 젊은이들과 붉은전사들의 시신이 발 디딜 틈도 없이 쌓여 그들을 밟지 않고는 움직일 수가 없었다.

"물러서지 마라! 요괴를 쓰러뜨려라!"

든든한 방어막을 형성하던 녹두군사들이 하나둘씩 무너져 내리면서 붉은전사들은 더욱 날뛰기 시작했다. 그들 또한 멈추기에는 너무 많은 전사를 잃은 탓이라. 천부단 광장에서 밀리기 시작한 환국인들은 북궁의 선원이 보일 때까지 물러서기를 멈추지 않았다.

"선원으로 가거라."

"우서한님!"

"루아, 선원을…… 아사를 부탁한다."

절실함이 묻어나는 목소리에 루아가 고개를 끄덕였다.

"방어선이 무너진다! 으아악!"

등 뒤에서 들려오는 함성 소리에도 루아는 돌아보지 않고 달렸다. 누구의 것인지조차 분간할 수 없을 만큼 피로 물들어 버린 루아의 두 눈은 사흘간 잠을 못 잔 탓에 붉게 핏대가 섰다.

루아는 선원을 향해 이를 악물고 달렸다. 깊게 베인 왼팔로 가죽 보호대를 뚫어버린 복부의 검상을 감싸며 쉬지 않고 달렸다. 제발…….

'어서 돌아와요. 제발……. 당신의 군대를 막아줘요.'

하루속히 적왕이 돌아오기만을 기도했다.

선원의 남문으로 들어선 루아는 한 무리로 몰려 있는 서자부원들을 발견했다. 선원을 지키라 남겨두었던 최소 병력 백오십 명 전부가 뜰 앞에 모여 있었다.

"하아! 하아! 무슨 일이지?"

루아의 물음에 선원 계단을 지키고 서 있던 흑랑 중 하나가 조용히 고개를 숙였다.

"환인께서 눈을 감으셨습니다."

부상당한 환인의 죽음은 이미 예고된 것이었다. 하지만 곡소리조차 들리지 않다니. 루아는 머뭇거리는 흑랑을 밀어내고 선원의 계단에 올라섰다.
　침묵보다 더욱 짙은 죽음의 냄새가 진동을 한다. 대신전으로 들어서니 선제신녀들이 바닥에 누워 있는 부상자들에게 무언가를 나누어 주고 있었다. 기도 소리와 신음 소리 가득하던 대신전은 지독하게도 조용했다. 마치 숨 쉬는 이들이 없는 것 같다. 선제신녀들에게서 받은 그릇을 손에서 손으로 돌려가며 마시는 부상자들의 모습이 보였다. 피 냄새와 알 수 없는 비린내가 진동했다.
　루아는 구원을 청하듯 두 손을 올리고 있는 어린 백랑에게 약 그릇을 내미는 선제신녀의 손을 붙잡았다.
　"무얼 주고 있는 건가?"
　신녀의 눈에는 눈물이 가득했다. 순간 루아는 다시 고개를 돌렸다.
　"커억! 컥! 컥!"
　주변으로 누워 있는 이들의 입에서 붉은 선혈이 울컥거리며 쏟아져 나오고 있었다. 신음 소리도 울음소리도 들리지 않았다.
　"무얼 주고 있는 거야?"
　"대신녀님의 명이십니다. 흑흑흑!"
　울음을 터뜨려 버린 신녀에게서 약 그릇을 빼앗아 든 어린 백랑이 주저 없이 그것을 삼키고는 이내 피를 토하기 시작했다. 루아는 백랑의 어깨를 움켜쥐었다.
　"어째서…… 왜?"

"커걱! 지옥…… 에서 벗어…… 나고 싶습니다."

루아는 숨이 끊겨 버린 백랑의 눈을 감겨주었다. 백랑의 시신을 바닥에 내려놓고 자리에서 일어선 루아는 천천히 주위를 둘러보았다. 고통에서 벗어나기 위해, 또는 산 자들에게 짐이 되지 않기 위해 죽음을 선택한 이들은 신음조차 흘리지 않고 피를 쏟으며 대신전의 차가운 바닥에서 눈을 감았다.

'세상의 끝에서 죽음을 넘어 돌아온 나의 고향은 지옥보다 참혹하구나.'

뜨거운 눈물을 삼키는 루아의 눈동자에 대천녀 소희의 신상에 기대어 선 아사의 모습이 보였다. 무엇을 이유로 이렇게 독하고 모진 결정을 내린 것인지 알 수가 없었다. 울컥울컥 피를 토하는 이들을 지나 루아는 아사를 향해 걷기 시작했다.

"치료할 약이 떨어졌다."

떨리는 아사의 목소리에 루아는 조용히 숨을 들이켰다.

"약을 달라 울부짖으니 독약이라도 줘야지."

순간 루아의 손이 아사의 뺨을 사정없이 후려쳤다. 퍽 하는 소리와 함께 대천녀 소희의 신상에 부딪쳐 주저앉는 아사를 내려다보며 루아는 주먹을 움켜쥐었다. 생명을 아끼지 않아 자살한 이들이 떨어지는 십이옥의 광경이 눈앞에 펼쳐지는 듯한 착각이 일었다. 지옥의 귀졸들에게 사지육신이 잘리고 또다시 자라나 잘리기를 반복한다.

"세상을 비관하여 목숨을 끊는 것은 어찌 보면 쉬운 일이지요.

하지만 그것이 시작임을 알아야 합니다."

 아사는 모르고 있었다. 죽음이 끝이 아님을, 스스로 목숨을 끊은 이들이 지계에 들면 그들을 기다리고 있는 것은 열두 번째 지옥이라는 것을.
 "죽으면…… 죽어버리면 모든 것이 끝날 거라 생각해?"
 "더 이상의 삶은 그들에게 고통일 뿐이야."
 "언니 때문에 많은 이들이 더욱 비참해질 거야."
 "후후후. 네 꼴을 봐, 루아. 더 이상 어떻게 더 비참해질 수 있겠니."
 아사가 피가 배어 나오는 입술을 닦으며 일어섰다.
 "난 그들에게 안식을 주었을 뿐이야. 환국에 내일은 없어."
 "봉황이다!!"
 선원의 밖에서 갑작스레 들려온 고함 소리에 루아가 돌아섰다.
 "적봉황이 나타났다!!"
 "결국…… 적색의 봉황이 날개를 펴는구나. 후후후, 후하! 하하하하!"
 미친 듯이 웃고 있는 아사를 뒤로하고 루아는 선원의 계단을 향해 달려갔다.
 '붉은 봉황이라니?'
 계단에 멈춰 선 루아의 눈에 새까만 하늘을 가르는 붉은빛이 보였다.

"선원으로 피하십시오!"

태자의 손을 붙잡은 우서한이 외쳤다. 마지막 방어선이 뚫린 상태에서 그들은 더더욱 빠른 속도로 밀려나고 있었다. 그런 상황에서 북서문을 지키던 태자가 지원을 한답시고 우서한에게로 온 것이다. 무모한 결정이다.

"가긴 어딜 간단 말인가! 비켜서라!"

태자가 성마르게 소리쳤지만 우서한은 그를 잡은 손을 놓지 않았다.

"선원으로 가십시오!"

"무엄하게 누구에게 명령인가! 나는 환국의 태자다!"

"저는 환국을 지키는 서자부입니다!"

고통 어린 우서한의 목소리에 태자의 눈빛이 흔들렸다.

"태자께서는 곧 환국이니 목숨을 부지하셔야 합니다."

미치광이 태자일지언정 모든 왕자가 죽고 환인의 생사조차 장담할 수 없는 지금에 우서한에게 태자는 곧 환국이었다.

"봉황이다!"

갑작스레 용암처럼 터져 나온 고함 소리에 태자의 눈이 서쪽 하늘로 향했다. 빛도 없는 하늘을 붉게 태우며 자색의 봉황이 날아들었다. 처절한 싸움의 끝으로 멸망의 길을 걷고 있는 환국에 나타난 붉은 봉황의 모습에 전쟁터의 모든 이들이 당황하고 있었다.

"적봉황이 나타났다!!"

붉은전사들은 봉황의 나라 환국에 나타난 붉은 새가 자신들의 패전을 알리는 것이라 생각했으며, 환국인들은 황금빛이 아닌 붉은 적봉황이 환국의 파멸을 나타내는 것이라 믿었다. 전쟁 중인 그들 모두에게 적봉황은 불길한 징조로 뇌리에 박혀들었다.

끼이이이이!

무너져 내린 성벽과 곳곳에서 연기를 피워 올리고 있는 폐허 위를 나는 적왕의 눈에 누가 적인지 아군인지 분간이 되지 않을 정도로 피투성이가 되어 엉겨 있는 이들의 모습이 보였다.

'이곳이…… 정녕 나의 고향이란 말인가.'

평온하여 아름다운 지난날의 모습이라고는 찾아볼 수 없는 환국을 내려다보며 적왕은 뜨거운 숨을 토해냈다. 어디로, 어디로 가야 한단 말인가. 그의 마음을 아는 듯 피로 물든 봉황은 내려설 곳을 찾지 못하고 하늘을 향해 목을 뻗으며 울었다.

끼이이이이! 끼이이이이이이!

"적…… 왕!"

울부짖는 적봉황을 바라보던 우서한은 저도 모르게 신음을 토했다. 적왕이라는 소리에 말릴 틈도 없이 그의 손을 뿌리친 태자가 하늘에서 내려서는 적봉황을 향해 달리기 시작했다.

"태자 저하!!"

태자는 그것이 적왕임을 확신했다. 그를 죽이면 이 모든 것이 끝나리라는 생각에 태자는 손에 쥔 청동검을 더욱 세게 움켜쥐었다.

"자아아아유유윤!!"

태자! 그의 이름을 부르며 달려오는 태자를 발견한 적왕은 앉을 곳을 찾아 선회하는 봉황의 몸에서 뛰어내렸다. 산처럼 쌓인 시신

위에 내려선 그는 떠나지 못하고 적왕의 머리 위를 선회하는 봉황을 올려다보았다. 고맙구나.

'네 일은 끝났으니 가거라!'

반짝이는 눈으로 그를 내려다보던 봉황은 붉은빛을 길게 늘이며 서쪽 하늘을 향해 날아가 버렸다. 봉황이 완전하게 사라지자 적왕은 주위를 둘러보았다. 모두가 넋을 잃고 그를 올려다보고 있었다. 적왕은 환국의 백성들과 세상의 끝으로 향하는 그를 따랐던 야인의 무리를 바라보았다.

'무엇 때문에 나의 고향은 이렇게 피에 물들어 있는 것인가.'

적왕의 눈에 그를 향해 검을 치켜들고 달려오는 태자의 앞을 막아선 우서한의 모습이 보였다.

"태자 저하, 지금 전쟁을 막을 수 있는 이는 적왕뿐입니다!"

우서한의 말에 태자가 이를 갈며 물러서라 길길이 날뛰었다.

"내가…… 모르리라 생각하였느냐!"

태자의 두 눈이 치솟아오르는 분기를 가누지 못하여 핏발이 섰다.

그날 밤도 그러했다. 유일하게 그의 버팀목이 되어주었던 아사가 청동검을 건네주었던 밤, 태자는 환인전으로 향했다.

'차라리 가지 않았더라면! 듣지 않았더라면!'

환인전의 문 앞에 선 태자는 불안해하는 어머니를 달래는 아버지의 목소리를 들었다.

"그 아이가 돌아오면 이 모든 것도 다 제자리를 찾을 것이니 조금만 더 기다려 봅시다."

환인 구을리는 추방당한 삼왕자를 기다리고 있었던 것이다. 지금의 상황을 타개할 수 있는 최선의 결정이었음을 문밖에 선 태자는 알지 못했다. 아니, 이해하고 싶지 않았다.

"정말 그 아이에게 청동령과 청동경을 주시려 합니까. 그럼…… 우리 태자는, 가엾은 우리 태자는 어찌합니까?"

천부삼인의 방울과 거울은 환인의 상징이다. 결국…….

"내가 마음의 병을 다스리는 동안 나를 폐위하고 추방당한 삼왕자를 태자로 올리려는 삼사오가 대신들의 반역을 모를 줄 알았더냐!"

"태자 저하!"

"물러서라! 나는 환국의 태자 두율이다!"

광기로 번득이는 눈동자를 마주한 우서한은 그에게로 향해진 태자의 검을 바라보았다. 목숨을 걸고 세상의 끝에서 얻어온 청동검이다. 아사가 태자를 도발하며 그에게 청동검을 넘겼다는 사실은 이미 알고 있었으나 이렇게 마주 보니 가슴 한편이 또다시 무너져 내렸다.

"적왕이 전쟁을 끝내줄 것입니다."

"물러서라, 우서한!"

물러설 기미를 보이지 않는 우서한을 향한 태자의 분노가 극에 달했다.

"전쟁의 종결자는 추방당한 삼왕자가 아닌, 나 환국의 태자 두율이다!"

"그를 공격하면 환국은 끝입니다."

"마지막 경고다!"

우서한의 말에 태자가 청동검의 끝을 그의 목에 들이댔다.

"가실 수 없습니다."

날카로운 검신의 끝으로 붉은 핏방울이 타고 흐르기 시작한다. 혼돈의 땅에서 보았던 것은 결국 이것인가.

'아사……'

우서한은 깊은 숨을 들이켰다.

"……네가 부르는 그 이름 때문에 넌 죽게 될 거야."

제비꽃 같은 눈망울을 가진 소녀가 생각나니 우서한은 웃음이 나왔다. 기억의 한 조각을 밀어내듯 태자의 고함 소리가 귓가를 내려쳤다.

"우서한!!"

우서한은 손에 든 검을 놓아버렸다. 죽어서도 그는 환국을 지켜야 하는 서자부였기에 태자에게 검을 겨눌 수는 없었다.

"환국에서 명을 내리는 것은 나 하나닷!"

혼인의 약조로 선물하였던 청동검이 아름다운 빛을 발하며 우서한의 몸을 갈랐다.

'아사…… 아름다운 나의 여인이여…….'

천천히 무너지는 우서한의 몸에서 선명하게 붉은 꽃잎들이 흩어져 내렸다. 그대에게 어머니 마고의 축복이…….

"하악! 하악! 망할……."

감히 누구의 앞길을 막는 것인가. 우서한의 피를 보고 더더욱 광분한 태자가 무릎을 꿇은 채로 쓰러져 버린 우서한을 발로 밀어냈다.

싸우기를 멈춘 이들이 그를 지켜보는 가운데 태자는 시체들을 넘어 적왕에게로 다가섰다. 지옥의 야차처럼 서 있는 아우에게로 서슴없이 걸어갔다. 정녕, 하늘이 환국을 버렸다면······.

'잃어버린 보물은 내가 아닌 자윤의 손에 들려 있어야 하는 것이 아닌가!'

또 다른 청동검의 존재를 모르는 태자는 자신이 환국을 살릴 유일한 희망이라 믿었다. 아름다운 청동검을 손에 든 태자는 적왕을 향해 걸어갔다. 그리곤 알 수 없는 눈빛으로 자신을 바라보는 아우의 가슴에 검을 겨누었다.

"어째서······ 제게 검을 겨누시는 겁니까?"

"아우야, 그것이 나와 너의 운명이다!"

이 많은 슬픔을 어찌 운명이라 당연하게 말할 수 있는가.

"운명······ 이라 하셨습니까?"

적왕은 그의 가슴으로 파고들기 시작한 아름다운 검을 바라보았다.

"그래! 네가 추방당한 것도, 내가 너를 죽일 수밖에 없는 것도 모두가 정해진 운명인 게야!"

"후후후······ 하, 하하하하!"

공허한 적왕의 웃음소리가 전장으로 울려 퍼졌다.

'무엇을 위해 내 여인의 가슴에 지울 수 없는 상처를 새기면서

까지 세상의 끝으로 향했으며, 또 무엇을 얻고자 미움과 질시가 가득한 이곳으로 돌아오고자 하였는가.'

어리석었다. 돌아오지 말았어야 했다. 죽음의 땅에서 루아와 함께 작은 오아에 둥지를 틀고 살았다면, 그리 했다면 형제의 가슴에 칼을 겨누는 이렇게 찢어지는 상실은 마주하지 않았을 것이다.

"틀렸습니다."

적왕이 싸늘한 눈으로 자신에게 검을 겨누고 있는 태자를 바라보았다.

"인간은 스스로의 선택으로 역사를 만들어갈 뿐 운명 따위, 존재하지 않습니다."

"후후후, 그렇다면 이 청동검이 내 손에 들어왔을 리 없겠지. 잃어버린 보물을 찾아 여행을 떠난 것은 네가 아니더냐."

태자는 보란 듯이 적왕의 가슴으로 청동검을 치켜세웠다. 적왕의 몸을 훑어 내리는 태자의 눈에 아우의 손에 쥐어진 초라하기 짝이 없는 낡은 검이 보였다. 세상의 끝에서 너는 무엇을 얻었느냐.

"하늘은 나의 손에 이 청동검을 쥐어주었다."

태자의 청동검을 바라보던 적왕의 시선이 우서한에게로 향했다.

"형님의 손에 청동검을 쥐어준 이는 하늘이 아니라 우서한이었습니다. 그리고…… 그는 죽어가고 있습니다. 그 또한 운명이라 하시겠습니까?"

서릿발처럼 매서운 적왕의 음성에 태자가 입을 열었다.

"이 모든 것은 하늘이 정한 운……."

말이 끝나기도 전에 아름답게 빛나던 태자의 청동검이 두 동강 나버렸다. 적왕의 청동검이 태자의 것을 잘라낸 것이다. 태자의 검이 닿은 적왕의 가슴에 옅은 피가 배어 나왔다.

"운명 따위 없습니다, 선택과 책임만이 있을 뿐."

멍하니 잘려진 청동검을 바라보는 태자를 뒤로하고 적왕은 우서한에게로 걸어갔다. 쓰러진 그를 돌려 뉘니 우서한이 붉은 선혈을 울컥거리며 토해냈다.

"너무…… 늦었습니다."

적왕은 처음으로 우서한의 눈물을 보았다. 항상 우직했던 그의 마지막에 어울리지 않게 눈물이라니.

"선원에…… 그녀가 있습니다."

루아가 선원에 있다는 말에 적왕이 고개를 끄덕이니 우서한이 마지막 숨을 들이켜며 또렷하게 말했다.

"아사도…… 부탁합니다."

거친 사내의 가슴에 눈물을 담는 이는 결국 여인이었다. 적왕은 혼돈의 땅에서 그가 보았던 것이 무엇이었는지 확실하게 알 수 있었다.

"너의 그녀를 지켜주마."

적왕의 약속에 안심한 듯 우서한이 눈을 감았다.

"으아아아앗! 죽어!"

태자의 괴성과 함께 적왕의 등 오른쪽으로 날카로운 통증이 일었다. 온몸의 힘을 실어 내리누르는 태자의 무게가 그대로 적왕의 몸에 실렸다. 뼈를 부수고 미끄러져 들어오는 예리한 통증에 적왕이 숨을 들이켰다. 오른쪽 폐를 관통해 버린 반쪽짜리 청동검의 기운이 고스란히 느껴졌다.

"태자가 적왕을 공격했다!!"

조용히 그들을 지켜보던 붉은전사들이 갑작스런 태자의 공격에 고함을 지르며 달려들기 시작했다. 붉은전사들의 검이 태자의 심장을 관통하고 팔과 어깨로 박혀들었다. 개떼같이 달려든 전사들에게 둘러싸여 비명조차 지르지 못하고 도륙당하는 태자에게서 돌아선 적왕은 걷기 시작했다.

"후우……."

적왕은 맥박을 늦추기 위해 열 배는 느릿한 호흡을 들이켜고 내뱉기를 반복했다. 수련해 왔던 호흡법으로 근육을 이완시키니 팽창한 혈관을 통해 전신으로 흐르는 피가 느릿해지는 것을 느낄 수 있었다. 고통은 여전하였으나 적왕은 루아에게로 향한 걸음을 늦추지 않았다.

붉은 봉황이 나타나면서 아흔아흐레째 날이 열렸다.

백오십여 명의 인원으로 선원으로 침입한 전사들과 싸움을 벌이던 루아는 죽은 어머니의 시신 앞에 피투성이로 서 있었다. 살아남은 이들이 열 명도 되지 않았다.

"하아……! 하아! 하아!"

그녀의 눈에 시뻘겋게 피를 뒤집어쓴 붉은전사들이 보였다. 일렬로 서서 한 걸음씩 선원으로 들어서는 이들.

'북서문이 열렸구나.'

후들후들 떨리는 다리에 힘을 주고 오른손과 함께 천으로 묶어버린 상아검으로 바닥을 짚으며 허리를 곧추세웠다.

"포기하지 않아."

깊게, 더욱 깊게 숨을 들이켜고 천천히 뱉어냈다. 이마에서 흘러내린 핏방울이 땀과 함께 그녀의 시야를 가렸지만, 루아는 두 눈을 깜박이며 멈춰 선 전사들을 바라보았다. 어디선가 뿔피리 소리가 들려왔다.

마치 전사들의 승전을 알리는 듯 끝도 없이 이어지는 피리 소리에 천천히 상아검을 들어 올린 루아가 한 걸음 앞으로 나아갔다. 그녀의 발이 머물렀던 자리에 짙은 피 웅덩이가 생겨났다. 또다시 한 걸음. 루아의 두 눈으로 말갛게 눈물이 차올랐다.

'아가…… 미안해.'

휘청거리던 루아는 무릎이 꺾이는 것을 느끼며 주저앉고 말았다. 무릎 꿇은 그녀의 코끝으로 핏물이 떨어져 내렸다. 오른손에 묶어놓은 상아검을 의지하여 고개를 드니 술렁이는 전사들이 양쪽을 갈라서며 그 끝으로 적왕의 모습이 보였다.

"왜……."

적왕은 피투성이가 되어 그를 올려다보는 루아를 품에 안았다.

"이제 왔어요?"

한참이나 말없이 그녀를 품어 안고 뜨거운 숨을 토해내던 적왕이 루아의 오른손을 내려다보았다. 검을 쥘 힘조차 없어 손과 함께 묶어버린 상아검을 바라보는 적왕의 눈시울이 뜨거워진다.

"루아……."

말갛게 올려다보는 루아의 몸을 살피는 적왕의 눈에서 결국 눈물이 떨어져 내렸다. 검상을 그대로 드러내고 있는 그녀의 몸은 성한 곳이 없었다.

"미안해요. 당신의 아이를 지키지 못했어요."

아이! 잘려진 가죽 보호대 안으로 붉게 물든 천을 쓰다듬는 루아의 모습에 적왕의 목을 타고 거친 포효가 터져 나왔다.

"으아아아아아아!!"

루아를 끌어안고 참았던 숨을 터뜨리니 그의 상처를 억류하던 기의 순환이 흐트러지며 온몸의 혈이 빠른 속도로 응축되기 시작했다. 루아를 품에 안은 적왕의 상처들이 벌어지며 억지로 잡아두었던 피가 터져 나왔다.

슬픔을 토해내는 절규에 루아는 한없이 눈물을 흘렸다.

"고마워요. 돌아와 줘서…… 고마워요."

온몸의 피가 역류하며 그의 몸을 뜨겁게 적셨다.

"루아…… 루아…… 우우욱!"

그녀의 이름을 하염없이 부르며 울먹이는 적왕의 모습에 루아는 슬픔을 감출 수가 없었다. 너무나 힘들게, 힘들게 만나게 된 임인데 이렇게 피투성이라니.

"우리 어쩌다 이렇게 되었을까요."

아무리 참아보려 해도 자꾸만 목을 타고 오르는 슬픔 때문에 숨도 쉴 수 없을 만큼 아팠다. 다른 어떤 것보다 아이를 잃게 될 거라는 사실이 너무나 괴로워서 참을 수가 없었다.

"당신 닮은 아이 낳아…… 행복하게 살고 싶었는데……. 난…… 무얼 잘못한 걸까요."

적왕은 고개를 저었다. 모든 것이 그의 탓이다. 생명 같은 여인을 지키지 못한 것도, 저주받은 여정에서 그녀를 놓지 못한 것도 모두가 그의 잘못이었다.

"루아…… 너 없는 세상이 무슨 의미를 가질까."

"자윤님……."

루아는 붉은빛을 잃어가는 적왕의 눈동자를 바라보았다. 밤하늘처럼 깊고 흑요석처럼 반짝이는 검은빛으로 돌아온 적왕의 눈동자를 마주하며 조용히 미소 지었다.

"이제 환국에는 해가 뜨지 않겠죠?"

부드러운 그녀의 음성에 적왕은 루아를 품에 안고 자리에서 일어섰다. 그녀에게 해를 보여주고 싶었다. 선원의 동쪽 가장 높은 곳에 위치한 동신전으로 걸음을 옮겼다. 신전의 문을 열고 들어서니 일천자의 신상 아래 모여 있는 십여 명의 선제신녀들이 보였다.

적왕은 그에게로 창을 겨누는 신녀들의 곁을 지나 앞으로 성큼성큼 발을 내디뎠다. 신녀들 속에서 아사의 목소리가 들려왔다.

"물.러.서.라."

피투성이의 루아를 품에 안고 들어선 적왕의 뒷모습을 바라보던 아사의 눈동자가 혼란으로 물들었다. 아름다운 청옥이 박힌 손잡이.

"그…… 검."

홀린 듯 적왕에게로 달려든 아사가 그의 등에 꽂힌 청동검의 손잡이를 움켜쥐었다. 아사는 태자가 적왕의 등에 박아 넣은 청동검을 빼내려 했으나 뼈를 가르고 들어선 검은 쉽게 빠지지 않았다.

적왕은 등줄기를 타고 내리는 시큰한 통증에도 아랑곳없이 동신전의 가장 큰 창문 앞에 섰다. 천천히 몸을 낮춰 루아를 창가에 기대어 앉히고 일어선 적왕이 아사에게로 돌아섰다.

"어떻게…… 된 거예요?"

소스라치게 놀란 표정으로 물러서는 아사를 응시하던 적왕이 왼손을 뒤로 둘러 깊이 박힌 청동검을 움켜쥐었다. 단합에 검을 뽑아낸 적왕이 아사의 발치에 청동검을 던져 주었다.

"우서한을 베어낸 검이다."

"어째서…… 어째서……."

"태자의 손에 죽었다."

우서한의 죽음을 알리는 적왕의 음성에 벽에 기대어 앉아 있던 루아의 시선이 불안한 듯 아사에게로 향했다.

"우서…… 한."

사르륵. 천 조각이 떨어져 내리듯 주저앉은 아사가 부러져 버린 청동검을 가슴에 안았다.

"너를 부탁한다 하였다."

우서한의 마지막 유언을 전한 적왕이 루아에게로 돌아서는 순간 자리를 박차고 일어선 아사가 창문으로 몸을 날렸다. 아무도 그녀의 행동을 예측하지 못했다.

"대신녀님!!"

우르르 달려드는 신녀들의 비명 소리와 함께 루아는 그녀의 곁을 스쳐 가는 아사의 몸이 허공으로 날아오르는 것을 보았다.

"언니!!"

무작정 뻗어 올린 손끝으로 신녀복을 묶었던 옷고름이 잡히는가 싶더니, 떨어져 내리는 아사의 무게를 이기지 못하고 딸려가던 루아의 몸이 창턱에 걸렸다.

"루아!"

루아의 허리를 적왕이 감싸 안았다.

"언니……."

온몸을 떨며 붙잡았으나 아사는 아무런 미련 없이 루아의 손을 밀어내 버렸다.

'괴로워하며 살고 싶지 않다. 다시는…… 다시는 인간으로 태어나고 싶지 않아.'

망연하게 바라보는 루아의 모습에 아사는 미소 지었다.

"언니이이이!!"

추락하는 아사의 모습을 바라보던 루아는 그녀를 잡아당긴 적왕의 품에 안겼다. 적왕의 가슴에 등을 맞댄 루아가 움켜쥐었던 손을 천천히 열었다.

'야광주…….'

아사에게서 떨어져 나온 신녀복의 천 조각과 함께 끊어져 버린 야광주가 그녀의 손에 놓여 있다. 루아는 자신의 목에 걸려 있는 야광주를 잡아당겼다. 툭 끊어져 내린 야광주를 바라보는 루아의 눈에 또다시 눈물이 맺힌다. 마치 루아와 아사를 보는 것처럼 반으로 잘라진 야광주는 똑같은 모양이었다.

"대신녀님!!"

울부짖는 신녀들을 뒤로하고 적왕은 루아를 안아 들었다. 동신전을 나서는 적왕의 품에 안긴 루아가 두 눈 가득 담은 눈물을 삼키며 그를 올려다보았다.

"어디…… 로 가요?"

"어디로 갈까?"

나지막한 적왕의 미소가 루아의 가슴으로 잔잔하게 퍼져 갔다.

"이제 어디든…… 상관없어요."

적왕은 묵묵히 선원을 나와 천부단으로 향했다. 청동검이 박혔던 자리에서 끝도 없이 흘러내리는 피가 걸음걸음마다 맺혀 흔적을 남겼다.

"적왕님!"

조심스레 앞으로 나서는 붉은전사들을 바라보며 적왕이 고개를 저었다.

"나는…… 너희들의 왕이 아니다."

폐허가 된 환국의 땅을 밟으며 적왕은 속삭이듯 말했다.

"나는 환국의 삼왕자 자윤."

"네, 당신은 루아의 하나뿐인 임이에요."

살포시 웃음 짓는 루아의 모습에 가슴이 따뜻해지는 것을 느끼며 적왕은 천부단을 향해 걷고 또 걸었다.

붉은전사들이 그들의 뒤를 따르는 것을 알았지만, 적왕은 돌아보지 않았다. 지울 수 없는 과거의 일부인 그들을 비난하고 싶지 않다. 이 모든 것이 스스로의 선택이었으니 루아를 잃어도, 폐허가 되어버린 고향에서 삶의 끝을 보더라도 결코 원망하지 않으리라.

한 걸음, 또 한 걸음 적왕은 마지막 힘을 다해서 천부단의 계단을 올라섰다. 등 뒤로 섬뜩한 살기가 느껴졌지만 그 또한 이미 알고 있었다. 잔혹한 살인자 혹은 구원자로 적왕이 야인들의 부족들을 휩쓸 때마다 그를 따르고자 붉은 군대에 합류했던 많은 이들 중에는 그에게 가족을 잃은 이들도 있었다. 적왕은 스스로에 대한 책임으로 언제 그에게로 향할지 모르는 복수의 칼날을 등에 이고 여기까지 걸어온 것이다.

"루아……."

"원망하지 않아요."

"후후후."

"당신이 행복했으면 좋겠어요."

천부단의 가장 높은 제단에 올라선 적왕은 루아와 마주 앉았다.

"혼인식을 해야지."

루아는 눈물이 났다. 삶의 마지막에서 혼인식이라니. 그녀의 앞에 무릎 꿇은 적왕에게로 몸을 일으킨 루아가 그와 심장을 맞대며 입맞춤했다.

'모든 것을 잊고 행복하게 살아주기를…….'

기도가 끝나기도 전에 적왕의 등으로 박혀든 창이 그의 심장과 맞닿은 루아의 심장을 하나로 관통했다.

"나…… 나의 부족을 죽인 복수다."

창을 내리꽂은 붉은전사를 바라보는 루아의 얼굴을 당기며 적왕이 웃음 지었다.

"괜찮아……."

알고 있었다. 그가 죽였던 수많은 야인의 피가 언젠가 복수의 날이 되어 심장을 가르리란 것을.

또 다른 창이 그의 옆구리를 관통하며 루아의 몸이 흔들렸다.

퍽!

적왕이 된 그날부터 그에게 평안이란 없었다. 돌이킬 수 없이 잔인했던 그의 과거 속에서 루아를 밀어내고자 부단히도 노력하였건만, 강하고 아름다운 그의 정인은 끝까지 적왕의 손을 놓지 않았다. 그런 정인의 죽음 앞에서 적왕은 세상을 잃어버렸다.

퍼벅!

사계를 운행하고 만물을 자라게 하는 하늘은 말하고 있었다. 결국 어머니 마고의 순행은 선택에 따른 책임이란 인과율(因果律)을 뜻하는 것이다. 천 년 연리지처럼 얽힌 두 사람의 몸을 관통한 세 개의 창이 두 사람을 더욱 가까이 묶어버렸다. 루아를 감싸 안은 적왕의 숨결이 느껴진다.

"너를 만나 참으로 행복하였다."

서글서글하게 웃고 있는 적왕의 모습은 그녀가 천지에서 보았던 그 모습과 꼭 같았다. 적왕의 입술로 울컥거리는 피가 흘러내렸다.

"제발…… 당신만은 살아주길 바랐는데. 제발…… 흑흑흑!"

숨을 쉴 때마다 관통당한 창을 타고 피가 흘러내렸다. 루아는 고개를 떨어뜨리는 적왕을 감싸 안아 두 손을 맞잡았다. 오른손에 쥐었던 아사의 야광주와 왼손에 쥐었던 루아의 야광주가 하나로 만났다. 끝이 아니야. 루아는 적왕의 가슴에 얼굴을 묻었다.

마지막이라 하여 두려워하거나 노하지 말기를.

"끝이 있어 시작도 있으니 끝은 마지막이 아니라 새로운 시작이어라."

파바밧!

순간 하나로 합쳐진 야광주에서 눈을 뜰 수 없을 만큼 밝은 빛이 루아의 손에서부터 두 사람을 감싸며 점점 넓어지고 더욱더 밝아졌다. 몸으로 박혀들었던 창은 하나둘씩 사라지고 그 자리에서 붉은빛이 길게 뻗어 나왔다.

'여긴 어디……?'

손에서부터 전신으로 퍼져 나간 따뜻한 기운에 눈을 뜬 루아는 적왕과 함께 목욕했던 지계의 연못 속에 있었다. 순식간에 시공을 이동한 것처럼 손끝으로 따뜻한 물이 만져졌다.

'헐벗게 할까 염려하는 건가?'

그녀를 잡아당겨 머리를 감기는 적왕의 손길이 느껴지는가 싶더니 이내 루아의 앞에 월령이 나타났다.

'울지 마.'

월령을 붙잡으려는 루아의 손이 허공을 갈랐다. 끝도 없는 슬픔이 해일과 같이 밀려온다.

'울지 말라고. 멍청이에 울보는 딱 질색이야.'

월령!! 그녀의 삶에 자리한 인연들이 루아의 몸에서 빛이 되어 뻗어 나오고 있었다. 한 가닥 한 가닥 실처럼 얽히고설켜 운명의 붉은 실 모습을 드러냈다. 핏줄이 분리되듯 루아의 몸에서 뻗어 나와 거미줄처럼 둘러싸기 시작한다.

"아아아아아악!"

하자베의 죽음에 이어 그녀의 목을 조르는 적왕의 손에서 벗어나기가 무섭게 루아는 다시 그의 품에 안겨 있다. 주변은 온통 나무로 둘러싸여 있었다. 샤자라툰! 안도의 숨을 내쉬는 적왕이 그녀의 머리에 입맞춤했다.

'괜찮아, 너를 찾았으니까.'

고개를 든 루아는 어느새 알몸이 되어 있다.

'미칠…… 것 같아.'

뜨거운 숨을 토해내는 적왕의 목소리가 귓가에 들려왔다. 하나둘씩 그녀의 몸에서 뻗어 나온 기억들은 운명의 붉은 실이 되어 누에가 고치를 틀듯이 투명하고 아름다운 빛으로 둥글게 형태를 이루었다. 끝도 없이 이어지는 지난날의 기억 속에서 어느덧 루아는 그와 처음 만났던 천지에 도달했다. 수많은 반딧불과 보라색 천일화에 둘러싸여 마주 앉은 자윤의 부드러운 음성이 들려왔다.

'자윤이라 하오.'

루아는 그녀의 앞에 알몸으로 앉아 있는 자윤의 얼굴로 손을 뻗었다. 얼굴을 가로지르는 상흔이 없다. 그녀를 바라보는 자윤의 눈동자는 처음 만났을 때처럼 맑고 투명했다.

'그대는……'

"환국의 루아……"

그의 목에 팔을 두르며 루아는 울먹였다.

"끝까지 함께할…… 당신의 아내입니다."

루아는 보았다. 두 사람의 심장을 관통하여 하나로 묶어놓은 가장 밝고 아름다운 붉은빛을. 두 사람을 감싼 붉은빛이 점점 더 밝아지는 것을 느끼며 루아는 눈을 감아버렸다.

"루…… 아."

밝은 빛 속에서 누군가 그녀를 부르는 소리를 들었다. 참으로 다정하고 애틋하여 가슴이 시리다. 루아는 눈을 뜨고 싶지 않았다. 그녀가 만들어놓은 아름다운 붉은 실타래 속에서 이대로 잠들고 싶었다.

"아름답지만…… 너무나 슬픈 기억뿐인데…… 이대로 좋은 게냐?"

맑고 아름다운 종소리처럼 그녀의 귓가에 울리는 소리에도 루아는 대답하지 않았다.

"모든 것을 잊고 새로이 태어나면 슬픔도 사라진다."

모든 것을 잊는다……. 루아는 천천히 눈을 떴다. 다정하게 마주 안았던 자윤은 사라지고 루아와 적왕은 그들을 관통한 창들로 인해 여전히 하나로 묶여 있었다. 고개를 떨어뜨린 적왕에게서는 미약한 숨결조차 느껴지지 않았다.

"당신 또한 사람이 아니었군요."

고개를 든 루아는 천녀의 모습을 한 대신녀 원희를 보았다.

"나는 어머니 마고의 딸 원희. 어머니 마고께서 세상을 열고 궁희와 소희를 낳기 전에 내가 있었다. 기쁨도 슬픔도 없는 영원 속에서 나는 치열하기 그지없는 인계의 삶을 꿈꾸었다."

"그래, 낙원에서의 삶이 지루하여 천인들은 이리도 모진 파란을 일으킨단 말입니까."

아직도 남은 것이 있을까. 멈추기를 거부하는 루아의 심장이 분노로 더욱 붉은 피를 뿜어낸다. 적왕의 뒤로 손을 돌린 루아가 그의 옆구리에 박혀 있는 창을 움켜쥐었다. 이를 악물고 창을 움켜쥐었다.

"부모와 형제를 가르고!"

피로 물든 창을 바닥에 내려놓고 또 다른 창으로 손을 뻗었다.

"사랑하는 이들을 베어내며……."

또 하나가 뽑혀 나왔다. 고통으로 숨이 막혀왔다.

"……즐거우셨습니까."

북풍한설보다 더욱 매서운 루아의 목소리에 원희가 고개를 저었다.

"막아보고자 하였다. 처음부터 아사와 너는 하나로 태어났어야 하는데…… 네 어미의 몸 안에서 선함과 악함을 갈라 둘로 태어났으니 하나에서 둘로 쪼개진 아이들. 하나는 환국을 파멸로 이끌 것이며, 다른 하나는 그 파멸에서 환국을 구해낼 아이. 둘 중에 어느 하나도 버릴 수 없음이라……."

두 사람을 뚫어버린 세 개의 창을 모두 뽑아버렸다. 입으로 울컥거리며 피를 쏟아내니 원희가 그녀에게로 다가섰다. 루아는 그녀의 손길을 뿌리쳤다.

"누가 선하다, 누가 악하다 말씀하시는 겁니까?"

"아사로 인하여 환국은 멸망의 길을 걷게 된 것이다."

원희의 말에 루아가 고개를 저었다. 선과 악을 갈라 태어났다.

아사가 악이라면 루아는 선이 되는 것인가. 아니었다. 이 또한 루아가 아사에게 꿈을 주었기 때문에 그녀는 대신녀가 된 것이요, 루아 또한 정인을 따라 부모와 형제를 버리고 고향을 떠났으니 어찌 선하다 하겠는가. 거짓이다. 모두가 추악하고 잔인한 신들의 모사에 불과했다.

"환국은 아사가 아닌 신전(神戰:신들의 전쟁)으로 망한 것입니다."

원희는 아무런 말도 할 수가 없었다. 정녕 모든 것이 신들의 계획대로 되어버린 것인가. 그것은 아니었다.

"모든 것이 신들의 의지대로 행하여진 것은 아니다. 그것을 막고자 나는 너와 아사에게 무궁무진(無窮無盡)을 내어주었던 것이다."

태초에 어머니 마고께서 천계와 선계, 그리고 인계와 지계를 여실 때에 그 선을 그으시고 시간을 달리하시매 시공의 문이 열리는 것을 염두에 두셨다.

"태풍이나 지진으로 인하여 세계의 축이 틀어져 시간의 틈이 벌어지는 것을 막기 위해 장녀인 원희의 몸에 그 기운을 묶어둔 것이다."

그것이 곧 무궁무진이며 원희에게는 생명과도 같다. 해와 달 또한 시공의 문을 여는 힘이 있었으나 이는 원희가 가진 무궁무진의 힘에 비하면 한없이 미약하여 고작 천계의 하루 이틀을 당기는 정도일 뿐 과거로 시간을 돌리는 것은 불가능했다.

"너와 아사에게 나누어 주었던 무궁과 무진이 다시 하나가 되어 시공의 문을 연 것이다."

미끄러지듯 루아에게로 다가선 원희가 조용히 손을 뻗었다.

"그를 놓으면, 네게 새로운 선택이 주어질 것이다, 루아."

피투성이 연인을 놓으라 말하는 원희의 모습에 루아는 가슴속 깊은 곳에서 무언가 끊어지는 것을 느꼈다. 그녀에게 인간의 위에 선 우월한 존재로서의 신에 대한 존경과 두려움은 더 이상 남아 있지 않았다. 루아는 싸늘한 시선으로 원희를 올려다보았다.

"선택이란 누군가에 의해 주어지는 것이 아니다."

루아는 적왕을 품에 안은 채 원희를 향해 손에 쥐고 있던 야광주를 있는 힘껏 던졌다.

"우리 두 사람, 운명처럼 만났지만 서로에 대한 믿음과 신뢰로 부부의 연을 이어온 것이다. 그와 나의 의지였으며 노력으로 만들어온 사랑…… 끝까지 놓지 않겠어."

생각지도 못한 루아의 모습에 원희는 그녀의 발치로 떨어진 야광주를 바라보았다. 마치 자신의 심장을 보는 듯하다. 이상하게도 가슴이 울컥하며 뜨거운 것이 식도를 타고 오른다. 낯선 감정이 너무나 어색하여 심장이 두근거렸다. 두근거리던 심장은 이내 터질 듯이 가슴을 두드려 대기 시작하고, 그 파장은 온몸의 뜨거운 기운을 불러들이는 것처럼 숨이 가빠왔다. 분출할 곳을 찾아 솟구쳐 오른 뜨거움이 원희의 두 눈을 달궜다. 그리고 눈에서 흐르는 무언가가 느껴졌다. 뜨겁게 차올라 차갑게 흐르는 물의 기운. 이게 뭐지?

"무너져 내렸던 선원의 서관 축대를 기억하는가?"

루아는 손끝으로 묻어나는 눈물을 내려다보는 원희에게 말했다.

"아무리 좋은 것이라 해도 본래의 제 것을 버리고 얻었다면 그

것은 순리에 어긋난 것. 하늘이 정한 제 수명 다하기를 어찌 기대하겠느냐, 그리 말하였다. 기억하는가?"

서관의 무너져 내린 돌 틈으로 나무 기둥 아래 뿌리가 생겨 땅속으로 파고들고 위로는 가지가 뻗어 속속히 잎사귀를 드리우던 모습을 루아는 잊지 못했다.

"어머니 마고가 세상을 순환하는 법이라 하였다."

루아의 말에 원희는 빛보다 밝은 깨달음을 얻었다. 찰나의 짧은 삶을 사는 인간은 영원한 삶을 사는 신들보다 치열하고, 짧은 삶의 교훈을 잊지 않고 후손에게 대물림하는 인간들의 지혜는 모든 것을 아는 신들보다 영원하다는 것을.

"인간으로서 너희 신들에게 선택을 주겠다."

천인에게는 없는 눈물이라는 것은 원희가 알고자 했던 인간의 모든 것을 나타내는 결정체였다. 기쁨과 슬픔이 하나로 만들어내는 것이 뜨거운 심장으로 인간들이 만들어내는 눈물이란 것이었다.

"모든 것을…… 너희가 비틀어 버린 순리를 원래로 돌려놓아."

단호한 루아의 목소리에 원희가 고개를 들었다. 그녀의 가슴속으로 시원한 바람이 불었다. 영원의 삶을 살면서 한 번도 느껴보지 못한 상쾌한 봄날의 미풍.

"또다시 같은 삶을 반복하려 하는가?"

원희는 루아에게 새로운 삶, 환생을 주고자 하였으나 그녀는 새로운 것이 아닌 원래의 것을 요구했다.

"내 부모와 형제…… 내 아이의 미래까지, 나는 그 어떠한 것도 포기하지 않아."

"루아······."

"돌려놓아, 처음처럼. 너희들의 농간이 미치지 않았던 그날로."

인계의 여인이 천계에 선택을 주고 있었다. 그 잔인한 교만으로 피조물에게 버림받을 것인지, 아니면 어버이로 남아 섬김을 받을 것인지.

'어머니 마고여, 소녀 원하던 것을 얻었습니다.'

원희는 담대하게 올려다보는 루아의 시선을 마주했다. 긴 시간을 인계에 머물렀으나 참으로 알 수 없는 것이 인간이라, 새로운 삶이 아닌 원래의 삶을 찾고자 하는 그녀의 아름다운 저항에 원희는 깊이 감탄했다.

"운명에 대항하였던 환국의 루아, 원하는 것을 얻으리라."

원희는 바닥에 떨어져 반짝이는 무궁무진을 손에 들어 가슴으로 가져갔다. 가슴으로 스며든 야광주는 이내 원희의 전신을 태우기 시작했다.

빛은 점점 밝아지고 천부단을 전부 감쌀 만큼 넓어져 하늘을 향해 일직선으로 뻗어 올라갔다. 밝고 선명한 태극으로 하늘의 문을 연 빛이 사방으로 퍼져 나가 환국 전체를 감싸 버렸다. 여기저기 널브러져 쌓여 있던 시신들에서 동그란 형태로 반딧불처럼 날아올라 빛으로 사라졌다. 붉은전사들이 원래 속한 곳으로 돌아가는 것이다. 그사이 쓰러져 있던 환국인의 시신에 살이 돋고 피가 돌아 하나둘씩 자리에서 일어섰다.

시간이 거꾸로 흐르고 있었다. 무너진 성벽은 다시 세워졌으며 불타 버린 집들도 마치 나무가 가지를 뻗듯이 모습을 갖추어가니 폐허가 된 환국의 모든 것이 원형을 찾아가기 시작했다.

―마지막이라 하여 두려워하거나 노여워 말기를. 끝이 있어 시작도 있으니 끝은 끝이 아니라 새로운 시작이어라.

천계, 어머니 마고의 천궁.

천이백 개의 금빛 기둥이 늘어선 천궁의 중앙에 아름다운 금과 옥으로 차곡차곡 쌓인 천부단을 중심으로 만 이천여 명의 천인이 둥그렇게 모여 있다.

딸랑딸랑, 딸랑딸랑.

율려의 방울 소리가 들려오니 만 이천여 명의 천인들이 각자의 위치로 향했다.

천부단의 좌측에는 대천녀 궁희와 월천녀 항아가, 우측으로는 대천녀 소희와 일천자 해일이 자리했으며, 천부단을 축으로 사방 보단에 각각 천계의 상급신인 대제들이 서 있다.

북보에 황궁대제, 동보 청궁대제, 남보 흑소대제, 서보 백소대제가 자리하여 각 보단의 사이로 뇌공과 풍백, 우사와 운사를 비롯하여 북두성군과 남두육성 등의 천인들이 삼조도구로 줄을 이었으며 이들의 좌우로 각각 열두 개의 천화가 피어올랐다.

또다시 율려의 방울 소리가 청명하게 울려 퍼졌다.

밝은 빛과 함께 어머니 마고가 그 모습을 드러내니 모든 이가 굽어 엎드려 절하며 머리를 들지 못하였다.
　"세상의 풀 한 포기, 돌 한 조각조차 긍휼이 여겨야 할 너희들이 천인으로 선택받았다는 그 오만함으로 인계의 자손들을 놀이판의 말처럼 휘두름에 마고는 통탄을 금치 못하였다."
　천뢰처럼 울려 퍼진 어머니 마고의 목소리에 천인들은 감히 숨 쉬기를 멈추어 버렸다.
　"그러한 너희를! 누가 어버이라 하여 섬기고 따르겠는가!"
　"천존, 망극하여이다!"
　물결처럼 일어선 천인들이 다시 절하며 엎드림에 그들의 후회와 눈물이 천궁을 물들였다.
　"침묵하라!"
　어머니 마고의 노여움에 천궁으로 침묵이 찾아들었다. 마고는 침묵하는 천인들을 둘러보며 깊은 숨을 내쉬었다.
　"마고의 딸로 부족함이 없는 영원을 누리며 아쉬울 것 없는 천인의 위치에 올랐으나, 그 자리를 망각하고 순행하는 인간사를 농락하여 삿된 즐거움을 취하였으니 그 죄가 크다."
　마고가 천의를 들어 가리키니 대천녀 소희가 마고의 앞으로 걸어 나왔다.
　"승패에 앞서 화합을 먼저 알게 하여야 하는 어미가 자손들을 죽음으로 몰았으니 대천녀 소희는 들어라."
　더욱더 깊이 허리를 숙인 소희의 어깨가 파르르 떨려온다.
　"그릇된 어미의 성정으로 네가 원하는바, 대천녀 소희의 자손은 날로 번성하여 서구의 문명을 이룰 것이며, 너의 그 무모함과 잔인함은 자손들의 무의식 속에 남아 끊임없는 탐욕으로 인간이 인간을 지배하는 시대를 열어갈 것이다. 전쟁과 눈물 속에서 너의 자손들은 창조와 파괴를 서슴지 않을 것이며, 그들이 창조한 기계문명이 순리에 역행하여 자연을 파괴하고 시간마저 지배하게 될 때에 대천녀 소희는 그 자손들에게 잊힐 것이다."

잊힌다. 어머니에게 있어 자식들에게 잊히는 것만큼 가혹한 형벌이 또 있을까. 어머니, 어머니 마고여……. 대천녀 소희가 천천히 주저앉았다.

그 모습을 지켜보던 대천녀 궁희가 마고의 손짓에 앞으로 나와 엎드렸다.

"자손들을 돌보기에 한 치의 쉼도 없어야 하거늘, 지나친 방관으로 자손들의 기도를 외면한 어미에게는 어떠한 벌이 가당한가!"

"……망극하여이다."

"대천녀 궁희의 자손은 마고의 종손으로 원시복본을 맹세하고 대대로 하늘을 섬김에 어긋남이 없었으나, 이에 교만하였던 어미의 방관으로 그 끝을 달하니 환국의 자손은 대대로 이어왔던 광명을 잃고 형제간의 피를 보기에 이르렀다. 종주국으로서 환국은 대대손손 외세의 침략에서 벗어나지 못할 것이며, 형제들의 싸움은 대를 이어 나라를 가르고 혈육을 베어내 백성들의 원망 속에 동방의 반도로 밀려날 것이다."

대륙을 지배하는 환국의 자손이 동방의 반도까지 밀려난다는 소리에 대천녀 궁희는 숨을 죽였다.

파멸

"일천자 해일은 들어라."

마고의 부름에 소희의 곁에 서 있던 일천자 해일이 바닥에 엎드렸다.

"일천자 해일은 천자의 신분을 망각하고 스스로 인계의 번뇌에 들어섰으니 천자의 신분을 영원히 박탈하고 천계에서 추방한다. 인간으로 태어나 오욕칠정의 굴레에 갇히게 될 해일은 죽어서 인간의 허울을 벗게 되어도 선계나 천계에 영원히 들지 못하리라."

이미 모든 것을 감수하리라 마음먹은 해일인지라 마고의 처벌을 기다리는 그의 가슴은 조금의 들썩임도 없었다.

"어머니 마고여……."

해일의 부름에 천인들이 숨소리를 죽이며 마고를 올려다보았다.

"말.하.라."

어느 누구도 반문하지 않는 어머니 마고의 천언에 무슨 말을 하려 저러는가 지켜보는 천인들은 긴장했다.

"인간으로 태어난다면…… 환국에서 나고 싶습니다."

마고의 시선이 조용히 해일을 응시했다.

"그리될 것이다. 하나 인간으로 태어난 해일은 살아서도 죽어서도 끝내 원하는 것을 얻지 못하리라."

어머니 마고의 선한 눈동자가 해일의 심장을 꿰뚫어 버렸다.

"반복되는 삶과 죽음의 고리는 집착이 아닌 인연에 대한 진정한 배려를 알게 될 때에서야 끊어지게 될 것이다."

환국에서 나고 싶어 하는 마음이 루아에게로 향한 것임을 모르지 않은 마고는 그의 집착을 끝끝내 용납하지 않았다.

"지계의 명왕은 모습을 드러낼지어다."

마고의 소환령에 천부단의 수경 위로 검은 불꽃이 솟아오르는가 싶더니 무장을 한 지계의 지소가 모습을 드러냈다. 저벅저벅 천부단을 내려와 마고 앞에 한쪽 무릎을 굽히는 지소의 모습에 천인들이 술렁이기 시작했다.

오미의 난 이후로 단 한 번도 천계에 모습을 드러내지 않았던, 아니, 천계의 출입이 금지되었던 지소다. 그런 지소가 천계회의에, 그것도 무신의 모습으로 나타난 것에 천인들은 놀라움을 금치 못했다.

"지소는 지계의 명왕으로서 공명정대함이 천계의 신들보다 나음이라. 이에 명왕은 천계 어느 상급신에게도 굽히지 않을 것이며, 인계의 기억 속에 하늘궁이 사라질지라도 지소의 나라는 위엄을 잃지 않으리니 명왕은 모든 이들의 두려움을 얻으리라."

자리에서 일어선 마고가 그녀를 향해 일제히 절을 하는 천인들을 둘러보았다.

"함께한 이들도 그것을 지켜본 이들도 모두가 같다. 너희를 믿고 따르며 칭송하였던 자손들은 너희에게서 등을 돌릴 것이며, 이제 천계의 천인들은 한낱 이야깃거리로 전락하여 그들에게서 잊힐 것이니 이 또한 모두 너희에게서, 또한 너희를 만들어낸 마고에게서 나온 것이라."

"천존, 망극하여이다!"

뒤늦은 후회로 물드는 천인들을 바라보며 마고는 고개를 저었다. 어찌할 것인가. 모두가 그녀에게서 뿌리를 두고 있음인데.

"마고는 강구하노라. 지금 이 시간부터 모든 이유를 불문하고 인계에 대한 천계의 관여를 불허한다. 또한 이를 어기고 너희가 인계에 관여할 때엔…… 천인으로서의 영원을 담보로 하여야 할 것이다."

"천존, 망극하여이다!"

천궁의 천부단을 가득 메웠던 천인들은 마고의 손짓 하나에 모두가 바람처럼 사라졌다.

"의혹을 풀고 원래대로 돌아가라. 해혹복본. 해혹복본. 해혹복본."

텅 빈 계단을 내려선 마고가 천부단의 수경으로 다가섰다. 태초에 어둠을 가르고 처음으로 만들었던 빛보다 더 아름다운 천화로 타오르던 원희를 떠올린 마고는 천계회의에서와 달리 늙은 노파의 모습으로 돌아와 있었다.

"그 아이가 있는 곳을 보자."

봄날의 미풍처럼 잔잔한 물결이 일며 이내 초록빛으로 빛나는 여름날의 환국이 보였다. 초목이 우거진 환국의 풍경은 이내 더욱 가까이 환인성을 비추며 다시 북궁 선원으로 다가섰다.

"그래, 천인의 옷을 벗고 인간이 되어 좋으냐?"

대신녀 복장을 한 원희가 마고를 올려다보며 환하게 웃고 있었다.

"그리 웃는 모습은 처음 보는구나. 낙원인 삼신산을 떠나 오욕칠정으로 가득한 인계에 든 것이 그리도 좋은 게냐, 원희야,

원희야……."

 이제는 마고의 소리조차 듣지 못하는 원희의 모습에 가슴이 시려온다. 원희는 천인들이 그들의 신분을 망각하고 지은 죄를 홀로 감당하여 그녀의 근원을 태움으로 환국을 복구하였다. 천계회의를 열어 천인들을 벌하였건만, 마고의 가슴은 뻥 뚫린 것처럼 공허하기만 하다. 처음으로 그녀에게 기쁨을 주었던 원희를 잃었으니 천계의 그 무엇도 그녀의 상실을 채우지 못하리라.

 "영생을 태울 만큼 그리도 중한 아이였느냐."

 애틋한 그녀의 마음을 알아차린 것일까. 선방의 창문을 통해 하늘을 올려다보던 원희의 속삭임이 들려왔다.

 "그 아이를 만나러 갑니다."

17장 새로운 시작

"이 아이가 천일화의 꿈을 꾸었던 그 아이입니까?"

일곱 살의 루아는 인사를 올리는 것도 잊은 채 천녀처럼 어여쁜 여인을 올려다보았다.

"루아, 인사 올려야지. 북궁 선원의 대신녀님이시란다."

아버지 마가의 말에 루아가 얼굴을 붉히며 고개를 숙였다.

"평안하십니까. 마가의 장녀 루아입니다."

어느새 눈높이에 맞춰 몸을 낮추고 쳐다보는 대신녀의 모습에 루아는 저도 모르게 주춤주춤 뒤로 물러섰다. 하얀 얼굴에 예쁜 반달눈썹, 그리고 오뚝한 콧날 옆으로 새까만 눈동자가 너무 깊어 루아의 모습이 그대로 보이는 듯했다.

"무슨 꿈을 꾸었는지 말해줄래?"

갑작스레 아버지의 서재로 불려온 루아는 오가 어른들에게 둘러싸이고 보니 긴장이 되어 말이 잘 나오지 않았다.

"루아?"

대신녀가 루아의 작고 통통한 손을 잡았다. 하얗고 긴 손이라 차가울 것이라 생각하였는데 따뜻한 손이 너무나 부드러워 이상하게도 가슴이 뛰었다.

"꿈에서 무얼 보았지? 예쁜 나비를 보았니?"

부드러운 목소리만큼이나 예쁘게 웃으며 대신녀가 루아의 머리를 쓰다듬었다. 마음이 편안해진 루아가 고개를 저었다.

"나비가 아니고 새요."

"새?"

"네, 엄청 예쁘고 엄청 큰 새가 보라색으로 반짝이는 꽃을 삼켰어요."

"후후후, 얼마나 예쁘고 얼마나 크더냐?"

루아가 양손을 펴고 새처럼 파닥거렸다.

"이렇게, 이렇게 더 커요. 아버지보다 크고, 음, 금색으로 반짝반짝."

"정말 어여쁜 새로구나. 금색으로 반짝반짝. 응?"

"네, 반짝반짝. 서쪽으로 날아갔어요."

"그리고?"

조용히 묻는 대신녀의 음성에 루아가 마른침을 삼켰다. 말해야 하나 말아야 하나.

"반짝반짝. 날아갔어요, 서쪽으로."

반짝반짝을 강조하는 루아의 말에 대신녀가 조용히 웃었다.

"후후후, 그런데 왜 서쪽이라고 생각하지?"

"해가 지는 쪽으로 날아갔으니까요. 반짝반짝."

일곱 살 나이에 해가 지는 것으로 방향을 서쪽이라 똑 부러지게 대답하니 루아를 둘러싼 오가 대신들의 입에서 탄성이 터져 나왔다.

"허허, 참으로 영특한 딸을 두었구려, 마가."

"그러게 말입니다."

대신들이 저마다 한마디씩 하니 마가의 얼굴이 뿌듯함으로 물들었다.

"그래, 그게 전부니?"

"네, 반짝반짝."

대신녀의 물음에 루아는 고개를 끄덕였다. 보라색 꽃밭에 있던 새는 두 마리였다. 꽃을 따먹은 새는 서쪽으로 날아갔고 다른 한 마리는 루아를 쫓는 통에 잠에서 깼지만 왠지 말하고 싶지 않았다.

"정말 네가 본 것이 그게 다인 거니?"

대신녀가 재차 물었지만 루아는 고개를 저었다. 무섭게 그녀를 쫓아오던 새빨간 새 이야기는 하고 싶지 않았다.

"루아야……."

한 번만 더 물으면 말해 버릴 것 같았는데, 대신녀의 질문은 다른 것이었다.

"나와 함께 선원으로 갈래?"

대신녀의 물음에 루아가 두 눈을 똥그랗게 뜨고 아버지와 어머니를 올려다보았다. 내내 조용하던 정씨 부인이 슬며시 루아를 잡아당겨 치마폭으로 싸며 조심스레 말문을 열었다.

"아이가 아직 어린데 어찌 그리 말씀하십니까."

"선원의 애기신녀들은 모두 일곱 살에서 열 살까지입니다. 그리 빠른 것은 아니지요."

"하지만……."

마가가 조용하게 만류하듯 정씨 부인을 부르니 정씨 부인이 숨을 삼키며 고개를 숙였다.

대신녀가 루아의 머리를 쓰다듬으며 자리에서 일어섰다.

"태자의 병환에 천일화가 약이 될 듯합니다. 아이는 생일이 지나는 대로 선원으로 보내시지요."

"싫습니다!"

또렷한 목소리에 놀란 정씨 부인이 루아의 입을 막아버렸다.

"노여워 마소서. 아이가 아직 어려서 그렇습니다."

정씨 부인의 변명에 대신녀가 부드럽게 미소 지으며 루아에게 물었다.

"왜 싫으니?"

"저는 마가에서 두 번째로 태어난 자손이니 서자부에 들어갈 거예요."

"서자부에 들어가면 힘든 훈련을 해야 하는데?"

"루아는 하얀 옷 입고 하루 종일 기도하고 싶지 않아요."

기겁을 하며 정씨 부인이 다시 입을 막았지만, 어머니의 손을 밀어낸 루아가 또박또박 말했다.

"루아는 서자부 금랑이 될 거예요."

"하하하하! 계집아이 기백이 참으로 당차오."

마가의 곁에 서 있던 구가가 웃음을 터뜨려 버렸다.

"신녀가 되어 어머니 마고에게 봉사하는 것도 좋지만, 서자부에서도 필요한 인재인 듯싶으이, 마가."

"허, 허허."

조용히 루아를 응시하는 대신녀의 눈치를 보며 마가가 어색하게 웃자 구가가 그의 등을 두드렸다.

"우리 우서한의 짝으로 딱일세!"

어색한 분위기 속에서 차남의 짝으로 루아가 마음에 든 구가 혼자 좋아서 연신 웃어대고 있었다.

"대신녀님, 제가 여식 교육을 잘못 시켜서……."

마가의 말에 대신녀가 조용히 미소 지었다.

"괜찮습니다. 주관이 또렷한 아이이니 선택한 길에 망설임도, 주저함도 없을 것입니다. 후후후."

대신녀가 루아에게 손을 내미니 작은 손이 덥석 감겨온다.

"환국의 서자부는 아름다운 금랑을 얻겠구나."

"하아아아아암!"

이런 곳에서 잠이 들어버리다니. 루아는 기지개를 켜며 몸을 일으켰다. 잠깐 잠이 든 사이 일곱 살 어린 시절을 꿈을 꾸니 기분이 묘해졌다. 대신녀의 예언처럼 열일곱 살의 루아는 환국 서자부의 금랑이 되었다. 여인으로서는 처음 금랑에 오른지라 환국은 아름다운 금랑에게 열광했다.

'잠시 쉬어 간다는 것이 너무 자버렸네.'

하늘을 보니 붉은 노을이 길게 꼬리를 드리운 것이 조만간 해가 질 것이다. 루아는 잠시 풀어놓았던 여장을 등에 둘러메고 천산의 정상을 향해 달리기 시작했다. 코뿔소 가죽으로 가슴과 허벅지까지 보호대를 차고 허리에는 장목과 소의 뿔을 갈아 만든 단검으로 무장한 루아의 작은 봇짐이 등 뒤에서 춤추듯 달랑거렸다.

긴 머리는 단정하게 땋아 하나로 묶었으며, 반듯한 이마에 두른 황색 띠는 땀방울이 맺혀 얼룩졌다. 흐르는 땀방울에도 아랑곳없이 새까만 눈동자가 흑요석같이 반짝인다. 산길이 험했던지 복숭아 같은 두 뺨이 발그레 달아올라 있다.

"하아! 하아! 하아!"

해가 완전히 지고 나서야 정상에 도착한 루아는 두 손으로 무릎을 짚고 허리 숙여 거친 숨을 토해냈다. 어찌나 열심히 달렸는지 심장은 터질 듯 울렁거렸고 말라 버린 입안에서는 쇠 맛이 났다.

"하아, 예쁘다."

사방으로 달빛을 받은 천일화가 꽃봉오리를 굳게 닫고 하늘하늘 유혹적으로 몸을 흔들고 있었다. 매혹적인 향기에 코를 벌름거리던 루아는 주저앉았다가 이내 누워 버렸다. 대자로 누우니 부드러운 천일화 꽃잎이 손끝으로 닿는다.

"힘들다아, 힘들어. 너희들은 힘들게 왜 꼭 여기에서만 피는 거냐?"

할머니의 기운이 쇠약하여 천일화를 달여 드릴 욕심에 천산에

올랐지만, 너무 먼 거리를 달려온 탓에 루아는 피곤이 몰려왔다.

풍덩!

달달한 잠이 몰려오는 찰나에 물장구치는 소리가 들려왔다. 가물가물 달빛이 흐려지는가 싶게 눈을 감으려던 루아가 혼자 중얼거렸다.

"잘못 들은 거야."

"하아! 역시나 어머니의 샘이로구나."

순간 대답이라도 하듯 낯선 사내의 목소리가 들려왔다. 루아는 순식간에 몸을 뒤집어 천일화 속으로 숨었다.

'누구지?'

천산은 워낙에 지기가 험하여 약초꾼들도 잘 걸음하지 않는 곳이다. 몸을 낮춰 바짝 엎드린 루아는 천일화 사이를 기어 천산의 정상에 있는 연못 쪽으로 조심스럽게 다가갔다.

'야인?'

지나치게 밝은 달빛이 쏟아지는 천지에 하체를 담근 사내의 모습이 드러나자 루아는 긴장했다. 주변에 있는 천일화를 꺾어 머리와 허리춤에 꽂아 위장을 하고는 조금 더 가까이 다가갔다.

벗은 몸으로 목욕을 마치고 나오는 사내의 나신이 달빛 아래 훤하게 드러났다. 우서한의 몸처럼 크고 장대했으며 보기에도 단단해 보이는 근육들이 천산산맥처럼 굽이굽이 자리하고 있었다. 루아는 그의 몸에서 눈을 뗄 수가 없었다. 그의 몸에 둘러진 상처들이 예사롭지 않다. 사냥꾼이라면 곰과 호랑이를 수십은 때려잡았을 것이요, 검을 쥔 무사라면 매일같이 전쟁을 치른다는 야인이 분명했다.

"12환국의 시대는 이렇게 끝이 나는 것인가."

물가로 걸어 나온 사내의 나지막한 저음이 들려왔다. 옷도 입지 않은 사내가 검을 치켜드는 순간, 그를 야인으로 판단한 루아가 장목을 움켜쥐고 달려 나갔다.

"이야아아아앗!"

달빛을 가르며 뛰어오른 루아가 그를 향해 목검을 내려치니 사내가 빛과 같은 속도로 돌아서며 그녀의 공격을 걷어 올렸다. 사내의 검이 달빛을 받아 하얗게 반짝인다.

'뼈칼! 저런 검을 가진 자라면 야인이 분명하다!'

걷어치우는 사내의 힘에 밀려 놓쳐 버린 루아의 목검이 멀찍이 날아가 땅에 박히는 소리가 들려왔다.

"머리에…… 꽃."

자윤은 그의 앞에 선 작은 사내아이를 바라보았다. 예쁘장하게 생긴 것과 다르게 날카로운 검기를 지녔으나 그래도 어린아이였다.

"미친 것인가?"

"누가?"

루아는 머리띠 아래로 흘러내려 시야를 가리는 천일화를 걷어 냈다. 그에게 가까이 접근하기 위해 위장용으로 꽂아두었던 꽃이 생각보다 많았다.

"후후후, 이 야밤에 머리에 꽃을 꽂고 그리 괴성을 지르며 달려드니 미친 이가 아니라 누가 장담하겠는가."

"나는!"

환국 서자부의 금랑이라는 소리가 식도를 타고 올랐으나 루아는 꿀꺽 삼켜 버렸다. 저리 벗고도 당당하게 서 있는 꼴이 예와 도리를 모르는 야인이 분명할진대 통성명이 무어란 말인가. 루아는 허리춤의 단도를 뽑아 들고 몸을 날렸다.

"이야아아…… 어, 어어어, 우앗!"

그녀의 허리춤을 감은 억센 손길에 튕겨 올라 더욱 높이 난다.

풍덩!

석 자 높이로 물기둥이 치솟아올랐다. 아이를 천지로 던져 버린 자윤이 돌아서서 옷가지를 손에 들었다. 차림새를 보아하니 환국 서자부요, 꽃을 떼고 나니 드러난 머리띠는 금랑의 것이 분명한데…….

"이번 금랑은 얼굴로 뽑았나 보군."

옷가지를 걸치는 그의 귓가에 찰박찰박 물에서 뛰어나오는 소리가 들려왔다. 휙 하니 선뜻한 바람 소리에 자윤이 고개를 왼쪽으로 살며시 트니 역시나 돌 하나가 그의 귓가를 스치고 떨어진다. 웃음이 나왔다.

서자부 내에서 수장을 제외하고는 최고의 위치에 선 금랑은 매사에 신중하고 차분해야 했다. 어쩌자고 저리 혈기 좋은 아이가 금랑이 되었누?

휙!

포기라곤 모르는군! 돌아선 자윤이 손을 들어 날아오는 돌을 낚아챘다. 자그마한 돌이 손에 착 감기는 것이 제법 기운이 좋으나 사내의 힘이라 하기에는 미약하여 우습다.

"나물 뜯는 계집아이라 하여도 너보다는 나을 듯하구나."

비아냥거리는 음성에 루아가 분기를 참지 못하고 이를 갈았다.

"루아, 물러설 때를 아는 것 또한 검을 쥔 자가 갖추어야 할 지혜이니라."

서자부의 수장 우서한의 목소리가 들리는 듯했지만 루아는 고개를 저었다. 이기지 못하리라는 것은 알고 있다. 하지만 이대로 물러서기에는 그녀의 자존심이 허락지 않는다.

보란 듯이 타닥타닥 손안에 돌을 던졌다 받으며 조롱하는 사내가 미치도록 얄미웠다. 루아는 마지막 힘을 다하여 사내에게로 달려들었다.

"품. 정말 재미있는 아이로구나."

정말 질기게 달려드는 아이의 멱살을 잡아 바닥에 내리꽂았다. 버둥거리는 손발이 지나치게 작고 여리다. 이런 계집아이 같은 이를 금랑에 앉히다니 환국의 앞날이 암울하여 자윤은 한숨이 나왔다.

"놔, 이 야인아! 컥! 놔라!"

버둥거리는 아이를 내려다보고 있자니 코끝으로 달콤한 내음이 살랑대는 미풍처럼 감겨들었다. 복숭아 향 같기도 하고 덜 익은 매실 향 같기도 하고.

'사내아이치곤 너무 곱게 생겼구나.'

반달눈썹 아래 오똑한 콧대가 가늘다. 입술은 붉고 도톰하며

새로운 시작

눈은…….

"참 예쁘구나."

새까만 눈동자에 별이 박혀드니 밤하늘을 보는 것처럼 깊고 맑다.

"예쁘구나."

지독하게 낮은 목소리가 자욱한 물안개 같다. 루아는 몸 안에 요동치던 기운이 빠져나가는 것을 느꼈다. 손아귀에서 벗어나고자 용을 쓰며 뒤틀던 몸이 잠잠해지니 심장 소리가 너무나 크게 들려왔다. 이상하게도 그녀를 내려다보고 있는 사내의 눈동자가 정겹다.

두근두근, 두근, 두근…….

두 사람은 말이 없었으나 그들의 심장은 마치 서로 대화라도 하는 듯 두근거리기를 멈추지 않았다. 은은한 달빛 아래 천일화가 물결처럼 일렁이니 사방이 보랏빛으로 몽환적인 분위기를 만들고 있었다.

'이상한 아이로구나.'

자윤의 가슴으로 낯선 감정이 찾아들었다. 무언가 뜨겁고 묵직하게 가슴으로 내려앉는 알 수 없는 감정들. 설렘보다 깊고 그리움보다 애틋하니 가슴이 시리다. 말갛게 올려다보는 아이에게로 천천히 내려가던 그의 입술에 살랑이는 숨결이 닿으니 흑요석 같은 눈이 감겼다.

'미친 것 아닌가!'

순간 자윤은 아이의 입술을 빗겨 바닥에 머리를 박아버렸다. 쿵 하는 소리와 함께 머리가 울렸지만, 정신을 차릴 수 있었으니 그로 되었다. 자윤은 멀뚱멀뚱 올려다보는 아이의 머리띠를 낚아채어 손에 쥐고 일어섰다. 아무리 곱고 향기롭다 하여도 사내아이인 것을 어쩌자고.

'꽃은 내 머리에 꽂아야겠군.'

자윤은 얼굴을 붉히며 그의 시선을 피하는 아이에게서 돌아섰다. 그리곤 깊게 심호흡을 하였다. 잠시 잠깐 고향에 돌아온 안도감으로 미쳤던 것이 분명하다.

"저…… 머리띠……."

얼굴을 붉히고 머리띠를 돌려달라 우물거리는 아이의 모습에 자윤이 깊게 들이켰던 숨을 뱉어내며 말했다.

"서자부 금랑의 자격이 있는지 확인한 후에 돌려주겠다."

"예?"

서자부의 금랑인 것은 어찌 알았을까. 루아는 당황하여 사내를 올려다보았다. 입술이 닿았던 것 같은데……. 저도 모르게 사내의 두툼한 입술로 향하는 시선에 숨이 차고 얼굴이 뜨거워졌다.

"하늘연달(10월)이 되면 제천행사의 국중대회가 열리니 대회의 어느 하나라도 우승하게 되면 돌려주마."

낮게 울리는 저음에 가슴이 떨리고 지그시 바라보는 사내의 시선에 가슴이 젖어든다.

"다시…… 만났으면 좋겠구나."

알 수 없는 속삭임을 뒤로하고 사내는 어둠 속으로 사라져 버렸다. 사내가 사라짐과 동시에 낯선 두근거림도 사라져 버렸다.

"어, 어……."

한참이나 멍하니 앉아 있던 루아는 뒤늦게야 그녀가 머리띠를 돌려받지 못했으며, 국중대회에 참가하여야 그를 다시 만날 수 있다는 사실을 깨달았다.

"사신단인가?"

야인처럼 거칠어 보이는 사내가 환국의 제사와 행사를 알고 있다는 사실이 놀라웠다.

'어쩐다……'

서자부의 금랑이 머리띠를 빼앗기다니. 참으로 한심하여 한숨이 끝도 없이 이어졌다.

둥! 둥! 둥둥! 둥둥두둥!

시월 상달이 되어 어머니 마고의 제사가 끝나고 국중대회를 알리는 북소리가 환국인들의 함성과 함께 천부단의 광장으로 요란하게 울려 퍼졌다.

두근, 두근두근.

북소리보다 더욱 요란한 것이 12년 순행을 마치고 환궁한 삼왕자 자윤의 심장 소리라. 그의 심장이 환국의 아름다운 금랑을 찾고 있었다.

'어서 시작하라, 어서!'

자윤은 대회가 열리기를 너무나 기다렸던 탓에 그 외의 모든 것이 지루하게만 느껴졌다.

환인성으로 돌아온 지 얼마 되지 않아 자윤은 그에게서 떨어지지를 않는 구왕자를 통해 아름다운 금랑의 이야기를 들었다. 설마 설마 하였는데 진짜 금랑일 줄 누가 알았던가. 게다가 여인이라니. 급변하고 있는 환국 밖의 세상보다 더욱 놀랄 일이었다. 정말 천지에서 보았던 그 아이일까?

'열일곱 살이라……'

천부단의 상단, 태자 두율의 곁에 자리한 자윤은 애써 호흡을 다스리며 그와의 대화를 떠올렸다.

"이번 금랑은 자수대회를 열어 뽑았답니까?"

환인과 환부인에게 문안을 마치고 나오던 자윤의 말에 태자 두율이 웃음을 터뜨렸다.

"국중대회에서 한번 보려무나. 아름답기에 강한 것인지, 강하기 때문에 아름다운 것인지……. 아무튼 마가의 여식 때문에 그간 서자부를 기피하였던 대사들의 자제들이 환령이 떨어지기도 전에 스스로 서자부 대문으로 들어서고 있으니, 진정 환국의 자존심은 금랑이 아닌가 생각한다."

입이 마르게 칭찬을 하는 두율의 모습에 자윤의 가슴은 더욱 부풀어 올랐다. 천지에서 만났던 그 아이가 여자아이였다는 사실에 그의 가슴은 통증이 일 만큼 거칠게 뛰기 시작했다.

"내 이야기를 듣고 있는 게냐?"

어깨를 두드리는 두율의 음성에 자윤이 고개를 들었다. 소매 춤으로 손을 넣어 루아의 머리띠를 만지작거리며 온통 그녀 생각을 하고 있던 자윤은 두율이 무슨 말을 하였는지 알 수 없어 난감했다.

"허허, 이 녀석, 정신을 어디에 빼놓고 온 게냐?"

웃음기 가득한 두율의 물음에 자윤이 얼굴을 붉혔다. 아무래도 천일화 가득했던 천지에 정신과 함께 심장까지 두고 온 듯했다.

"시대가 바뀌고 있다 하였다."

"아…… 예, 형님."

매일같이 환인을 문안하는 아우 자윤으로부터 환국 밖의 변화를 생생하게 전해 들은 두율은 그간 생각이 깊었다.

"날이 갈수록 부족들 간의 다툼은 점점 잦아지고 규모 또한 더욱 커졌으니 12환국의 국경에 싸움이 끊일 날이 없다는 사실은 이미 12환국의 사신단을 통하여 전해 듣고 있었다."

야인들의 출몰이 점점 범위를 넓히고 있었다. 환국 또한 그간 정신 수련에 치중하였던 국방의 경계에 날을 세워야 할 터였다. 시대가 그러하니 새로운 환인 또한 전쟁을 아는 강건한 이가 필요하다는 것이 두율의 생각이었다.

거친 세상을 두루두루 돌아보고 12년 만에 돌아온 아우는 오랜만에 보는 국중대회에 넋을 놓고 있었으나 두율은 그의 의중을 전하기에 여념이 없었다.

"오랜 세월 다툼이 반복되어 씨족들이 종횡으로 나뉘니 말 또한 잡다하게 변하여 가지각색이라, 사신들마저도 서로 소통이 쉽지 않으니 시대가 바뀌었음이 너무나 통감이 되는구나."

"예, 형님."

북소리와 함께 너른 광장으로 활쏘기 대회가 진행되니 자윤은 도대체가 두율의 말에 집중을 할 수가 없었다.

"그리 하여 내 깊이 고심한바, 제천이 끝이 나면 직접 세상을 둘러보고자 한다."

"예, 형님."

"네가 돌아왔으니 나의 빈자리가 든든하게 채워질 터, 참으로 적당한 때에 돌아와 주어 고맙구나."

"예? 아, 예, 형님!"

자윤은 무슨 말을 하였는지도 모르는 채 굳건하게 대답하였다. 실없는 소리를 할 두율이 아니었으므로 자윤은 대회장으로 시선을 고정한 채로 열심히 대답했다.

"이리 장성하여 돌아오니 떠나는 마음이 참으로 든든하기 그지없다."

"예, 형님."

자윤은 지금의 대답이 어떠한 결과를 낳으리란 생각조차 하지 못한 채 천부단의 광장 아래 국궁시합장에서 눈을 떼지 못했다.

"와아아아아아!"

점점 커지는 환호성의 근원을 찾아 목을 길게 뺀 자윤의 눈에 서자부의 복장을 한 루아가 광장으로 들어서는 모습이 보였다. 나왔구나! 혹여나 다른 이가 아닐까 두 눈에 불을 켰던 자윤의 입에서 나지막한 탄성이 터져 나왔다.

'후후후. 멀리서도 한눈에 보이는구나.'

새로운 시작

작은 체구에도 씩씩하게 회장으로 들어서는 모습이 어찌나 강건하고 담대하게 보이는지 자윤은 저도 모르게 자리에서 일어섰다.

"서자부 금랑이로구나."

무장을 하지 않은 몸이라 시위를 대는 가죽 보호대 아래 봉긋한 가슴이 그대로 드러났다.

'가슴도 있는데 어찌 사내아이로 보였을까.'

태자가 있는 쪽을 돌아보며 허리를 숙여 예를 갖추는 모습에 자윤이 저도 모르게 얼굴을 가리며 고개를 돌려 버렸다. 멀어서 잘 보이지도 않건만 자윤은 두율이 개회를 알리는 동안 들썩이는 가슴을 쓸어내렸다.

잘록한 허리춤에 묶은 활 통에서 활을 꺼내어 당기는 모습이 월천녀 항아보다 아름답다.

"이상하군. 왜 머리띠를 하지 않았을꼬?"

두율이 고개를 갸웃거리는 사이 루아의 화살이 과녁을 향해 쏜살같이 날아갔다.

"적(的)!"

"그렇지!!"

저도 모르게 불끈 주먹을 쥐고 일어섰던 자윤이 그에게로 쏟아지는 형제들의 시선에 어물쩍 자리에 앉았다. 구경꾼들이 저마다 손을 흔들어대며 환호를 터뜨렸다.

"적(的)!"

루아가 새로운 활을 들어 시위를 당길 때마다 한 마장 길이의 과녁 옆에서 계속하여 붉은 깃발이 올려졌다.

"와아아아아아아!"

모두가 루아를 응원하여 한목소리로 환호를 터뜨리니 그 모습을 지켜보던 두율이 흐뭇하여 손뼉을 쳤다.

"후후후, 모두가 금랑의 우승을 기원하는군."

어느 누구보다 그녀의 우승을 기원하는 이가 있으니 바로 자윤이었다. 그는 소매 춤에서 루아의 머리띠를 꺼내 들었다.

그 모습을 지켜보던 두율은 게슴츠레 눈을 뜨고는 턱을 쓰다듬었다. 이상한 일이로군. 금랑은 띠를 매지 않고 시합에 참가하였고, 환궁한 지 얼마 되지 않는 자윤은 금랑의 띠를 들고 있으니.

"윤아, 손에 든 것이 무엇이냐?"

"인연의 끈입니다."

자윤의 대답에 두율이 알 수 없다는 듯 그를 올려다보았다. 환인 구을리가 혼사 문제를 꺼내었을 때만 해도 아무런 감흥이 없던 아우가 뜬금없이 인연이라.

"인연의 끈이라……."

자윤이 곁에 앉은 두율을 보며 서글서글하게 웃었다. 지난주에 서자부 보고를 받는 자리에 함께하자던 두율의 청을 거절하였다. 서자부의 수장을 대신하여 금랑이 보고를 한다는 말에 자윤은 두율이 그에게 루아를 소개시키려 함을 눈치챘기 때문이다.

이미 구왕자에게 들어 루아가 천지에서 만난 그 아이라는 확신을 하고 있던 자윤은 그녀를 놀래주고 싶었다. 순행의 끝으로 영락없이 야인의 모습을 하고 있던 그가 왕자의 신분으로 나타난다면 그녀는 어떤 표정을 지을지 시도 때도 없이 피식피식 웃음이 나왔다.

"저도 장가를 들어야 하지 않겠습니까."

루아를 바라보며 환하게 웃고 있는 자윤의 모습에 두율은 웃음을 터뜨렸다. 금랑에게 장가를 드시겠다? 자신의 이야기에 성의 없이 대답하더니만 서자부 금랑에게 정신을 빼앗겼던 게로군.

"이를 어쩐다, 윤아."

"예, 형님!"

여전히 그에게는 시선도 주지 않는 아우가 괘씸하여 두율이 늘어지게 한숨을 내쉬었다.

"내가 알기로 마가의 장녀인 금랑이 말이지."

내내 잘 들리지도 않던 두율의 목소리가 갑작스레 자윤이 귓가로 또렷하게 들려왔다.

"서자부의 수장인 구가의 차남과 혼담이 오가는 걸로 알고 있는데?"

지나치게 느릿한 두율의 목소리가 자윤의 뇌리로 예리하게 파고들었다. 사방으로 울리는 환호 소리와 왁자지껄한 구경꾼들의 웅성임도 순식간에 사라져 버렸다.

"무…… 어라 하셨습니까?"

"그게 말이다."

"혼담이라 하셨습니까?"

갑작스레 그의 말에 귀를 세우며 눈동자를 빛내는 자윤의 모습에 두율은 웃음을 참으며 심각하게 말을 이었다.

"너도 본 적이 있을 텐데. 서자부의 수장 우서한."

두율의 시선을 따라가니 열두 대의 활을 모두 과녁에 꽂은 루아의 곁으로 다가서는 건장한 사내의 모습이 보였다.

"우서한……."

태자전의 서고에서 보고를 마치고 나오던 그를 마주친 적이 있다. 선한 눈매를 가졌던 우직한 사내.

"훤칠하니 잘생긴 외모로 환국의 모든 여인네들의 선망을 받고 있는 자란다. 이미 어릴 때부터 구가가 차남의 짝으로 마가에 혼담을 넣었다는데?"

흐르는 땀을 막아주는 머리띠를 하지 않은 루아에게로 다가선 우서한이 작은 손수건을 내미는 모습이 보인다.

"나이가 스물 하고도 셋인데 우서한은 몇 년째 은월제에 참여하고 있지 않고, 금랑 또한 이 년 전에 참가 자격이 주어졌음에도 나서지 않으니 아무래도 그녀가 서자의 도에서 풀려나기를 기다리는 듯하구나."

"얼마나 남았습니까?"

"3년."

수건으로 땀을 닦아내는 루아가 우서한을 향해 고개를 들고 환하게 웃고 있었다.

'어째서…… 누구를 향해 그리도 꽃처럼 어여쁘게 웃는 것인가.'

심장을 관통해 버린 듯한 통증으로 자윤은 손에 쥔 금랑의 띠를 움켜쥐었다.

새로운 시작 399

"머리띠는 왜 안 하고 나섰느냐?"

자윤이 그녀를 바라보고 있다는 사실을 꿈에도 모른 채 루아는 우서한을 올려다보았다.

"지난번 천산에 들었을 때 도적에게 빼앗겼습니다."

"도적이라……."

서자부의 금랑이 한낱 도적에게 머리띠를 빼앗겼다는 말을 믿어야 할까. 우서한이 조용히 바라보자니 루아는 환호하는 구경꾼들을 향해 손을 흔들며 앞서 걷기 시작했다.

"도대체 어디 있담?"

아무리 주위를 둘러보아도 망할 사내의 모습은 보이지 않았다. 루아는 흐르는 땀방울을 닦아내며 한숨을 내쉬었다.

"대회의 어느 하나라도 우승하게 되면 돌려주마."

이미 국궁과 경마, 여성부 씨름에서 삼 년 연속 우승을 한 루아에게 그다지 어려운 일은 아니었다. 올해는 차기 우승자들에게 그 자리를 내어주려 하였건만, 천산에서 만난 야인 사내가 환국의 금랑을 조롱하며 자격을 따지겠다니 마지못해 대회에 참여한 루아였다.

머리띠가 그것 하나인 것은 아니지만, 잃어버린 자존심을 돌려받기 위해 다른 것을 매지 않았다.

'망할! 나타나기만 해봐라.'

호랑이 줄무늬만큼이나 무수했던 사내의 상처들을 기억하며 루아가 고개를 저었다. 방심한 탓이다. 다시 만나게 되면 절대 그리 무력하게 주저앉지 않으리라.

천부단 광장을 둘러싸고 임시로 만들어진 막사에 들어선 루아는 다음에 있을 씨름대회에 참가하기 위해 옷을 갈아입으며 전의를 다졌다.

"씨름대회에도 참가하려 하느냐?"

막사 안으로 들어선 우서한의 모습에도 루아는 돌아선 채로 단단하게 매어진 복대를 확인했다.

"예, 만나야 할 사람이 있습니다."

만나야 할 사람이라. 막사를 나서는 루아의 뒷모습에 우서한에게 이상하게도 씁쓸한 감정이 찾아들었다.

처음 서자부에 들어왔을 때에도 유난히 눈길을 끌던 아이다. 당시 흑랑이었던 우서한은 어린 누이를 대하듯 그만의 방식으로 어여뻐 여겼다. 백랑일 때부터 루아는 황소처럼 고집스럽고 곰처럼 우직했다. 계집아이에게는 어울리지 않은 성정이나 행동 또한 그러했으니 고집스럽고 우직하다는 말은 그만의 표현은 아니리라. 단목을 쥐어주고 훈련용 나무 기둥을 치라 하면 손에 물집이 터지는 것에도 아랑곳없이 부러진 단목을 바꾸어가며 나무가 쓰러질 때까지 단목을 내려쳤다.

그러한 루아였기에 우서한은 다른 이들보다 더욱 모질고 혹독하게 훈련시켰다. 루아는 묵묵히 그의 훈련을 견디어내며 백랑에서 청랑으로, 다시 적랑에서 흑랑까지 빠르게 등급을 올려 마침내 그의 뒤를 이어 여인으로서는 처음으로 금랑이 되었다.

구가의 차남이었던 우서한은 아버지가 지속적으로 마가에 혼담을 넣고 있다는 사실을 알고 있었다. 누이 같은 아내를 맞이하는 것도 그리 나쁘지 않다 생각하였는데, 만나야 할 이가 있다는 그녀에게서 묘하게도 설렘이 피어오르는 것을 느꼈다.

'너를 보면…… 이상하게도 마음이 아프다. 왜일까…….'

결국 루아는 국궁과 씨름, 경마까지 3년 연속 우승자가 되었다. 천부단에 올라 태자가 하사하는 무궁화로 된 화관을 머리에 쓰면서도 여전히 주위를 꼼꼼하게 살폈다. 천지에서 만났던 사내를 찾고자 하였으나 대회를 관람한 사신들 중에선 그를 발견할 수 없었다.

'회의에 참가하였나?'

12환국의 사신단 대표는 환인 구을리와 삼사오가 대신들이 함께하는 환국회의에 참여한다. 원래는 사냥대회가 열리는 내일에서야 회의가 시작되는 것이 상례였으나 야인들의 침략이 잦아진 터에 회의가 길어질 것을 염려하여 하루 앞당겨 개회되었다.

'사신단의 대표로 보이지는 않았는데.'

아무리 생각해도 행색을 보아 그리 중한 회의에 참여할 것 같지는 않은데 찾을 수가 없으니 아무래도 약속은 어긋난 것 같다.

'야인의 말 따위, 믿는 것이 아니었는데…….'

묘하게도 찾아드는 실망감을 감추지 못한 루아는 서자부의 방에 홀로 누웠다. 이상하게도 마음이 헛헛한 것이 자꾸만 화가 났다.

"금랑, 안에 계십니까."

문밖에서 들려온 흑랑 장백의 목소리에 방 안을 서성이던 루아가 들어오라 소리쳤다.

"평안하십니까?"

"후후후, 세 경기를 휩쓴 몸이 평안할 리 있겠습니까."

"잔치에는 가지 않으십니까? 모두가 서자부 금랑을 기다리고 있는 눈치인데."

"그만하세요. 이미 눈요깃거리는 충분하지 않았습니까."

루아는 씨름대회에서 그녀의 두 배에 달하는 청랑 해연을 허리를 꺾어 머리 위로 넘기며 구경꾼들을 놀라게 했다. 작년 대회에서도 그녀에게 패하여 준우승을 했던 해연이니 내년에는 반드시 우승할 것이다. 올해도 망할 야인의 사내만 아니었다면 험한 꼴 안 보이고 그녀에게 우승을 내어줬을 터인데.

"때가 되면 후배들에게 자리를 내어주는 것 또한 순환의 원칙인데 험한 꼴을 보였습니다. 후후후."

육중한 체구의 해연을 들어 넘기느라 아직도 어깨가 뻐근하니 아파왔다.

"하하하, 잔치에서 해연이 마시고 먹는 것을 보니 내년에는 그리 넘기기 힘드실 듯합니다."

이번엔 코뿔소처럼 달려들었는데 내년에는 코끼리가 되어 덤벼들려나 보다.

"후후후, 내년에는 절대 참가하지 말아야겠습니다."

달려드는 힘을 이용하여 넘기기는 하였으나 허리 힘이 부족하였는지 바닥에 부딪친 어깨가 심하게 통증이 일었다. 어깨를 두드리던 루아가 너스레를 떠는 장백을 보며 마주 웃었다.

"잔치에 부르러 오신 겁니까?"

"아, 아닙니다. 이것을 전해 드리러 왔습니다."

장백이 소매 춤에서 금랑을 나타내는 황색의 머리띠를 꺼내 들었다.

"어디서 나신 겁니까?"

놀란 루아가 머리띠를 받아 들었다. 보라색의 천일화 꽃물이 든 것이 분명 야인의 사내가 가져간 그녀의 머리띠였다.

"웬 아이가 서자부로 가져와 전해달라 부탁하였다 합니다."

"다른 말은 없었습니까?"

"환국으로 향하는 천산 초입에서 기다리겠노라 전해달라 하였습니다."

장백이 방을 나서고도 루아는 한참 동안 방 안을 서성였다. 낯선 야인의 사내가 그녀의 경기를 지켜보았다는 생각이 들었다. 그의 손에 있었을 머리띠에서는 연하게 풀 내음이 났다.

'어디 있었을까.'

대회에 우승을 하였고 원하던 머리띠도 돌려받았음에도 자꾸만 기분이 이상한 것이 루아는 머리띠를 손에 쥐고 방 안을 서성였다. 심장이 쿵쿵거리고 머리띠를 잡은 손에서는 땀이 배어 나왔다. 가슴이 답답하여 숨을 쉴 수 없으니 루아는 창문을 열고 하늘을 올려다보았다.

'만나야 하는 걸까…….'

저도 모르게 그의 숨결이 닿았던 입술로 루아의 손끝이 닿았다. 입술을 쓰다듬던 루아가 주먹을 움켜쥐었다.

방을 나선 루아는 말에 올라 천산을 향해 달렸다. 사람들이 없는 성의 외곽 쪽으로 빙 돌아 거칠게 말을 몰아 북서문을 통과했다.

붉게 노을이 지는 해를 바라보며 어둠이 내려앉을 때까지, 다시 어둠을 가른 해가 등 뒤에서 머리 위로 솟을 때에도 루아는 천산을 향해 달렸다.

그렇게 쉬지 않고 천산의 초입에 도착했을 때에는 이미 밤이 되어 있었다. 땀으로 흠뻑 젖은 말 위에서 내려선 루아는 새소리조차 들리지 않는 침묵 속에서 조심스레 발걸음을 뗐다.

유난히 달빛이 부서져 내려 아름답게 반짝이는 나무가 보였다. 루아는 무언가에 이끌리듯 그 나무 앞으로 다가섰다. 천년목은 장정 셋이 양팔을 둘러야 할 만큼 크고 아름다웠다.

"이런 나무가 있었던가."

뿌리는 하나인데 뇌우를 맞은 듯 반으로 쪼개진 나무는 죽지 않고 살아서 그 윗부분이 다시 하나로 얽혀 있는 참으로 기이한 형상을 하고 있었다.

한 걸음 더 다가서니 그녀의 가슴 높이로 갈라지기 시작한 자리에 글귀가 새겨져 있었다. 한참이나 오래된 듯 보였다. 루아는 나무의 거친 결을 따라 새겨진 글귀를 한 글자, 한 글자 읽어 내려갔다.

"천 년 연리지 되어 함께하리라."

깊게 새겨진 글귀를 따라 루아의 손이 천천히 천년목을 쓸어내렸다. 툭, 눈물이 떨어져 내렸다. 가슴으로 알 수 없는 슬픔이 밀려들어 숨을 쉴 수가 없었다. 참을 수 없는 상실감에 루아는 나무에서 손을 떼고 물러서기 시작했다.

"가지 마오."

나무 뒤에 기대어 있던 자윤이 반짝이는 눈물을 머금은 루아의 앞으로 나섰다. 그녀가 오지 않을지 모른다는 두려움에 애태웠던 시간들이 살며시 불어온 미풍에 날려 흩어졌다.

자윤이 그러했던 것처럼 갈라진 나무의 아픔을 읽은 루아의 맑은 눈물이 그의 가슴으로 애잔하게 스며든다.

"가지 마오."

루아는 어둠 속에서 나타난 자윤을 올려다보았다. 거칠어 보였던 야인의 모습은 사라지고 자색의 비단옷을 입은 모습이 환국의 그 어떤 사내보다 훤칠하여 아름답다.

"누구십니까?"

천지에서 만났던 사내임이 확실하였으나 루아는 그가 누구인지 몰랐다.

"환국의 삼왕자 자윤이라 하오."

"순행에서 돌아왔다던……."

조심스레 그를 살피던 루아가 차분하게 고개를 숙였다.

"마가의 장녀 루아, 환국 서자부에 속해 있습니다."

고개를 드니 나무를 쓰다듬는 그의 모습이 보였다. 그 또한 그녀와 같은 슬픔을 느낀 것일까.

"다시 하나가 되기 위해 얼마나 긴 시간 동안 힘겹게 몸을 틀어야 했을까. 사무치는 그리움이 느껴진다."

그녀에게로 손을 뻗은 자윤의 붉은 소맷자락이 길게 늘어지니 마치 새가 날개를 편 것 같다.

"그대를 만난 후로 가슴에 풍랑이 인다."

루아는 일곱 살 천지에서 보았던 붉은 새를 떠올렸다.

"루아…… 환국의 아름다운 금랑이여, 세상을 떠돌며 지친 나에게 고향이 되어주지 않겠소?"

루아는 자윤이 내민 손을 바라보았다. 선택을 기다리는 그의 손은 흔들림이 없었다.

"나는 늘 그대에게로 향할 것이오."

저 손을 잡아야 할까. 자윤의 손을 바라보던 루아의 시선이 천년목으로 향했다. 죽음 앞에서도 절대 헤어지지 않으려는 연인의 의지를 나타내는 것 같아 루아의 가슴으로 애잔함이 스며들었다.

"서자의 도에 묶여 있습니다. 괜찮으시겠습니까?"

조용한 루아의 물음에 자윤이 미소 지었다.

"스물일곱 해를 기다렸다오. 삼 년은 그리 길지 않아."

저 손을 잡지 않으면 평생을 후회할 것 같아 루아는 그에게로 손을 뻗었다. 따뜻하고 강한 손이 루아를 잡아당겨 품에 안았다. 너무나 포근하고 정겨워 눈물이 났다. 원래의 자리를 되찾은 것 같은 낯설지 않은 느낌에 루아는 깊은 숨을 내쉬었다.

"성실하고 믿음으로써 그대에게 거짓이 없을 것이오."

제 짝을 만난 두 개의 심장이 하나가 되어 아름다운 소리를 만들어냈다.

"성실하고 믿음으로써 거짓이 없을 것입니다."

"공경과 근면함으로써 게으르지 않을 것이오."

"효도하고 순종하여 어김이 없을 것입니다."

"염치와 의리가 있어 음란치 않을 것이오."

"겸손하고 화목하여 다툼이 없을 것입니다."

은월제의 밤, 아름다운 만월의 축복 속에 평생을 지켜갈 언약은 시작되었다.

다음 해, 환국의 태자 두율은 태자의 자리에서 물러나 서쪽으로 순행을 떠나고, 삼사오가 대신들의 만장일치로 삼왕자 자윤이 태자의 자리에 오른다.

환기 3075년에 환국에서는 태자의 국혼이 성대하게 치러졌으며, 그 이듬해에 6대 환인 구을리가 하늘에 오르니 태자 자윤이 그 뒤를 이어 7대 환인 지위리가 되었다.

환국의 7대 환인 지위리는 역대에 그 어떤 환인보다 강건하고 담대하였으니 환란의 시대에 강력한 아버지로 환국을 지켜냈으며, 아름다운 환부인 루와 함께 열두 아들을 두었다.

환국의 제7대 지위리 환인 말기에 사람은 많아지고 부족 간의 다툼이 더욱 치열해지니 서로가 서로를 노략질하고 노예 삼음에 지위리는 통탄하였다.

이에 삼사오가 대신들이 입을 모아 말하기를,

환인의 열두 아들 중 서자성(庶子星)의 거발환 환웅은 용맹과 지혜를 겸비하였으니 삼위태백으로 파견하시어 포악하여 전쟁을 멈추지 않는 호족과 웅족을 평정하고 중생을 교화하여 인간 세상을 널리 매우 유익하게 하실 것입니다.

마침내 환국의 제7대 지위리 환인은 천부인 세 개를 주시고 칙서에서 말하시기를,

환국의 아들 거발한은 무리 3천을 거느리고 삼위태백으로 내려가 소도를 설치하고 어머니 마고에게 제사 지내는 일을 주관하여 366조로 이루어진 참전계경으로 백성을 교화하여 만 자손들의 홍범(洪範)이 되어라.

이에 거발한이 환인 지위리에게 천부인 세 가지를 받고 풍백, 우사, 운사 등과 무리 3천을 거느리고 삼위태백 신단수 아래 내려와 신시(神市)를 열어 나라를 배달(培達)이라 하였다.

『환국의 루』 完

작가 후기

신화와 역사가 뒤섞인 우리나라의 상고사에 대한 이야기입니다. BC 7198년 환인이 환국을 세우고 남북 5만 리, 동서로 2만 리의 12환국을 다스렸다는 한 줄 역사 속에 글의 시놉시스는 출발했습니다.

한민족 상고사와 중국의 상고사 관련 서적 중 고르고 골라서 부도지(符都誌), 한단고기(桓檀古記), 규원사화(揆園史話) 세 권을 발판 삼아 첫 번째 이야기 '환국의 루'를 시작하였습니다.

시작하면서 아무것도 확실한 것은 없었습니다. 단지 구전과 야사를 뒤지고 뒤져서 여기저기 방울방울 흩어졌던 물방울들을 모아 하루가의 상상력으로 하나의 물줄기를 만들어낸 것입니다.

대륙을 지배하던 고조선 이전에, 북부여의 해모수 전에 단군왕검이 나라를 열어 아래 47대 고열가까지 이천 년 치세가 있었습니다. 또 그 이전에 열여덟 명의 환웅으로 이어진 천오백 년 왕국이 있었으며, 그전에 삼천삼백 년을 이어온 일곱 명의 환인이 있었다는 것을 중고등학교에서는 배우지 못했습니다. 중국의 지방 역사로 빼앗기거나 고증되지 못한 야사라는 이유로 시간 속에 묻혀 버렸기 때문입니다.

뿌리 깊은 천민사상의 중심에 있는, 어쩌면 세계 모두가 하나의 뿌리일지 모른다는 고대 씨족사회의 일곱 환인들의 이야기가 궁금했습니다.

너무나 방대하게 흩어져 있는 자료들로 머리가 복잡하여 진도가 나가지 않아 상당히 힘든 작업이었습니다.

첫 번째로 말하고 싶었던 것은 인생이라는 길고도 짧은 여행을 하는 남녀의 성장통이었습니다.

고된 훈련과 가르침으로 정신적으로 육체적으로 성장하는 루아는 환국이라는 발달된 문명의 테두리 안에 존재하며, 환인의 아들로 12년의 고된 순행의 길에서 수많은 상처를 몸에 새기며 성장한 자윤은 거친 야인들의 세상에서 존재했습니다.

서로 다른 환경에서 각자의 방식으로 최선을 다해 달려왔던 두 사람은 첫 만남에서 소년에서 남자로, 소녀에서 여인으로 마지막 진화를 합니다. 모든 고생이 끝나고 행복만 남았을 것 같은 두 사람이 환국을 떠나면서 진짜 이야기는 시작됩니다.

여행길, 누구에게나 사랑받고 많은 이들이 그녀를 따르던 자신만의 세계에서 살던 루아는 처음으로 그녀에 반하는 이를 만나게 됩니다. 그간 몸에 배었던 도리와 예의 따위는 통하지 않는 고집불통의 월령이지요.

비리국의 녹이를 만나서는 배려라는 것을 배우게 됩니다. 그렇게 정인을 찾아 떠난 여행길에서 루아는 그간 틀에 박혀 습관처럼 행해왔던 사람의 도리와는 또 다른 가르침을 얻게 됩니다.

그렇게 하나하나 인연을 맺고 또 그 인연을 놓아야 하는 기나긴 여정에서 성장하는 것이지요.

두 번째로 말하고 싶었던 것은 끝까지 포기하지 말아야 할 가족이었습니다.

끝도 없고 다함도 없는 우주, 아름다운 별 지구의 수많은 나라 중에 한국에 살고 있는 우리입니다. 거창하게 이야기를 하는 이유는 그 단위가 줄고 줄어 핵이 되는 것이 가족이라는 이야기를 하기 위해서입니다. 잘살거나 못 살거나 어느 사회에서나 가장 기본적인 단위는 가족인 겁니다.

성장통이라는 미명하에 핵가족화가 가속화되면서 이제는 1인 가정이라는 가족의 붕괴에까지 이르게 되었습니다. 저출산, 고독사, 집단 따돌림 등 각종 사회문제의 원인이 모두 가족의 붕괴에서 시작된 것이 아닐까요?

하루가의 소설에 많은 이들이 등장하는 이유입니다. 등장인물들을 소화하기에 한없이 부족한 필력이지만, TV나 각종 매체에서 점점 작아지는 가족들이 그리웠습니다. 남녀의 사랑이 믿음으로 부부의 연을 맺고, 서로를 존중하는 부모가 되어 아이를 낳아 사랑으로 가르치고, 이것이 대물림되어 자식은 효로써 보답하고 공경하며, 친구를 사귀어 의리를 아는 세상. 이 모든 것이 이미 선조들이 노력했던 전인교육이며 한민족의 정신적인 뿌리가 되었던 윤리의식이 아닌가 생각합니다. 하루가는 환국의 오훈이 지켜지는 아름다운 세상을 꿈꿉니다.

세 번째로 이야기하고 싶었던 것은 이야기 전반에 반복되는 문구입니다.

마지막이라 하여 두려워하거나 노하지 말기를.
끝이 있어 시작도 있으니
끝은 마지막이 아니라 새로운 시작이어라.

이야기 전반에 흐르는 모티브는 무궁무진이라는 동양철학입니다. 끝도 없고 다함도 없다 생각했던 우리의 선조는 비행기도 없던 시절에 이미 우주를 보았던 모양입니다. 세상의 모든 것이 순환한다 생각했던 자랑스러운 선조를 가진 것이 너무나 뿌듯합니다. 잃어버린 나라, 환국을 노래하면서 내내 강조하고 싶었던 하루가의 세 번째 목소리였습니다.

하루가의 이야기를 읽고 응원해 주신 모든 독자님들과 하고 싶은 이야기를 세상으로 열어주신 청어람 관계자 여러분께 무궁무진 감사합니다.

가장으로서 최선에 최선을 다하셨던 아버지, 타고난 전투력으로 가정을 지켜준 어머니, 그리고 늘 앞서 걸으며 하루가의 길을 밝혀주는 오라버니, 덤으로 콩쥐까지 무궁무진 사랑합니다.

거침없이 돌직구를 날려 글 쓰는 데 엄청난 도움을 주었던 이십 년 지기 은옥 언니와 사차원의 길을 걷는 하루가의 옆을 묵묵히 지켜봐 주는 친구와 동료들에게 무궁무진 고맙습니다.

마지막으로 세상에서 가장 따뜻한 심장을 지닌 나의 반려 팥쥐에게 무궁무진 애정을 표하며,

2013년 봄, 춘천에서 하루가였습니다.

로맨스도 파나요?

Chungeoram romance novel

르비쥬 장편 소설

다른 건 몰라도 절대 불공평한 건 참지 못하는
'로망스' 주인아저씨 차강현.
가슴 가득 로망을 꿈꾸는 '로망스'의 단골 총각(?) 강준휘.

정체불명 그와 외모불분명 그녀의
로망과 현실을 오가는 달콤쌉싸름한 로맨스!

"여기 혹시…… 로맨스도 파나요?"

세상의 모든 전자책을 위해 **탄생**된 곳

세상을 보는 또 하나의 창 이젠북!
www.ezenbook.co.kr

 지금 클릭하세요! | 검색창에 **이젠북** 을 쳐보세요! ▼ 🔍

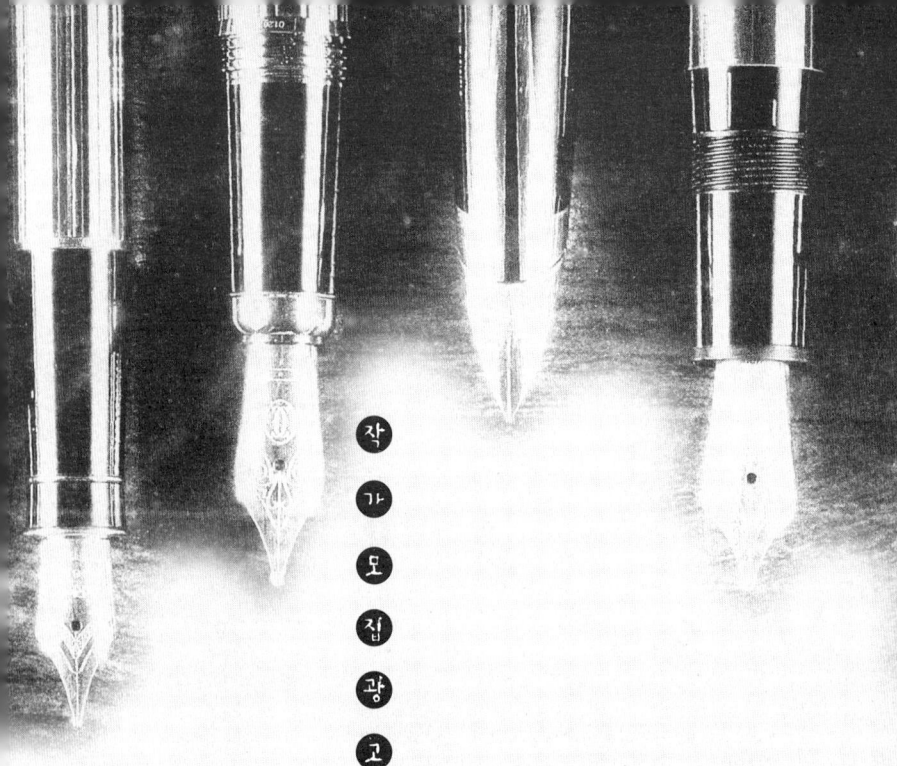

작가 도집 광고

도서출판 청어람의 문은 항상 열려 있습니다.
실력있는 작가 분들의 많은 관심 부탁드립니다.

TEL:032-656-4452 • FAX:032-656-4453
http://www.chungeoram.com
e-mail:chungeorambook@daum.net